水晶之都

剑之晶 著

中国出版集团
中译出版社

图书在版编目（C I P）数据

水晶之都 / 剑之晶著 . -- 北京 : 中译出版社 , 2023.11

ISBN 978-7-5001-7641-1

Ⅰ . ①水… Ⅱ . ①剑… Ⅲ . ①长篇小说—中国—当代 Ⅳ . ① I247.5

中国国家版本馆 CIP 数据核字（2023）第 227903 号

水晶之都

SHUIJING ZHIDU

出版发行 / 中译出版社
地　　址 / 北京市西城区新街口外大街 28 号普天德胜科技园主楼 4 层
电　　话 /（010）68359101　68359827　68357328（编辑部）
邮　　编 / 100044
传　　真 /（010）68357870
电子邮箱 / book@ctph.com.cn
网　　址 / http://www.ctph.com.cn

策划编辑 / 于建军
责任编辑 / 于建军
封面设计 / 李陌涵

排　　版 / 苏唯若
印　　刷 / 江阴市机关印刷服务有限公司
经　　销 / 新华书店

规　　格 / 880 毫米 ×1230 毫米　1/32
印　　张 / 11.5
字　　数 / 290 千字
版　　次 / 2023 年 11 月第一版
印　　次 / 2023 年 11 月第一次

ISBN　978-7-5001-7641-1　　定价：85.00 元

比水晶更为晶莹

衣向东

我是从李新建（剑之晶）的长篇小说《水晶之都》中，才知道位于江苏省北部的东海县是世界闻名的天然水晶原料集散地，在海内外享誉盛名。作者出生在这片土地上，对于这片地域上的人和事极为熟知，对于水晶知识从童年时就得到了耳濡目染的熏陶，并以此为背景创作了长篇小说《水晶之都》。

小说围绕着至晶村村民们经营水晶产业为主线，全景式地展现了水晶的文化历史和发展现状，同时在发展水晶产业的背景下，用细腻的笔触勾勒出至晶村芸芸众生的生活面貌与众人的命运沉浮和时光变迁。这两条叙述主线相互交织，犹如车之两轮、鸟之双翼，加以穿插引用史籍典故和民俗传说的形式提升故事趣味性，在很大程度上满足了读者们的猎奇心理，让我们看到了离奇有趣的乡村风情及水晶知识，又在群像故事中刻画塑造出了李开文、阿桂、王喜等栩栩如生的人物形象，让我们看到了诸多不同人物在不同命运中的盛开与衰败，感受到命运的奇诡多变和世事的悲凉苍茫。

作者在对故事的创作中采用了一种冷静克制的语言来完成了对整个故事的叙述，语言风格既平实朴素又频闪冷幽默，不论是对于李开文这样一个四里八村最有能耐的男人，还是对于阿桂和阿凤这样令人唏嘘的人物形象的塑造，作者并未进行大量煽情，而是娓娓道来，在平静舒适的叙述中，令人感受到人物内心的波澜与汹涌澎湃的情感，然后通过其儿子小剑这一代人的叛逆与成长，自然而然地完成了时代的更迭，交代了水晶产业发展的新貌和这片土地上发生的新变化，同时也完成了对于人类生存及其意义的艺术性探索。

作为东海县的支柱产业，水晶是漫长的地质构造变化与时光长河共同孕育出来的璀璨财富，至晶村的村民们以此谋生致富，也因此奔波受累，可以说整个至晶村的命运都或多或少地跟水晶产生着联系，水晶是整个故事中最为核心的元素，同时作者又以水晶作为重要隐喻。在作者笔下的世界中，至晶村的人们像追寻地下的水晶一样挖掘和追寻灿烂美好的人生，他们勤劳奋进，他们心怀着对爱情与精神世界和对美好生活的期待与向往在时光长河中挣扎、繁衍、积淀、重生，并由此延展到了爱情、梦想等各个方面，致使人物和事件更加立体和真实，犹如盛开的枝叶，为故事主干增添了更繁茂的枝丫，他们或源于爱情，或因为事业与梦想，或迫于生计，做出过不同的人生抉择，最终有各自不同的命运和结局。但不论是留在至晶村的李开文，还是奔向远方的王喜，他们都有共同的守望与自我救赎，这些流淌于人物内心而外化于行动的真挚情感令人唏嘘动容，也牵引着读者们跟随作者的脚步前行，产生精神和情感上的共鸣，这种尘世中小人物朴素而真实的命运，或许相比璀璨的水晶更值得被记录和歌颂，他们一代代人用生命谱写的故事，比水晶更加晶莹宝贵。

我是第一次阅读李新建的小说，对于他的语言驾驭能力和对人物性格、内心世界的刻画，赞叹不已。这样一部人物众多、枝叶繁茂的宏大作品，作者用娴熟的驾驭能力，有条不紊地向读者铺展开一幅波澜壮阔的乡村画卷，记录了改革开放以来水晶之乡的人民对于美好生活的向往和追求。

衣向东，山东栖霞人，当代著名作家、编剧、书法家。现在北京联合大学师范学院任教，兼任北京联合大学艺术教育中心艺术总监。其小说曾获第二届“鲁迅文学奖”；第二届“老舍文学奖”；第二届“北京市政府奖”；第九届“中国人民解放军文艺奖”；第四届、第六届“全军文艺新作品”一等奖；第十届、第十一届、第十二届、第十三届、第十四届《小说月报》“百花奖”；第八届、第十三届、第十四届全国公安系统“金盾文化工程”奖，等等。

目　录

第一章　花石之魅

从外地做零工返乡的青年李开文回到家时，弟弟开武、开富已出门给生产队割草，妹妹正华和四弟开贵去上学了，只有父亲李上前和母亲马珍在家。李开文与父母寒暄几句，狼吞虎咽地吃了母亲端上来的饭菜，回屋倒头便睡。

开文这一觉睡得昏天暗地，要吃晚饭的光景才醒来。四弟和妹妹拿着他带回来的新书包从里到外地欢呼雀跃，开武、开富已在里屋呼噜声震天。

“开文啊，说来你大我本该给你盖个房子，让你快活地成一个家。可是我的岁数大了……真是委屈你了。”李上前说了一半，话中的温暖就带起了湿意。

“大，我自己，”开文的坚强气没来由地转换成了孩子式的不知所措，“能行的。”踌躇了好一会儿，他才用这句干巴巴的保证来宽慰老父亲的心。

“我和你猫子叔说好了，你以后早晚不上工时，就和他一起去挖花石。”李上前的失态仅持续一会儿，马上又恢复了做父亲的博爱和肃严。

花石，是天然水晶的半成品，也可以说是水晶的青涩年代，一种半浑浊、半透明的石头。它们在地下再埋个几千年，也许有机会进化成水晶。

李上前口中的猫子叔，是与他们一墙之隔的老邻居，从小就在大白天里也哈欠连连，晚上生龙活虎，所以得了个绰号“老猫子”。自从老村搬到新址后，两家一直是邻居。

李家所在的村子叫至晶村。东南隔着至晶水库，走过去就是至亮村。至晶村正南，二里多远是至莹村。三村成犄角状，遥相呼应。

这三个村子在三十年前是一家，原址就在犄角中间，现在的至晶水库底下原来的村名也言简意赅，叫老庄。老庄中有条南北走向的小河，河边阴历逢三、逢八有小集市。李上前家住在第三排，就在河边，河东第一户。

十年前政府兴修水利，将地势低洼处的老庄村分成三块迁出，原地则蓄水成库。由于原来的村党政一把手支书兼村主任张发随众人搬到了至晶村，再加上后来村里接二连三地出了几个去城里工作的人，至晶村占有地利和人和，连带着新建的水库，也被强势地称为至晶水库。

村名至晶是后来的简称，原来叫剑之晶，是一大块田地的名字，在古代因盛产水晶成为晶都县最有名的村子之一。因郑姓是村里的大户，这里就称为老郑家、小郑坡、上郑岭，马姓所在的地方就称为饮马地、马夹沟等。所有这些地名中，只有现在村民居住的至晶村，也就是原来的“剑之晶村”，是年代最久远、韵味最充足，也是闲话编得最有声有色的地方。至晶村所在的县被称为晶都，据说始建于秦朝，以出产水晶享誉全国。

当历史的脚步跨入二十世纪八十年代，晶都专门采集水晶的105矿厂重新开张，但在乡间私自开挖水晶，仍属于要被严厉打击的投机倒把行为。老猫子七个孩子中倒有六个尚未成年，身为一家之主，面对着孩子们哇哇叫的大口，就只能铤而走险了。大家比邻而居，李上前知道老猫子家人多粮少，也知道老猫子傍晚和清晨会偷摸地挖花石，但他没有声张。这年头谁都不容易，当年大儿子开文在家五天只吃三顿饭，直到去参军才得以温饱。

开文在部队读过水晶方面的科普书籍，当家乡为A城制造著名的水晶棺时，他还专门了解了这方面的信息。水晶是地震带的产物。康熙年间，离晶都不远的郯城发生了一场地震，级别之大超过了唐山大地震的8级，危害波及十几个省，四百多个县市。说来奇怪，偌大一个中国，地震带无数，却在晶都这个地方震出了水晶。

自从开文了解了水晶的形成及历史文化知识后，就一直为家乡没有好好发展水晶而惋惜不已，及至他后来卸甲归田，又暗暗为还没有多少人开发水晶而兴奋不已。只是他苦于徒有从书上看来的屠龙之技，却没有实践中得来的庖丁之法。

父亲李上前的安排正中开文的下怀。刚吃过晚饭，开文就扛起钗锨，兴奋地来到老猫子家。老猫子也扛着钗锨，提着脸盘、马灯刚要出门。开文叫了声“猫子叔”后，两人心照不宣地往外走。

夏收在即，田野中到处弥漫着麦子脱浆的淡香和绿草芳涩的清新味。放眼天际的麦田中，间杂几块闲地，或白影、或黄褐，交织纠缠，月光下柔和着麦韵。

老猫子带着开文来到两块麦田间，说了句“这里”，就丢下工具。他搓了把手，捡起铁钗，抓着钗柄往地上猛地一戳，铁钗的三齿就入土了一小半。铁齿并不是直直地与钗柄相连，而是先弯曲于钗柄，再直直向前，像道闪电。三齿头部在一个平面内分开，间隙均匀。老猫子双手抓住钗柄，一只脚踩着弯曲处，将身子重心移上，然后前后摇晃，铁齿就慢慢地深入泥土，直到齐根在齿弯。老猫子下来退后一步，把钗柄用力往后一拉，大块的泥土翻起。他双手握住钗柄端起，往边上走了几步，翻转钗柄，泥块就倾泻而下。开文没那么费劲，随手把铁钗往地上一戳，钗齿直没入土。老猫子暗叹一声到底年轻啊，就指挥开文闪开两米远，与他对向而挖。

有了开文这个膀大腰圆的生力军，不大一会儿，半米深、三平方米方圆的水晶塘已初具规模。老猫子招呼开文休息，开文说不累。老猫子又赞叹一回开文年轻力壮后，就坐到塘沿，拿出一根卷烟，跷起二郎腿，有滋有味地吞云吐雾。

开文每次挖土，都不用借助脚力，抓钗除土，一气呵成。偶尔有“火石”阻挡疾驰而下的铁钗，他就稍微移开方位，再连石带泥地起挖。火石是石英的俗称，遍布晶都地下。

老猫子看着开文生龙活虎的样子，心想若不是大女儿出嫁了，眼前倒是个现成的东床快婿，可惜啊，别的女儿又太小。老猫子瞎琢磨了会儿，一转念又想人家也不一定愿意娶。若不是开文如今落魄了，又有几个人敢想这事？再说了，谁敢保证这小子爬不起来？

“猫子叔，你到那边坐。”开文都挖到了他脚前。

“哦，哦。”老猫子有些不好意思地结束心猿意马，扔掉快烧到手指的烟屁股，拿起铁锨，帮开文清理碎泥。

东面的月亮升高了，清辉洒在忙碌的一老一少身上，和田间偶尔的虫鸣一起，勾画出了银样的乡间夜晚。

“开文，注意，要有花石了。”老猫子说完爬出石塘，取过马灯放在塘沿点亮。黑褐色的泥土已渐渐显出黄乎乎的样子，快挖到“晶盆”了。虽然最近几年让很多年轻人对家乡的特产陌生，但毕竟土生土长，基本常识还有的，更何况开文还从别的渠道了解不少。

一方水土养一方人，水晶也一样。这种常被冠以吸天地之精华，集山川之灵气的大自然杰作，只会出生在色鲜泽艳、黏滑润湿的黄土中。肥沃无比的黑色泥土，对这种既不能当吃，也不能抵喝的自然杰作，横竖看不顺眼，就连对晶体家族最底层的石英都没有点儿悲天悯人情怀。它就是不产。

“猫子叔，只有花石没有水晶吗？水晶不是更值钱？”开文好像怕老猫子不知道他的浅薄。老猫子看了他一眼，简单地解释道。

水晶产在黑土之下的黄泥中，先几辈人“观火望晶”，早把贵重的水晶挖走了，不值钱的半成品花石和最差的石英，被当作泥土又原封不动地填埋。在填埋平整石塘时，那些洁身自好的黄泥和自命清高的黑土不可避免地就掺和在一起，在地表上显示出有别于其他黑褐土壤的黑黄杂色。人们见了又不管不顾地把它们通俗地称为“五花土”，而有“五花土”的田地又被称为“五花地”。

原来“五花地”这别扭的称呼是这么叫来的，开文心念，又着急想知道为什么不挖水晶，可老猫子叔不着急说，他也不好着急问，只能硬着头皮听他慢慢往下讲。

前些年，105 矿厂重新开始运转。刚开始时，厂矿每年只要上交 5 吨水晶应付工业需要，就算完成任务，轻松自如得很。后来因为水晶透明、密封性好、保存时间久，所以做最好的水晶棺材就成了灵柩的首选。晶都 105 矿厂理所当然地接到了命令：在三个月内为建造水晶棺材提供最高等级的水晶原料 30 吨。这个任务是无上光荣的，也基本上是不可能完成的。但军令如山，厂矿的眉头紧锁了几天后，经一位下属的提醒又慢慢舒展。下属的办法很简单，发动群众寻找水晶，招集民间能人鉴定水晶，来一场波澜壮阔的“人民战争”。至晶村有三人被挑中鉴定水晶，老猫子、郑朝宗，还有开文的表舅马仕。

三人中，郑朝宗和马仕那是家传的手艺，上几辈人都是这方面的能工巧匠，而老猫子则纯粹是滥竽充数。当政府的选才令发到至晶村时，李上前听说帮助选料的人有报酬，觉得邻居活得不容易，就连夜带着老猫子找到大舅子临时抱佛脚学了点儿皮毛。第二天赵红军推荐郑朝宗、马仕去厂矿报到时，马仕碍着表妹夫的面就带上了老猫子。马仕和马珍虽是几堂的兄妹，但因为马氏人丁不旺，所以两家关系密切。其时正是人才难得，面对厂矿领导的提问，老猫子真真假假地说了一通，居然也凭着一张嘴进入了专家的队伍。

在105矿车间，老猫子天天和马仕在一起，几个月下来，对水晶知识也知道得七七八八。当他头头是道地给人讲解水晶时，谁能想到几个月前他还是个一窍不通的门外汉？欲望可以让人轻松地学富五车，马仕感慨不已，想当初他知道的这点儿东西，可是他的父亲耳提面命了快二十年。

人民战争的威力无穷，105矿厂三个月后上交国家32.2吨的特级水晶，无任何裂纹、胶花、包裹体，完全透明。厂矿受到了上级领导的热情表彰，发证书一张。这件事情，当时身在A城的开文倒是很清楚。中国的水晶棺材与其他国家相比虽然建造得晚，但建造技术则后来居上，是所有国家中层次最高的。原料加工好之后，由一位老工人领衔受命，三天三夜没有合眼，无缝焊接出了棺膛和棺盖。而别的国家为了降低难度，棺膛是分几块，用金属等辅助材料拼接而成。当时负责监造的萧秧，十几年后成为封疆大吏——C省的省长。

从民间收购水晶的风气，一旦打开再想刹住，那就可以和上青天的难度相媲美。一方面工人懒惰，不想挖；另一方面民间有钱赚，想挖；再者，上头任务不可捉摸，忽多忽少，矿领导也不敢完全关闭民间挖矿的门。105矿厂一方面适应改革开放，以经济建设为中心做出了难能可贵的尝试；另一方面也为晶都培养一大批像老猫子这样的水晶专家。

民间开挖水晶之风一发而不可收，那些基层干部就整日带着民兵联防四处围追堵截。虽说忙得不可开交，但收效却甚是低微。老百姓的要求很简单，就是要吃饭。而105矿半明半暗地从老百姓手中直接收购水晶，也间接助长了民间这股开挖之风。

老猫子没想到李上前的善举，不仅让他享受到了三个月计划经济铁饭碗的救济，还能让他下半生都得益于私营经济的实惠。他难以扼制地对李上前感激不已。因此前晚李上前提出让老猫子帮扶一下开文时，他竟然兴奋难当，他终于找到一个报答邻居的机会。

“开文，慢一点儿。”正靠着塘沿歇二遭的老猫子提醒道。开文停下手，看着脚下柔黄色的湿泥中，像繁星一样，点点闪着荧光。

“花石?”开文也高兴了。老猫子已走过来蹲下，小心翼翼地伸出一只手指抠挖着光点。

“是花石。”老猫子夹着核桃般大小的石头，擦了擦泥土，迎着月光左看右看，又拿到马灯前端详。

“猫子叔，这块蛮通透的啊。”开文也抠出拇指大小的一块，依样学样地对着月亮在观赏。老猫子接过，一抹清凉由手入心，丝丝润滑，仿佛心脉叶瓣都在慢慢盛开。这是水晶，纯天然的白水晶，绚丽通透、洁白无瑕，经过亿年孕育、万年成长，天地精华为之吸收，日月灵气为之凝纯，仿佛带有初智，宛若浩宇元婴!

老猫子脸上顿时就有了喜色，高兴地对开文说:“大侄子，你真是个福星，我挖了好几年的五花塘都没有捡到水晶，你第一次挖就碰到这好事。这一块就可以卖两元。”

开文听了嘿嘿一笑。月色朦胧中，那块小小水晶随着老猫子手指转动，棱角分明地闪烁着不属于人间的晶莹光芒，好像要穿透宇宙八荒的空然灵静。

“开文，水有点儿多了，舀点儿出去。”老猫子提醒。塘底已渗出许多水，白亮亮的一片。开文“哦”了一声，赶快取脸盆。

那一晚，开文喜不自禁地干到凌晨，在老猫子不断的催促声中才恋恋不舍地收工。捡好分堆在塘边的花石、水晶，开文扛着工具刚要走，又被老猫子叫回填埋石塘。

百姓挖水晶的事已屡见不鲜，但还没有谁敢明目张胆地出售。因此，当开文在舒适的小床上刚躺了三四个小时，外面仍是黑漆麻乌一片时，又被父亲叫起。父亲说猫子叔在外面等他一起趁黑去卖水晶。

开文和老猫子用四五十斤的花石水晶，从 105 矿换回了六十三元钱，每人可得三十多，快赶上城里工人两个月工资了。开文自然欣喜不已，这也比偷拖拉机运苹果的风险小多了，利益也高多了。而老猫子没法抑制地又遗憾起大女儿的早嫁，二、三女儿的太小。以往老猫子一人挖坑，一人填塘，运气好一晚上能换回个五六元，运气差就只能挖出些没多大用的石英。毕竟，已过五十的老猫子和年富力强的开文不能同日而语。他挖填时，人少力弱，每晚能挖到黄泥，捡些先人遗留的花石就属侥幸。他从来就没能像昨晚那样，深挖到地下水泉涌，而那里才是水晶和花石的母体。石塘越深，泥色越重，水晶的等级也就越高。老猫子之前也不是没想过和人合伙，但现在上头政策吃不准，谁知道会不会害了人家。因此，这些年老猫子孤军奋战，就只有李上前这个知情者。

如此几晚后，开文又提议晚上不要平塘，多挖一会儿，第二天早上猫子叔去卖水晶，他来平塘。

就这样，在二十世纪八十年代初，李开文和老猫子两人的日均收入，就是国营工厂高级职工月收入的两倍多。他们每人每天的收入快五十。而这种闷声发大财的好事居然能持续一个多月。

看到开文脸上的喜色日渐增多，而且还频频给家里添置东西时，李上前也是高兴不已。有几次他忍不住提醒儿子节约点儿，娶媳妇才是头等大事。

那晚开文和老猫子又干劲十足地在一人多深的石塘中挥汗如雨时，突然间听到密密的脚步声响起。他们俩抬头一看，赵红军、郑氏长辈郑朝宗人手一只手电筒，领着十几个青年赫然围在塘沿。

第2章 “挖水晶”风潮

“李开文，你狗胆包天，敢偷挖队里的财产。”支书赵红军声嘶力竭地喊着，瘦巴的身材好像浑身露音。好久没有碰到这种破坏集体财产的大事，需要他亲自匡扶正义了，赵红军的心中未免有些兴奋。开文斜看了一眼赵大支书，心想他如此有恃无恐，大概是得了什么尚方宝剑。

赵红军和郑朝宗穿着蓝色中山装，口袋里都别着支“英雄”钢笔。郑朝宗和李开文一样，人高马大，站在那儿像触之安然的墙。而赵红军则矮小得多，一米六左右，留着根根直竖的鲁迅式发型，但胡须却有画虎类犬的感觉。他若是稀疏地留成日本人的胎记胡，尚不至于贻笑大方。他那点儿小胡子非要以偏概全想覆盖整个上嘴唇，将就出浓密，最后却不得不成为数日不曾修理似的邋遢。

那十几个围塘站好的青年，明显的营养不良，一个个在秋风中像偷工减料的稻草人，衣飘带舞的。

开文都认识，乡里乡亲，不沾亲就带故。他们手中用来看家护院的武器也是琳琅满目。大多数人手持一根拉刺去皮、打磨光滑的槐木棍，白光光的像支哭丧棒。偶有几个体面点儿的挎着鸟枪。那鸟枪表面又斑驳剥离，大大方方地露出黄白色的内里，月光照耀下又像数根槐木棍。

乡土保护者们的着装也是极尽可能地缤纷多彩，有的虽然上红下绿的抢眼，但土布缝制的衣服倒也能保持农民本色。有的却是下身一条自产的朴素蓝裤子，上身还是一件吃大户时抢来的灰里叭叽紫绸子，上代传下代，一穿几十年。他们唯一统一的装饰，就是在左胳膊上裹一块红布，权当民兵袖章使用。一群人中难得有个全身套着英姿飒爽旧军装的人，开文一斜眼就哑然失笑，原来是自家兄弟李开武。

"赵支书，郑村长，这不怪开文，都是我，我让他来帮忙的。"老猫子一看对方人多势众，心想来者不善，我一把年纪没什么可怕的，而开文年轻有为可不能毁了前途。至于他的一家老小，老猫子早在潜意识里托付给臆想中的开文快婿了。

开文很感激老猫子的挺身而出，但他浑无惧色，根本就不吃赵红军这一套。安徽小岗村已为包产到户起了表率，其他省份也在快马加鞭地奋起直追，分田到户的大势已然不可逆转。赵红军还想继续过挂羊头卖狗肉的好日子，已不太可能了。尽管他现在还人五人六地喝东骂西。

"开武，拉我上去。"开文招呼弟弟。开武听话地跨前一步，伸出手。

"李开武，你想同流合污？"赵红军还会威逼利诱。开武的手停在半空，有点儿迟疑。

"找死！"开文对弟弟的举动气愤不已，声音抖然提高八度，粗鲁地喝骂。

"哥！"开武的眼泪唰地就下来了，他后悔不迭地忙伸出手。兄弟阋于墙内而外御其侮，一母同胞，甘苦相扶，那是亘古不变的生存法则。开武识字不多，但深知其理。

开文生气地抓住弟弟的手，轻轻一跃便跳出石塘，抬脚就想踢向刚才差点儿为利益所动而不顾兄弟情谊的开武。一想又算了，好歹他最终还知道哪头轻哪头重。他看也不看地对开武吆喝："把猫子叔也拉上来。"

一会儿的工夫，石塘底部已有一半浸了地下水，老猫子站到了东南角。开武转了个小圈，把猫子叔连拉带拽地拖上。

“赵叔啊，你想把侄儿怎么样啊？是捆绑示众还是押到镇里去？”开文怒火未熄，阴阳怪气的话语里满是挑衅。

“开文，不要不知道好歹。”郑朝宗对开文的嚣张也有些不满。郑朝宗早先在至亮村住了几年，后来才在赵红军的撺掇下搬到了至晶村，就在李上前家的西面，也算是从小看着开文长大的。

“赵书记，我……”开武为了弥补刚才的过错，褪下胳膊上的红布递给赵红军。开武知道，如果今晚哥哥不原谅自己，那他以后不仅在家里抬不起头，就是在村上也无颜见人。谁会愿意和一个吃里爬外、忘恩负义的人接触呢？

“赵书记，我以后也不参和村里的事了，我得复习参加高考。”开文的表弟马占也把红袖标褪下。

“你也要参加高考？你要能考上，母猪都能上树。”赵红军恼羞成怒时还不忘记嘲讽马占两句。马占号称读完高小，其实初小读了也没有一年，要不是被他爸马仕整日拿着马鞭在后面赶着，连初小都不一定能安分地读完。马占与表哥关系要好。开文还没当兵时，豢养了一只大鹰，整天架在胳膊上在田间地头转悠。而马占就拿只口袋在后面做个跟班。后来开文当兵后，和开武岁数相仿的马占就去瞎混，直到去年又被他老爹用马鞭赶回了家。

“哈哈，你们想不想跟我一起挖水晶啊？管吃管喝，每天再给两块钱。”有了弟弟和表弟的力挺，心情甚好的李开文当着赵红军的面，就开始策反他那一杆皮包骨头的部下。

“李开文，你，你……”赵红军气急败坏，四下瞅瞅，抢过身旁民兵的一把鸟铳就瞄向了开文。

“反天了你。”郑朝宗手疾眼快，一个箭步挡上前，扬手就抽向开文。

“你敢打我哥。”开武逮到个将功赎罪的机会，上来就一只手抓住郑朝宗的胳膊，另一只手握成拳要打向郑朝宗。

“开武。”心下明镜似的开文忙拉住弟弟。这当口老猫子早冲上前，使劲压下赵红军手中多少还能唬点儿人的鸟枪。

“赵支书，都是我的错，你别跟孩子一般见识。”老猫子一边抢枪一边说。赵红军见有人拦着，象征性地挣扎几下，就乖乖地把鸟枪交给了老猫子。

“要不是你猫子叔说话，我一枪崩了你。”赵红军恶狠狠地瞪着开文，他倒忘记老猫子和开文是一丘之貉。

“李开文，你小心点儿，钗锨没收。赵书记，你看如何？”郑朝宗害怕事情越闹越糟，想趁早收手。

“既然郑主任说话了，那就没收钗锨以示警告，下次可没这么便宜。”赵红军说完这几句场面话，不待李开文吭声，扭头便走。

赵红军大家本打算给这个不知天高地厚的小子一个下马威，没想到差点儿让这个混蛋给搞得下不来台。李开文毕竟走南闯北，见过世面，赵红军一看到他就没来由地底气不足。但身为至晶村最高领导，他又必须做出些强硬姿态。

工具被没收，开文就势休息两天。他走走亲戚，会会战友，依旧谈笑风生。第三晚，老猫子又来找李开文。他指着他的工具对开文说：你用钗，我用锨，照样能挖。开文觉得不能就此收手，就随老猫子一起出村。当他们刚走到马路上时，就被眼前的情景惊呆了。

月色茫茫中，不仅至晶村的田地里灯火通明，连极目处外村的乡野也是马灯闪耀，老猫子和李开文独家经营的买卖走到了尽头。显然，那些村民从李开文和老猫子的行为得到启发，真真切切地感受到了金钱的魔力，也预感到大锅饭结束的日子不远了。对这些土生土长的晶都村民来说，他们缺的不是寻找、鉴别水晶花石的能力，而是敢于反抗错误政策、将命运掌握己手的魄力。面对着朝不保夕的集体伙食，没有人不牢骚满腹，每一个人都暗暗准备着自力更生。在摩拳擦掌似乎已不可不发时，一个个却又若无其事地、极有纪律性地出工下社。他们都知道第一个吃螃蟹的人固然可敬，但很多时候，所谓先行者往往就是先烈。所以他们都极有耐心地坐等着他人振臂一呼，自己再配合着响者云集。至于别人呼的和自己应的是不是一回事，那谁管得着。出师要有名，起事要有头。失败了，他人以身顶罪；成功了，我们得享其成。

开文隐隐后悔对赵红军的粗鲁了。祸福相依，开文享受了一时之快，却为他人做好了嫁衣，白白断送了自己的生财门路。

“谦受益、满招损”，开文想起老兵对他说的话。刚参军两年时，开文在全军大比武中名列榜眼。发奖那天，开文看着另外四人不免有些得意。前五名中，另四人出身武术世家，只有他一个地道农民子弟。他嚣张地想，再练个两三年，天下舍他其谁了。想着想着，他当场哈哈大笑。这时，花白头发的老兵边称赞边走下主席台。他来到比武场，弯腰拿起一块被开文徒手砍断的半截砖，好像也不怎么用力，轻轻用手指一捅，一个圆润的小洞就出现了。尔后，他拍了拍目瞪口呆的年轻士兵，鼓励了几句，其中就有“谦受益、满招损”的话。开文由志得意满，到猝不及防，然后惊奇恐惧，最后傻站在那儿面红耳赤地羞愧不已。等他回过神儿，老人家已回到主席台正襟危坐。开文知道天外有天、人外有人后，就谦虚谨慎地奋力拼搏。没想到几年后，借着当时的特殊形势，他居然也算是成功人士中的一员。

开文有些遗憾地对老猫子说：“猫子叔，我们得想别的办法了。要不了多久，挖花石就没什么赚头了。”

“走一步算一步，现在不还赚着钱吗？”老猫子倒是气定神闲，一副宠辱不惊的样子。有了一千多元垫底，他有资格表现出大家风范。

果如开文所言，先是两周后，辛苦一晚上每人只能分到两三元。再过一周，连两三元钱也不是每晚都有。此时的晶都大地，白天大家都死气沉沉地应付生产队的集体劳动，晚上则全都生龙活虎地在田角沟湾挥汗如雨。对于每日饥肠辘辘的他们来说，每晚三五角钱的额外收入就具有莫大的鼓舞与诱惑，更何况时不时地还能来个一块两块的。

当好不容易找到一块五花地，信心十足地舞钗动锨时，开文敏锐地意识到，这块松软的土地已被人开挖过了。开文长叹一声，另起炉灶的时候到了。他拿定主意也劝猫子叔别挖了。而老猫子只是对别人的捷足先登抱怨几句，手上却没有丝毫停留。他很自信他捡挖水晶的功力，更幻想着别人粗心大意，会给他留下足够的遗漏。开文叹了口气，独自回村。

紧挨铁路边的打谷场上，六月新下的麦垛堆得方方正正、高高松松。时间还早，开文折了过去，三两下爬上麦垛，面向北站着。可站了没多久，惆怅就把他压的坐下。

弯月照耀下的铁轨，发着漆黑冷峻至极才有的白色光芒，往东西两面无限延伸。在铁路旁长大的每一个孩子，对铁轨通向的遥远地方都有着憧憬，都盼望着长大了能坐上奔驰的火车，插上想象的翅膀，去那个童话般的地方。很多人不谋而合地以为，远方即是美丽的地方。开文十八岁时，身穿绿衣、胸戴红花实现了儿时的梦想，但是经历了一些变故后，二十六岁复员回到了家乡，开文的心思就和铁轨一样，跳动在广袤的大地上。

开文自言自语道："你现在比上不足，比下有余了，应该知足，就因为别人也挖上花石，自个不能独享其成就感到烦闷？开文，要有点儿出息！"如此一想，开文的心情又愉快了。

"呜——"他扭过头，东面一列火车正呼啸而来，车大灯照得前方通明。在刺眼灯光的照耀下，开文看见一个背着挎包的人，在铁道旁的小路上纹丝不动地站着，隐隐有点儿像郑朝宗的身形。火车"忽哧、忽哧"，喷着黑烟急驰而过。开文闭眼屏气，缓缓心神，等到他再睁开眼睛时，小道上已空无一人。

第3章　爱火嫣红

开文的小日子幸福美满地开始了。在这个过程中有两件事，他没有想到竟然那么容易地就达成了心愿。

一是婚姻问题。开文要盖房，听说望东村那刚建好个窑厂，就去打听下砖瓦价格。他骑着车刚上东单湖大堤，听见有人喊。这一喊就喊出了一段姻缘。

开文转身看见一个姑娘冲她直挥手。姑娘陪着一位五十岁左右的妇人，那妇人看起来很冷漠，甚至有些呆傻。开文一边假装认识地问好，一边飞速运转大脑，想想到底是哪位故旧。女孩看开文讲一句话都要深思熟虑，就知道他已不记得她是谁了，就大方地自我介绍。

女孩叫穆云丽，中师还没毕业就被提前分配到县城小学教书。今天休息，她陪着堂姑散心，堂姑五六岁时可能被日本鬼子吓着了，脑袋经常糊涂。就算不糊涂，人看起来也呆呆的，所以一个人过了大半辈子。

开文曾经在一次回家探亲时，被东单湖中学请去做报告。报告会上，穆云丽作为学生代表给他献了花。开文想起她是谁了，想开句玩笑说应该叫开文叔，不该叫开文哥。不过最终他仍是客气地称呼她为穆老师。接下来的故事就是千篇一律的美女爱英雄、英雄惜美女了。穆李二人很快就确定了恋爱关系。

当开文第一次带着娇美可爱的对象回家时，母亲高兴地满脸皱纹碧波荡漾，父亲却悲哀地发觉自己真的老了：不能给儿子盖房也就罢了，连给儿子张罗个媳妇的权利都被岁月给剥夺了。黄伟爷俩则私下嘀咕开文到底花了多少钱，才能让城里的年轻小老师跑来假装是大龄青年的对象。

另一个问题就是宅基地。想盖房就得有宅基地，开文看中村西南角的一块地基。那块地基孤零零的，周围好远都没有人家，在规划用地的最边缘。开文这点儿前瞻性还是有的，他认为村子将来肯定要扩大，扩大后这块地基就靠着主路。不是说要想富先有路吗？能住在路边，那好处是不须说的了。

不巧的是，也有相当见识的赵红军支书，抢先把那块地基硬塞给了侄子赵本。这难不倒开文。他一方面让父亲假装什么也不知道，先去填土圈地，造成既成事实。另一方面又拉着赵本到县城胡吃海喝一顿，以示睦邻友好。赵本酒足饭饱，不待开文开口，就直截了当地说："我知道你什么意思，那块宅基地我本来就不想要，离庄邻这么远，建好房后孤零零立着，万一被人偷抢了都没人帮忙。想想都不舒服。"开文没想到赵本连客套寒暄都免了，心里未免高兴，但脸上还是泛起了潮红。

"至于我叔那面，我来说。"赵本没注意到开文害羞的表情，拍着胸脯保证。

"好兄弟，不急，不急，先喝酒。"吃了定心丸，开文心情舒畅了许多，忙把酒给赵本满上。

礼尚往来，赵本主动让出宅基地，开文就被动地把他介绍给了舅舅马仕。赵本惊诧于开文一无所有地回来，不到一年就要培土盖房。这要是别人，也许几十年下来，连个山墙都搭不好。

赵本记得开文刚复员回来时，叔叔赵红军告诉过他，别看李开文在外面趾高气扬，牛哄哄的，其实就是个粪沼气，虚头巴脑的空壳，连个屁都不是。赵本对支书叔叔言听计从，也暗地里用

“屁民”称呼开文。谁知大半年后，李开文却趾高气扬地拉石卸瓦、培土夯地，准备盖新房了。

叔叔又对他耳语道，那个屁民在部队里肯定犯错误了，回家后好不容易熬了半年装清白，就拿钱出来犒劳自己。赵本这次就当叔叔的话是耳旁风了。赵本也是二十出头的人，拿了地基好几年连只砖片瓦都办不起。于是，娶妻同样心切的他，就不免仰视起了开文。

赵本想去找开文哥取取经，让他指点一二，又怕人家讨厌自家叔叔顺带着也看他不顺眼。虽说开文哥和叔叔在村里也投桃报李地热乎一阵，但谁都知道，那和橘子差不多，外面光鲜一片，内里七八瓣地裂着，是合不上的。这次机缘巧合，就着宅基地的事，赵本就让开文帮扶一下自己。

开文看赵本刚二十上下，想到盛世古董、乱世黄金的古训，就说现在国家慢慢走上正轨，这些过去被称为玩物丧志的东西，早晚要重登大雅之堂，就把他介绍给舅舅，学习如何做水晶眼镜，好歹有个一技之长。

改革开放的政策，在江苏被义无反顾地执行下去了。土地包产到户后，各家在农闲时分也不甘于倚着围墙晒太阳，一个个都挖空心思，想捞点儿外快以期改善自己的生活。

追求精神时，能看出智商的良莠不齐。追求物质时，智慧则彰显着秋色平分。马仕在赵红军通传完政策的第二天，就让马占弟兄几个搬出水凳、丝锯，重新开始他的水晶眼镜事业。

与此同时，同样智慧的郑朝宗却只能慨叹命运的不公。他本人半身不遂，两个儿子，小儿子郑世成还小，大儿子郑世桂装小。郑世桂小名阿桂，村里人很少称他的大名。阿桂结婚没多久，就和老婆整日家里长外面短，闹得不可开交。

婚后才经人事的阿桂，惊喜地发现他是如此勇猛。自从洞房花烛夜和老婆连开三度后，他夜夜如此，丝毫不觉疲惫。可怜新婚正娇嫩着的媳妇，在蜜月里就像受到了重度家庭暴力，干什么都要掂着一支腿。公婆两人看在眼里，喜在心里，以儿子媳妇这般卖力，要不了一年，郑家第三代就会呱呱坠地。看这小两口如胶似漆，邻居村人见了也赞不绝口。

刚开始阿桂的媳妇伊鲜对这种勇猛，不甚在意，偶尔还沉浸在美妙之中。可是后来，伊鲜就渐渐觉得不对劲了。凡事都要有个度，不说阿桂的身体并非坚强似铁，就是她也经不起这番“深犁重耙”。好不容易到了月末，新娘像得到解放一样，一瘸一拐地逃回了娘家。在娘家小住几日后，伊鲜心怀恐惧又心存侥幸地回到了婆家。当夜，养精蓄锐多日的阿桂折腾了她整整三个小时。当阿桂沉沉睡去时，伊鲜躺在旁边，不停地流着泪。

如此生不如死的半年后，伊鲜不顾羞耻地把这事向母亲汇报，也和周围的邻居小媳妇探讨。但这些过来人不是对新娘子严加训导，就是对新娘子艳羡不已。外面争取不到道义的支持，家里就得自己努力抗争。她委婉地对阿桂提出，那个东西是有数的，用一点少一点。而阿桂正为他的勇猛自豪，哪听得进去，于是夫妻俩就有了茶余饭后的锅撞碗碰。再后来，越来越驾轻就熟的阿桂就整日卧床不起，不管是白天还是黑夜，只要想了他就大呼小叫。

老婆操劳过度，忍无可忍之下，就和阿桂上演了原始部落般的生死大战。女人毕竟是女人，每次都被阿桂打得奄奄一息，再加上村里人传统观念作祟，一致地支持阿桂，伊鲜的苦楚就可想而知，终日里只能以泪洗面。就这么鸡飞狗跳一段时间，阿桂突然对她不像以前那么兴趣盎然了。

就在伊鲜暗暗感谢上苍时，她发现阿桂已经好久不再碰她了，甚至一天到晚连话都懒得和她说，就算偶尔一句，也是礼貌地让人心冷。阿桂又开始整晚看着他宝贝似的天书，还会不时地写写画画。女人的直觉告诉她不对劲了。

开文在言论的风口浪尖上，格外醒目地操办完了婚礼。鸡鸭鱼肉，传说中的东西，第一次在至晶村的正桌上联袂亮相。永久自行车，祈祷时才出现的词汇，真实地携手面世。

村里人再次真诚地恭维起李上前，“开文行啊，这半年多就把房盖了。”“永久啊，一买还是俩！”李上前哈哈大笑着，自责没有能力为儿子完婚，不过亏得儿子争气。

当穆云丽的肚子微微隆起时，阿桂买酒赊肉，把开文父子请去喝酒。开文和父亲前后脚进了邻居家的门，一张八仙桌边前后交错挤坐着郑世桂全家，还有四五位郑氏宗族的长辈。

已出落得有模有样的郑世凤见开文进来，脸色像初春的杏子饱受细雨，红嫩嫩、白腻腻的一片。开文猛然瞥见正慌忙低头的阿凤，脸上也微热起来。听妹妹正华说他结婚那晚，阿凤哭了一夜。世上很多种心安理得都是欺骗而来，包括自己骗自己。开文听妹妹说完半晌无语，最后念叨几句她还是孩子，就把这事给忘了。今日又看见阿凤，他再次腹语几句“小孩”，就心安理得地坐到了她对面。

落定后，开文才发觉今天的主人阿桂不在席上，阿桂媳妇伊鲜倒受宠若惊地坐在上席。伊鲜一会儿拿眼瞟瞟这个，一会儿看看那个，羞怯又得意。大家都是前村后院的，不一会儿就热闹了。开文刚要问阿桂哪去了，就见他端着一盘韭菜炒鸡蛋从门外走来。

“阿桂啊，今天有啥喜事啊？”开文看着一桌不是阿桂的家人，就是邻居或者宗亲，猜想八成是这小子觉得以前对老婆有些过分，请大家来吃喝一顿给老婆赔罪。

男人啊，不承认错误，满足的是自己的欲望；承认错误，满足了一堆男人的欲望。大家刚还互相絮叨，见开文发问，都闭上嘴听阿桂怎么回答。他们的嘴巴还不习惯发问的功能，正憋得难受。

“满酒。”已落座的阿桂双手歪拿瓶兰陵大曲，给在座的一一倒满酒。心急的郑家老二郑世成已端起酒杯抿了一口。

“阿桂，到底有什么事啊？”郑朝宗耐着性子又问了一遍。儿子结个婚结成大爷了，越发懒惰。要不是看在还不知啥时出世的孙子面，郑朝宗早一拐杖打过去。

“先喝酒。”阿桂懒得连话都不想多说似的，真怀疑刚才为什么那么献殷勤地做饭。

阿桂连干三杯，咂咂嘴，大家也跟着呲咂了三杯。郑尚的老爹郑青，年纪比郑朝宗大不了多少，可辈分却长了一截。他心道，若是阿桂再不说缘由，我就得倚老卖老地起个表率作用，不喝了。

“今天有个事给大家说一下。”阿桂严守杯不过三的规矩，没给郑小爹表现机会。

“伊鲜，我们结婚也有一年了。”阿桂把脸转向坐在身旁的老婆。

“是。差两天一年整。”长这么大头一回坐上席的伊鲜惶恐着。

“我给你倒酒。”伊鲜忙从东面的主位上站起。从被阿桂强迫着和公公婆婆坐在一起，她背上的汗就一直没停过。现在看到阿桂咂嘴，忙自救地站起，要给阿桂满上。

“坐下。”阿桂的声音低沉。伊鲜又哆嗦着坐下，眼角有了晶莹。至晶村有几个媳妇坐过主位？就是在晶都，在全国，又有几个媳妇坐过主位？我值了。伊鲜心中激动，眼睛却眨也不敢眨，就怕那幸福像泪水一样流去。

“我……”阿桂的笨嘴拙舌，让人怀疑他两次考大学凭的不是能力，而是愣头青般的勇气。

“有屁就放吧！”郑青到底忍不住了。

“好，那我就直说吧。”阿桂看了眼爷爷辈的郑青，就把脸转向伊鲜。

“伊鲜，喝完这杯酒，我们离婚。”阿桂说完，面前的酒一饮而尽。

“我要吃菜！”阿成夹向鸡肉，整个屋内只有他嘴巴蠕动的声音。

伊鲜的眼泪终于掉下，她伸手抹着脸逃离那不该属于她的主位，向卧室奔去。

阿桂离婚了。当“结婚”这个词还没有完全替代“成亲”的说法时，阿桂已身体力行了离婚。亲朋对他劝了，骂了，也打了，都没用。阿桂不应该姓郑，应该姓“骡”，姓“驴”，倔得要断子绝孙。郑朝宗的原话是，“你是驴日出来的，你大是骡子啊？”

开文十分不解。要离就离好了，偷偷地离，给伊鲜一个面子。整这么一大桌，花钱让伊鲜和自己丢人，这玩得哪一出？

离婚后，阿桂就有些神出鬼没了。他把自己关在屋里，神神秘秘的。只有吃饭或上茅房时才出门，鬼鬼祟祟的。开文闲聊时问李上前，这是不是报应？李上前对儿子说，实在吃饱饭没事干，就下下“六周”或“大炮轰小兵”。

郑朝宗三只腿不是晃到东家就是串到西家，对儿子不闻不问。郑朝宗老婆倒是又跟张发做了几笔生意。她找张发时，张发还自爱地说：“女儿不让做这个，女儿不让做这个了。”当郑朝宗老婆掏出一把纸票，再恭维他几句菩萨再世时，张发马上就显出他治病救人的善良本性，忙了好几回。但这也只是说明他善良而已，治病救人还是要靠真才实学的。

开文现在俨然是一个离经叛道的致富高手。村人们不是在养鸡、养猪上活跃思维，就是捡拾水晶、花石、石英上锻炼智力，要不然就像马仕一样，打磨水晶眼镜挑战极限。而开文则别出心裁，包火车皮贩卖起了农富产品。

第一次，大家太过憨愚。开文先把农富产品装入火车托运，斤两十足地让人不好意思。第二次，大家就放松了许多。交换货物时还谈谈天、说说地，彼此勾肩搭背。钱货两清后，还要手拉着手，以示意犹未尽。回来后，开文仍然把那些意料之中的砖块、鹅卵石什么的悉数堆放在一起。

小赚几笔后，开文在村里的名声如日中天，隔三岔五就有人求教赚钱秘诀。开文没有得意忘形，尽可能地根据对方实际情况和自己一年多的经验，提出切实可行的计划或意见。

这天王喜进了开文的新房。“开文哥，”王喜恭敬地叫道，“帮我给马仕大爷说个情，让我学磨眼镜呗！”别人都是来求开文指点迷津，只有王喜自作主张地让开文说个人情。开文不禁抬头看了看王喜。他明白，若不是王喜曾与马仕有过一些不快，早自个就屁颠屁颠跑去了，哪用得着来找他。

马仕并不是开文的亲舅，而是表舅，而且不是一二表，搞不好都八九表了。民国时代，马家是名门望族。当时有“黄马二家郑半岭”，说的是土地基本是黄马两大家族的，郑姓少得多，但也有半岭的地。

说马家是旺族，说的是他们的财运，而不是他们的人丁。祖上开枝散叶的几枝，差不多枝枝都是单传。唯独马珍那支本来还旺点儿，但因为日本鬼子，最后连个男丁都没有留下。当然，后来连财也不旺了。中华人民共和国成立以后才人丁又兴了。马仕经过一些人生起伏后愈发看得开，这或许也是他多子多福的原因之一吧。

马仕请客喝酒，众人欢笑，杯来酒往喝得高兴。喝着，喝着，就坏事了。王喜的寡母头痛，王喜就来马仕家找点儿水晶碎片。晶都有个偏方，将水晶碎片包裹好，放在枕头底下，可治疗偏头痛。马仕的老媪子从床底翻些出来给他。马仕没想到小小年纪就不务正业的王喜，居然还有一份孝心，一高兴就叫他也来喝一杯。

王喜一进院就闻到了饭菜的香味，经马仕这一邀请，他把水晶碎片往磨盘上一放，尖脚就跑进了堂屋。马仕叮嘱他只可埋头吃饭，不可胡言乱语，最好一句话别说。王喜点头的空隙，已咽下了一块炒鸡蛋。马仕看王喜吃没吃相，坐没坐相，感叹这孩子饿坏了，孤儿寡母的不易。

马仕正感慨着，王喜猛吃了几口菜，意识到狼吞虎咽的样子太过于粗俗无礼，就恭维起了马仕：“马大爷，还是您厉害啊，天天好酒好菜地吃不完。”正在桌上的马占，拿着干涸的酒壶上倒下翻，却再也倒不出酒。按乡俗王喜还讨水晶时，不能乱说话。马占怒从心头起，跳起来一巴掌抡了过去。从那后，王喜看见马仕家的人就要绕着道走。

而今，王喜见本来与他成群结党的赵本，都规矩地去学习水晶手艺赚钱，他知道他也不能再这么浑浑噩噩下去了，就硬着头皮央求开文。开文见他想学手艺，是走正路，就带着他找舅舅说情，收王喜为徒。

第 4 章　他们对话之水晶作坊

开文领着王喜去舅舅家。几个月不见，马仕鸟枪换炮，水晶作坊办得热火朝天。

院子里赵本和后村的一个青年，一人抓着钢丝锯的一头，正在磨盘上粗割着只巴掌大的水晶。好家伙，这可值不少钱。他们你拉我推，进退相当有序。赵本干得久，是大工。他左手牵引着推拉，右手拿只水瓢，时不时地往切口处浇水降温。

大门左首由东往西的三间草房，已改成很像样子的工作坊。开文在前，王喜在后，依次拐进草房。第一二间草房被打通连在一起，虽是白日，仍亮着灯。几个青头学徒工，像在学校那样，分两列三排，有序坐好。每人面前的桌子上都有只像大号缝纫机似的工具。开文没见过，不禁多看两眼，这才发觉最前面的桌子上，挂着块狗啃似的硬纸板，上面歪扭着写有“细割机”字样，显然就是表弟马占的杰作。学徒工们操作着细割机，吱吱的切割声伴随着朦胧的水雾不绝于耳。细割机的切割钢片套在连动轴上如同一面铜锣，随着发动机的嗡嗡声响，悄然飞转。

二排靠里，开富端坐其中全神贯注。他双手紧捧着只拳头大小的水晶，缓慢平稳地往钢片上推动。一待水晶靠上钢片，本来蜂鸟般无声的钢片，吱叉地发出金属的喜悦。开富任飞速的钢片切割一会，就将水晶慢慢后拉，直至脱离钢片。他再腾出一只手，从操作台上的浅盘中掏捏些湿漉漉的细沙，洒滴在水晶切口，然后双手再度捧握好水晶，看准原切口，对准钢片再次慢慢上抵。

切割片高速旋转，高温频生，却能保持着充分的湿润。开文往上看，切割机的顶上悬挂只铁桶，里面吊着支由村药房找来的输液管。均匀的细水就顺着输液管，不紧不慢地滴洒到钢片上。开文惊奇，解放了思想的舅舅推陈出新如斯。

水晶切割第一道工序是粗割，简单。第二道工序复杂，分细割、粗磨。第二道工序原本全由一个人操作“水凳”完成。马仕添置了几台细割机，将细割部分独立操作，更加专业系统化，效率大大提高。

开文想明白了其中诀窍，不由赞叹了一声，就带着王喜走进第三间房。这间房比前两间明显安静许多，光线也亮了好些。马仕一个人背对着他们坐在水凳前，手托着只镜片抵在沙砣上，脚踩着凳下的连杆木板，有节奏地一上一下，正打磨地聚精会神。嗡嗡声中，连山羊胡子都不曾抖动。他身旁的矮几上摊放着十几只初成规模的水晶眼镜片。

那只水凳是马家祖传之物，年代愈久，体格愈坚，黑漆发亮的和马仕一样，焕发了第二春。开文不知舅舅把它藏哪了，竟能躲过“破四旧”。开文早知道水凳保存完好，但亲眼再见时，还是抵不住心里泛涌而上的阵阵亲切。

嗡嗡声停止，马仕拿起镜片，对着眼前灯光左右端详，然后小心托放着又紧贴沙砣。他的脚轻轻一踩，沙砣就呼呼转了几圈。待转动停止，马仕侧身又拿起镜片对着灯光端详，尔后用手擦拭几下。

开文瞅准这空当，大声叫道：“大舅！”马仕转身，见是开文，咧嘴一笑，又见身后的王喜，那笑容就收住了。好在马仕年岁已大，没有当场发作。不过马仕再大气，也不能当没事人。

马仕领着开文和王喜出了前房，往堂屋走去。家院里，赵本一边换钢丝，一边骂骂咧咧："奶奶的，切了一个月才切了不到两公分。"看见马仕，他忙闭上嘴，迅速地装好丝锯。

堂屋内，马占拿着本《水浒传》专心致志地诵读。马仕看见大儿子四仰八叉地躺在太师椅上装模作样，气就不打一处来。他毫不客气地张口就骂，让他能滚多远就滚多远，少在家里丢人现眼。

初始，马占还和弟弟们鞍前马后地帮着父亲忙活。等马仕招了几个学徒工，弟弟们也上学后，马占自恃打下江山，就磨蹭着不想再出力。马仕责骂他几次，问他这样好吃懒做，等爹妈老了以后打算怎么办。马占挠挠头，半晌吞吞吐吐地说，想考大学。马仕听了哭笑不得。他知道儿子这么大言不惭，无非是想借考大学的名义，躲在家里偷懒。但马仕除了喝骂他几句外，也没有任何办法。儿子大了不由爹。

马占见开文进屋，合上书起身说"俺哥来了"，又见畏缩跟在后面的王喜，已躺下一半的身体，又弹簧般折起，直直地挥出了拳头。王喜早有防备，一个倒步逃到门外。

对王喜拜师之事，马仕心里老大不乐意，但外甥业已成家立业，多少总要给些面子，何况他确实也需要人手。王喜就和赵本一起，向马仕学习起水晶加工的第一步——粗割。安排妥当后，开文就陪舅舅闲聊。他是好久没来了。

甥舅两人先是家长里短，娘好爹好，聊着聊着就聊到了水晶。一聊到水晶，马仕黑虎白豹半天的脸，慢慢就广寒红锦起来。

马仕告诉开文，水晶历史源远流长，早在远古时代就有，统称玉，石之美者。汉唐时就有"却下水晶帘、玲珑望秋月""水精如意玉连环，下蔡城危莫破颜"等诗句。马仕摇头晃脑地吟诵。

开文好生惊奇。舅舅和父亲一样，也是大字不识几个，背起这几首古诗倒是字正腔圆。他心想，果然无利不起早，为了赚钱，再不学无术的人也好学上进了。想到这儿，开文看了眼又躺回去的表弟。

马仕所知道的水晶知识来路繁多，其中倒有一半是在挑选水晶棺材原料时，听 105 矿技工所讲。马仕稍炫了下渊博的知识后，又为水晶的产量太低，人们对其知之甚少而感慨不已。

开文对水晶的各种故事与传说知道的不多，但对水晶的来历、现状及未来的发展前景，倒是知之甚详。开文理解舅舅的感慨。做水晶眼镜，虽说利润丰厚，但费时耗力，要求又高，远不如用绿石、白玉做些把玩之物和佩饰之品来得划算。同时不同命，绿石、白玉做装饰品，历史更悠久，文化更深厚，再加上历代统治者不遗余力地推广宣传，时至今日，早已路人皆知。

玉，初始定义为石之美者。普遍认为，多为绿色，间有白色，是不透明的石头。美在何处？若让一个没有经过阉割荼毒的孩童，面对玉石和水晶任选其一，那孩童往往会奔往晶莹夺目、光洁照人的水晶。水晶原石晶光闪闪、棱角分明，远不如玉之圆润、握可盈手。北齐元景皓，面对委曲求全就可避免的杀身之祸，喊出了“宁为玉碎，不为瓦全”的钦钦之语。此处所说的玉，一般指认为水晶。水晶破碎后更是光芒四射、锐不可当，寓示着人之虽亡，铁骨唯留傲铮。如果是一块绿色的玉石崩裂于地上，那就缺棱少角、色暗泽灰，似乎还不如瓦全来的坚强。

古人云，生于忧患，死于安乐。后世饱读圣贤书的皇帝们，在一片斗鸡走狗大潮中，为男人谈之色变、见之汗颜的绿色，也就堂而皇之地登上大雅之堂。登堂归登堂，但总归不是那么理直气壮，因此黎民和百官在以绿为美的情况下，偶然也会喜欢些白色的玉石，就当是培养兴趣之时顺便起些混淆视听的作用。长此以往，是美，是丑，就见仁见智了。

马仕眼也不眨地盯着开文。人才就是人才，不像猴子从再高的树上掉下来，它还是只猴子。那一瞬间，马仕就有了招贤纳十的冲动，他要把浑身的水晶绝学传授给开文。大儿子马占肯定是指望不上了，他连书本正反都不知道。老二马东，一母同胞也好不到哪去。老三老四暂时还小，看不出来。与其传授给笨头笨脑的外人，还不如教给见多识广的外甥。

舅舅的用意还没有完全说明，开文已明白了七七八八。他没给舅舅面子，直截了当地拒绝了。他说水晶行业目前是料比人贵。一副水晶眼镜价值可观，这之中，人的技艺当然非常重要，但首当其冲的却是水晶原料的好坏。相对原料本身的金贵而言，人的付出就渺小许多。开文认为在现状一时半会儿没法改变的情况下，他要做的是人比料贵，而不是料比人贵。此前挖捡花石的举措，无一不是如此。料比人贵，被动地接受，成败更取决于天意；人比料贵，主动地进发，胜败更由己为。

听外甥左一套右一套不停地讲，马仕的脸慢慢涨红成了酱紫色。

“开文，你是不是嫌我给开富的钱少?”马仕按着火气，让语气尽量平和。

“啊，没有。舅舅，看您说哪去了。开富若不是您外甥，哪有机会跟您学手艺。您不收钱就不错了，还一年给他一百元，快赶上去城里做小工了。我怎么还有胆儿嫌东说西的。舅舅，您别在意，我不会说话。”开文快语连珠忙不迭地解释。

出了舅舅家的门，开文感慨马仕久居家中，仍然保持着农人的本色。说难听点，就是不拿自个当人看，或者不拿别人当人看。水晶，不过是块石头，再美丽再稀少又能有人珍贵吗?

一个行业，不重视人的创新能动，只在意天成的珍贵稀少，这个行业能长久吗?开文又想到朋友说的一段话，不禁莞尔：有能耐的人坐地为王，稍差点儿的人四处称王，最差的人家里为王。开文加快步伐回家。

午夜已过，世界沉睡正酣。天地间触眼所及都是厚厚白雪，影影闪耀着让黑夜失色。雪早停了，零星雪花飘转回旋，像位深苑小姐，袅袅风御，娉袅绒落。

稍远的丘陵，弧凸曲微，雪起白曳。目光随弧线美丽，眼神逐雪落温柔，润水珍珠般，碧玉滑动，静静不响轻轻，缓缓不滞涩涩。

再向前，天地一体的暗白，好像很远，穷极幽深，又似乎很近，呼吸稍重就让宁静纷扬。

那棵晶莹柳树，如同观音大士一般路边悄然，长长柳枝密密微抿着雪花，微风拂掠时，悠悠轻荡着回韵。

至晶村掩埋在雪的安宁中隐隐可见，像一个困极了的大大雪人平躺着，每一次呼吸就会逗起细小的雪花，蹑手蹑脚地打着旋。

开文不紧不慢地走在雪地上，每一步踏入都能感觉到雪在脚下慢慢拥挤。身后留下的两排脚印，一直延伸到暗白的天地相接处。耳边传来的吱吱声响，更让人感觉到夜的宁静。

偶尔有一两声忽大忽小的鸡鸣，远远地从村子深处，隔着鸡棚，飘过栅栏，绕过房屋，随着一闪便逝，恰到好处就挠到了你的耳鼓。

这一声就让原本享受静谧，怀着一颗随景而安的路人，不再仅是被动的舒适。它让与茫茫天地融为一体的内心，突然间就有了莫名的感动。那感动，空气一般，见缝插针地从心间涌上脸庞，让开文的嘴角牵出浅浅的笑，眼睛也变得热乎了。

一个小时前，开文艰难地决定，为了妻子云丽，为了刚出生的儿子小剑，从今后不再从事买进卖出风险高的流通商业，要做些踏实生产老实收获的实业。几个月后，开文承包了水库，开始发展养鱼业。

第5章　谁人识“水胆”

一九八三年的“严打”让为非作歹的人追悔莫及，也让游手好闲的人胆战心惊，但在几千亩水域的至晶水库岸边，开文带着一帮乡亲和庄邻以对生活前所未有的饱满热情，奋斗在发家致富的道路上。他当机立断地购篓捕虾，在河虾肆无忌惮地思淫想欲之时，饱撑了自己的荷包。谁能和钱有仇呢？

村民赵专注在上年年底分红时，捏搓着一把崭新的十元大钞，有点儿懊恼。孩子都人高马大了，他才第一次见到这么多钱，可当初为什么不答应开文叔合伙经营，一家一半呢？哪怕砸锅卖铁、割肾献血，也要和开文叔同甘共苦啊。赵本和王喜欣喜若狂地被马老爹赶出了水晶行业后，转身死皮赖脸地要为开文牵马坠镫。

随着近视眼的急剧增多，玻璃眼镜被迫迅速普及，而水晶眼镜则因其真假难辨且价格高昂，直接导致了它的曲高和寡。马仕的水晶眼镜作坊在风光了两年后，不可避免地苟延残喘了。嫡亲传人大儿子马占，在读了几本线装书后，居然匪夷所思地做起了人民教师。与子孙后代的千秋大业比，马仕的手艺传承显得那么自私自利。半亲传人开富倒是不错，非但勤于动手还敏于思考，不愧叫开富。当赵本和王喜在唉声叹气地用手工艰难地分割水晶毛坯时，开富却不声不响地设计改良出放大版的切割机，并配合钻孔定向爆切技术，一举解决了困扰水晶雕刻前辈们几千年的粗割难题。可惜开富一直以大哥开文为榜样，自己攒了点儿又借了大表哥马占些钱，留下一封信后就跑去找大哥了。别说让其继承衣钵了，若不是后来回来了，妹妹、妹夫非烧了他的房子不可。嫡亲半亲的都如此不给面子，别人走起来就更理直气壮了，最后只剩下赵本和王喜一时没有去处，只能念经撞钟般地挨过一天是一天。不过后来，马仕到底把他们赶出去了。用人民教师马占的话说，他们是道不同不相为谋。

赵本和王喜休息的那天，两人结伴去水库边捡拾野鸡蛋。

春天欲语还羞的季节，千亩水面轻轻荡漾，氤氲出柔柔暖暖的微风。水库两岸黄绿相间的茅草，郁郁葱葱地包裹着生机无限。在这黄绿夹杂中，间或有一窝两窝的野鸡巢。

雄鸡色泽艳丽，红、绿、黄，三原极反的颜色毫不吝啬地涂抹，那高昂的峨冠，轻佻的长尾，让人不禁疑惑起野鸡的命名。雌鸡则内敛得多，首先个头就用上了小家碧玉的伪装，其次外表栗白两色，素面朝天得恰到好处。

据有幸暴殄过天物并大快朵颐之辈所言，野鸡不仅看起来美不胜收，吃起来更是让人回味无穷。不过，不管是盛气凌人的雄鸡，还是假装温文尔雅的雌鸡，都是双翅一展就直飞冲天，害得眼馋心系的人们就只能不讲仁义道德地从它们的后代入手。

赵本、王喜早早而起，迎东而去，生生逼退了启明星。待他们到水库边一看，这窝空空如也，那窝如也空空，只有几对野鸡突兀腾起，金乌一样徘徊在东方的澄明。开文和专注早就近水楼台先行洗劫了。

日日起早贪黑，好不容易休息一天却画蛇添足地跑来晨练，赵本、王喜郁闷异常，发泄似的把水潮涨落时留下的石块一脚踢飞或捡起远远抛出。

“王喜，你看这是不是花石？”年长些的赵本叫着还在乱踢瞎踹的王喜。

一块白森皱巴的石头静静躺在一洼清水中，约有两只茶缸那么大。

“花石，能不能换一两块钱？”年薪一百块的王喜气色活泛，他一直想给阿凤买只小镜子，就是那种钢箍团圈、背后贴花的小镜子。

“嗯，拿回去让师父带到天桥，说不定能值几包烟。”快和当年开文一样齐名的大龄青年赵本，只能与香烟结缘。

“我们自己去吧，师父就知道做眼镜，这么差的石头拿给他看，不要被他骂啊？”王喜建议。

“师父常去那儿，人头熟，没准儿价高点儿。”赵本显然看得远。

二人不再留恋野鸡，兴冲冲地托着那块花石去找马仕。马仕正拿着玉嘴烟袋猛敲二儿子马东的头：“要么跟我磨水晶，要么死学校里待着。还去深圳，反天了你。”马东哭丧着脸，老大个人被父亲敲得连躲都不敢。

赵本、王喜在金钱的诱惑下，大着胆子说出请求。马仕白着眼看了一下石头，心中的恶气马上消散了。

花石在朝阳照射下倒也熠熠生辉，但一放到背阴处就白森粗糙得厉害，说是“石英”委屈了它，说是“花石”也绝对是抬举它。石头绝大部分混沌，胶乳般密不透风，细看才能在坑洼处找到几丝透明，但也是胶花棉角中密布了气泡一样的空缝。

“就知道钱，没吃三天斋就都想上西天了？”马仕咆哮，赵本、王喜抱着那块花石拔腿就跑。一出门，王喜就吹嘘起他的英明睿智，赵本则一言不吭地走在前头。两人步行前往天桥。

天桥在火车站东面。火车站北面是城区，南面不远处是105水晶矿。天桥主体用钢筋混凝土浇筑，拱度有近十米高，南北横跨陇海铁路，宽度也有七八米，长度则连头带尾的近百米。如此庞然大物，理所当然地成为晶都标志性建筑。

天桥为交通要道，行人如织。桥南堍靠东栏，一些口袋平铺在地，堆满了水晶和花石，几个出售的人坐着马扎儿背靠桥栏拉呱说家常。偶有行人问个价，他们抽空搭理下，然后接着拉、接着说。

民间经营水晶千难万险地开了头后，一开始大家不约而同地全在 105 矿门口摆摊。厂矿领导觉得门口蹲着一群土里刨食的农民实在有碍观瞻，就把他们赶跑了。105 矿是收购大户，那些工人常会偷偷溜出收购水晶，因此这些水晶散户们还不能离得太远，只得忍气吞声地往北挪挪，搬到天桥。

“师傅，您收购花石吗？”王喜向一个看起来比较和蔼的摊主走去。

“收。”摊主忙里偷闲地斜看了他一眼。他们偶尔也会买进卖出，投机倒把一下。

“您看这块怎么样，给个价？”王喜继续低眉顺眼。

“什么？你糊弄我是不？”摊主好不容易专心致志，一见石头，猛地站起：“你怎么不搬块土疙瘩来？”

“哎，师傅别生气，别生气。”赵本赶快过来解释。

摊主看看王喜，看看赵本，再看看那块两个茶缸般大的花石，说道：“这样啊。这个不值钱的，浑身上下没个透光的地方，和石英没啥区别。你们真要想卖的话，给你们一毛钱去买包大前门抽，要不然就搬回家。”

“一毛？我们为一毛钱巴巴地跑十几里？”王喜又言语不逊了。

“怎么？给你一毛钱就是看你搬这么远。实话给你说，这石头我就是收了多半还是要扔掉。”摊主说完不再理他，双手交叉抱着往下一蹲。

“走吧？”赵本叫王喜。

“我们自己卖吧，没准儿有人收购。”王喜对赵本说。他答应给阿凤买块镜子都答应快一年了。

“没人要的。”赵本看看那些摊主对王喜说。

“赵本哥，你借我点儿钱好不？我给阿凤买只镜子。”王喜鼓了鼓勇气说。他很怕在剩男赵本面前提儿女情长。

“上次马叔不是发你一百了吗？”赵本倒是不以为意。

“我，我都给我妈了。”王喜说着，眼圈有点儿红。

辛苦工作一年，马仕数了十张10元大钞给王喜。这是王喜第一次踏实苦干赚来的钱，他把手在衣服上搓了两下才接过，然后一手夹着，一手往嘴里沾了下唾沫，像会计一样“一十、二十”地数着。可老也数不对，不是多了，就是少了。

王喜一路唱着大戏《沙家浜》回了家。当王喜把钱递给妈妈时，这个四十岁还不到的速成老太太，手像摇钱树一样哆嗦个不停：“孩他爹，喜儿长大了，喜儿长大了。”钱没摇下，倒摇下了几粒“钻石”。娘俩抱头痛哭一番。王喜本想把钱拿给妈妈现宝，这下也不好往回要了。

“好吧，我们就卖卖看。”光棍赵本善解人意地拉着王喜坐下。不成想，口袋马扎齐全的专业摊位无人问津，席地而坐、随手而摆的业余者却多人驻足观望。

“这卖的是玛瑙？”

“砗磲吧？”

“分明石英啊。”

专业摊主们也前仰后合地为王喜赵本喝彩：“那是黄金”“大钻石”。

“咱走吧，人家笑话。”赵本脸上阵阵发烧，低声劝王喜。

“再……等等吧。”王喜尴尬到红光满面。不过为了阿凤，他还能坚持。少年心事情最真。

“这个多少钱？”一个戴眼镜、梳着和开文哥差不多分头的中年人问。

“不要钱。”“说什么呢？”冷不丁地，王喜也想感受一下财大气粗，赵本忙打断他：“您，看着给吧。”赵本更前卫地想待价而沽。

“给你二十，如何？”分头中年人倒是配合地明码标起了价。

“……”

“行不行啊？”中年人看着王喜、赵本奇迹般一致地表情，追问了一句，怕他们嫌少似的。

“哎，您看好了？”那个和蔼可亲的摊主过来抢生意。而王喜、赵本好像在比赛定力，谁也不肯先合上嘴、眨下眼。

好大一会儿，还是赵本人老体衰坚持不下去，先说了话：“行，行。”“行，行。”王喜紧跟着附和。分头中年人松了口气。

“你知道这是什么吗？”水晶卖不出，石英倒成了抢手货？钱货两讫后，觉得受了侮辱的专业摊主追问中年人。

“哦，这个是水胆。”中年人边说边把石头举起，迎着阳光轻轻翻转。大家同一时间发现了在石头若有若无的透明之中，有晶莹闪亮的东西在慢慢地上下滚动，正努力地放射着霞彩四射的光芒。

水晶在地壳运动板块碰撞里形成。当地下温度太高，水分和二氧化硅物质汽化后，物理地混合在一起，彼此不分；待冷却后，二氧化硅结晶成了水晶，水则由气态重归液态，多数的不知去向，少数的则为水晶环抱。虽说二氧化硅和水同时冷却，但因结晶点不同，会先期成形，这样就会给水预留一个型腔。水由气而来的结尾时刻，体积会再小一点儿，就不能和型腔同大小，因此会在水晶型腔中形成一个水珠。世上最纯净的石头中蕴含着世上最纯净的水，在点点空间的努力下就能折射出世上最美丽的光芒。

赵本难得奢侈地买了一包牡丹烟，王喜买了镜子之余又慷慨地买了一条红丝巾。所谓浪漫就是浪费，王喜深明其理。两人兴高采烈地回了家，没敢笑话师父的一时走眼，却歧视起师父的眼镜事业，后来他们拼命鼓动游说马仕放弃水晶眼镜改做水晶观赏石。以马仕几十年摸索的经验，再加上几百年的家传绝学，两个最晚进门的徒弟相信师父一定可以带着他们早早地过上挥金如土的日子。马师父听了丝毫也不敢耽误别人的发财大计，当即就果断地赶他们出了门。如果马仕知道那块“石英”以后的事，或许就不会那么及时果断地出手了。

分头中年人后来把水胆以两千元人民币的价格卖给了一名香港人，那名香港人又以折合人民币两万元的港币卖给了一名境外的珠宝商。这个珠宝商把暗藏其中的水胆全部切割出来，雕琢成形态各异的挂件卖给世界各地的华侨，获利了折合二十万元人民币的美金。此时大陆备受追捧的工人工资每月在 30 到 50 元。

赵本、王喜还没走出马仕的家门，就一起想到了现实中最接近挥金如土的李开文。开文招兵买马正准备大干一场，虽然顾忌舅舅的脸面，但耐不住赵本、王喜寸步不离地哀求，只得接收了他们。开文也明白了当时急功近利的王喜学做慢工出细活的水晶，是为了要给郑世凤雕刻一块“心剑”。

心剑，挂于脖颈之处的吊坠，先用水晶雕刻成心的形状，再在心上雕出剑的样子。心，爱情；剑，阳刚。“心剑”阴刻阳雕一对，青锋宝剑，女式镂刻之上，男式浮雕于斯。在以前，这不是才子佳人就是千金少爷的爱情象征。身为平民的王喜和阿桂神往不已，连开文少年时代都梦寐以求过，可惜纯洁无瑕的水晶难找，鬼斧神工的雕刻师更是可遇不可求。

开文在人员上兵多将广，在“武器”上也要鸟枪换炮。他本想从洪泽湖直接购买铁皮机动船，无奈船大河浅、物重车薄，没法运输，只能备齐材料在至晶村水库边上，请匠邀工用钢槽铁筋铺设龙骨，浇铸出了一条 18 米长的水泥机动船。

王喜、赵本负责驾驶。本该成为能工巧匠的师兄弟做起驾驶这种粗活，不过牛刀杀鸡而已，没几天熟的就像玩弄水凳。老员工赵专注负责捕捞，带领新招的几个年轻后生，整日水里来水里去。老板李开文则每日骑上自行车去晶都，上顿在这个饭馆呼朋唤友，下顿在那个招待所觥筹交错。开文年富力强，在部队还滴酒不沾时，就敢仗着一身横练筋骨和别人打赌喝酒。第一次打赌后，他乖乖地替战友洗了一个月的袜子。战友气也不喘，菜也不吃，十分钟内喝下 19 瓶 650 毫升的啤酒。开文依样照做，十分钟内只喝下了 18 瓶。吃多喝久，开文自然就和饭馆老板或招待所长称兄道弟上了。尔后，至晶村水库的各种水产就源源不断地进入了他们的厨房。

有了钱，自然就有人惦记。白岭村几个自诩号子里放出来的人，有一次成群结队地跑来让开文周济几个钱过日子。开文二话没说，双手掏出几百元钱恭送给领头人，并随脚附赠了他四根折断的肋骨。开文边搀扶躺在地上哼哧的首领，边关切地问：“这点儿医药费，够不够？没想到你们也吃不上饭了，要不要我去政府帮你们申请一下补助？”白岭村是红色教育基地，一般人可不敢冒充。那几个二愣子突然感觉事态严重了，忙承认说他们是至莹村的。至莹村和至晶村虽原为一体，但分村时开文还小，根本就不认识他们，所以也不用客气。

吃、穿、住、用、行，是人活于世的五项基本生存条件及要求，其中“住”又为重中之重，位列正位，左右“吃穿”与“用行”。穷者深山结庐，富者闹市高堂。在闹市与酒肆中没转多久，开文就意识到当时造房盖屋时，没有认真考虑安全问题。

腰缠万贯自然雷厉风行。一早刚吃过饭，开文装上纸笔拿着皮尺，邀上隔壁二堂兄开元，一人一头地丈量起自家宅基地。

“这房子才三年还没住熟，就要重盖啊？”二堂兄不无艳羡地说。

“盖，这房子越看越小气，当时没钱，有钱当时就一步到位了。”开文一边在纸上记记画画，一边应答堂兄问话。

“你要盖多大的房子啊？和村部的一样？”堂兄见开文量得仔细，连旮旯角落都不放过，很是疑惑。村部的三间瓦房是至晶村第一幢全瓦全砖的现代房屋，与村庄隔着一条南北主路，坐落在村北的西面，甚是大气恢宏，让人连眼馋的勇气都没有。作为村里第一个大学生的爸爸，开元很是大气地拿村部办公房来向堂弟形容。

“不盖房，盖楼。二哥，你往那面站。”开文头也不抬，一边记一边思索未来的高门大宅如何才能气派。

“什么，盖楼？城里的百货大楼？你脑子不好使？”对堂弟的目空一切，开元很是恼火。所谓长兄若父，他觉得他很有必要行使一下监护的职责：“开文，人可不能有点儿钱就不知天高地厚啊，你盖那么高的楼住得完吗？是不是打算把鸡狗都搬上去住啊？”

开文这才觉出堂兄的语气不对，他停下手看开元一脸威严地望着他，忙解释道：“二哥，看你说哪儿去了。百货大楼那么大，一层七八米高，我又不是建灵堂。我所说的也就是小洋楼，两层高，顶多三层，加起来也就十米左右。”

“那，那也太招摇了。”见自己想岔儿了，滥用了职权，开元的语气不禁软了，但仍是不赞同堂弟盖楼房：“全村不管大小都是草房，唯一的瓦房还是村部办公点。你这一下子就越了两级，直接上楼房，你就不怕人家惦记着啊？”

“惦记？谁敢惦记我？活腻歪了。”几年相对的和风顺雨让开文又忘记了以前惶惶不可终日的时候。

“你们哥俩干什么呢？”开元还没来得及反驳，张半仙牵着一条黄狗从村东悠闲地走来。那条黄狗是张发捡的，半年前还癞头疮脑的，现在油光毛顺的让人不敢认。

开元委婉地把堂弟的张狂向张发简单描述了一下。

“孤峰独傲僧尼舍。太高太好的房子，不是庙就是庵。开文，你可不能犯傻啊。”张发的职业素养越来越高，专业术语信手拈来。

“听见没有？”开元暗叹说对了人。

“发叔，我可没钱给你。”开文有点儿不悦。自己琢磨筹划的事情，既不偷也不抢，没想到会横遭指责。

“开文，我什么时候问你要过钱？”张发也有些动气。每当他本着治病救人的心态要指点开文两句时，开文就不阴不阳地挤对他。

“没有，没有。来，抽烟。”开文也觉得语气不善，忙掏出香烟赔笑递上。

“不识好人心，还不如我家阿黄。”张发想拂袖而去，又觉得那样显得有点儿倚老卖老，就笑骂一句接过香烟。

“家里坐，家里坐。二哥，先不量了，歇会儿再说。”开文觉得不能因为盖房就和堂兄闹翻，就招呼开元和张发往家里去。

“大叔、二哥来了。”星期天没课，云丽在家里正大呼小叫地教儿子背唐诗，看见有人来忙问候一声，就抱着儿子进入里屋。

“开文啊，我知道你是见过世面的人，不信叔这一套。”张发坐定后，忍不住又开导起开文，“现在都说科学，可现代科学才多少年？满打满算二百年，现代科学怎么能解释五千年的中华文明史？”

“我信，我信。”听张发又冒出一句冠冕堂皇的话，开文心里暗笑他偷换概念，不过他不想和他争论，忙附和一句。

“二百年的科学怎么能解释五千年的中华文明史。发叔，你真是高人，金玉良言啊。”曾经是血气方刚的军人的开文没啥反应，坐在边上的大学生爸爸倒仿佛醍醐灌顶一般。

“哪里，哪里，一点儿心得而已。”张发受到吹捧，一下快活起来。

“您太谦虚了。就冲你这句话，全中国也没五个人说得出来，周文王再世啊。”崇拜有了对象，吹捧也会接踵而来。

见崇拜者增多，张发谈兴更浓。他细到个人，粗到村庄，把至晶村里外点了个遍。指点一阵子江山，才作罢。

一个月后，至晶村第一幢全砖全瓦的民房盖成。南北 7 米，东西 16 米，高 7.8 米，两边挂耳房，中间有走檐，共 4 大间，8 小间。房子动工破土之际，张发又不请自来。这次他准备得很充分，他跑前转后，左勘右测，最后选中一个地方让瓦匠深挖。洞挖好后，张发从包里拿出只直径 5 厘米左右的水晶球丢了进去。

这次开文很自觉地要给钱，5 厘米的水晶球价值不菲。张发好像为了证明他这三番五次的为开文做事是大公无私的行为，坚辞不受。他还对开文解释，天地万物皆要运动，世间各种形体唯有球最不四平八稳。“球”，暗寓有求必应，滑润圆满。方宅圆球，吉上加吉。如果再能山环水抱，那效果就更好。

开文难得听进人言，又买了泰山石置于房后，还花了一个下午时间疏通了门前的排水沟。最后开文仍给了张发几十元钱。

最近一段时间开文在家里做模范爸爸，每日被勤学好问的儿子吵得晕头转向。小剑三岁多，正是好奇多动之时，不是一不留神就跑得不见踪影，就是小小年纪整天缠着你问些人性因果的高深问题，譬如“西杏、花花，撒尿为什么蹲着?”或者“我真是柿树园捡回来的吗?”没几天，开文就被折磨地快脱胎换骨。他打着哈欠想，还是母爱最伟大啊。妻子去新浦进修，还有一周才结束。儿子平时都是跟着妻子去学校，尽管能力上连名字都不会写，但级别上已像模像样地进入了二年级。

有个儿子在边上叽叽喳喳也就罢了，赵支书也一日三回地跑来绕耳不绝。两年了，精诚已至，而金石尚未开合。初始的时候，赵支书还开门见山地游说他当支书，整日里“能力强，责任就大”地鼓动他，后来改变策略，每天专职过来陪他神吹胡侃，连村部也不去。村里有事时，会计队长跑来请示，他总要先问一下开文老弟的意见。

这还不算，连赵红军的亲戚、丑山镇镇长刘明启也无视“人要跳得高，就得蹲得矮”的往事来拜访过几次。刘明启比以前更加“国泰民安”了，一顺后梳的大背头光亮得连苍蝇都能打滑，同样一米六几的身高比别人硬是多了五尺布，而眼睛越发眯缝着将城府掩藏地滴水不漏。

“开文啊，前几年组织工作不力，没有发现你这个人才，请你不要介意。为了至晶村的老百姓……”刘明启开始了语重心长。

“组织工作不力是什么意思?”开文打断了刘明启的话。

“这个，过去的事就让它过去吧，我们还得往前看不是?你的能力有目共睹……”刘明启四两拨千斤，根本不接话茬儿。

“能力？你知道我以前是什么级别吧？”看着刘明启不计前嫌的恶心样，开文连弯都懒得绕。

话已至此，刘明启就笑眯眯地以“你再考虑考虑”为告别语。

镇干部是难得屈尊，村干部就时常光顾吧。开文烦不胜烦，就带着儿子搬到船上居住。反正船够大，锅碗瓢盆皆有，床帐被褥俱全。

开文好久没碰荤腥，忙活了半天把船靠岸，就叫专注炒了几个小菜准备润滑一下肠胃。饭菜做好，大家把一只小方桌抬到甲板上，收拾妥当都盘腿而坐。酒瓶刚打开，还未入盅，开文就见村支书赵红军带着十来岁的孙子赵世初，远远地一前一后走来。

“开船，快开船！”开文对王喜喊道。王喜听了跑过去把搭板从岸边抽回，然后裤脚一挽跳下水，抓住铁锚用力晃了几下拔出。船大启动难，当王喜突突地在转舵时，赵红军已快跑到面前了。

“开文，等等，我带孙子来看打鱼。”赵红军看见船要启动，一边跑一边喊。

“这个年糕，不高只黏。”开文愤愤一句，并不承应赵红军。

“赵本，把搭板伸过来。”赵红军人老步子倒不慢，和孙子已跑到了船边。他大声叫唤侄子。

赵本看看叔叔，又看看开文，不知如何是好。得罪叔叔，顶多骂几句，得罪开文，可就要光棍一辈子了。他还指望开文多给他开点儿工钱好送礼金，去年的辛苦已让他把房子修缮一新，相的对象也到了谈婚论嫁的时候了。但叔叔毕竟是叔叔，打断骨头连着筋。

“搭上吧。”看着赵本为难的样子，开文发话。

赵本看看开文，犹豫了一下就搬过搭板，一点点伸出去。

“你小子，看叔来了，跑啥。”赵红军和孙子晃晃悠悠上了船后，笑呵呵地捶了一下开文。

“正要惊鱼，你就来了啊。”虽说彼此心知肚明，但面子上开文总还要顾及些，毕竟承包的是村里的水库。

“你这是惊鱼，还是吃饭?”看着方桌上的丰盛菜肴，赵红军笑问：“小剑乖，这是什么啊?”小剑脖子上挂着一把十来厘米长的银勺，是开文复员时带回来的。小剑偶然看见比他吃饭的铁勺大出好多的银勺欢喜不已，就当宝贝一样的整天拿着不撒手，有时用它来吃饭，有时也用它来挖泥。云丽怕儿子弄丢了，就用根绳子系在他脖子上。

“边吃饭边惊鱼。”李开文笑了笑回答，“赵本，把板收回来。王喜，开船。”

在一片哗哗的排水声中，船倒着离开了岸边。以前惊鱼，闲庭信步般的小船轻桨，还得和尚一样敲打器物，现在只要把这坚船巨舵轰隆隆开去转几圈就万事大吉了。

惊鱼不过是开文找的借口，现在不是惊鱼的时候，所以水泥船象征性地在水面行驶了一段，开文就让王喜熄火过来吃饭。赵红军和孙子吃得早，各拿只酒杯盘腿坐在桌边喝点儿酒陪着。

夏日少有的西北风吹散了排阵而来的恶毒阳光，原本只能招架的清凉舒爽就惬意畅怀了全身。西岸怡然自得的矮草和对面细身蔓叶的芦苇，以作揖万福的欠身，和笑容可掬的声响，互相打着招呼。

“开文啊，你现在富裕了。难道就忍心村里那些看着你长大的叔叔婶婶，和陪着你长大的兄弟姐妹们挨饿受穷？你来领头吧。”几杯酒下肚，赵红军忍不住又老话重提，那语调饱蘸了朝露一样的湿气，让旁听的专注他们没来由地也是一阵心酸。一个须发半白的老者，为了一方百姓的幸福，长年累月地央求年轻有为的后辈出来领路，怎能不让人动容。

“爷爷，开文叔抓鱼多有钱，支书有什么好干的。”孙子赵世初涉世牛犊一样，事儿懂得不多，心倒蛮大。

“你懂个啥!”“啪”赵红军不禁气恼，一巴掌打在孙子的脸上。

世初见过了世面，不敢再随便声语，噙着眼泪爬起来走到边上。正乱嚼着的小剑则吓得抱住鱼头呆呆地看着大人们。

“王叔，小孩子不懂事，别上心。不是我不干，而是我早看透了这上面的险恶，侄子在外地差点儿就回不来了啊。”开文喝了点儿酒也动了情。父老乡亲们多数还是一贫如洗，他再看不惯赵红军的为人，内心也不免有些悲凉。

“叔知道你有你的事业，叔也不为难你，你就做个治保主任如何？也不用做事，不用开会。只给叔做做参谋，为村子发展出出主意。有事叔在前头顶着，好不？”

“开文叔，你就答应支书吧？”一向不多嘴的赵专注，看着赵红军的泪水在眼眶边摇摇欲坠，心不由得软了。他们好歹是一个姓，就大着胆子劝说老板。

“哥，你兼着就好了。”赵红军难过，赵本也心酸。他暂时忘记婚事，给本家叔叔做起了说客。

“叔，你兼着吧，反正也不耽误事。”王喜也放下了筷子。

开文看看专注，看看赵本，又看看王喜，最后看看赵红军。人无完人，谁又能保证让人百分之百地喜欢呢？何况妻子云丽也希望他能有个一官半职，好让她人前身后的夫贵妻荣。女人终归还是要理想化一些。为了父老乡亲，为了老婆孩子？

人一旦自以为是地和“奉献”扯上了关系，那就名正言顺多了，也积极主动多了。

“好吧。”开文缓缓地点了点头：“不过先说好，我平时不开会不做事，还以打鱼为主。”

“开，开文，”赵红军的老泪纵横而下：“叔，敬你一杯。”他看看酒没了，又站起来重开了一瓶，不过全倒到了杯子外面。与此同时，他往边上一歪，“扑通”一声摔到了甲板上。而其他坐着的人也配合地往边上一晃。开文以为大伙喝醉了，再一寻思不对，是船在动。他四下一看，驾驶室旁两条白银银、笆斗粗、不知是蛇还是蟒的动物，从船舷两边伸出，缠斗翻滚在一起。十几米长的水泥船随着它的摆动两边摇晃，桌子上的杯盘乒乓地掉落在甲板上摔碎了。

“爸爸，呜呜，爸爸，呜呜——”小剑大哭。

“快打，船要沉。”开文反应过来，顾不得理会儿子，捡起只碎了一半的酒瓶就冲了上去。专注也摸起菜刀，大着胆子紧跟其后。那白蛇很是小瞧两个杀气腾腾的人类，慢悠悠地翻动身体，把船缓缓下压。

开文奔到一条大蛇旁，用尽平生力气，把碎牙尖齿的酒瓶往蛇身上猛地一戳。不料那蛇皮糙肉厚，尖尖的酒瓶噌地滑到一边，直插向甲板。本已破碎的酒瓶只剩下一截瓶嘴拿在手里。那蛇毫发未伤，却也痛不起，身子横着，猛地就向开文斜扫。开文忙矮下身体，身后的专注“砰”的一声被扫中，倒飞出去。

众人都缓过神来，赵本、王喜提着鱼叉，赵红军抱着铁锚，他孙子赵世初却双手空空地跑在最前。专注刚飞出，两把铁叉、一把铁锚就顶扣在蛇身，双双僵持。另一条蛇见状，也嗖地贴着船板横追而来。开文忙跳起，赵本、王喜、赵红军被扫中双腿，三人“扑通”一声趴倒在地。

“爸爸，呜呜，爸爸!”开文回头一看，儿子不见了，心里猛地就慌了：“儿子，儿子!”他连滚打爬地越过众人，跑到船头，看见儿子两只小手扒拉着船沿，身体悬在外面，脸上涕泪成河。他忙抓住儿子的小手将他提上。

“爸爸，爸爸!”泪人一样的小剑一把抱住开文，死死不松手。

“儿子，不怕，儿子，不怕。”开文一边安慰儿子，一边紧张地想着对策，得首先保证儿子的安全。他看到挂在驾驶室外的救生圈，抱着儿子就往那冲。

“叔，叔!”开文的裤角被人拉住，专注满头是血地拉着他，右手往船下指。开文伸头往下一看，一口凉气倒抽。紧靠船沿南面，一条足有三十米长的鲇鱼，大半个身子浸在水里，尾巴在船头好整以暇地轻轻摇摆，小半个鱼头鼓着锣面大的眼睛，翕张着嘴。那两条肉带并不是蛇或蟒，而是鲇鱼的两条胡须。此刻，它正甩动着戏耍王喜他们。

“爸爸，爸爸！”小剑满脸惶恐，叫唤不停。

“别怕，儿子，别怕，儿子。”开文清醒过来。他不管专注，抱起儿子往救生圈跑去。他要把儿子绑在救生圈上，这样就算儿子掉进水里也没有大碍。他倒忘了此时水里还有一条硕大的鱼，不知道是不是肉食动物。当开文的手快要碰到救生圈时，肩头突然被人一推，整个身体失去平衡往水里飞去。

整天河里来沟里去，水里早比陆地熟悉，开文双脚一蹬就抱着儿子露出了水面，小剑咳咳地呛了口水。他看到船上赵红军正拿着救生圈。赵红军看开文往救生圈跑，也醒悟过来。开文的手快扯到时，他忙不管不顾，猛地把开文斜推出去。

“你个老狗日的！”开文厉声怒骂。小剑咳过了劲，哭得更凶。赵红军浑然没有听见，把救生圈直往身上套。王喜他们也看见了鲇鱼，傻子一样呆掉了。开文还没来得及骂第二句，就见一根胡须从船上抽下，向他卷来。他这才反应过来水里也不安全。

“专注！”开文大叫一声，用力把儿子向船上抛去。专注已被吓破了胆，双手合十地跪着，颤抖不停。小剑快跌落船头时，王喜清醒了，一个鱼跃接住了他。鲇鱼已卷住开文，像欣赏一件精致的艺术品，轻轻地在水里摇摆。鱼须刚卷上身时，开文的眼前蓦然闪现了他的一生，后来见鱼只是轻轻卷住他，像在摆弄玩具，并没有伤害之意，就定了心神。他连连向船上摆手，叫大家不要妄动。

“爸爸，我要爸爸！”小剑看见爸爸在水里被鱼须卷着拖动，声嘶力竭地哭喊着，拼命想挣脱王喜。此时赵世初提着一桶柴油从驾驶室跑出。他不理会开文的手势，扛起油桶往另一根鱼须倒去。

然后从口袋里掏出火柴划着了往鱼须上一丢。“爸爸，爸爸……”小剑涕泪满脸，喊得嗓子嘶哑。他在王喜怀里拼命扭动，双手伸向开文。“呼啦”一下，随着火柴落地，火舌窜漫上来，驾驶室前一片火海。

刚懒洋的鱼须瞬间暴走，疯狂扭动几下吱溜一声缩回水里。与此同时，开文被当作垃圾一样嗷嗷叫着甩出。“啊”小剑看见爸爸被甩出，不知哪来的力气，在王喜的手上狠狠地咬了一口。趁着王喜一松手，他跑了出去，一只手前后甩着，带动着还有些笨拙的身体，另一只手则高举着挂在胸前的银勺。“爸爸，爸爸……”他大叫着纵身跳下船。

“小剑，小剑——”王喜顾不得疼痛，忙跑向船沿。小剑两腿骑在鱼头上，一只手扣住片鱼鳞，另一只手拿着银勺，往鱼眼死命插去：“打死你，打死你。”鱼头左右一摆，小剑坐夹不住，顺着鱼鳃直滑入水。

“小剑！”王喜大吃一惊，抓起身边的鱼叉也跳了下去。

鱼叉深深地插入鱼的脊背，他脚踩着用力往外拔。而鱼似乎怕火烧，却不怕鱼叉。这时鱼头边上冒出只小脑袋，正是李小剑。他哇地吐口水，又挥着银勺，力气不大但频率很高地猛插向鱼身。勺子绳拴在脖子上，看上去小剑在急速地画着圆弧。插两下，他的脑袋就沉入水里，过一小会儿露出来，又接着插。

赵世初看着鱼须在火中翻腾又哧溜收回水中留下一股白烟，丝毫没有成功的喜悦。他正战战兢兢时，另一条鱼须又从前面迅雷不及掩耳地掩拍过来。赵世初猝不及防，闷哼一声向后飞去，直直地撞到驾驶室的铁门框上，又扑倒向前。那鱼须不再像先前那样东一下西一下地乱拍，而是矢志不移地卯上了赵世初。它一击得手，紧跟着又追拍过来。赵世初浑身疼痛难忍，嘴角汩汩地往外流着血。他奋力地爬起，鱼须又迎面而来，这下避无可避。“我要死了！”他悲哀地闭上了眼。

“嘭”的一声，鱼须又重重地击中，却不觉疼痛。赵世初睁开眼，爷爷赵红军扭曲的脸呈现在面前。电光火石间，赵红军跳过来挡在了鱼须和孙子间。也不知他哪来的力气，那么开山裂碑地一击竟然只让他晃动了半个脚步。

“快，跑，快，跑！”就算赵红军再厉害，承受了一击后嘴里也吐着血沫。他用尽全身力气却也只能小声地说“快，跑，快，跑。”

“爷爷，爷爷！”赵世初一把抱住爷爷，眼泪唰地流下来。

“快，跑，快，跑！”赵红军掰开孙子的手，用力把他推向驾驶室，自己也承受不住，趴倒在地。

鱼须又呼啸扫来，赵红军听到风声，忙爬起向前小跑一步，挡在孙子前面。“嘭”的一声，爷孙两人双双倒地。赵红军大口地吐着血：“快，扑……”他已说不清话语，趴在地上呜呜地，双手仍把孙子往驾驶室推。

鱼须像长了眼睛，拉足了距离又呼地拍来。赵红军不知哪来的力气，猛地站起，大叫一声：“好好照顾你奶。”双手就抓住驾驶室的铁门框，严严实实地挡住门口。那鱼须“嘭”的一声又打中赵红军的后背。赵红军从喉咙发出一声闷哼，双眼猛然瞪大。鱼须又后撤抡圆，“嘭”地再一声后，赵红军纹丝不动，可是再也出不了声。

“俺叔！”赵本从底舱拖出一把电锯。赵红军仿佛不知疼痛，巍然屹立在驾驶室门口，任凭鱼须一下接一下地拍打。赵本的眼泪刹那间就飞溅而出。

“我锯死你！”赵本拉响电锯，像举把大刀，跑前几步用力地往鱼须上一砍。刚还凶神恶煞般挥舞的鱼须，在一片血花飞舞中跌落母体，滑向船边。

这时开文也游回鱼边，一手抱起儿子，一手握成拳死命地一捣，猛插入鱼眼，冒出红白相间的血浆。小剑觉得有人托扶，再也没有力气挣扎，昏了过去。王喜也拔出鱼叉，又奋力往鱼身扎去。

鲇鱼受此数重猛击，在水里快速抖动几下，然后猛地下沉，掀起的浪头差点儿搅翻了船。水泥船前后猛烈晃动几下后渐渐平稳，水面上只留下几个椭圆形的血色漩涡。

“专注，赵本——”开文喊了好几声没人应，就抱着小剑抓着边锚慢慢爬上来。王喜长长地喘着气也爬了上来。船头赵专注仍在祈求晶神，船尾赵红军直直地站着，赵本从后面抱着他，嘴里机械地叫着：“俺叔，叔叔。”

开文把儿子举起晃动几下，小剑吐了几口水，嗯了一声醒来又沉沉睡去。开文把他放在甲板上。

李开文劝导了好久，赵本才松开叔叔。

李开文看了看赵红军血肉模糊的后背，走上前双手环绕着他用力一抱，赵红军纹丝不动，双手仍紧抓着门框。开文从赵红军腋下钻进驾驶室转过身，赵红军双眼暴突，嘴唇微张，牙关紧咬，头上的青筋在血糊糊中根根外露。开文叹了一口气，往旁一看，赵世初昏迷不醒。他弯腰把他抱出。开文放好世初，叫上王喜，两人一个从外拉，一个从里推，一合力，门框脱离船身，赵红军抓着它躺下，站着什么样，躺下还是什么样。从背后翻起的王喜，见到赵红军狰狞的面貌，刚小了点儿的恐惧又无边大起，啊……啊……叫着连连后退。

开文向四周望去。风推波涌之中，水泥船不知不觉到了东岸老石英塘的上方。老石英塘，开掘石英后留下的大水塘，是此地未成水库之前的叫法。它的形成年代谁也说不上，总是爷爷的爷爷含糊着。它的深度也是众口不一，有人说十几米深，有人说几十米深，更有人说上百米深。具体有多深，谁也没有潜过底，更没有专人测量过。

第6章　水晶神话之神奇

赵红军的葬礼备极哀荣。前任支书入土为安的第二天，赵六弟就想以民兵营长兼赵红军族人的身份，迫不及待地向刘镇长毛遂自荐要当支书。两人在丑山镇政府办公室，先唏嘘怀念了一下赵红军同志，接着又指导交流了下彼此的思想动态，最后赵六弟话题一转，转述刘镇长的话："逝者不可追回，但活着的人还要好好活着，才能对得起死去的英雄啊。"说完，他殷切地看向刘镇长。

赵六弟一进门，刘明启就明白了他的用意。赵六弟如此直白，刘明启也就不用委婉了："你们村的情况比较复杂，不是你想象的那么简单。再说你作为民兵营长，担子也不轻。虽说刚经历了严打，但你们村偷鸡摸狗、吃喝嫖赌的情况时有发生，不容乐观。还是让开文来压阵吧。"

"可开文不想干，另外我觉得他的人品有问题。赵支书牺牲的时候，他也在场，作为一名党员，他非但不挺身而出，反而只顾护着自己的儿子。"说起这事，赵六弟义愤填膺。

"这里面的前因后果，我比你清楚，也不只他们两人在场。黄怀、郑朝宗已来过了，你们就不要再折腾红军的在天之灵了。"刘镇长的语气陡然间严肃起来。

"可是……"赵六弟还想说什么，刘明启一句："我还有事，要出去。"就对眼前的远房亲戚下了逐客令。

开文也不为难死者，顶着治保主任的头衔参加了两次村委会议。虽说赵红军推自己的行为很可恶，但为了孙子最后他也舍身相护，这种护犊之情让人想来也不由地潸然欲泪。死者为大，过去的恩恩怨怨随着赵红军化为一缕青灰就都跟着烟消云散了。

第一次村委会讨论赵红军的丧事问题。分别升任副村长、副支书的黄怀、郑朝宗，以及民兵营长赵六弟三人，吵得不可开交。他们都争说自己劳苦功高，最有资格担当主事人。黄怀有儿子黄伟支持，声若洪钟。黄伟现在是第三生产大队的队长，老子升职，儿子顶班。郑朝宗因为儿子重新振作，也壮心不已。一星期前郑世桂打点行装说要外出闯荡世界。郑朝宗很是激动，叮嘱儿子要好好努力闯出属于他的一片天地，并把家里所有的钱财都拿了出来，给儿子带上，让他在外面不要亏待自己。赵六弟则认为支书就是土皇帝，赵红军是他的族叔，传男不传女，传内不传外，一副志在必得的表情。直到镇长刘明启亲自出马，他们三人才消停下来。

第二次村委会可以说是第一次的延续及加强。前次因为赵红军尸骨未寒，大家有限度地争当治丧主事人，第二次赵红军刚入土为安，他们就敞开了争当村支书。赵六弟和黄怀是情真意切，一心想做至晶村的执牛耳者。副支书郑朝宗说是壮心不已，其实纯粹是公报私仇，唯恐天下不乱。儿子被顶替的事，他仍耿耿于怀。不过毕竟人死如灯灭，与天斗，与地斗，与人斗，怎么能与鬼斗呢？他已打算吃了这个哑巴亏了，谁知夺了本村大学生头筹的李新今年毕业，被分配在供电局，不经风不经雨，整天坐在办公室里只管喝茶看报。再看看自家儿子人不人鬼不鬼的窝在家里好几年，身上都快长白毛了。两相一对比，郑朝宗就恨不得把赵红军和刘明启碎尸万段。虽说儿子走出了心理阴影，也知道出去打工闯荡天下，但一个是人人尊敬的铁饭碗，一个是谁都可以唾弃的临时工，差距岂是天上人间的好说？赵红军死了，郑朝宗找不到出气的地方，只好在村委会上胡搅蛮缠泻火。

开文说是参会，其实就是列席，别说讨论，连话都不说一句，从头到尾坐在那儿一声不吭。实在有人问，他就笑一笑，还是什么也不说。如果对方不死心，逼问，他就来一句回家带孩子，站起来拍屁股一走了之。

鲇鱼的事情过去好久了，开文回想起来仍是心有余悸，常常半夜惊醒，不是感觉掉进鱼嘴，就是身陷鱼须。有一次睡梦中，他觉得身上湿乎乎的难受，像是被什么东西缠绕住了，他大叫一声猛地坐起。云丽开灯一看，原来是儿子尿床了。

自己死就死了，反正也老大不小，该吃该玩的也都经历过，不枉这人世走一遭。可儿子还那么小，连成长的烦恼还没有过，作为父亲他如何舍得下。想起儿子，开文又开心了，到底是人小忘性大，每晚睡得那叫一个香甜，整个没肝没肺。这还不算，当时，人都上了岸，他还搂着开文号啕大哭，嘴张得快能把自个的脸吃了。可还没到家，他就没事人一样，问爸爸啥时把大鱼给抓了，他要带西杏一起来帮忙。等云丽学习结束刚进家门，他不待妈妈放下挎包，就抓着妈妈的衣角，大言不惭地吹嘘如何和爸爸一起与鱼搏斗。穆云丽听了还以为小孩冒傻气信口胡说，随便赞扬了一句儿子真勇敢，就进屋休息去了。小剑本来兴致很高，以为妈妈多少会给点儿物质奖励，谁知妈妈根本不以为然，连口头鼓励也就那么一句。他就琢磨着真要和西杏一起把鱼抓上来，让妈妈见到才能讨点儿大白兔奶糖。云丽直到晚上睡觉时看见了丈夫身上的伤痕，才知道儿子说的都是真的。小剑都睡着了，她还把他抱起来，哭得稀里哗啦，搞得睡眼惺忪的儿子一脸懵懂。

开文在事发的第二天就进城上报了渔政部门。渔政部门根本不信，但他们还是成群结队地下来检查了。一群人带着美其名曰为专业设备的渔杆绳缆，东戳一下西插两杆，连水都没下，就查无此事地回去了。后来赵红军要公祭时，他们又秉着精益求精的态度来复查，不仅肩挑手扛地带着摄影机、水文仪，还劳师动众地邀请了大批的教授专家，近百号人将水库从南向北，又从东往西，筛了好几遍，最后仍是一无所获。调查结果上报后，上级很重视，责成刘镇长带队再查。这一查就显示出前两拨人是欺世盗名之辈。刘镇长站在北岸，手在额头搭个凉棚，一眼就发现快十里外的南岸有个水闸。他转身问陪同的赵六弟："水闸没有开过吧？"赵六弟一时不明就里，侧脸看向刘镇长，只见刘镇长也正看着他，眼睛里满是信任。他一激动就想起来了，朗声回答："不，镇长，我们经常开的。""哦，这鱼也害怕人民民主专政，早跑了啊。"赵红军的公祭能够如期举行了。

尽管什么也没有查到，云丽仍是不同意开文再去捕鱼。开文也成了惊弓之鸟，既然妻子反对，他就安心上岸准备另想他法。那条水泥船，开文本想转手给村人，无奈大鱼的事太过出名，童叟皆知。非但如此，王喜、赵本还添油加醋地把一条鱼说成十几条，好像是聚餐一样。村人思想本就比较淳朴，没人愿意做要钱不要命的亡命徒，这下就更是圣洁高尚，全都视钱财如粪土。最后还是渔政局心系渔民，以原价的十分之一买走了水泥船。

不捕鱼也没啥，世上三百六十行，开文哪行都想尝试下，他没感觉有什么不妥。唯一让他挠头的是，吃了两年甲鱼的儿子突然断了炊，隔三岔五就吵闹着让他去抓。可说也奇怪，以前丢在路上都怕扎坏车胎的丑陋老鳖，现在突然最紧俏起来。他骑着自行车上菜场，去鱼塘，找水库，哪儿都没有找到。一位相识的捕鱼人对他说，"别说买了，还没上岸就被人预订了，我身后跟着要的人一大串儿。"

白露早、寒露迟，秋分两边正当时。当晨霞由清爽的眩晕，变成揾染的美丽时，三道沟的大片田地里，村民两人一组三人一队，正播撒着各家的麦种。开文一手扶犁，一手赶牛，昂首挺胸不伦不类地走在松软的土地上。云丽在后，左臂环夹一只笆斗，右手伸入其中，抓一把麦种洒一路金黄。

云丽心疼儿子，怕跟着开文再有什么闪失，就办了停薪留职，一边操持些家务，一边照看儿子。而小剑仍然没事人一样，拿着烧火棒，草间路旁的哼哈有声。香港电视连续剧《霍元甲》正热播，他在村部看了，回来就依样画瓢，并自主创新地学了。他把妈妈做饭用的围裙系在脖子上权当披风，刚开始时拿着做饭用的擀面杖前后挥舞，把迷踪拳改良成了少林棍法。后来被爸爸发现了，爷俩过了一招后，他就哭着把短粗的擀面杖换成稍微细长点儿的烧火棒。

铁犁锋快，劈波斩浪，肥沃的泥土哗哗地翻向两旁，紧随而来的种子就纷纷扬扬，准确而均匀地分布其间。到了地头再折身而回，后起的泥土又扬身而起，翻盖住先开的沟壑。

“爸爸，妈妈，小汽车，小汽车。”刚还醉心传统国术的儿子转眼大嚷起他的现代发现。

开文边走边回头望，一辆黑绿色的吉普车从大炮台方向开来，缓缓地像行驶在万顷大海上，一上一下随波而近。那吉普车开了一会儿停住，从车上下来一个瘦高个，走到田间和人说了几句什么，复又上车接着往前开。待到开文家的地头又停下。这次瘦高个下来后，没有跑向田间，而是往后打开后门，于是一个反证时代饥荒的人证走出。那肥硕的身影不是刘明启又是谁？瘦高个自然是他的秘书康中。

开文走马上任了至晶村新一任支书。最先感受到开文身份地位变化的是还不太懂事的李小剑。作为村支书的儿子，他第一时间享受了特权，那天坐着刘明启的吉普车，在乡间小路上美美地兜了两圈。

新官上任三把火，每一个继任者都巴不得能从太上老君那借来炼丹炉，把前任的手下们放在上面烘烤得外焦里嫩，而且还不是烤骆驼那样整只整只地烤，是烤羊肉串儿式的，切成一片一片再用根铁丝串起来，反过来调过去地烤。开文不屑于钩心斗角，但“慈不掌兵，柔不监国”的道理他还是懂的。因此甫一赴任，他就烧了一把地府九天火，还令人费解地烧向了自己。

开文主持重新选举党支部书记，并且为了公平、公正、公开，他还请求刘镇长将现有村委村部两套班子成员全部辞退。这个要求很过分，但刘明启只说了句：“为了至晶村两千名父老乡亲的幸福美满，我替你做这个恶人，把至晶村轻松地夷为权利真空地带。”

通过选举和上级审核确定了新班子。支书李开文，副支书骆全，村长李开文兼，副村长孙传财，妇女主任孙娟，治保主任严二照，团委书记郑世凤，民兵营长赵六弟；大队会计只留一名，张高平；生产队两队设一名队长，分别是一、二队队长吴传道，三、四队队长黄伟，五、六队队长郑海洋，七、八队队长马小飞，九、十队队长王志刚。

赵六弟本是坚辞不受民兵营长，直言回家种地。开文和新任干部们劝说好久，赵六弟才堪堪上任。他倒不是玩三顾茅庐的把戏，而是真的灰了心。三、四队队长本是李开元，后改成黄伟。开元听见他被宣布为队长就婉言谢绝，说他每天要去城里上班，实在顾不过来。作为一名让人眼馋的工人，李开元辞得是真心实意。黄伟听见结果中没有他，当场就号啕大哭。大家看曹氏父子同时落榜，恻隐之心顿起，就劝说黄伟接任三、四队队长。对这结果，黄怀本是愤怒万分，训斥儿子没有出息，拉起儿子就要夺门而出，后来见众人劝得情真意切，又想男子汉大丈夫能屈能伸，自己出局了，好歹儿子还在，就不再坚持了。别的被精简下来的人员，在开文的建议下，成立了一个村委监督会，监督会主任仍由开文兼任。这样那些下来的会计、队长们，非但继续维持着原来的职位，还多了一项监督大权，自是皆大欢喜。开文算准了，等大家都忙着赚钱了，到时请他们来监督他们都不来。现在专门设个位子，就是让这些人继续过过干瘾，要不了多久，他们就会回过味儿来的。

新的领导班子确立，开文讲了几句套话喊了几句口号，大家就喜气洋洋地四散回家。开文留下张高平，一起打开办公柜拿出账本文件查阅。

十分钟后，李开文明白了赵红军做了十几年村干部，给至晶村留下了相当于一个中型企业的亏空——五万多元的欠款。

独善其身的日子光阴似箭，小门小户的生活有滋有味。兼济村人的时光白驹过隙，每日操劳仿佛事无巨细，其实都是鸡毛蒜皮。开文在烦躁不堪的情况下，就将村部日常琐事交给孙娟，他一门心思琢磨怎么给村里还款。这些债务，大到集体，小到个人，错综复杂，愁白了英雄头。公家的债还就得用公家的方式还，还不能拿自己的钱往里贴，否则就说不清了。既在其位，就谋其政，开文感受到了什么叫骑虎难下。

郑世桂在 A 城潇洒地打了两个月工，回来时很高兴能身无分文。郑朝宗对此无话可说，外面、家里，遇见儿子就如同路人。他的身体像长满乡间的白杨，冬日穷追不舍的凛冽中，看起来挺拔依旧，其实内里已枯烂不堪。每日清晨，他拄着拐杖，不是从“大炮台”慢慢点到“下渠岭”，就是从“柿树园”缓缓拖到“铁路北”。在寒冷季节落寞的田地里，他才能感受到心的安宁。

全村两千人，除了无忧无虑的孩子，或是见怪不惊的老人，最开心的人大概就是王喜。郑世凤初为团支书，好多事情无从下手，只好让平时与她较为亲近的王喜帮忙。王喜对阿凤痴心不改，阿凤对王喜却模棱两可。少年时对成熟男子的莫名情愫，随着开文娶妻生子渐渐消弭。可青年人的情感，她至今仍是无法捉摸。在人前，她刻意保持与王喜的距离；在人后，她又不十分拒绝王喜的轻薄。王喜则不管别的，常言说得好，脸皮不厚，缘分不够。他对阿凤锲而不舍。

冬去春往，夏天猝不及防地来了。

夏天的信使不是炎热的气浪，而是那成片的麦浪。仿佛一夜之间，那随风波动的绿意盎然就消失得无影无踪，替代的则是安详宁静的金黄世界。走在田间，你不再有跑跳纵跃的念想，也不再有俯下身子闭眼一亲芳香的冲动。你只是走着，任脚下小草按摩双脚，随两边的麦子摩擦裤管。你忘却了身体，融入那金色的地方；你服帖了心灵，平静在愉悦的海洋。

那黄色的麦田在金色的阳光下，像盛装的小姑娘，大大方方地呈现在你的面前。她们友好地看着你，露出了一张张笑脸。一阵风吹过，看你回笑的自然，她们反倒害羞地微微弯下了腰。但是羞涩掩饰不住童心，欢快更是不会犹豫。听，“沙沙”的声音传入你的双耳，童真毫不迟疑地将你感染。

金黄的麦子，那天地间最纯真的笑意，无垠却不拒人于千里，在它的身边侧旁满是莹莹的绿色伙伴。看，那小草已成熟的懂得了矜持，不经意的一瞥后礼貌地看向远方；瞧，那柳树愈发显得妖娆，长长的枝条在飘逸地挥舞，满是诱人的楚楚。

麦田是敏感的，在风的长裙掠过她们的头发，滑过她们的颈项时，她们会格格地笑个不停。麦田也是顽皮的，当风儿不知去向只有阳光远远陪伴着她们时，她们一边安静地站着，在夏日里保持着淑女的风范；一边又偷偷挠着痒痒，相互间不敢出声怕破坏了宁静，却怎么也忍不住，小心地推推挡挡。你看着她们，有了会心的笑容，也有了置之身外的轻松。

麦子黄了，那是丰收的安然预示，也是生存的充分保证。它藏满了人们的欢笑，盛装了人们的幸福，让女孩儿更加妩媚多姿，让男孩儿更加阳刚有力。

于是，那天地间望不到边的金黄就像多少年来一样，懒惰细腻了阿风的观感，却撩拨鼓舞起王喜的悸动。

看着女孩儿微闭双眼，沐浴静谧于麦色清香，王喜侧着头慢慢前倾，靠向她的脸庞。近了，近了，更近了，他的唇轻轻印在她的面颊，女孩儿的身体不易觉察的一颤，少女晨曦青蕖般的幽香就一股股、一束束地赴继而来。在别样幽香的烘托中，男孩儿把握不住贪婪，青春的柔润漫延扩张，那细细的、绵密的融化凝华感觉，就交织缠绕起少女，让她的呼吸渐渐失了方寸，一下一下地分明。

"嗯……"女孩儿嘤咛，浑身的骨骼筋脉仿佛消失，嘴巴微微张开，整个人矮了一截。原来是男孩儿调皮的青春在逡巡中吻上了女孩儿的耳垂。青春一经发现嘤咛，就再也割舍不下，云进露出地吞吐。而女孩儿更加忍耐不住，那丝幔环绕的感觉，舒适异常又窒息无比，好像天外之音，一直不停在告诫自己，不要，不要。内心接受了训示，动作却表现出了水一般柔弱的轻摆。

努力，努力，像葵花追寻太阳，缓慢儿不可见的努力，让女孩儿终于侧过了脸，她喃喃地细语："喜，喜。"她摆脱了耳垂的窒息，却落进了嘴唇的晕眩。男孩儿也闭上了眼，他的青春已润湿了女孩儿的嘤咛。

远方的天地，身边的麦田，都静静享受着人生的美丽，偶尔一两声蚂蚱挥翅的响鸣是它们不忍再看。

"唔，不，唔，不。"女孩儿无奈地轻摇着头，双手徒劳地按着男孩儿调皮的手，那如丝似雾一样的缠绕已变成溪水急速的浸蚀，一波未平、一波又涨的神秘感觉让她舒适地快要消失在这个尘世。

女孩儿是溪水，款款而流，男孩儿是大海，澎湃汹涌。青春继续贪婪着润湿，他的手还大胆张扬地侵占了女孩儿柔软的丰满。随着他的大胆，那份尘世之外的丰满慢慢坚挺自立。而女孩儿全部的心力仿佛全集中于这丰满之上，余下的青春则了缘一般，后仰在男孩儿的臂弯。

男孩儿愈发大胆，笨拙又有序地解开，在气喘吁吁中惊诧了眼前的白色小衣。他只觉刚还艰难维持的进退有据，一瞬间崩溃坍塌。

“凤……”，男孩儿的手再也无法有序，它粗鲁地一把握向那正丰盈不止的膨胀。柔软滑腻的感觉刚一入手，天昏地暗的感觉就直侵入脑，男孩儿在还没来得及回味之时，就听女孩儿“啊”的大叫一声，整个人委顿往后。

“阿凤，阿凤!”王喜猛然清醒，抓着人事不省的女孩儿猛摇。

好久，好久，耗子草白色的花朵在微风中沙沙作笑时，阿凤才完全苏醒。王喜舒了口气，虚脱般坐好休息。她看了眼解开的衣扣，满脸通红，急速扣好。

“看什么呢？不知羞。”阿凤用力点了下王喜的脑门。

“没，没，你真好看。”王喜还在波动中，眼神呆呆的不知何去何从。

“我们聊会儿天吧。”耳根还发热的阿凤不敢着急回家。

“聊什么?”王喜缓过了点神，但神志还有些不清。

“说说你上次和开文哥怎么打大鱼的吧?”阿凤提议。

“你不都听过了吗?”对于当时的英勇表现，王喜早吹嘘了不知多少遍，吹得自己都烦。

“那你再讲一遍嘛。”阿凤撒起了娇。

“要不，我给你讲讲晶神的故事？我听马仕叔讲的。”王喜委实不想再提什么大鱼了。

“这个我知道，俺大早告诉过我了。”阿凤很是不屑。

“那你讲，我听听对不对。”连惊带吓的，王喜累了。他不敢忤逆就激将。

“你才是不知道吧？来，听姐给你讲。”阿凤不知是计，得意扬扬地卖弄起来。

创始之初，世上有混沌、晶明二神，二神之间恶斗不止。因为混神善恶不分，各种卑鄙手段无所不用，晶神则道德仁义，凡事慈悲为怀就束手束脚，所以开始时，混神一直占着上风，因此天地混浊搅拌在一起。后来晶神用他的部分血肉培育出盘古，才一斧劈出了天地。这次混神一败涂地，却并没有心灰意冷，多年来一直反扑不停。所以天气有时糟糕有时明媚。如此两位大神互有攻守，鏖战至今。

天地之初时，两位大神还常赤膊上阵，待到后来各自的衣钵传人渐多，就是两大派别之间的争斗。晶神麾下人多势众，杰出子弟不计其数，神不缺三清四御，人不乏唐宗宋祖。但作为对手，混神也不可小觑，大的像共工、通天教主、蚩尤，小的像商纣、秦桧。总体说来，大面上晶神负少胜多，世界清明之时好像占了多数，其实混神暗中实惠不少，譬如奴隶、封建社会时期，看起来歌舞升平，其实大多数人浑浑噩噩。

“你还知道奴隶社会啊，那你知道信晶神的人为什么少了吗?”见阿凤娓娓道来，王喜也激起了表现的欲望。

“当然不多了，都知道那是神话故事。”王喜半仰着头斜视阿凤，一副小人的嘴脸。

多年以来形成的观点是百无一用是书生，但是历朝历代又是手无缚鸡之力的书生最有血性，最能代表民族脊梁。明时书生吴承恩为了能让反抗精神永传后代，就根据社会上流传甚久的各种传奇，再创作出了伟大的古典长篇小说《西游记》。其中主角孙悟空是水晶进化所成，其师傅的原形则是无所不能的晶神。但是由于当时大势所压，吴书生只得将孙悟空描写为从石头里蹦出来的。设想吴长篇大论地描述主角是集日月精华、吸山川灵气，乃天地孕育而成，最后却被归结为笨头笨脑的顽石转世，岂不是一大怪事?

虽说迫于形势，吴书生将晶猴改为石猴，但仍是费尽心思将水晶写入其中，那就是书中不管大小如何的龙王，都有一座水晶宫。

《西游记》第八回后有一个附录“陈光蕊赴任逢灾，江流僧复仇报本”。陈光蕊是唐僧的老爸，而江流是唐僧的小名。这个故事说的是陈光蕊考上状元后被封官，在赴任途上走到洪江口时被人杀害。陈状元死是死了，却又为洪江口龙王救活。龙王要取回陈的魂魄就派夜叉去办理此事。原文“夜叉带了魂魄到水晶宫，禀见了龙王”，可知洪江口龙王有个水晶宫。

第九回“袁守诚妙算无私曲，老龙王拙计犯天条”。这里的老龙王是泾河龙王。泾河在陕西，成语“泾渭分明”中说的就是这条河。袁守诚给一个渔夫算卦，每日都能让他满载而归。老渔夫得了便宜还不卖乖，居然在河边向一个朋友吹嘘，恰巧让一个巡海的夜叉听见。原文“原来这泾河水府有一个巡水的夜叉，听见了百下百着之言，急转水晶宫，慌忙报与龙王。”此处泾河龙王也有一个水晶宫。

第三十八回“婴儿问母知邪正，金木参玄见假真”。说的是文殊菩萨的坐骑——被骟过的狮子，将真国王推到水井里淹死，自己去面南坐北。那真国王的尸首就被井龙王保存了三年。猪八戒下到井中后“忽睁眼见有一座牌楼，上有水晶宫三个字”。此时唐僧师徒西去尚距富裕的大唐不远，所以一个小小的井龙王也不寒酸，他的龙宫也是水晶做的。

第三十四回“黑河妖孽擒僧去，西洋龙子捉鼍回”。看过电视剧《西游记》的人，想必还记得有一只大乌龟驮唐僧一行过河的情节，讲的就是这一回的故事。其中捉唐僧的妖怪是西海龙王的外甥，也是前面所讲泾河龙王的儿子，泾河龙王是西海龙王的妹夫。孙大圣跑到西海龙王那寻求根由，“早有一个探海的夜叉望见行者，急抽身撞上水晶宫报大王”。妹夫不穷，大哥西海龙王当然也不差。同理，南海北海两龙王有个水晶宫也不用怀疑。

第六十回“牛魔王罢战赴华筵，孙行者二调芭蕉扇”。这回孙大圣在牛魔王被人请去喝酒时，偷了他的坐骑辟水金睛兽。孙来到潭水底，“忽见一座玲珑剔透的牌楼”。这里没有明说是水晶宫，但什么牌楼能玲珑剔透呢？答案呼之欲出。

书的后半部分除了第九十二回“三僧大战青龙山，四星挟捉犀牛怪”中，又一次提到西海龙王的水晶宫，此外就再无别的龙王被提及。

如上所述，连井龙王及潭龙王都有个水晶宫，那么别的更大的龙王都应该有一座水晶宫。

在《西游记》中所有提到水晶宫的地方都是一笔带过。而吴承恩但凡见到一座山都要骈四俪六一番，为何见到精美绝伦的水晶宫，反会放弃展示其绝世文笔的大好机会呢？这只能说明吴书生为了尽量不为人注意的良苦用心。

饶是吴承恩机关算尽，也难逃统治者的恢恢文网。明代四大奇书《水浒》《金瓶梅》《西游记》《三国演义》中，被禁的不是《金瓶梅》反而是人人喜而乐见的《西游记》。

王喜讲得唾沫横飞，阿凤听得稀里糊涂。“这都是马仕叔说的？”看王喜越讲越起劲，已觉无味的阿凤问道。“不，大多数是听你哥讲的。”王喜老实承认。“俺哥？我说孙叔哪会知道这么多呢。”阿凤骄傲起来，一转念又想起父亲评价大哥只会夸夸其谈，情绪又低落了。她对王喜说“走吧，咱们回家。”

李鸿章说“天下最容易的事就是做官”。开文现在对此深有体会，世上最好做的是颐指气使的官，而不是他这个事必躬亲的吏。作为最基层的“无品官”，短短两年不到的时间，他就被累成了大腹便便，之前数年种田捕鱼好不容易恢复的健硕身材，已永久地成了回忆。

开文每日奔波在外，一心想早点儿还清村里欠债。云丽独自去选木料、请木匠，又叫上开富、开贵两个小叔子，各骑一辆自行车去县城，买来宴席专用的碗、碟、筷、杯、勺等。几日后，她想厨师炒菜也需要一套家什，就将箩筐一边一个，绑在自行车后架上，将铁锅、大勺、锅铲等叮了咣当地驮回。

木匠打好桌椅板凳，云丽看在眼里乐在心里，高兴没多久又有了新主意。她拿着纸笔画了撕，撕了画，前后有一周的时间，连儿子的午饭都来不及做，终于设计出了简易的棚户，让喝酒祝福的人聚在一处热闹，连房间都省了，再也不用东家一桌、西家两桌的麻烦人，还冷清。

开文见添置的东西越来越多，妻子干事的劲头越来越大，渐渐也重视了，和云丽把前后规划又细细琢磨分析了一遍。开文对妻子愈发佩服，专门抽出时间帮妻子购来焊接钢管、遮顶油布等。

令夫妻俩没有想到的是，出租圆桌餐具的生意好得出奇。此后很多年，这项业务一直是他们的重要收入。此间有人眼红，有人模仿，有人浅尝辄止，也有后来居上，但这些都没有撼动云丽出租在至晶村的独霸地位。每当有人竞争，云丽就会推陈出新，开始时是添置各种餐具，当各种用具渐渐齐全时，她又活学活用了促销，只在结婚丧事时收费，而定亲或生日什么的一概白用。如此当大家用了免费桌椅，后面也不好意思去别家租借。当大家也如法炮制时，她又先垫付一部分资金给经济困难，无钱办事的人家，待收到礼金时和出租费用一并交还。

第7章　至晶村故事——大风波

腊月二十四，家家户户扫地擦窗敬灶神，李开富欢天喜地迎娶了纠葛四五年的尤莲。媳妇娘家所在地与至晶村颇有渊源，就是三十几年前一祖同宗的至亮村。他们的结合是当之无愧的一波三折。

大哥好男儿志在四方十几年，三弟开富也坚信读万卷书不如行万里路有些年头。初三开学没多久，开富就辍学了。他打小就厌恶学习，实在是伪装不下去了。有一晚马仕来妹夫家吃饭，开富抓住时机，郑重其事地提出退学，想和舅舅学习研磨眼镜。父亲李上前话听了一半，就把酒杯往桌上轻轻一放，尔后慢慢撸起了衣袖。马仕见了忙劝开富好好读书，并随口抛出句马占的口头禅——万般皆下品，唯有读书高。马仕还没卖弄完，李上前劈头盖脸的巴掌已抡了上去。开富硬气得很，嘴里都出血了，还咬着牙一声没吭。第二天开富就和舅舅磨起了水晶。

开始一段时间，开富还潜心好学，做起活儿来一板一眼，老实得很。等他熟悉了行业，知道利弊后就不安分了，建议舅舅扩大经营。马仕扫了眼目空一切的外甥，什么也没有说。开富坚持不懈地提了几次，马仕一直置若罔闻。开富见舅舅一意孤行，就在某一个清晨不辞而别。

开富带了几副水晶眼镜去了北京。在首都的日子，他既到王府井练过嘴，也在八达岭摆过摊，可惜一路风尘下来，连个问价的人都没有。林黛玉再怎么美若天仙，在焦大的眼里也不过是个赔钱货，水晶眼镜还是太昂贵了。开富饥寒交迫地只挨了一个月，就不得不灰溜溜地回了家。

男人征服世界，女人征服男人。李上前又张罗着给稚气未脱的三儿子找老婆。媒人第一次上门，除去天花乱坠的水分外，还附带了一张照片的实货。开富看着照片上黄脸焦发的半大丫头，想都没想就拒绝了。此后两年大同小异，见照片大失所望，见真人更是怒火朝天。

见表弟如此挑三拣四，人民教师马占的肺腑劝说听起来就更像讽刺挖苦。晚上要做山芋粥，山芋没有了，李上前让开富去地窖里掏些。开富学业荒废了，庄稼活倒是没耽搁，挎上笆箕就去了。

打谷场南面有一条人工灌溉河渠，沟深河宽，从大炮台直达至晶村水库，春夏两季水盈及岸，秋冬两节一马平川。此时河床上的水草枯黄繁茂，西北风吹过，哗哗声中蜿蜒起伏向远方，像翩翩思绪、绵绵回忆。河底翻起到两岸的泥土，肥沃贫瘠夹生，娇贵的粮食自是望而生畏，贫贱的狗尾草、蒲公英却青睐不已，一丛丛、一簇簇，冬日阳光下欢快地摇摆着和详。

农人们就在这杂花生树又地势稍高的地方，垒挖出一座座贮藏蔬菜瓜果的地窖。地窖一般宽约一米，深一米五左右，长两至三米不等。选好地点挖好土坑后，再在上面均匀地搭上木棒，再在木堆上堆砌玉米或稻麦的秸秆，最后再在秸秆上覆上一层厚土。地窖一般在头部留有出口，平时用草绳捆扎成垛堵好。若地窖挖掘得太深，就在靠近出口处留出几级台阶。需要取用果蔬时，拉开草扎，人倒退着钻进去。捡拾好后，爬出来再堵上草扎即可。有时为了防止牲畜或者大风，还要在草扎上堆上石头或泥垛。地窖冬暖夏凉，适合保鲜果蔬，有时还会成为流浪汉的临时居所。

场西沟渠上的地窖全是南北而建，整齐划一地隆起，像一个个匍匐待战的士兵。开富灰头土脸地取完山芋，挎着笆箕刚走到村旁，就见表哥马占骑着自行车从北面过来。表兄弟相见，没寒暄几句，马占刚培养出的好为人师的毛病就按耐不住了。他停下车子也不支好，倚靠着它就开导起开富。

“表弟，你老大不小不赶快成家，还等着做县令的乘龙快婿?”马占古典小说读了不少，这是他能当上人民教师的主要原因。

“这不是没碰到合适的嘛。”开富辩解着。

“啥叫合适的?你既不是权倾朝野，更不是富甲一方，有什么资格挑挑拣拣的?”在学校里对着鼻涕一大把的小学生，马占若是说这些成段话语，说对牛弹琴都是对牛的侮辱。马老师好不容易才抓住这个卖弄的机会，而且对方还是表弟，就算不满也得忍着。

“什么啊?”开富不出意料的不满了。

“哟?难不成你还才高八斗，貌若潘安?好像你还没我学富五车吧，长得也不比我英俊潇洒?就算长得好看，还能当煎饼吃，当大葱卷?”反正亲戚里道的，马占放心大胆地过嘴瘾。

“你，你?”开富两眼冒火。这些成语拽文，他虽然也懂，可平时不练习，到用时一句也还不了嘴。

“这不马老师吗?你那么才高八斗，做一个月只拿五元钱的工作，实在有点儿大材小用啊。”开文刚当上支书没多久，今天去镇上开会，回家时刚好碰见表弟在挤兑弟弟。他忙上去替弟弟掠阵。

“俺哥回来了，我和开富开个玩笑。”马占见是开文，高高在上道貌岸然的倨傲，马上变成低声下气溜须拍马的谄媚。表哥现在是一村之主，自己现在骑的自行车还是从表哥那连偷带抢来的。马占当了教师，嫌来回走路有失风范，看表嫂整日在家哄孩子，就把她不常骑的自行车软磨硬泡借来。这一借就借了快一年。中间他厚着脸皮求表哥将自行车作价五十元卖给他，借得更是心安理得了。只是到现在他那五十元钱还不见影子。在开文面前，他心虚得很。

“你这个表哥怎么做的？不帮他就算了，还冷嘲热讽的。你老婆不是前村的吗？让她也给开富留意一下。”开文有意再损他几句，看他一脸堆笑的样子就算了，又转向弟弟：“开富啊，你表哥说的也对，你也老大不小了，该上心了。有句话说，结婚前觉得适合自己的人很少，结婚后觉得适合自己的人很多。好好寻摸下这句话吧。”开文也卖弄了一句，说完骑上车走了。

马占听了开文的要求后丝毫不敢马虎，当天就让媳妇回娘家至亮村帮忙张罗。一周后，马占拿了张照片来找开富。照片上的女孩微侧着脸，油光黑亮的大辫子甩在肩头，笑起来甜甜的，一双含水的眼睛看得人发慌。开富的心怦然激打起他日渐硬朗的胸怀。事情很顺利，相亲见面、互访家长、摆酒定亲，李上前相当满意，给女孩家三百元礼金。喝过定亲酒半个月不到，第一个给开富说媒的妇女找上来要谢媒礼了。

开富毫不客气地指责她想钱想疯了，媳妇是表嫂介绍的，关她什么事。媒婆不和开富理会，她拿出两年前的照片，只说李上前想昧下谢媒钱。原来当初媒婆介绍的女孩和表嫂介绍的是一个人。开富看看两张照片，最终确定是同一个人，慨叹一声女大十八变后，对尤莲也不那么十分满意了。尤莲也是聪明人，没多久就感觉出开富的冷热变化。当下两人都有了退亲的打算，可苦于三百元的高额礼金让人无法释怀。若是开富先说出悔约的话，三百元定亲礼只能打水漂。若是尤莲先说，那就得把礼金退还。可那笔钱早被尤莲父亲花光了。于是，两相僵持，看谁拖得过谁。

不过定了亲，两人再心有不满，该有的礼数却不能缺，而且还得卖力表现，不能让外人看出来各自的私心。于是，逢年过节，尤莲来陪未来的公公婆婆吃顿饭，做些家务，提前尽些孝道。春种秋收，开富也到未来的丈人家，田间场里的挥汗如雨。除去年节，偶尔双方还得走动。只是她来时，他不在家。他来时，她不在家。除了碰面少，别的方面可圈可点，引来乡邻街坊众口交赞。

也不是没有人看出来，张发就挺哲理地说，夫妻水火相济，不一定是孩子，有时还是金钱。只是没人搭理他。

事情转机出在尤莲摔伤了腿。尤莲捡石英时，掉进了深塘。模范女婿李开富硬着头皮照料几天后，发现人生又如初见，两人居然相谈甚欢。此时，男已当娶，女已当嫁，二人订了终身。尤莲不像小姐妹那般不实际。那些大龄姑娘要求男方得配齐电冰箱、洗衣机、电风扇、24 寸日本彩电、双卡收录机什么四响四不响，酒要用“敦煌洋和大曲”，烟要用“上海大前门”，接送车得是面包车。尤莲只让开富在旧房子里摆上老件三十六条腿，床、大橱、五斗橱、写字台、桌子、椅子等。她自己买了身时兴的红色西装，坐上拖拉机就嫁了过来。

熏柳和风暖暖而过，趴伏了一个冬季的麦子欲长还拒，羞羞地抽出了两片嫩叶，在春的气息中娇弱如眉地打着战。李开文带着阿凤去镇里开会。坐在自行车后座上的阿凤，右手轻轻扶着开文的腰，脸颊脖颈一阵阵没来由地发烫。少女时种下的朦胧种子，成年后再怎么砍伐也难消心底盘根错节的紧张。

刘书记心情甚好，亲自给开文和阿凤倒茶。两人连忙起身感谢。

“开文啊，现在气色不错嘛，社会主义的优越性已在你身上得到尽情展现了，哈哈。”刘明启坐着真皮办公椅，无视自己的肥硕，开着开文肚大腰圆的玩笑。

“托您的福，托您的福。”开文赔笑着，心里也不似以往那么反感。刘明启和赵红军三顾茅庐请他出来，并非求贤若渴，而是让他背上那笔巨额黑锅。他后来才知道，那多半的欠款都是刘明启的杰作。李开文对他们一度非常厌恶，后来待得久了，就如同温水煮青蛙一般，慢慢地见怪不怪，直至现在还有了“向上”的想法。古时为了对付不听话的厉害刺头，朝廷简单明了的一招就是满足他们的欲望，或者给他们培养出一个欲望。譬如对付神通广大的孙悟空，先是封为齐天大圣，当齐天大圣的封号也满足不了他时，就想方设法地让他有一个欲望，一个听起来非常高尚，有着信仰代名词的欲望——西天取经。刘明启这招玩得炉火纯青，李开文对此心知肚明，可有时他就听之任之。

“阿凤也长大了，越来越水灵了。”刘明启人逢喜事精神爽，说起话来也随意许多。阿凤红着脸低着头，摆弄起茶杯。

“你最近看了《苍茫》没有？”刘明启转向李开文。

“《苍茫》？”李开文一脸惘然。

“电视剧。”阿凤靠近开文耳语了一句。

“哦，没看呢。”李开文不好意思起来。

“有空儿看看，那个拍得蛮好，说的事和我们这儿差不多啊，都是改革开放后农村如何搞活经济的事。”刘明启建议。

“一定，一定完成书记的指示。”话未说完，李开文都有些吃惊他的卑躬屈膝。

“什么指示，你看你这个人，就是随便聊聊天啊。”刘明启对李开文的态度很满意，恰好中午就力邀他们吃饭。

回家后，开文问妻子最近都有什么电视剧。云丽很奇怪：“正在放《苍茫》，你晚上回来没见一屋子人都在看？”

“不是放《西游记》吗？”开文一头雾水。

“那都半年前的事了，你看你这个脑子，一天到晚想什么呢？”云丽数落起丈夫。吃完晚饭后，开文难得的没有出去，搬张椅子等在电视机前。

“爸爸，你也看电视？”小剑还以为是陪他看的，很亲热地爬上了父亲的腿。

“是啊。你作业做完了吗？”开文扶着儿子。

“做完了。”小剑表功似的，说得很大声。

“那你还不去睡觉？”开文在弥补平时对儿子的管束。

“可，可……”小剑没想到撒娇撒出不自在了，一边支吾着，一边看向妈妈。

“你一天到晚不管他，怎么一管就是让他睡觉？刚吃完饭睡得着吗？”云丽疼爱儿子。

“哦，那就看一会儿电视吧。”开文也感觉平时忽视儿子了，把儿子抱起来换个方向，让他靠着自己看电视。

一会儿左邻右舍都带着凳子来了。他们看见开文都很诧异，叫了声“支书”后，站在门口不知该不该进来。

“都进来啊，站着干什么？”开文招呼道。

大家迟疑了一下，终究耐不住电视的吸引，一个个鱼贯而入，各自找好位置。

“俺大哥今天也在啊。”开文回头，一个足有一米八个头的高大身板矗立在眼前。

“你，你是？”开文一时想不起来。

“这是阿成，郑世成。”云丽赶紧介绍，“那个是郑世祥。”说着她指了指郑世成身边的女孩儿。

“哎呀，都这么大了，快坐下。”开文很惊奇，心里想这两年人在家里，心却全在村部了。

八点整，电视剧开播。《苍茫》电视剧根据大浪的同名小说改编，以苦熬死受的田家为主线，展现了改革开放初期农村如何从集体到包产到户，及农民各显神通发家致富的众生相。小说的问世，荣获首届中国大众文学特等奖。马芹出演这部电视剧的主角后声名鹊起，成为地方电视台春节联欢晚会相当一段时间内的“钉子户”演员。

作家大浪，大名鼎鼎，开文在部队期间就读过他的作品。小说的创作从农村生活取材，把歌颂农村的新人新事，新的时代风貌作为主旋律。作品故事情节曲折生动，人物性格鲜明突出，语言质朴明快，弥散着浓郁的泥土芬芳。他的作品被译成多种文字，在日本、法国、英国等国出版。

开文连看几晚，被电视深深吸引，也和大家一样，茶余饭后讨论推测起了剧情。《苍茫》的火爆程度如果说用一句众口交赞来描述过于泛泛，那么用连足不出户的疯子郑世桂都开始打听故事情节的事例就具体生动多了。村人都说《苍茫》拍得好，好到连阿桂都被引出来晒太阳了。

开文有一次在路上碰见闭关多年的阿桂，乍看一下还不太敢认。二十几岁的小伙子头发白了一半，本来灵光忽现的眼睛黯淡得像两个空洞。开文心生恻隐，劝慰了几句，不由自主地就扯到了《苍茫》上面。

“阿桂，你以前不也会写写画画的吗？你可以看看电视《苍茫》，那个说的就是我们身边的事情，你可以学着写一下，写得不好就算打发时间了。”开文对阿桂很认真地讲。

“哥，这两天，我也在看。”郑世桂卑微着身体，说话中气不足。

“好啊，多看看，文学是一条苦路，也是一条神圣之路。”开文边说边想着措辞，“它分几个阶段，模仿、卖弄、攻击、被攻击、被卖弄、被模仿。”到底是做官做久了，讲话哪怕临场现编，都信手拈来地井井有条。

“什么？”阿桂被开文的信口胡编唬得一愣一征，“哥，你给我好好说道说道。”

“文学是一条……”开文说完就忘，只得绞尽脑汁地回想。

“后面的，模仿、卖弄、攻击、被攻击、被卖弄、被模仿。”郑世桂很上心。

“哦哦，这是说一个人从事文学所经历过的六个阶段。模仿，是说刚学写作，基本上一窍不通时，先看一下大家的作品，仿写下名人的风采。卖弄，是指学到大师高人的一些皮毛，没事说些华词丽句，卖弄一下自己的渊博学识。攻击，此时具有一定的阅读能力，肚子里也积攒了些文学常识，就会不知天高地厚地评论批评起别人。这个是人都在所难免，哪有背后不说人，背后不被人说的。被攻击，是指写作水平有了一定的提高，文人相轻，受到了大家的批评评论，这从另一个方面说明你已被人所重视，甚至广知。被卖弄，指写作水平有相当造诣，一般人不可望你项背，大家争相传颂你的作品。这时寻常人等不会攻击指摘你的文章，免得贻笑大方。但大家也只是引用卖弄你的文章，并不是完全的折服。被模仿，是写作的最高阶段，你已成为大师，大家深深为你折服，开始模仿学习你的风格手法。”李开文现炒现卖，说得倒也头头是道。

“哥，我，”阿桂两眼发亮，“我太佩服你了。我先看《苍茫》，看完后我再找你。”说完这话，阿桂转身快步走了，走着走着还猛拍一下巴掌，恍然大悟般，牵扯的肩头不停地抖动。

晶都有点儿名气的企业都被李开文跑完了，再想拉赞助特别难。酒过三巡，菜过五味，往往开文还没张嘴，那些厂长、经理们就先拉着开文诉起了苦：“李书记，兄弟我难啊，工人为欠薪的事昨晚把我媳妇都堵在门外了。”“李哥啊，别看我当个厂长，我媳妇乳腺癌，我连个治病钱都没有。不瞒你说，若不是你请我，我都好几个月没开荤了。”话已至此，开文只得硬着头皮安慰：“挺住，兄弟，一切都会过去。”

这晚他早早结束酒席，一路郁闷地回了家。到家后，看见云丽在训儿子，“这么小就会当说客？长大了你还不杀人啊？”开文忙问怎么回事。云丽恨铁不成钢，愤愤地说了起来。王有良的女儿花花和小剑年纪相仿，两个小孩儿经常一起玩。晚饭后，花花约小剑出去。两人先是在树林里摸知了。

暮色黑沉，月儿初挂，蛰伏十三年的知了背着那身沉重的外壳，用有力的前螯抓开泥土，爬出洞穴，向靠近的树木奋力爬去。小剑和花花就着月光挨棵树地寻找。爬得早或晚的知了，躲过被抓的厄运，树梢上伴着夜露努力一宿，留下一只只褐色的蝉蜕，在渐渐火热的阳光中快乐地嘶鸣。爬得恰好，正在人手可触高度的知了，像花生长到树上，颗粒分明，被人类一只只捡拾，轻松放进小口袋。小剑和花花不一会儿就捡满了，要回家时花花叫住了小剑。

“小剑，我们是好朋友吗？”花花的语气戚戚犹怜。

“当然了，怎么了？”小剑大大咧咧地问。

“你能不能和你爸爸说，让村里还我们家粮食？”花花说着，眼睛湿润了，在月光下闪着点点星光，“我们家粮食吃完了，弟弟连奶都喝不上。”

“啊，我，我……”小剑有些胆怯。父亲在一个家庭里永远是威严的象征，哪怕他时常看起来和蔼可亲。

花花见小剑不出声，就说：“要不让你亲一下我的嘴。”

“不要，恶心。”小剑一边叫一边做出呕吐状。

“那你要什么？求你帮我说一声吧？”花花哀求着，刚收回的眼泪又要出来。

“嗯，好吧，我和爸爸说。”小剑想了会儿，像个小男子汉式地点了点头说：“不过，我什么也不要。”

“真的？”花花很高兴，抱住小剑的头，在他脸上猛咂了一口。小剑忙推开她，使劲地擦着脸。

两人手挽手走了一段，小剑停下：“要不，你把知了给我吧？”

“什么？哦，好的。”花花一顿，马上反应过来，很大方地递出小口袋。

小剑高兴地接过，左手提着两只袋子，右手牵着花花，一起往家走。到门口时，花花说还要回家哄弟弟，不等小剑回答就跑了。小剑进屋后，想了想有点儿害怕，就先对妈妈讲了。

听妻子说完，开文笑得前俯后仰，对小剑说：“帮助朋友，可不能要人家东西啊！”就让他快去把知了还给小花。小剑走了后，开文感叹，这都过去一年多了，二茬儿麦都下来两回了，他们竟然还缺粮食。开文叮嘱妻子明天让有良再来扛袋麦子。

“哥！”阿桂从门外冷不丁进来，“我估摸着你这会儿该到家了。”

“阿桂啊，什么事?”开文问。

“我来和你谈谈《苍茫》。”阿桂一本正经的样子，都有点儿吓到开文。

“谈电视?”开文很后悔招惹阿桂，那天他不过随口一说，没想到阿桂真当回事了。阿桂不但认认真真看了剩下的几集，还东跑西窜地把错过的剧情也问全了。

“是的。”阿桂很肯定。

“哦，那谈吧。”兵来将挡，水来土掩，开文不好打击他，只能先应付着。

“嗯。”阿桂喉咙里应了一声就坐那儿不动了。开文转过脸来正视着催他：“说吧。”

“哥，你先看看这个。”阿桂从上衣里掏出一个蛮大的本子，双手递给开文。

开文接过，农村小卖部很常见的灰色笔记本，封面上写着四个大字“农村喜事”。开文随手翻开，本子上密密麻麻写满了小字，有的写完了又画掉，有的长长地引出一条线指向页眉，又能省则省地挤满了小字，许多章节下面画着粗粗的红线。敢情阿桂这些年大门不迈二门不出的就忙乎这些事?他真是疯狂，和文学较上了劲。

上帝欲使一个人灭亡，就先让这个人疯狂。开文如此感慨，又不便挑明，就接着往下翻看。翻着翻着，开文坐直了身体，把本子合上又从第一页翻起。就这么翻过来翻过去，快半个小时，开文合上了本子，定定地看向阿桂，眼里满是疑问。

“《苍茫》，是、抄、袭、我、的。”阿桂一字一顿地说。

两年前，阿桂看似一时兴起，对父亲说要去 A 城打工。郑朝宗也没有细想打工的都是往广东深圳等南方跑，儿子怎么往北走。事实上阿桂谋划良久，和伊鲜没离婚时就着手策划了。两次高考落榜让他一时悲苦异常，但并没有让他一蹶不振。他每天告诉自己，人可以被毁灭，但不可以被打倒。挺过那段艰难的疗伤岁月，阿桂重新奋起。农村的孩子要想跳出去，除了考学之路就只有文学之途。所谓条条大路通罗马，不过是明知你再走也不会超过三条路的安慰说法。路再多，属于你的才几条？阿桂书生意气，不愿多想这些。

其时，农民作家大浪如日中天，阿桂结合自身实际，认定大浪为偶像。偶像曾经走过的路，也是他的金光大道。阿桂先是写些短篇投诸报社，未几也时有“豆腐块”文章发表。阿桂志不止此，他知道文学圈内，短篇不过是投石问路，多数还是附庸，而史诗般的长篇才是一个文人睥睨天下的尚方宝剑。四大文学体裁：诗歌，曲高和寡；散文，聊以自慰；小说，实至名归；至于戏剧，只不过是小说的一个分支而已。如果通俗一点儿从经济角度来谈，在文学作品中，只有小说，尤其是长篇小说能实现名利双收。

阿桂收到短篇稿费一直没有声张，他知道文学讲究厚积薄发，更知道少年得志的结局往往是稀有的事。阿桂动手长篇没几天就向伊鲜提出了离婚。这个惊世骇俗的决定不是阿桂的一时心血来潮，他坚信：真正的文学之路是一条不归之途。成功了，鲜花载道，掌声雷动；失败了，穷困潦倒，一无所有。前方是悬崖，希望在天边，既然选择了这条路，就要有置之死地而后生的勇气。离婚是无奈，理想是支柱，要保证矢志不渝就必须破釜沉舟。

阳媚雨丝、麦荠浮浪，他冥思苦想；暑酷气蒸、瓜果熟坠，他伏案疾书；秋高气爽、燕菊交替，他增删有序；岁暮天寒、梅雪辉映，他校润诵咏。

村人的挖苦讽刺，他一笑置之；亲人的不闻不问，他咬牙坚持。两次高考落榜，带来的是非同一般的屈辱，还有对他超凡脱俗能力的否定。伟大不仅需要勤奋，更需要忍耐。终有一日，他会用坚忍不拔向世人宣告一个盖世奇才的诞生。他相信，哪怕是盲目的自信，他一定会成功。因为这是一条不归路，一条只有不停前行，没有犹豫后退的不归路。

数年的寒暑一晃而过，当小说完稿的时候，阿桂长吁一口气。写作之时是创作，写作之后就是按部就班，接下来的事情就容易多了。阿桂随便找了个理由，就让父亲老泪纵横地拿出全部家当。对父母而言，孩子功成名就的诱惑远不如他们平平安安来得实在。但对孩子而言，自己不仅要成为父母将来的依靠，更要成为他们现时的骄傲。带着对未来美好的憧憬，阿桂义无反顾地去了 A 城，那是文学青年心目中的圣地。在 A 城的日子令人振奋，当膜拜的作家对他作品点头赞许时，阿桂的眼泪像春风抬爱中的梨花，纷飞地肆意。回家后，阿桂没有声张。生活对他三番五次的无情打击，让他明白，泰然就是对无情最好的防御，坚挺就是对打击最好的反攻。他忍，忍，忍，一忍又是两年。

当《苍茫》热播到万人空巷时，阿桂看起来已泰然到麻木不仁，坚挺到无动于衷。是的，表面上他的泪水早已流干，事实上他的心仍会滴血。苍天，苍天，我生不能将你千刀万剐，死一定会将你碎尸万段。

长久以来，阿桂销声匿迹于他的破旧小屋，偶尔行尸走肉于乡间的宁静小路，喜怒自己承受，哀乐无人分享。他一遍一遍地告诫自己，文学路上每一个人都是孤独的。而他又非常渴望有一个人能够与他并肩，他也知道这份渴望只不过是个信仰。你可以一生都在为它奋斗，但终你一生它都不会来到你的身旁。那时，他是想不到行伍出身的开文哥，竟然能够和他高屋建瓴地谈起文学。为了不再孤独，他可曾经在北京，省吃俭用逗留了两个月，直到弹尽粮绝才依依不舍地离开。这次《苍茫》热播，开始时他觉得一切都已破灭，而今李开文又给了他希望。在奋斗的艰苦之路上，他太需要鼓励了，所以他拿出那份珍藏已久的手稿。

已历尽沧桑，看透人生的李开文，怎么会不明白阿桂的心思？

阿桂除了需要鼓励，更需要的是陪着他去 A 城告状。文人阿桂在纸张上能够纵横驰骋，在现实里却寸步难行。懂得这个社会，和能够行走这个社会，这是两个有着关联却似乎永远不会碰头的平行钱。文学和人生一样，虚无缥缈的目的远不如真刀实枪的利益来得直接，哪怕它乔装打扮得再冠冕堂皇。在利益面前，大师和普通人是没有区别的。生活在自己世界里的阿桂，如果不走出来，就永远不会懂得这些。开文婉拒了阿桂的要求。

不过几天后，对外号称早没了儿子的郑朝宗，又拄着双拐做起了说客。开文无法拒绝小时对他多有照顾的老邻居。秋收忙完，开文和阿桂就在枫叶如火的早晨，登上了去 A 城的火车。没想到开文和阿桂这一走落入了更大的悲剧。改革开放之初普通人的法律意识不强，更重要的是国家还未颁布著作权法。

王喜杀了人。这个消息暂时中断了《苍茫》抄袭事件的沸腾，也给绝大多数人提供了一个争相表现他们高度智商的机会。大家对事情的确切性不假思索，或者根本就懒得关心，纷纷慷慨陈词他们多有先见之明。

“我早看那小子不是东西，外地人都这样。”说这话的是郑氏宗族。

“一天到晚就知道哄女孩子。”说这话的无疑就是王喜的情敌。

“有人生，没人教。”说这话的人则是唯恐天下不乱。王喜的母亲已去世。

“还天天看书学习，也不先照照自己是不是那块料。”摸惯了农具的人如此说。

“也不吧，看他待人接物不也挺好的吗?”难得有人这么说，却蓦然发现已成了众矢之的，急急地改了口“人心隔肚皮啊”。

“那正说明他的阴险。”下结论的人如此信誓旦旦。

“你怎么能同情一个杀人犯?”反驳的人更是义愤填膺。

“啊，没有，没有。”被反驳的人一身冷汗，“你说得对，有的人就是虚伪。”

郑朝宗听到消息时波澜不惊，为官多年及这些年的风雨沧桑，早让他练就了闲看庭前花开花落的镇定。他让阿凤把带回消息的赵本叫来，他要好好问这事的来龙去脉。阿凤此时已是六神无主，听了老父亲的话，才想起确实该先去问个明白。

赵本老婆想吃油炸馓子，让丈夫去买。赵本觉得一个人上街无聊，就拉着王喜一起做个伴儿。来到馓子铺，赵本不要摆放在铁筐已炸好的馓子，他要铺主现炸，说老婆就喜欢吃新鲜爆脆的。铺主无法，就翻开面板，揉面给他现做。王喜见馓子一时炸不好，就对赵本说要去附近的新华书店买本书，买完后过来找他。

铺主像做面条一样，把面揉好后，双手各抓面的一头，拉长然后回转，再拉长，再回转，一团面就一分为二，二变为四，渐渐地细实了。而馓子比面条更细，像面条被拿篦子梳理过。铺主把拉好的馓子往油锅里一浸，花花地就翻起了泡，不一会就炸好了。铺主捞起馓子，放进铁筐里控油，尔后包好递给赵本。赵本接住刚要付账，就见王喜慌慌张张地跑回。

“本哥，你先回家。”他冲到赵本身后，骑上自行车就跑。远远十几个人，一边跑一边喊：“杀人了，抓住他，杀人了，抓住他。”赵本还没反应过来，转头一看，王喜早不见了踪影。那群人追不上王喜，知道赵本是一起的，就要把他押向派出所。赵本不相信王喜会杀人，提着二斤馓子就跟他们去了派出所。

星期天派出所就一个警察在值班，他比郑朝宗还沉得住气，平心静气地登记备案。赵本听那群人七嘴八舌地描述，也听了个大概。那群人都是新华书店的员工，书店生意冷清，周日也没什么人。当时他们都在门外搬货，店里只有会计一人照看。然后他们中一个人搬了捆书进店时，发现会计倒在血泊中，而刚刚身边又有一个不认识的年轻人经过。他忙跑了出来，指着还没走远的年轻人大喊是杀人犯。别的职工一听，忙放下工作一起齐追赶。警察开始也没听清楚，喝令他们一个个说。等大家好不容易都交代完，警察拿起电话让派个法医及相关人员来，就打发赵本和那群职工回去等消息。赵本走时伸手提放在办公桌上的馓子，警察宠辱不惊的风度没了，他激动万分："懂规矩不？这是物证。要不要关你两天，对你普法教育一下？"那语气恨铁不成钢地厉害。赵本忙缩回了手。

"大，你看王喜会干这蠢事吗？"阿凤的眼里隐隐有了泪水。

"我看不会，"郑朝宗看了女儿一眼，"他有时能惹是生非，但打死他都不敢杀人。"

"那我们就在家等着信儿？"阿凤六神无主，"出了这事，他怎么还不回来？"

"姐，你管他干吗？不回来最好，天天白吃白喝。"阿成的家庭观念挺强。当年才子之名远播的阿桂要娶妻成家时，上门说媒提亲的络绎不绝。现今阿成也男大当婚，他人高马大、魁梧壮硕，在精明的农人眼中更具有吸引力，上门提亲的比阿桂当年更有过之而无不及。这多少让郑朝宗有了些安慰。形势一片大好，阿成欢声笑语，没事的时候还翻翻哥哥姐姐的书，来几句"生亦何哀，死亦何苦""这是个问题"，魔障似的癫狂。阿凤看了一眼弟弟，什么也没有说，心想等王喜回来，一切就真相大白了。谁知，王喜一走就杳无音信。

大概两周不到，一周多半的时间，开文和阿桂从A城回来了。开文形容枯槁，胡子拉碴，头发乱糟，没有以前的丰神俊秀，一双眼睛因为瘦削而显得硕大神熠。阿桂也好不到哪儿去，蓬头垢面的，脸上蜡黄黝黑间杂，身上的衣服非条即缕在晨风中轻轻飘扬。阿桂这一路基本上都是由开文背回来的。开文把阿桂送到家，留了句"有事明天再说"，就不管郑朝宗一家的急切，连跑带逃地回了家，倒头便睡。他太累了。

开文、阿桂到A城下了火车直奔目的地，到那儿发现早已物是人非。阿桂一见，蹲在地上就哭了。开文大骂一句没出息，阿桂才站起身擦干眼泪。如此有名有望的人，一般都是备注在册的，开文带着阿桂找到了文艺工作者联谊会。人靠衣装，佛靠金装。工作人员对真正的文艺爱好者郑世桂冷漠异常，对气宇轩昂的开文却格外热情。

两人问到大作家的新址后，马不停蹄地赶了去。见到大作家本人，阿桂满腔的怒火又化为乌有，这么仙风道骨的偶像会屑于剽窃我的作品？我这个无名小辈都能写，难道人家如椽巨笔就写不出？阿桂迟疑了，和作家东拉西扯半天，就是不往正题上靠。开文见阿桂期期艾艾，不禁也生了疑。对文人而言，抄袭剽窃这种欺世盗名的事，轻者身败名裂，重者家破人亡，身为大作家会做出这种下作之事？开文有一种被愚弄了的感觉。他干咳了一声，提示阿桂，大作家时间宝贵，我们改天再来拜访。开文要确认一下。

阿桂焉能不知开文的心思？他几经犹豫决定放手一搏，毕竟数年心血，抛妻别家的，就指望这本书能够一鸣惊人，好给自己更给家人一雪前耻。阿桂大着胆子把他的意思稍一吐露，作家面色骤变，不过很快又恢复如初。只这一变就让开文安了心，阿桂绝不是心血来潮的胡闹。

作家又闲聊几句，让他们稍待一下，说他要去下卫生间，就转身走向了内屋。开文问他那天给自己看的册子确实是他之前写好的吗？开文仍是不放心，在别人的地盘，有理都能让你变成无理，更别说本来就无理。

“绝对是我写的，否则死我全家。”阿桂赌咒发誓。在开文眼里，赌咒发誓和脱裤子放屁没啥两样，都是多此一举。但此时他只能强迫自己相信。

大作家又出来了。听完后生晚辈对文学的追求感悟，现在他开始展现长者的诲人不倦，滔滔地不容阿桂插嘴。面对老者昏天暗地的引经据典，阿桂心急如焚，终于拿定主意，要强行打断老者话锋，主动积极地为自己讨要公道。无耻者往往所向披靡，阿桂冥冥之中明白了这点，可惜晚了，几个头戴威严大盖帽的公安推门而入。

大作家脸色瞬间由和蔼可亲变幻到正义凛然："就是他们，把他们带走。"

在派出所，阿桂面如死灰，一句话也说不出，这帮了开文的大忙。开文一口咬定阿桂是疯子，他主要带他来看病，顺便想找找病根在哪儿。现在找到了，他的病根就是他有一个不切实际的文学梦。开文表示他明天就带疯子回家，绝对是第一时间回家，不耽误人民警察的工作。警察了解了原因恍然大悟，埋怨几句开文不把疯子看好，就把他们放了。

离开派出所好久，阿桂才哇的一声哭了出来。开文本来挺气愤，见他哭得伤心，不由地又心软了，好言开解他："文学是神圣的，也是异常艰难的，不是凭着一腔热血就行。"开文挖空心思才想了个头儿，然后思路就开起了："这世上，什么事情都是相辅相成，不能单一存在。"开文看了眼阿桂接着说："而文学要和经济挂钩。经济基础决定上层建筑，听说过没有？"开文循循善诱地启发他，而阿桂显然被他的话所吸引，一时忘了痛楚。

"你要想搞好文学，首先要衣食无忧。简单说来，要先会赚钱。"开文以过来人的身份劝解。

"可搞文学的不都是非宁静无以致远的吗？"阿桂不服。

"非淡泊无以明志，非宁静无以致远？这话是诸葛亮说的不？"开文佐证一下，以前在部队看的乱七八糟的书太多，有点儿混。

"对，就是住草房的诸葛亮说的。"阿桂很肯定。

"说你笨你还不服。他说这话时早就是蜀国宰相了。他哪像你这么蠢，为了八字没一撇的理想，把如花似玉的老婆都离了。诸葛亮为了混进上流社会，连举世无双的丑女都下得去嘴。”开文愈发找到了自信，看阿桂的眼神都鄙视起来。

“那是女的有才。”阿桂并非全无所知，他面红耳赤地争辩。

“有才？那时讲的是女子无才便是德，到底是德重要，还是才重要？”开文奇怪他真有闲心在这儿和阿桂瞎扯。阿桂耷拉着脑袋不说话。

“好了，不说了。”开文觉得自己无聊了，就站了起来：“走吧，买票去，晚上车，后天早上就到家了。”

“哥！”阿桂欲言又止。

“有屁快放。”开文没好气。

“我，我——”阿桂支支吾吾，抬头看见开文的眼神凌厉了，忙说道：“我们在A城玩几天吧，以后还不知道什么时候来呢。”

“你，不再想着你的书的事了吧？”开文不放心。

“不了，先解决吃饭问题。至少，先赶上你水平的一半儿啊。”阿桂冷不丁地拍了一下开文的马屁。

两人买好车票时，阿桂就迟疑了。就这么走了吗？自己的梦想，自己的努力，还有父母家人的殷切期盼，都不管了吗？阿桂跟在开文身后，人直直地往前行走，心却徘徊踯躅原地。难道就真的一点儿希望也没有了吗？天道酬勤，我付出了难道就不应该得到回报吗？皇天不负有心人，我若无心，轻易放弃，那怎见苍天厚爱？文人们多是纸上慷慨激昂，现实里少有不胆小怕事的。也许名重势大的偶像就是借着统治机器恐吓下自己，并不敢做出格的事。苍天有眼，若想人不知，除非己莫为。但自己要是一吓就缩，那正中他人下怀？若是我迎头而上，偶像未必不惊慌失措。此时我进退维谷，他可能更提心吊胆。想到这里，阿桂笑了。

如果不想做某件事，哪怕有一万条理由应该做，只要一条理由就可以反驳他人，哪怕这理由很无稽。如果真的想做一件事，哪怕有一万条理由不该做，只要一条理由就能支持自己，哪怕这理由很牵强。

阿桂决定再努力一回，对，一定要再努力一回：为了自己，为了父母，更为了以后千千万万受到不公对待的人，我一定要试一试。

第一条牵强的支持找到了，第二条伟大的佐证也不难寻。阿桂忽然有了莫名的正义感，为了自己，更为了千千万万受到不公对待的人。

阿桂大着胆子向开文建议再拜访一次偶像。这次阿桂没有自负地说要找偶像理论剽窃的事情，而是很谦虚地表示也许和偶像是所见略同，想到了同一体裁，那就再找偶像切磋学习一下文学。

李开文听了嘿嘿一笑，让阿桂毛骨悚然。

文人创作的最大源泉是真情实感，而立身于世的根本法则却不是这样的。要不然李白怎么不待见杨玉环、高力士？一方面心里想着高官厚禄，一方面又努力在世人面前营造着高雅脱俗。

阿桂的伎俩，开文怎会不知？他却同意了，爽快到阿桂都不敢相信。

“人是要有股不撞南墙不回头的精神，谁没有年轻过呢？”开文很是善解人意，但话语听来总觉阴森。

“哥！”阿桂踌躇下，终于也不再掩饰了，他很感激地看着开文，“以后我什么都听你的。”开文看了看阿桂，没说什么，又陷入对往事的追忆。

偶像之所以是偶像，很大的原因是他的难以见到。开文陪阿桂坐在偶像家门前，默默地看着出入小区的人群。大家对偶像门前三天两头的造访者见多不怪，也一个个无视地从他们面前经过。

“阿桂，”开文眯着眼看着前方，“回家复婚或重讨个媳妇，先把小日子过起来。”

“嗯。”阿桂也看着前方，两颗硕大的泪滴已在眼眶里徘徊多时。激励自己的理由其实不堪一击，它们在未知的等待中渐渐显得幼稚可笑。

“阿桂，”开文继续说，“我本不想陪你来，因为我不知你们谁抄谁，抑或都是自己写的，就算人家是抄袭你的吧。既然人家敢这么做，就不怕你找来。”

“我知道。”阿桂的声音像浸泡在水缸里，再伟大的支持佐证在冷酷的现实面前都显得弱不禁风。

“回去踏实点儿，你可以想出办法赚大钱。有了钱你也能干更大的大事。”开文声音低沉着。

“嗯，呜呜——”阿桂的两颗泪珠像是阀门，一旦滑落，后面的泪水就奔泻而出。在强者开文的面前，阿桂终于掩饰不住了。读万卷书不如行万里路，阿桂悲哀地承认，人家纵使千般卑鄙万般罪恶，可警察照样视而不见。自己就算千般努力万般勤奋，也终究只是为他人作嫁衣。

“别哭，阿桂，擦干眼泪！”开文冷冷地说，“我们是男人，可以流血，但不能流泪。”

“嗯，哥，我不想流泪，可是控制不住。”阿桂一边哽咽一边回答。

“那，”开文顿了下，语气软了，“今天就流干了它吧，以后不要再流。”

“嗯。呜呜，哥。”阿桂痛痛快快地哭了起来，涉世之初的他还真情实感的让人可怜。

一些穿着花里胡哨的年轻人渐渐围聚到开文和阿桂的身边，有的留着披肩的长发，有的剃着锃亮的光头，胳膊、背上露出一块块狰狞的刺青，手里无一例外地拿着阴冷的钢管。

“干什么？”开文警觉起来。

“干你！”不由分说，粗粗的钢管向开文和阿桂头上招来。开文一侧身站起，钢管“咣”地砸中台阶，光天化日之下星光四溅。与此同时就听阿桂“噢”的一声惨叫。开文不及细想，一脚已平平踢出，正当其先的长发刺青猛地倒飞，又“扑通”一声前扑倒地，哼都懒得哼一声，趴在地上一动不动。

开文往边上一看，阿桂躺在地上，满脸是血，衣服也破了几处，露出下面粗黄的皮肤，他光着一只脚，脚面脚趾血糊一片。

一见如此，军人的血性瞬间暴发，他大吼一声向为首的黑衣年轻人冲去。黑衣人回过神儿，刚想跑，开文已冲到了眼前。他一只手抓着黑衣人的脖颈一转，另一只手一托他的后腰，就把他高高地举起。年轻人被捏住喉咙，双手乱抓，双腿乱踢，不一会儿就直翻眼白。

“大哥，饶命!”一个稍瘦点的红衣人大叫一声，“扑通”跪到了地上。他一跪，余下十几个年轻人也刷刷地跪了下来。那个红衣人和黑衣人长得颇像，大概是黑衣人的弟弟。他一边拼命地磕头，一边大叫：“大哥，我们错了，饶命啊。我们错了，饶命!”他看见开文仍是不放手，跪着爬过来，抱住开文的腿拼命哀求。

“大哥，饶命。”那十几个年轻人一齐磕起了头咚咚地响。开文心里有一丝感动，就松开了手。黑衣人“叭”的一声落了地。那群人忙连跪带爬围上来，把躺在地上的大哥又是掐又是摇地救醒，然后再去救治别的刺青们。

“大哥，我们是受人之托，请不要怪我们。”红衣人见大哥无碍，转头解释。

“我的脚，我的脚。”阿桂也被他们救醒，抱着脚杀猪似地叫。

开文没有看向阿桂，冷冷地看着那些年轻人说：“我知道，你们走吧。”

“谢谢大哥，今天放了我们，以后……”“快走吧!”红衣人还想说两句，开文打断了。他们架起伤者，一瘸一拐地走了。阿桂的哭声渐渐弱了，躺在候车室的长椅上终于睡着了。开文的思绪也渐渐平定，他想，经过这番波折，阿桂一定会成熟起来。人生于世，适者生存。

这次坎坷不平的 A 城之行，时不时地勾起开文藏在心里数年的伤心往事。外面再好，那是别人的地方。家再差，也是我们自己的地方。

“回家。”阿桂偎在开文怀里喃喃地说。

第二天下午，开文睡足吃饱来到阿桂家，将整件事情巨细无遗地讲出。郑世凤、郑世祥和母亲泣不成声，郑朝宗也潸然泪下，只有郑世成不以为然，甚至对哥哥懦弱的行为还有些不齿。

郑朝宗摸着大儿子瘦削的脸，喃喃地说道：“孩子，大错怪你了。你以后想干什么，大都支持你。”

“大……”阿桂仍虚弱得厉害，说不出话来。回来的一路，阿桂不是发烧躺在火车过道里一动不动，就是难得清醒坐在桌子上胡言乱语。宁照顾十个瘫子，不能陪伴一个疯子。开文对此有了深深地体会。

开文也听妻子说了王喜的事，知道他到现在还没有回来。村上几个年轻人在初次严打时期被抓，出来后一直愁嫁愁娶。人的一辈子，往高尚了说，就是自由诚可贵，往直白了说，就是清白价更高；阿桂的事让开文更为清楚地认识到现实的复杂。

妻子责怪他怎么这么阴暗。开文听了笑一笑，对妻子卖弄道：“法律的目的是对坏人或坏事进行制裁，执行起来有个证明有罪还是证明清白的区别。其中涉及的各种问题非常复杂。”

云丽见开文说得头头是道，知道自己反驳不了，就笑话一句他越来越嘴尖皮厚，尔后话题一转，就和丈夫商量，家里要不要再增加点儿别的挣钱项目。家里经营的出租桌椅餐具行业，每次有人要租用时，云丽只需监管来人拉走送来，清点下数目就行，花费时间甚少。另外儿子小剑也小学、幼儿园，幼儿园、小学的折腾正常了，白天都在学校，所以一天大部分时间，她都闲着。

“你倒是不怕累，那你想做什么呢？”开文看着生完孩子后，依然像个大姑娘样的妻子，笑盈盈地等着她回答。

“再养点家畜吧？狗吠深巷中，鸡鸣桑树颠。多有诗情画意？”

云丽一脸向往的样子。

“什么?”开文不解。

“狗吠深巷中，鸡鸣桑树颠。诗，陶渊明的诗。看你还号称博古通今，连这诗都不知道。”云丽为抓住个讥讽丈夫的机会而高兴不已。

“我知道的都是经世济用的，这种无病呻吟的知道又有什么用。还狗吠深巷中，倒是不怕被狗咬了，踩着狗屎。”开文不管不顾地说着，脸皮愈发厚了，倒不说他忘了这首诗。身为老大，马珍在他身上总要多花点心思，诗词歌赋小时候多少教了一些。不像后面几个孩子，连吃喝拉撒都忙不过来，还有空教这些闲篇。

“你真俗，不和你说了。”云丽心下着恼，不理开文。

第8章 金发晶之命运回眸

秋意浓浓，凝聚成晨曦霜降、晚霞露落。路旁的白杨成长了春日的忸怩，成熟完夏日的遮挡，一棵棵干净清爽着高大挺拔。田间沟沿的野草不舍了燕子摆尾的轻挠，流连了麦穗清香的薰醉，开始自恋上本身盛装的金黄高贵，在秋风中脉脉惬眼。

阿桂被抓了。意料之中，情理之外。从精神上征服，从肉体上消灭，在战争年代，这是对待敌人基本的底线。和平时期没有战争年代的严酷，不过为了以儆效尤，适当的惩罚还是必需的，但那仅是适当的。所以当阿凤哭着跑来找开文时，他只是轻描淡写地说了句："关几天，待风头一过就没事了。"阿凤将信将疑地离开。

两天后，开文在村部正写着计划报告时，阿凤又哭哭啼啼地推门而入。

"哥，我去过派出所。他们，他们让书记来领才行。"一母同胞的阿凤仍是担心哥哥的安危。

"什么？"开文抬起头，一下没反应过来"阿，阿凤啊。"

阿凤正站在开文的眼前，因为一路奔跑满头大汗，外套拉开敞着，的确良的白褂已湿了胸前一大块。

"哥，你和我去领俺哥吧。"郑世凤没有在意开文的表情。

"啊，这个，我正在写报告。"开文的嗓子干涸，忙屏气凝神地低下头。

“那你快点儿啊，我等你，热死我了。”阿凤看见办公桌旁有个矮凳，一屁股坐了上去，又把白褂的上面两只纽扣解开。开文感到气血上涌，脑中一片空白。

“哥，你怎么了?”阿凤看着开文满脸通红，还有汗水隐隐外冒，关心地问。

“没，没什么。”开文再怎么努力，双眼还是像被穿了线似的牵引着，一瞥一避间尴尬异常。

“哥——”阿凤敏锐地感觉到了开文的目光所指，她的声音娇柔软弱得像胸前不易觉察的微颤，面部也变得粉红可爱起来。少女时代羞涩甜蜜的情怀，她本以为早已消失，只在一遍遍回忆中变得越来越完美。其实，它永远不会消失，美丽的东西永远不会消失。它只是藏在某个角落里，将自己尽乎所能地美丽，然后静静地等待着再次焕发的时刻。一旦时机到来，它就会以更加清新脱俗的面貌再次呈现人间。

开文站起，向阿凤挪了过来。阿凤没来由地一阵紧张，又没来由地满是期待。

“走吧，去，派出所。”开文无心再写，笔记本兀自不甘心地张开在桌面。

“啊，好的。”哥哥还被关着呢，阿凤回过神儿，忙站起随开文出了门。

开文灰溜溜地从派出所出来。所长所说的书记，是镇里的刘明启刘书记，而不是他这个村书记。所长和开文很熟，但也爱莫能助。开文和阿凤又一起去丑山镇政府找刘书记，不料办公室主任说刘书记去外地开会，要一星期后才回来。开文不离不弃，坚持找完了副书记，镇长，副镇长，他们都很无奈地告诉开文，这是刘书记主抓的事，别人无权过问。

回来的路上，阿凤一直抽泣。阿凤尚未经历多少风雨，以为哥哥这次凶多吉少。什么事需要镇党委书记亲自抓呢？而开文想起 A 城的凶险之行，劝慰阿凤几句，就把她送回了家。

第二天傍晚，开文刚从村部出来，见郑世成拉着辆平板车往南走。车上躺着个人，被子盖得严实。阿凤红肿着眼睛帮着推车。

“阿凤，”开文问道：“车上拉得谁？”

“除了俺哥，还能有谁？”阿成抢先回答。

“阿桂？”开文松了口气，他本以为是郑朝宗。郑朝宗看起来硬朗，可毕竟年事已高，经受不了几次惊吓。“他怎么回来了？”开文没忘刘书记的一周会期。

“刘书记没去开会。”阿凤红肿着眼睛，尽量向开文展示出笑脸，但艰难做出的笑脸在对哥哥的担忧中一闪就逝。阿凤昨晚回家后，把情况给父亲一说。老谋深算的郑朝宗确定刘明启不会去开会，他让女儿一早赶去镇政府门口守着。果然让郑朝宗言中。阿凤在镇政府大门口就给刘明启跪下了。下午阿凤回来叫弟弟拉上平板车，跟她去派出所接回了哥哥。

朔风渐起，田间暗绿稀疏的麦子和地垄枯黄杂茂的野草，匍匐躬身着卑微。大河小湖的水面像受了惊吓，一层层、一波波地奔走不停。苍苍茫茫的芦苇丛也后悔起自己的外强中干，叶絮并联地艰难而站。就连一直置身事外的太阳，洒起金箭万芒时也是摇摇晃晃地缺少了霸道。

农人比邻而居，忙时田间挥汗，闲时串门拉呱。谁家有个大病小灾、远亲近朋，彼此都知晓熟稔，在茶余饭后说上一段道上一节。表面上各家独门独户，暗含鬼胎，其实骨子里还是亲密无间，大家说过也就说过了，饭照吃，觉照睡，日子还得过。阿桂的事在靠墙晒太阳的消磨中渐渐被厌倦，已没有多少人愿意把口水再浪费在过期的谈资中，大家的兴趣转移到了张芹的升迁之上。

是金子到哪儿都会发光。这发光除了需要金子的货真价实，还需要有外界的乾坤朗朗。张芹，以一个老三届高中生的才识，窝在至晶村时连一个摘棉花小组的组长都可望不可即。树挪死，人挪活。张芹嫁到屋丘镇后，十足的赤金终于抹去了披在身上的灰尘，此时她是屋丘镇刚刚上任的副镇长。新上任的副镇长趁到县城办事的机会，带着老公、孩子坐着专配的吉普车，风风光光地衣锦还乡了。

张芹容光焕发地在村里走街串巷，春风得意地对乡人嘘寒问暖。她知道榜样的力量是无穷的，她在用这种简单明了的方式，让人们在回忆她过去郁郁不得志的同时，也感受起她现在成功后的喜悦。她用亲身经历再一次告诉人们，拼搏让困难退避三舍，坚持让机会青睐有加；只要努力，凡事皆有可能。

郑朝宗、李上前看着张芹神采飞扬的样子，心里多少有些嫉妒式的酸溜。两人本该也是子贵父荣的。当然，同是酸溜也有高下之分。李上前的酸味不过是果之要熟未熟，甜中带点儿不适，一酸而过，说起来儿子开文毕竟还全须全尾，膘肥体壮得很。郑朝宗的酸味就是十足青涩，足以麻倒怀孕八个月的孕妇，儿子阿桂本聪明绝顶的脑袋已然贮满了一洼清水，半死不活地真诚。

开文本打算请张芹在村部吃顿饭，以尽地主之谊，张芹却坚决拒绝了，她请开文和几个童年好友去父亲的老屋小聚。张芹虽然回来得有些招摇，但还谨记不能锋芒太露的权宜之道。张发和女婿在厨房生火做饭，不消一会儿，丰盛的晚餐就摆上了桌面。

张芹中年得子，孩子比小剑还要小上几岁。她已年近四十，却风姿绰约的像二十六、七的少妇。孙娟看着儿时玩伴的好身材，匪夷所思地感慨："权利使人青春永驻。"再看看自己，屁股倒是傲人的肥硕，但蛮腰也不甘寂寞地粗壮，从上到下浑似一个装多了粮食的麻袋，连皮肤都像。张芹的老公左守舍一看就是绝好的模范丈夫，妻子的多余年龄都被他无怨无悔地包揽了。他只比张芹大两岁，但坐在张发边上，俨然和岳父是哥俩。

“这么多年，感谢大家对我老父亲的照顾。”张芹位高一级，知道她不端杯没人敢动，她举杯敬大家。

“哪里啊，发叔对我们关爱有加，村人都交口称赞啊。”开文一句由衷的话，在张发听来刺耳得很。他笑着说：“你个小兔崽子，是不是还在怪我不让你盖楼?”

“发叔，看你说的，我感谢你还来不及呢，怎么会怪你？要不是你当时不让我盖楼，让我有点儿积蓄，我早就喝西北风了。”开文说得是实情，做这个不痛不痒的支书，就是表面上看起来风光点儿，其实苦不堪言。光那几万元的债务这几年就没让开文睡过安稳觉，更别说监督计生、催缴农税这类得罪人的活儿了。用生产队长黄伟的话就是“人跑生了，狗跑熟了。”收费时，别人一看黄伟进门，就像见了瘟神，避之不急。而家养的狗却和三天两头来访的村干部混熟了，摇头摆尾地撒着娇。如此辛苦换来的一年报酬还不及开文捕鱼时一个月的收成。劳累操心不说，还要招来一番不明是非的怀疑，“你看支书一天到晚又吃又喝，不管我们的死活。”“你说他那房子是不是用村里的钱盖上的?”开文听了这些话，除了一笑表示大度外还真是没有一点儿办法。这帮小肚鸡肠的家伙，明知道房子是什么时候盖的，也要睁眼说瞎话。

“我就知道你是个有情义的人，来和叔喝一盅。”张发干过支书，知道开文哪句真哪句假。张发喝完斜眼看了下坐在开文边上的赵六弟。赵六弟正襟危坐，若无其事的样子堪比参加鸿门宴的刘邦。

“对，喝，张芹，姐敬你一杯。”孙娟淳朴惯了，和张芹仍是姐妹相称。张芹也不以为意，满上酒一饮而尽。

酒过三巡，各类礼数皆到，大家不约而同地向张芹打听起县里镇上的动向。

张芹也不故弄玄虚：“是啊，今天开会，书记和县长主要讲的就是如何搞活经济。靠山吃山，靠水吃水，我们要因地制宜，立足本身，多快好省地发展经济，早日带领全县人民走上幸福富裕的道路。”张芹说完，大家都大眼瞪小眼。张发看了一桌的“王八绿豆”，知道他们都在听着张芹的具体下文。张发刚要提醒女儿，张芹已接着说：“这次会议主要是集思广益，大家畅所欲言，有什么好的建议或想法都可以提出来，大家讨论讨论，还没有形成一个定论。”搞了半天还是什么也没说，大家索然了。

开文却想听听张芹的高论，他一直为村里欠款的事头痛不已，总不能老是喝酒请客还钱吧。“张镇长，您当时提了什么建议啊？”开文问道。

“开文，你以前叫我什么啊？”回家后，第一次听见人叫自己镇长，张芹很是不好意思：“以前叫啥，现在还叫啥。我给县里提的意见，就是立足本县特色，发展我们的水晶事业。”

“张镇长，啊，不，大姐，发展水晶？怎么发展？”听到发展水晶，开文来了精神。这些年开文不是没往水晶上想过，但他认为百废待兴之机，优先发展的肯定不会是这些玩物丧志的东西。大家刚刚解决温饱，还没有多余的钱财供挥霍，舅舅马仕的水晶眼镜行业就是前车之鉴。

“这个，摸着石头过河，具体如何办我们还得研究研究。”张芹老实承认。

“对，摸着河头过河，来喝酒。”开文想起了民间最近流行的一句话，笑了。群众已经过了河，领导还在假装摸石头。

“你有什么想法没有？”张芹见开文笑得不怀好意的样子，问道。

“我？”开文不笑了，“我哪有什么好办法啊。”

“好了，我们都是自家人，有什么话直说。”张芹不满开文的敷衍。

“就是，吃一块咸菜长大的，还拐弯抹角。”孙娟附和张芹。

“我也没啥好想法，就是以前在部队里看了些有关水晶的知识，说出来您看看对不对。对，您听着，不对，您就当我瞎说。”开文说话比较谨慎。既然当干部，除了会威风八面，也要懂如履薄冰。

“洗耳恭听。”张芹说。

“水晶是一种观赏与实用兼有的矿石。说到观赏，目前谈之为时尚早，大家食不果腹的哪有心思玩石斗鸟。那只有开发它的实用价值。水晶的化学成分是二氧化硅，就是一种学名叫法。现在国际上流行的高科技——电脑，我们县政府也有一台的，里面核心装置叫硅片，有存储记忆功能的。硅片成分就是二氧化硅。电脑这东西算账打字什么的很方便，将来一定能流行起来，如果我们现在从这方面着手的话，一定可行。”开文仗着记忆亦真亦假地说道。

“电脑?”张芹知道但也仅限于知道，“那个是高科技啊。”

“开文，你说这个是不是太不切合实际了，人脑还用不完，哪儿还用得上电脑?”会计张高平多喝了几杯，满脸通红，一边说话一边微晃着脑袋。

“未雨绸缪。”开文说完这句不再说了。一桌子人除了张芹之外，都听得云遮雾罩。张发见有些冷场，忙招呼大家：“摸着石头过河。来，我们再喝一杯”“来，敬发叔!”

张发家里的欢声笑语翻过低矮的土墙清晰地传了出来，郑朝宗看着老支书家灯光通明的小院，最终没有进去，他拄着双拐一点一戳地走向了村外。张芹回来，郑朝宗也收到了张发的邀请。于情于理，郑朝宗都该来看看以前的老领导和现在的新领导，他也确实在门外徘徊了良久，但最终他仍然决定他这个半瘫老头子不去扫人家的雅兴。阿桂从 A 城回来匆匆数月的时间，郑朝宗就觉得他老了几十岁。看着比他年长的李上前和张发身体还是那么硬朗，活得都有滋有味，一股悲凉之情就袭上心头。都说闺女是父亲前世的情人，那么儿子就该是前世的仇敌吗?和儿子剑拔弩张之时，郑朝宗见到阿桂就厌烦，每日里都想对他吼叫大骂。不过为了表现他的漠不关心，又只能强迫自己对儿子视而不见。爱的对立面并不是恨，而是漠不关心。郑朝宗无法做到对儿子的漠不关心，只能用厌烦来表示愤慨。仇恨使人刚强，爱心让人软弱。和儿子缓和关系后，郑朝宗像突然失去了对手，本来紧绷的心弦一夜间松垮了，身体也就跟着虚弱。张芹回来，张发眉开眼笑，他若是将对儿子的伤感之情带到人家喜庆的酒宴上，那岂不是十分不美？开心我无缘际会，躲避总该有缘相逢。郑朝宗选择了远离尘嚣，在自己的天地里忍受凄凉。

然而，有些事躲是躲不过的。阿成扒着门缝，往屋里偷偷张望。郑朝宗难得恢复了神武，坐在饭桌边怒气冲天，两只眼睛死死地盯着阿凤。郑朝宗的老婆严慈站在身后，投在墙上的影子微微颤抖着发髻。她穿着灰色的大襟袄，满头灰白的头发散乱几根披在颊边，松弛了的皮肤疲惫地堆在脸上，慵懒着层层的皱纹。她一会儿怜爱地看看女儿，一会又胆怯地看看丈夫。

阿凤跪在地上，油亮的大辫子在昏黄灯光照射下晶莹柔和，脸上的两串泪珠已近干涸，若有若无的痕迹象征性地表达冤屈。因害怕而无法控制的心情，随着鼻子的抽动在缓慢释放。

“说，全说出来，要不然老子今天打死你。”郑朝宗多年未动怒，那声音在老太听来是晴天霹雳地震耳。阿凤身子也是猛地一动，旋即保持稳定，依旧低着头一言不发。

“老头子，好好问，别吓着孩子。”老太大着胆子替女儿说了句话。

“都是你惯的，看这几个都成啥样了。”郑朝宗调转炮口，一通猛轰就让老太摇旗投降。她闭上嘴巴不由自主地往后退了一步。

“你说不说?”郑朝宗抓过桌子上的木拐，将尖头对准女儿。

阿凤愣怔之下往后一跌，右手撑着地面，改跪成侧坐。

“谁让你坐下的?”“妈啊!”郑朝宗见女儿敢违背他的命令，怒火上涌，一拐打了上去，正中阿凤的额头。阿凤疼痛难忍，顿觉一阵晕眩，叫了一声，捂着脑袋躺倒了，两边翻滚。

“老头子，你要打死她?”母爱让老太的胆量剧增，她蹿上去一把抱住丈夫。但郑朝宗正在火头上，半瘫的身体趵趵着前冲，老太眼看就要阻拦不住。

“阿成、阿祥，快进来。”老太忙喊起了救兵。

“大，大，别打了。”阿成听到老太呼唤，忙推门而入。他们三人合力终于将郑朝宗按坐在板凳上。

郑世凤躺在地上双腿侧蜷着，数九寒天的厚衣遮不住她傲人的胸部，和让她声名扫地的隆起的小腹。

郑世凤怀孕了。

哥哥刚偃旗息鼓，妹妹又被推到风口浪尖。二十世纪八十年代，郑世凤的未婚先孕，成为乡间最爆炸性的谈资。若想人不知，除非已不为，郑朝宗深知家丑是遮不住的。他在盛怒与羞愧的双重打击下，非但没有退缩，反而更加勇敢地站起。流言可以杀人于无形，逃避则是对死亡的助威。英雄刚强一辈子的郑朝宗不会让任何人对他及他的家人动辄冷嘲热讽、指天画地。既然大路朝天的平淡不得，那就玉石俱焚地安宁来寻吧，孩子们，我对你们的爱不仅是母鸡护子的温暖，还有猛虎逐崽的无情。郑朝宗干脆利落的一拐杖，让眼看就要漫天飞舞的流言蜚语顷刻间销声匿迹。大家转而赞赏起郑朝宗的刚烈家风，不是父不教，而是子不孝啊，龙生九子，各有不同啊。

不容置喙，阿凤被母亲强押着去了医院。身穿白衣大褂的医生动完手术后，刚想像往常一样奚落一番乡下人时，看见了稳坐长椅上等候的郑世成。郑世成紧盯着他，剽悍的眼神像两把飞刀。医生语气一软，忙叮嘱注意休息。当着众人面说你不是的，是敌人。当着你自己的面说你不是的，才是朋友。老太太在左边搀着阿凤千恩万谢着医生，郑世成在右边挽着姐姐神色严峻地看着人群。

被儿子折腾得快成行尸走肉的郑朝宗，仿佛因为女儿的事借尸还魂了。阿凤还在休养时，郑朝宗已拄着拐杖精神抖擞地行走于至晶村的角角落落。见着小孩，他扮个鬼脸，逗得孩子哈哈大笑。见着大人，他打着招呼，问长问短地不怕人家生厌。人们又讨论起女儿是父亲贴心小棉袄的传闻。看，阿凤的身败名裂换来了郑朝宗的老当益壮。也有喜欢寻根问底的人，一个个大胆地猜测，严谨地推算，到底是谁得了便宜还不出来卖乖。事实上，阿凤的家人对此也是一无所知。郑朝宗把阿凤打得皮开肉绽，也没能让她吐露到底是谁让老郑家羞了先人。郑朝宗又象征性地追问几次就不再过问了。对他来说，最关键的是要狠揍女儿一顿，以后她才有可能重新做人。很多时候我们做的事情都是给别人看的。郑朝宗对老婆如此说道。

答案扑朔迷离，事实又呼之欲出。村人见识上闭塞短视，智商上却七窍玲珑。

“算来王喜跑了有几个月了吧？”一个村民意味深长地问。

“时间上，好像差不多。”另一个村民心知肚明。

“你们闲得慌？”第三个村民也不是傻子，但显然更佩服郑朝宗的公正严明。

兔爷远遁，龙神降临，新的一年在噼里啪啦的鞭炮声和小剑鬼哭狼嚎的叫喊声中来临了。在小剑眼里，爸爸开文一直通情达理，唯有春节时就是个比驴嗓子还要粗的莽汉。

人活于世，最高的修炼境界“吸日月之精华，集山川之灵气。”人小言微的小剑无师自通了祖宗良训，每日专挑月最圆、日最高时，在田头地沟、房前屋后，不是吹牛扯皮，就是捉迷藏过家家。如此科学地天地合一，在爸爸的眼里却是个十足的败家祸害。

日最高当然是午时三刻了，再不起就要日落人也饿，猴般瘦弱不经冷风吹。月最圆多是凌晨三点之前，再不睡就要月垂眼也黑，熊猫多得扎成堆。

今日的“梦”想，决定你明日的前程。为了前程，小剑一向酣睡不止。大年夜，爆竹声声，人人快乐。这些个“吸精华、集灵气”

的半大小子们比以往更要卖力，如此一来拥抱梦想的时间更长。

大年初一，当小剑还在为未来使劲梦想的时候，开文就蹑手蹑脚走进他的房间，伸出两只手指像铁夹子一样揪住小剑的耳朵，妄想给儿子造成“耳大是福”的既成事实。而每次为了梦想，儿子都会与他暴力顽抗到底。

他们像是在拔河，小剑的耳朵就是界绳。爸爸努力，想把小剑拉出被窝“金蝉脱壳”；儿子也不甘示弱，用力缩在被子里“藏龙卧虎”。如此总是旗鼓相当，爸爸却不肯认赌服输，还每每大出老千。他要么就猛掀被盖，让儿子的横陈玉体在寒风中瑟瑟发抖，要么就西藏秘宗大手印着他的屁股，让儿子顾此失彼下哀号连连。

爸爸见胜利在望，不免要软言示好，“看，你一出生的时候就伴随着一声啼哭，现在新年第一天还忙着回味。”

儿子不置可否，只想问问他的语文老师，为什么一年之“季”在于“疼”？

好歹穿戴整齐了，儿子坐在桌前看着他的青花小碗，总觉他的饺子比妈妈的少，于是乎非要替妈妈分忧，换个碗。妈妈说你的饺子是最好吃的，我总会把最好的给你。吸了这么多的日月精华，儿子更加相信自己的判断，嚷着非要换。军阀一样的爸爸又专制了起来，“让你吃你就吃。”儿子看了看爸爸，念在他让自己耳大是福的分上不再吭声。

小剑低头大嚼，突然咬到一个硬硬的东西。哈哈，是硬币！你可别小看这一枚不起眼的硬币啊，那可是一生的祝福，谁吃到没准儿以后就富可敌国，天天可以“梦”想。小剑得意地举了起来，向想骗他的妈妈和军阀一样的爸爸炫耀，“看，再不给我换，眼热了吧。”一副小人得志的嘴脸。

而开文、云丽显然后悔莫及，忙要和儿子换剩下的饺子。哪有这种好事，小剑一把护住青花小碗，像老牛护住了小犊，两眼还敌视地对着父母翻。

幸亏坚持没换饺子，要不然就愧对上天的美意了。小剑得意地想。真是想不到，后面他吃的每一个饺子内都有硬币，一共吃出了十一个。而开文和云丽夫妻俩加起来才三个。小剑在得意之余也财大气粗了起来，“爸、妈，等我发财以后，你们就不用劳作了，想吃什么就吃什么，想去哪玩就去哪玩。”开文和云丽听了，相视一笑就猛夸儿子孝顺。反正是铁定的超级富翁，人逢喜事精神爽，那场耳朵拉力战就让小剑给忘到了脑后。

小剑在吃出了一堆硬币保证了将来幸福的同时，也没有忘记现在的“劳动”。吃完了早饭，他看爸妈收拾妥当，“扑通”一声跪在地上，孝顺至极地一个响头磕在地上，说了声“祝爸爸妈妈新年快乐”，然后就直挺着身子不起来。世事洞明皆学问，开文深谙此道。他拿出钱包，在一堆大小不一的钞票中挑了半天拿出两张不大不小的来。小剑一看这情形，把孝道发挥至极致，打算再跪半个时辰。

“一年到头就这一次，再给两张大的吧。”云丽也不满地说起了丈夫。人情练达皆文章，看妈妈多聪明，知道将来我要腰缠万贯，现在就维护我了。小剑冲妈妈咧开了嘴。

开文听了后，好像很不情愿似的又抽了两张最大的出来。小剑则像被压到极致的弹簧一样，“嗖”的一声弹射出了门，嘴里大叫着谢谢爸爸，心里却唱着世上只有妈妈好。

劳动起来，小剑一向兢兢业业。从奶奶家到叔叔家，他一路虔诚地磕了下来，提前进入腰缠万贯的时代。接下来，小伙伴们聚在一起，各自拿出荷包比了比重量。嘿，还是我的最重啊。小剑又得意忘形了，“我天生要做大富人的，今天早上我一下吃出了十一个硬币。”同伴很是不信，他们才吃出两三个而已。王花花忍不住问他道：“小剑，你吃了多少个饺子？”

“十一个啊，每个都有硬币的，我爸爸和妈妈总共才吃出了三个硬币。”一想到早晨自己光芒万丈的胜利，小剑又乐不可支地笑了。

同伴们呆一下，突然也大笑了起来，尤其是花花，笑得嘴巴都合不上，掉了一半的牙不可避免地参差交错地露出来。小剑更是丈二和尚摸不到头脑，真是莫名其妙，莫非是在搞笑?

赵专注的女儿，西杏笑够了说，“小剑叔，你爸妈那是替你准备好的。你不知道还瞎高兴，真够笨的。”小剑一听气坏了，心想这群大笨蛋，大我好几岁，还和自己上同一个年级，竟然好意思来笑话他。

他一生气，冲上去想打人家，又自思不是对手，遂一扭头走了。

回到家，开文、云丽已等了儿子好久，他们要去朋友家拜年。小剑一听，忙跑到里屋换了件自以为很帅的衣服就跟着出了门。这一天下来小剑赚个钵满盆盈。晚上回家后，小剑有些累了，第一次没有充分吸收完月光就睡了。

开文看着酣睡中的儿子口水流了一枕头，帮他摆正了脑袋，掖了掖被子，感到里面有东西，就把手伸进了被子里。儿子手里抓着荷包，死活不肯松手。

大年初二的这天，春意大势已定，寒风仍是困兽犹斗。它们猛烈地呼号，吓得太阳战战兢兢，在天空晃动不已。

郑朝宗家的矮墙下，几个老头一边晒太阳，一边下着“六周”。“六周”，苏北乡间的棋类游戏，类似于变种的围棋。棋盘横六纵六，组成三十六个小正方形。对弈者各执不同棋子，若是你用小树枝，我就用小石块。或是你用纸片，我就用玻璃，以能区分为主。棋子摆放在纵横线的交叉点。小正方形四角都摆上己方棋子，称“成方”；一条直线上的六点摆上己方六子，曰“成龙”。“成方”或“成龙”皆可杀对方一子，但不能杀“方”或“龙”中子。先期一人一子，棋盘未满时，有成方或成龙可杀对方一子，但死子不离棋盘。待棋子满盘后，先捡除死子，此时不再加子，而是移动各子成方或成龙，直杀至某方棋少不能成方成龙认输为止。“六周”在乡间颇为流行，农忙抢收时分，地块相邻两家还会趁着休息片刻攻守一局。

因为时间的宝贵，此时“六周”也可简化成四纵四横棋盘的“四周”。棋子少，但规则不变。

小剑站在一群老头边上，看了半天甚觉无趣，就央求一位老者与其玩“大炮小兵”。“大炮小兵”相对于“六周”要简单地多，棋盘也是六纵六横，一方两只“大炮”并排在底线正中，另一方十八个“小兵”列成三排，双方隔两行对峙。大炮、小兵每次行动一格。大炮先走，中间隔一空格就可杀只小兵。现实中新兵怕大炮，老兵怕机枪。游戏中大炮隔距才有威力，将小兵杀少至不能再围死大炮，即为赢。小兵左右迂回，包抄大炮，贴身肉搏，将大炮团团围住使其动弹不得，即为小兵赢。

“一边玩儿去。”与郑朝宗对弈的王姓老头，此时失城丢地，正沮丧得紧。小剑被骂，脸一拉，小嘴撇了下来，奔流不息的泪水已酝酿中。

“小剑乖，小爹一会儿陪你下啊。”郑朝宗见小剑要哭，忙好言安慰。

“嗯，小爹最好。”小剑脸上的笑容展现了一下又消失，向王姓老头翻翻白眼。

小剑对“六周”不太了解，但看着王姓老头狼狈的样子，也知道郑朝宗快要赢了。他就从草垛上扯下一把草放在地上。草垛靠墙堆着，一扯晃了好几下才稳住。小剑坐在草上，不焦不躁地等着王姓老头投子认输。

“小剑，你怎么跑这儿了?”小剑正等得饶有兴味，开文边喊边找了过来。小剑昨天和小伙伴们有了别扭，今天还懒得找他们。

“爸爸?”小剑站起，不知父亲找他干什么，这才刚吃过早饭。

“快和我去接你大姑。”开文招手。

“我要下大炮小兵。”眼见郑朝宗要赢，小剑才舍不得。

“快去吧，接完你大姑，回来我再陪着你下。”郑朝宗知道接大姑的重要性。大年初二闺女回娘家，这是晶都几千年来形成的习俗。女儿在别人家辛苦劳作了一年，大家初一还要忙里忙外扶侍夫家过完春节，大年初二就要可以回娘家小住几日休息几天。姑娘回家，有亲兄弟的就由亲兄弟接回，无亲兄弟的就由堂兄弟接回。亲堂都没有的，就自行回家。这习俗延续至今，渐渐变成亲戚往来的一种习俗。接送的人并不特指兄弟姐妹，侄子或侄女也可胜任。姑姑也并不一定跟随回家，也可由女儿或儿子跟随表哥表弟回外婆家过上几日。但接人当天，姑爷家要办上一桌上好酒席，招待媳妇娘家人，这是马虎不得的。姑爷家客气，娘家人自然也要慎重对待。

小剑看看郑朝宗，又看了看脸色渐渐黑乎下来的父亲，不情不愿地说了声“好吧”，就随开文走了。

小剑走后，郑朝宗连战连赢，心情舒展得像刚出蛹的蝴蝶，阳光下灿烂美丽。

“下棋下得再好又有什么用。”王姓老人气急败坏，边站起边来了这一句。周围的空气瞬间凝滞，刚从大门里出来的郑朝宗老婆严慈，也直直地看向王老头。都是世上走过大半遭的人，指桑骂槐、含沙射影的事，大家向来心有灵犀。王姓老人话一出口就知道自己没有遮拦，他紧张地看向郑朝宗。

是啊，下棋下得再好又有什么用呢？大儿子两次高考落榜，好不容易写了本书，又被人剽窃，现在疯疯癫癫的在家里。可谁知道是不是真被人剽窃了呢？这还不算，一向被奉为楷模的大女儿，在哥哥之后又不声不响地大了肚子，而且还找不到孩子的父亲是谁。下棋下得再好又有什么用呢？而郑朝宗听了却一副浑若无事的样子，只是一个劲地说“玩玩，玩玩而已。”恰好这时，严慈的侄子来接姑姑，大家都趁机告辞。

严慈见娘家来人，灰暗的心情稍稍明亮些。她招呼阿凤烧火，自己系上围裙，剁肉切菜地招呼自家侄儿。这一天是老太的重要日子，多年不沾酒水的郑朝宗收拾妥当，就端坐在桌前亲自作陪。

儿女们见父亲精神爽朗，一个个也暂时忘却连年来的晦气，其乐融融地陪着表弟谈天说地。表弟第一次单独来接姑姑，被人尊重的感觉让他忍不住多喝了几杯，小脸红光的仿佛口中藏着蜡烛，亮晃晃的灯笼一般。

酒满腹，人尽兴，郑朝宗让老伴收拾一下跟随侄儿回娘家过几日。老太太笑了笑说一把年纪了啥时回家不行啊，就打发阿成、阿祥去姥姥家。郑朝宗见老婆推辞，心里一暖，就让阿桂、阿凤也同去，不要整日缩在家里不历风雨的。阿桂兄妹四人见父亲坚持，加上确实也想去姥姥家玩耍一番，就收拾点儿衣物一起去了。

孩子走后，院子里突然空了下来。郑朝宗让老婆端把椅子出来，他拄着双拐挪了过去。老太搬了两把椅子并排而放，搀扶丈夫坐好，她也靠着丈夫坐下。

下午的太阳经过半天的劲风吹拂，稳稳地挂在西南方向，嘲笑着寒风的悄然逃窜。

“孩子妈，现在就咱们两个人了，你有没有什么想法啊?”郑朝宗笑眯眯地看着坐在身旁的老伴儿，话语满是爱意浓浓。

“想什么啊?”老太明知故问，粉红的娇羞水一样注满脸庞。

“哈哈，想啥都不行了，老了啊。”郑朝宗把拐杖放在腿上，双手搁在脑后舒服地枕着，后仰着头，看向天空。

“是啊，孩子们都大了，我们老了，他大，我们老了。”严慈说着就想起阿桂、阿凤的遭遇，鼻子抽筋式的酸麻，她忙转脸定了下心神。

“慈儿!”郑朝宗忽儿柔情似水地亲昵起来，看着老伴儿的眼神父爱般慈祥更情人似的缱绻。

“宗哥!”随着这一声饱含爱意的称呼，严慈的两颗硕大的泪珠挂在她日渐枯老的皮肤上，像春曦中朝阳无语拥抱下的早露般晶莹。

“慈儿!”郑朝宗见状，握住老伴儿的手，曾青春柔弱无骨而今岁月沉淀厚重的手。“真想一直就这么牵下去。”没来由地，他的两行清泪也毫无征兆地滑落。

“嗯！”老太的手微微发烫，她轻轻地靠向老伴儿，这个曾经强壮无比的依靠。

两位年近花甲的老人，乘坐着爱情的小舟，在新年喜庆的如水弥漫中，游弋飘浮地欢畅。那思绪跟着小舟的飘浮，幸福在回忆中久久萦绕。

相亲时，他，孔武有力的生产队长，上身一件对襟无袖白褂，透着精悍，脚上一双崭新的布鞋，在黑漆长裤的衬托下配合着干练。她，娇羞巧倩的邻镇女孩儿，大红上衣的后背上，那条粗黑的辫子撩拨得空气都变得慵懒。

第一次单独见面时，他，手足无措，笨口拙舌时想到了替她按摩双肩。她，同样的不知所为，惊慌中竟然点了头。他，激动之下，双手放在她的肩头轻轻揉动，小心得像侍弄拔节的麦苗。她，先是紧张，浑身绷紧，勒出了脖颈处细腻的汗珠，后来感觉肩头的手虽然在努力地轻柔，却遮不住他害怕的颤抖，她就在放心中闭上眼睛，享受起酥化的美好。

以后的见面，桥头、树下、田垄、河边，她总是享受于他温柔的按摩，惬意着他水样的爱意。直到有一天，他的按摩不再受固于肩头，而是顺着肩头伸进她的衣领……。她记得，那一天的太阳远没有今日的勇敢，它呼喊来了白云微风，在云动风吹中，借助细长的柳枝躲闪起它的明媚。

想到这，严慈笑了，她偷偷地睁开眼看向丈夫。郑朝宗的眼睛闭着，幸福的笑容拉起了嘴角。他倚靠着椅背，手紧握着妻子的手，仍能感受得出力量。

“宗哥！”严慈哽咽地叫了一声，眼泪哗哗地流了下来。她抽出手，拥抱住郑朝宗，孱弱的肩头在已西下的阳光中不住地颤动。

“小奶，”小剑不知什么时候来到了院中，“我来和小爹下棋。”

严慈没有放开郑朝宗，她转过脸，模糊的泪眼怔怔地看向小剑。

“小奶。”小剑有些害怕，声音怯怯的。

“小剑。”严慈叫了一声，把脸转向丈夫，“小剑来找你下棋了。”她的语调变乱了季节，梅子熟时的潮湿满润其间。

“小剑，你等着，小奶给你们拿棋。”严慈放开丈夫，擦了一把眼泪，生硬地摆出了一张笑脸。说完，她起身转向了里屋。

小剑看着小奶，小奶进屋了。他又看向小爹，小爹后仰地坐在椅子上，一动也不动，脸上遮不住的笑意像是突然要把自己抱起，吓自己一跳似的。想到这，小剑也笑了，他可不怕。他走到郑朝宗身旁，费力地搬过小奶刚坐过的大椅，摆放在郑朝宗对面。他爬了上去坐下，双手合抱在胸前，两腿一荡一荡，摇晃着脑袋挑衅性地看向小爹。

“棋来了，下棋了。”小奶端着一张小方桌放在郑朝宗和小剑之间。桌面上是一张反放着的年画，光滑白净的背面画着六纵六横的棋格。在方桌上还放着两只小碗，一只里面两个大的红色纸团，另一只里面是十几只黑色的小纸团。这是小奶为他们准备的棋子，就在这么短的时间内。

小剑低头看了看矮矮的方桌，一侧身滑下，把椅子往边上挪了挪，又去找了只凳子搬了过来。“小爹人大，坐椅子，我人矮，坐凳子好了。”

“好，你坐矮的。”小奶笑盈盈地，全没有了刚才的泪眼。

“我用小兵，你用大炮。”小剑摆好棋谱后，看小爹仍是闭眼微笑着不动手，就把小爹的大炮也摆好了。

“走啊，小爹。”小剑提醒郑朝宗。

“我来走。”小奶的泪光闪了一下，马上又恢复如常，她若无其事地伸手把大炮往前推了一格。“小奶知道小爹怎么走的。”

“哦。”小剑狐疑地看向小奶，又看了看小爹，把边上的小兵也往前推了一格。

“走这儿。”小奶看了一眼小爹，又把另一只大炮推进了一格。

“我走这儿。”小剑很认真地走棋。

“走这儿。”小奶把大炮往左推了一格。

“你怎么不吃呢?”小剑问道，以往小爹总是在这儿要吃他一颗的。

“哦，要吃这一颗。”严慈悔了一步棋“宗哥，该走这一步啊。”边悔，她边向丈夫说话，眼圈里的泪水又要滑落。此后，严慈走一步，就向丈夫说句话。而小剑不再言语，他跟随着一步一步，平生第一次这么容易地赢了郑朝宗。

“小奶，我知道小爹怎么走。”小剑看向严慈，脸上是稚嫩的严肃。“我走自个的，我也替小爹走。”

“小剑……乖。”严慈想说什么，张了张嘴又合上了。她想了一下说：“乖，小奶去给你们做饭，下完棋一起喝酒好不好?”

“好!”小剑回答着，脸上的严肃表情不变。

严慈看了一眼小剑又看了眼丈夫，转向走向堂屋，快要进门时，偷偷抹了一把眼泪。严慈打开橱柜，中午剩下的饭菜七七八八还有许多，若在平时热一热也是相当丰盛。严慈看了看，想了想，一咬牙全端了出来。她手上托着三个盘子，走出房间。

“小爹，你好厉害，又吃了我一个。”小剑拿着大炮攻入自己的营盘。

“我往边上闪。”小剑拿着小兵往旁边躲避大炮。

“呀，又被你吃了一个。”小剑拿着大炮毫不手软地吃向自己的小兵。

苏北农家小院，一个端坐不动的老爷爷，和一个大呼小叫的孩子，正玩得不亦乐乎。严慈看了眼，心里一阵欢喜。很奇怪地，她的心里已然没有悲哀。丈夫坐在椅子上，像平时一样懒惰地不声不响。他坐他的，她就忙她的。

严慈走到泔水缸前，把剩了一大半的饭菜全倒了进去，那哗啦的声响引得小剑回过头来。严慈不管这些，返身进入厨房把盘子放在水盆边，又出来进入堂屋，把剩下的饭菜逐次全端了出来。她要清空碗盘，洗干净了给丈夫做他最爱吃的饭菜。

剩菜剩饭倒完了，严慈坐在水盆边，拿起一只脏碗，先用水冲洗一次再用抹布擦了一遍又一遍，直到满意了才把碗放在餐桌，再拿起一只盘子认认真真地清洗。

洗着洗着，严慈觉得水有些脏，就吃力地搬起水盆，将脏水倒进下水沟。她换上清水，接着再清洗。如此一遍一遍又一遍，一只一只又一只，将碗盘筷碟全部洗完。她抱起碗盘站起，她要在干净的堂屋晾干这些餐具。严慈忽然觉得屋外好静，听不到小剑的叫呼声了。她抱着碗盘忙往外走去。

炙烤了一天的太阳，红通通地挂在西方边陲。郑朝宗倚靠着椅子，姿势一如先前，闭眼微笑着梦里一般。小剑端坐在郑朝宗对面，直直地看向郑朝宗，动也不动。棋盘上小兵已全然不见踪影，孤零零的大炮在年画上拉出两条细长的影子。

严慈突然觉得自己有些过分。我这是在做什么啊，小剑他还是个孩子啊。想到这儿，严慈心里一阵愧疚，她张了张嘴，刚想喊小剑。小剑已开口说话。

“小爹，你赢了。”小剑表情很是郑重。丈夫赢了？小剑替丈夫走棋，丈夫还赢了？严慈的愧疚更深一层。

“你弹我吧。”小剑说着直起身子，抓住郑朝宗的手往自己的脑门戳了起来“一下、两下……”在夕阳近似平射的映照下，小剑的脸上泪光一片。

“小剑，孩子。”严慈看到这儿再也忍不住了，她的眼泪唰地流了出来。她往前跑来，怀里的碗盘乒乒乓乓碎了一地：“小剑，乖孩子，乖孩子。”严慈抱住了小剑，泪水肆虐。

郑朝宗走了，他的葬礼没有赵红军那么备极哀荣，却也是声势浩大。村民自发地帮忙，有力的出力，有钱的出钱。阿桂的额头死命地磕在地上，顶着变蛋一样的肉包恭迎、敬送着吊丧的亲朋。阿凤哭得死去活来，泪水洗不尽让父亲蒙羞的悔恨。她知道她是压垮父亲的最后一根稻草。阿成的号啕让人动容，叛逆时期的吊儿郎当在父亲去世的悲痛面前变成孩子式的无助和可怜。阿祥抱着严慈哭得已发不出声，哑哑地嘶鸣，任泪水洗濯脸庞。老太的脸上看不出悲痛还是平常，冷冷的，显示出不容置疑的坚毅和刚强。这个家，以后就要靠自己了。

人死如灯灭，村人嗟乎哀叹着这户人家的不幸，都希望郑朝宗的离去不要打垮这个家生活的信心，而是多少能给这个灾祸聚集的家庭带来些生活的亮色。

郑朝宗入土为安后的第二天，严慈从床下吃力地拖出只木箱子，对围坐成圈的儿女们说："这是你大留下来的，说以后艰难了，卖了它们不能大富却也可以一辈子不挨饿受冻。"说着，她打开了木箱。箱子里有四块茶缸大小的石头，还有一块包裹着的手帕。那石头说是石英吧，又不全是石英的滞暗蠢笨，隐隐黄色中又透着晶亮明晃；说是水晶吧，又没有水晶的通透伶俐，莹莹光耀里又有说不出的黑蒙。

阿桂搬起块石头往院内走去，刚出房门沐浴在阳光中的那一刹那，身后的弟弟妹妹就发出了一阵赞叹。与此同时，阿桂的眼角余光也受惊似的感受到了手中的光芒。他努力地睁大眼睛，那石头已调皮地吸纳反射，把阳光搅拌地七零八碎。

阿桂又走回屋，在里间靠窗的位置站好。他闭上眼，静下神再睁开，举起石头对准从窗间溪流般泻射下来的阳光。料峭春寒的知性光照下，石头褪去漫射时的黄隐暗蒙，显现出暖湾洄港处大海浅薄里的纯净透明。这纯净透明又非空无一物的寂寞枯寥，而是结茧般布满了成百上千条细细亮亮的金色流线。这些疏密有致的金色流线，既有同性互斥的相敬如宾，也有同胞亲近的情景交融，好似漫不经心，又像志在必得，说不出的头，看不见的尾，又宛如童年回忆，那迎风而展的蒲公英，亲切着美好着朵朵向前。

“发晶，这是金发晶!”阿桂哆嗦着嘴唇，强抑着内心的激动。

发晶是包含了不同种类针状矿石内包物的天然水晶统称。因包含矿物质的不同，发晶呈现各种颜色，也就会由颜色来命名。譬如含有金红石的发晶就会形成金发晶、红发晶、银发晶、黄发晶；含有黑色电气石的则称黑发晶，含有阳起石的大部分会形成绿发晶。

金发晶是含有金红石的发晶，金红石的主要成分是二氧化钛。钛元素在航天、军工、造船、化工等方面广泛使用，所以金发晶既是昂贵的观赏之物，也是珍贵的钛元素提炼母体。

与金发晶一母同胞的是钛晶，产地以巴西为主。钛晶是内部含有板钛石和锐钛石的水晶。板钛石和锐钛石的结晶一般成板状，所以和丝状的发晶不同，钛晶展现的是块块的板状，而且这板块越宽越好。但它们的颜色相同，都是金黄亮丽。

阿桂把发晶放进箱子，又拿起那只手帕的包裹来到窗前。他小心翼翼，一层层打开。手帕里还有白纸包裹，全部打开后，一件光芒四射同是发晶所雕的精致挂件呈现在大家面前。饱满圆润的心上，一把小巧玲珑的宝剑浮雕于上，栩栩如生。

“心剑!”，象征爱情合美坚贞的“心剑”。四兄妹，包括母亲严慈都在心底暗叫一声。阿桂把包裹用的白纸展开，看了一眼递给妹妹：“阿凤，这是给你的。”

阿凤迟疑着伸手接过，纸上写着：凤，祝你二十岁生日快乐。落款，喜。

阿凤已为老父哭干了泪水的双眼，一瞬间又湿润了。这是王喜出事前交给郑朝宗的，既祝阿凤二十周岁成人快乐，也向郑朝宗道明了他对阿凤的爱慕之情。王喜用他自学的手艺为心爱的人雕刻出了爱情的信物“心剑”。他无父无母，就亲力亲为，向郑朝宗提亲。

人生就是苦难，我们应该为此庆幸不已。这样我们每克服一次苦难，就能收获一次喜悦。阿凤将祝福看了一遍又一遍。

第9章　大水晶迷踪

麦子二叶、三叶，勾头熟了两次；玉米二尺、三尺，抱窝红火了两回。

至晶村盛传三组谷场上有大水晶，这消息最早来源是郑小七。当郑小七神秘兮兮地对村人说三组谷场可能有大水晶时，众人听了多一笑置之。他和王喜联手炮制的木匠显形，随着时间的推移，恐惧好奇早在人们心目中变成了谈资笑料。一个村子两千口人，除了他和王喜之外，再无第三个人见过木匠的魂灵。当王喜被升级为杀人犯后，郑小七也被堕落成了骗子。晶都俗规，宝不独揽，见者有份。郑小七有财不闷声发，还到处扯着嗓子宣传，见者有份？谁敢相信他？

三组谷场上有大水晶。当张发做出了这个佐证后，就没人那么姑妄听之了。虽说张发做过为村民服务的村主任。当然，更能提高他公信度的是他有一个做副镇长的女儿。

三组谷场上真有大水晶。村人共同得出了这个结果。因为许多村人夜晚在子丑交替的时刻，都或近或远或早或晚，看见了三组谷场上有冲天的晶火在跳跃。至此大家也明白了郑小七为何那么大公无私了。那莹莹橘红色的晶火，瞻之在前，忽焉在后，左左右右地飘忽不定。当你向前想确定一下具体方位时，它又倏地不见了踪影，因此大半个村人追来赶去的，还只是知道个大概的位置——三组谷场。谷场可不小，七八十户人家使用，因此那光滑的场地，成排的草垛，再加上数不胜数的贮粮小屋，更是错落有致地增加了寻找难度。

张发找到开文，让他主持开挖大水晶。三组谷场上有大水晶的事，开文非但早已知晓，而且也亲眼看到过晶火飘浮。他也动了心思，只是这些天镇里开会，无暇顾及。另一方面也碍于“地下的东西都是国家的”这一法规，怕真挖出来也只是帮上级歌功颂德，村里也就得一纸奖状，了不起也就是一面锦旗，太不合算。但是发叔，副镇长她爹专门为这事来找他，他就不得不重视了。再说一村之主明知地下有宝，却不张罗着为国出力，也委实有些说不过去。

开文让赵本找三个年轻人，加上赵本自己，四人于晚上呈四角分站在三组谷场两里开外的田地里。晶火出现时，四人同时向谷场走去，以确定晶火的确切位置。开文知道，若是不能将地点尽量精确，东一锹西一钗地开挖，劳民伤财不算，还得落下埋怨。

一宿过后，赵本红着双眼来向开文报告：“已找到位置，只是那范围还有差不多三分之一谷场那么大。”开文一听很气愤：“那不是几十亩那么大?”他让赵本把那三个人都喊来。那三个年轻人倒头睡得正香，被喊起时牢骚满腹，一路上骂骂咧咧地，远远看见开文，又都一声不响地强打起精神。

“你们怎么回事？骆力，你先说。”开文怒问。骆力是副支书骆全的儿子。

“我看到有红光，就一直往前走，走着走着就见赵本在我右边不远处，我就停下来了。”骆力回答。

“我也是看见红光就往前走，可那红光老是变换地方，我也就跟着变更路线，到三组谷场时，发现他们两人都在往不同方向走去。”另一个年轻人指着赵本和骆力说。

“它变你也跟着变?”开文没好气地说，“郑宝，你说。”

“叔，我打盹儿了，正迷糊时，听见赵本喊我，我跑过去，他们三人都在了。”郑宝声音怯怯的。郑宝是五、六队队长郑海洋的儿子，皮肤微黑，看上去有点憨厚。

“我真想给你一巴掌。”开文把手扬了扬，郑宝忙往后一缩。“好了，都回去吧。”开文挥手。

“叔，晚上我再去，一定能找到晶穴。”郑宝拍着胸脯。

“先回去睡会儿吧。”开文看着郑宝满眼的血丝，心里一软：“晚上等通知。”

赵本他们走后，张发来了。张发得知状况后，自告奋勇要负责此事。开文听从张发建议，找来黄伟、赵六弟，让他们再找些人，由张发统一调配。张发让他们每两人一组结伴，老少搭配，共八组按八卦“乾、坤、巽、兑、艮、震、离、坎”，分八个方位排列。大家都不懂八卦方位，张发骂了句笨蛋，解释说八卦方位就是东、南、西、北，及东南、西南、西北、东北。黄伟听了撇撇嘴暗道故弄玄虚。张发要求大家以看到晶火第一眼为准，之后不管晶火如何变幻，仍齐齐按原方向中间进发。

夜半，窄镰样的月牙，明晃晃地威胁着西天，塑料薄膜覆盖不住新鲜稻谷的清香，一簇簇、一阵阵托浮起秋收的喜悦。在晶火的引领下，大家按照张发嘱托，团团汇聚到一小座麦垛旁。麦垛今年新堆，整齐码放的麦秆经雨后更显饱胀硬朗，月光下褪去绿皮的青涩发出银银的白芒。张发颇为得意，众人也心悦诚服，大家低头肃首，静静地站好。

这块谷场的主人是李开元。开元本人在县城工作，儿子李新大学毕业后分配到了供电局，只有老婆徐芬霞留在家里侍弄二亩地。偌大谷场上，只在北首场界处堆放着这一小垛羞于见人的草堆。

按照传统习俗，张发带领众人面朝东方作揖三拜，赵六弟摸索着捡了块石头，在刚才放衣服的地方东西两边各画了一个圈，想了想又在南北方向也各划了一个，让赵本、郑宝和另外两个年轻人坐进去。做完这一切后，大家的神经终于松弛，七嘴八舌地畅谈起水晶有多大，能卖多少钱，能不能分些钱盖上房子，再不济也是有功之臣，镇上多少会给安排个城里的工作。张发看着年轻人欢声笑语，也被感染了，掏出玉嘴烟袋，“吧吧”地明暗精神起来。赵六弟让年长的张发先行回家休息，叮嘱赵本四人不要瞌睡走神儿，好生看守，又指定好换班的人，这才带着大伙回家睡觉。赵六弟心情愉悦，一晚上没睡着，就等着天亮向支书汇报完好开挖水晶。

天明之际，太阳悠扬着纤弱朝霞，刚挂到树梢时，开文已骑上自行车急急地往镇政府赶去。开文防患于未然，这种可好可坏的事情一定要先让镇上知道。这要是一不留神，偷挖国宝或破坏公物的罪名就安到头上来了。

到了镇上还早，铁门上的大铁锁尽忠职守。李开文敲了一下，传达室里一声“要投胎”的怒骂传出，他就很尴尬又很本分地坐到马路牙上守着。半个多小时后大铁门才“咣啷”一声打开，门卫见是开文，勉为其难地表示了一下歉意，就忙他的事去了。上班的人陆续来了，有认识的见到开文笑一下或挥一下手径自往院里骑去。又等了会儿，一辆崭新的轿车停在开文面前。

“开文，你在这干什么？”刘明启书记摇下车窗。

“刘书记，我有事汇报。”开文低下头，边说边瞅了瞅坐在前排的司机。司机面朝前方，纹丝不动。

“说吧。”刘明启明白开文的心思，不避讳身边人。

“我们村可能有大水晶。”李开文回答。

“什么叫可能？实事求是。”身为镇党委书记的刘明启注意到了李开文的谨慎。

“这个，没法实事求是。”李开文凑上前压低声音“望火观晶”刘明启沉默了。

望火观晶是晶都几千年流传下来的挖晶习俗。地下贮藏有大块水晶或许多的小水晶集簇成群时，地面上经常会有橘红色的萤火出现。发现的人若机缘巧合，在萤火没有消失时走到面前，将衣服放在萤火腾起的地方。有缘人要用手指虚画一圈，表明自己所要只有这么多。开始的时候，人们或献衣或献物，后来因为献祭食物不便，就只贡献衣服了。所谓献衣，也只是象征性地铺盖，表明心迹即可。开挖时，人们为了表示虔诚，总是在白天挖掘。如此操作下，十次中倒有八九次能挖到水晶。难得有人挖不到，人们就会牵强附会他的人品、家风不好。也有人偷工减料不怀敬意，结果多数情况是竹篮打水一场空。现在除封建迷信，再有人发现晶火时，不是简单明了地即时开挖，就是挑日造时地大张旗鼓开挖，结果不是一无所获就是挖了一堆不甚值钱的石英。最后举报之人免不了受一顿苛责，严重地还有被刑拘或劳改。几年下来，人们倒是谈晶色变了。

“刘书记?”开文看刘明启发呆，叫了一声。

刘明启明白李开文巴巴跑来向他汇报的用意。一来遇到这事，身为村支书的李开文不能知情不报。二来他汇报了，以后就算有事，天塌下来还有比他个大的刘明启顶着。就算以后坏事，被人揪出来，他能翻脸不认账，但李开文肯定把这事多少宣传了些出去，到时就算他这个镇党委书记能脱了干系，于脸面上却也不好看。不过李开文素来胆大包天，在整个晶都恐怕还没几个人能被他放在眼里。如今他这么谦恭地守候在大院门口，也算是广而告之地向众人宣布唯我马首是瞻了。人家投我以桃，我也得报之以李。想到这儿，刘明启拿定了主意。

“估计水晶有多大?”刘明启也压了压嗓子，“能称王不?”

“看样子能。”开文的声音也小小的。其实完全没必要，谁会那么没眼色跑来听书记与下属谈话。开文接着说：“村里几个老人都说没见过这么大的晶火。”

“真的?”刘明启一脸惊奇，完全忘记了他领导干部的身份。

“嗯，估计比 A 城那两块都大。”开文没有把话说死，但仍然能让人欢欣鼓舞。

“水晶大王和二王?”身为本地土生土长的父母官，刘明启对家乡盛事自然不陌生，但为了确保，他仍多问了一句。

“对!”开文回答得斩钉截铁。

水晶大王和水晶二王都是白色透明单晶体。“水晶大王”，高 1.7 米，宽 1 米，重 3.5 吨，1958 年 7 月从晶都屋丘镇柘塘村挖出。水晶大王出土后，人们欣喜之下异口同声表示要将这无价之宝送到 A 城。由于水晶太大，以当时晶都的能力无法运送。县委先写了报告，附上水晶大王的照片寄送过去。当年 8 月下旬，在地质部部长的亲自过问下，有关部门与晶都取得联系，将这块水晶大王运到了 A 城，存进了正在筹建的地质博物馆。中华人民共和国成立 10 周年之日的 1959 年 10 月 1 日（地质博物馆开馆之日），“水晶大王”作为第一批中华人民共和国成立后发现的自然宝物公之于世，从此扬名中外。

“水晶二王”较大王小了许多，重 2.1 吨，在李开文回来的第三年，即 1982 年挖掘于晶都驼峰乡南榴树。晶体虽小，但品质和透明度则堪称世界罕见，相隔两边都能清晰看到彼此对面，现在也存于地质博物馆，与大王并肩而站。

刘明启很激动，嘴唇都有些哆嗦：“好，好！你现在就回去组织开挖。挖到后，第一时间汇报，我就在办公室等你电话。”

“行，我这就回去办。”开文得到指示转身要走。

“开文同志，”刘明启刚要摇上车窗，又喊住了开文，“你回去后让别人组织开挖，不见到水晶，你不要露面。”

听着刘书记意味深长的话，开文知道他对自己推心置腹了，没来由地内心一阵小激动。

“保证完成任务。”开文郑重其事地说。

在至晶村村部，骆全心急如焚，他一会儿坐在椅子上心神不宁，一会儿又走到村部门口翘首以待。骆全和开文年纪相若，上下不过两岁，但孩子骆力比小剑则大十岁有余。所谓孩子催人老，骆力人高马大的同时，骆全在开文面前就未老先衰，稀薄的头顶几绺头发像嫁接的柳条，无风时一码齐顺着低调平和，有风时张牙舞爪着不甘寂寞。

开文骑着自行车刚进村部大院，骆全就迎了上去。看门的独手老严高大的身材斜趴在椅子上说："小骆一大早就在这等你了。"骆全感激地看了老严一眼。

"什么事啊，骆全？"开文支好自行车，"我正想广播喊你呢。"

"你快去看看吧，你二嫂在场上闹呢。"骆全语速很急。

"二嫂？开元哥家的？她闹什么啊？"开文不解。

"她不给在她们家谷场里挖水晶，说那是她们家的风水宝地。"骆全解释着。

"呵呵，那个打谷场不是前年重分地时才分到她们家的吗？以前不是老队长家的吗？"开文觉得这个二嫂有意思："她怎么知道要开挖水晶？村部不是还没定下来吗？"开文不待骆全回答又追问，只是这追问有些像自言自语。

"支书！"骆全正不知如何回答时，孙传财又跑了进来。他个头不高，但很敦实，五十好几的人，跑起来两条腿交替得飞快，像没有关节似的。

"怎么了啊，老孙？"开文问。

"你二嫂打人了，拿着铁招子到处刨。"传财边说边后怕式地抽气。

开文一听，也不招集村干部和党员开会商量对策了，跨上自行车头也不回地往打谷场赶去。到那儿一看，开元家的草垛旁人山人海。晶穴一经确定，村人知道开挖那是早晚的事，不用人教，都早早跑来见面有一份。二嫂徐芬霞名字秀里秀气，人却飞扬跋扈得很。此刻她坐在草垛上，一腿蜷着，一腿直直地斜着，手里拿着刨花生用的铁招，这边指指，那边挥挥，正骂得肆意飞扬。大意是谷场是她们家的，水晶也是她们家的，要挖要刨全得她们家说了算。

大家见支书来了，都自动地闪向两边。开文走到草垛面前。本来就不太结实的草垛让人一坐，就更加病恹恹地歪扭着，仿佛再一碰就要分崩离析了。开文抬头看了眼二嫂，一句话没说，转身面向大家。

“谁告诉你们要挖水晶的？”开文练兵的嗓门一经展现，刚还吱喳有声的人群瞬间安静了。赵六弟、黄伟面面相觑，不知开文葫芦里卖的什么药。

“地下的东西都是集体的，国家的，你们不知道？”开文见大家安静了，继续训斥。

“不要说地下的，就是地上的，又有哪样不是集体的？你们都想干什么？打土豪分田地？”开文的嗓门愈发见长，大家一个个噤若寒蝉不吭声，更激发了他训话的兴趣。当他再想无事生非地叫嚷几句时，看见长大的赵世初也垂手站立人群，马上想起了他的爷爷赵红军。当年赵红军趾高气扬，动辄对人训话喝骂时，他曾反感无比，心想父母官不为民请命，反而只顾欺凌乡里，算得上哪门子领导？而今自己身在其位，居然也或多或少地沾染上了这恶习。想到这儿，开文语气软了许多，“大家都散了吧，真要开挖，那也是集体的大事，到时免不了要大家帮忙。现在都回家去吧。”大家听了面面相觑，然后有一个人转身走了，随即第二个、第三个，大部分人都走了。

“二嫂，下来吧！”开文转身递出手。

“开文，你不能糊弄你二嫂啊，这水晶到底挖不挖？”徐芬霞手抓着铁招，还坐在草垛上。

“二嫂，这块水晶大啊，挖不挖不是我说了算，你下来吧。”开文做出无可奈何状。

"我不下来。"徐芬霞见开文回答地模棱两可，又往垛顶挪了挪。草垛前后晃了晃，力有不支的样子，好在弹性很好，倒也没有坍塌。

开文回头看了看站在不远处没走的赵六弟和黄伟，转身又往草垛近了两步："二嫂，挖水晶已不是村里的事了，县里头也过问了。你不想二哥和大新在单位有麻烦吧？"他真假参半地劝说。

徐芬霞呆住了，一时不知如何是好。

"二嫂，你先下来。真要开挖的话，我从村里给你搞点儿补贴，赔偿你家的谷场。你可不要给二哥和大新添乱啊，我们老李家好不容易才出个大学生。"开文见二嫂动了心思，更进一步劝道。

"好，为了支持我大兄弟的工作，老嫂子我就不难为你们了。"徐芬霞听说有补助，就冲赵六弟和黄伟嚷了起来，然后也不用开文帮忙，拿着铁招一纵身跳下。

这时传财和骆全方气喘吁吁地赶到。开文见了问："你们怎么不骑车？""这点儿路，不用骑。"他们呼呼喘着粗气。

"这水晶，没事吧？"开文问向赵六弟。

"没事。"赵六弟说。自从李开文的捕鱼事业被迫中断，一无所长的赵本无奈之下只得重新操起了水晶旧业。水晶眼镜打磨手艺已不可阻挡地衰落了，就连马仕本人也是应老友之邀，偶尔才打磨雕琢一副，权作礼物使用。因此赵本在闲荡两年之后，也加入了天桥水晶摊贩行列，从一个资深的水晶手艺人变成初级的水晶原石经销商。在天桥，群众摆了几年摊后，突然一天就来了几个干部模样的人劝说他们去离之不远的供销合作社。干部们说合作社朝外的一面，地上有现成的石板摊位，头上还有连片的石棉瓦，既能遮风又能避雨，并且还不收钱。赵本他们自然喜不自禁，但表面上却不动声色。世上没有免费的午餐，这是他们长久以来达成的共识。最后他们选派一个人前去探明情况，在确定无误后，就卷摊夹凳、呼朋唤友地转移了阵地。其中一个干部还怕客人们找不到新销售点，特意在桥上摆了几块牌子，上书"水晶销售点过桥西行二百米”。

说起来这事还是张芹的功劳。张芹新官上任，急于立功。晶都盛产水晶，各镇都有，其中屋丘镇更是独占鳌头，水晶大王就是挖自其镇。屋丘镇父母官张芹就在水晶上动起了主意。她在县里会议上建议重视本地特产，积极扶持发展水晶行业。招集会议的县长听了后扑哧一笑，他认为水晶既不关系国计，也不影响民生，一句“你刚上任，情况不熟，先了解了解再说”就把张副镇长给挂在了一边。张芹被打压习惯了，以前在村里就受村支书的排挤，现在受县长的轻视，不以为耻，反以为荣，好胜之心抖起。当然，副镇长的斗争艺术要比当年吵要“棉花组长”时的小姑娘要高出许多。会后，张芹找到供销合作社主任廖志开。廖主任正为单位发不出工资而一筹莫展。张芹说：“廖前辈，我刚上任，对政府事情比较陌生，还请您对我多多指教啊。”

“岂敢，岂敢，你说笑话了。我自己都外焦里嫩，正不知如何办呢。”廖主任向县长要求拨款，被一句自力更生给驳回了，郁闷得很。

“前辈还有难事？”张芹假装不知。

“好多部门都分出去了，剩下的老弱病残，连工资都快发不出来了。”主任看了眼张芹，垂头丧气地说。

“你们那不是好多摊位吗？租给职工或者外面做买卖的人，不是能暂时救一下急吗？”张芹到底年轻，有些沉不住气。

“你是说租给人家卖水晶？”都在一个地方当领导，廖主任当然明白张芹的意思。

“前辈高见。”张芹有些讪讪地。

“你觉得能行？”廖主任没在意张芹的表情，他焦头烂额的，给根稻草都能闭眼想象成金条。他倒不是没想过这么做，只是担心那些泥腿子不肯出钱。

“行不行，你那些摊位不都空着吗？”张芹恢复了常态，鼓动起了老主任。她知道廖主任的心思。

廖主任不说话，低下头从口袋里掏出香烟。

“再说，你努力几年，就算不行也记不到你头上啊，以后职工只会记得你为他们殚精竭虑过。”廖主任年事已高，再过两年多就该退休了，张芹说得含含糊糊。

“嗯？还是你张镇长高见，后生可畏啊。”明人说不了暗话，廖主任拿定了主意，“要是人家不愿意来呢？”

“栉风沐雨的，哪有不愿意的。”见说动了廖主任，张芹心情愉悦多了，“你先不要收租，免费让他们用一段时间，等水晶集散地形成，大家都知道你们合作社时，那时收多收少，还不是您一句话？”她说到了廖主任的心坎上了。自此赵本也人模狗样，像个城里人似的朝九晚五摆起摊。虽说收益不大，但好歹也是个正经营生。

“骆全，你跟我过来，我有事问你。”说着开文往北走了。骆全忙跟上，走了二三十米，开文估计剩下的村民听不见了，就停下脚步。

“骆全，今天挖水晶。”开文说。

“刚才你不是说……”骆全有些不解。

“现在村委决定挖水晶，这事由你具体负责。”开文的语气不容置疑。

“行。”骆全的回答也很肯定。

“有什么事，你和六弟、黄伟、张发他们商量着办。我去至亮村看看尤书记，实在有急事就打他们村部电话。”开文交代完，不等骆全发问，骑上自行车就走了。骆全望着开文的背影，站了好半天。

骆全走回草垛将支书的意思一讲，大家刚还有些萎靡的神情为之一振。

至晶村三组打谷场上，红旗招展，锣鼓喧天。精壮的劳力扛锨拿钗，有些松散又尽量整齐地排成数排，女人和一些不上学的孩子们穿红戴绿，站在边上津津有味地看着大家举行仪式。开文的二嫂倚靠着自家的草垛，脸上说不出什么表情，既高兴能领到村里的补助，又担心挖出的水晶珍贵吃了亏。

“开挖！”骆全一声令下，四把铁钗上下翻飞。不一会，四人所挖小沟就首尾相接成了正方形。四人停手，喊一声号子，又齐转向内挖去。

“拿钗的都跟我来！”黄伟喊了一声，在边上等候多时的年轻人，提起手中铁钗围向正方形的东西两边，对向挖了起来。人多力量大，不一会正方形表层全部挖完疏松，拿铁锨的村人们又替换下铁钗汉，一推一扬的将松土甩向正方形外。

张发掏出烟盒，很随意地一伸手抻了下衣袖，打开红色烟盒，轻轻一捻抽出四根香烟，递向骆全、传财、六弟。三人忙躬下腰双手接过。六弟拿着烟放在鼻子下嗅了一口，摆出一副陶醉的表情说道：“发叔现在抽红塔山，日子红火着啊。”张发笑了笑，含上香烟，身子往前倾了倾，就着传财递过来的火点着了，猛地吸了一口，烟头哧溜一声就明亮红通了。

“小爹，你也不给我们一支解解馋啊？”骆力提着铁钗，觍着脸垂涎三尺地走了过来。

“快挖地去。”骆全呵斥着儿子。

“好，好，今天日子不一般，都有，都有。”张发倒是不生气，又把香烟拿了出来，给在场会抽的老少爷们，一人发了一根，直到烟盒见底。

“发叔，你给他做什么，小孩子懂个屁。”骆全心疼得要命，一盒十几块呢。

大家抽了好烟，精神头凭空添了许多，或挖或铲的斗志昂扬，不一会儿一个深约一米的方塘已见雏形。黄伟在塘子正中间，他把铁钗提起，让它自由落体入土中少许，然后左脚踩上一蹬，拉住钗柄刚要晃动，猛然感觉脚下一沉。地震？地裂？黄伟惊呼，还没来得及做出反应，就感觉又踏上了实地。

张发他们愣了下神儿，忙或蹦或爬地到了塘底。旁边闲聊等着水晶出土的村人，也迅速围在了塘沿。黄伟被骆力拉上来，刚才他落脚的地方露出一个东西横贯的洞穴。张发瞅了一眼，让黄伟和骆力再往两边清理下泥土，让洞穴更分明。黄伟和骆力换上铁锨，顺着洞穴两边延伸，把顶层的泥土轻轻铲起，一米多长的洞穴剖面显现。洞穴很是宽敞，成年男子的腰那般粗细。穴壁上光滑干燥，好像有什么东西往来频繁、长期经过。众人见了啧啧称奇，胆小的则默默后退。张发蹲下，手抓着黄伟裤管，侧头往剖面里看，洞穴西行一米多就有上升趋势，东行却是下降。张发直起腰刚要让人再往西挖时，塘沿上有人喊道："洞口，洞口。"

张发和骆全几个村干部忙爬出方塘。开元家的草垛下面有一个洞口，粗细和方塘里的无二，可以确定就是一个洞穴。洞口本来覆有枯草烂枝，若隐若现，不为人注意，现在草叶刚被拨开，露出了滑溜的内壁。徐芬霞也屏气凝神地看着，草垛下什么时候有了这么大的洞？兔子？西仙？狼？蛇？徐芬霞头皮一阵阵发麻，仿佛她已被不知名的怪物吞噬了一半。

"发叔，你看这是西仙还是什么？"传财有些紧张。西仙是晶都对黄鼠狼的尊称，别的地方也称狐狸为西仙。狐狸和黄鼠狼在躲避天敌追捕时，能释放出具有麻醉效果的毒气保护自己。若是人闻到了毒气，身体素质差一些就会产生幻觉。古时手无缚鸡之力的书生，碰到西仙产生幻觉的同时，不劳而获的思想作祟，就会幻化些仙女与他们红袖添香。而普通老百姓对此不甚了了，就会在"书中自有颜如玉"的精神引导下，产生出莫名的敬畏。

"恐怕不是西仙，西仙都在荒郊野外的，这打谷场农忙时人来人往，可是热闹得很。"张发拿过黄伟的铁锨，用锨头戳了戳洞口内壁，硬邦邦的，不像谁闲着无聊挖着玩的。

“蛇？”骆全问道。

“这得多大的蛇？再说蛇也不会打洞。”张发沉思着。

“会不会是狼？”六弟接着问。

“这个倒有可能的，村东以前有过狼，‘狼蹲’就是这么来的。”张发表情郑重。

“怪不得最近村上不是少鸡就是丢鸭的。”黄伟凑上来肯定道。人多势众，大家对未知没有那么恐惧。

“那现在怎么办？”骆全看向张发。虽说开文让骆全负责组织开挖，但有德高望重的张发在，很知趣地由决定者沦为执行者。

“用烟熏，熏出来看看到底是什么。我还不信了，孙猴子都被熏得眼睛和屁股似的，还怕几个毛兽不成。”张发很满意骆全的态度，语气就大发了。

郑宝、骆力走向稻草垛，两手一掐一扯，半个草垛就没了。徐芬霞视若不见，此刻她内心的恐惧远胜于对半个草垛的吝啬。整个谷场上，她大概是唯一一个真正感到害怕的人。郑宝、骆力双双跳入塘中，把稻草堆在横洞上。黄伟也从草垛上连掐带拉，拽下一大捆，塞住刚被拨开的洞口。郑宝点燃稻草，又往火头上盖了一抱草，袅袅白烟就升起了。郑宝又脱下外套，由西往东有节奏地摇晃，以期把白烟扇往洞穴深处。骆力拿了把铁锨站在上风头，全神贯注地盯着洞口，以防冷不丁窜出什么东西来伤着郑宝。稻草经年累月，陈旧腐朽不堪却也干脆易燃，不一会翻滚弥漫的浓烟又激变成跳跃蹦闪的火团。

赵六弟让几个年轻人去隔壁谷场抱些今年新下来还有些湿涩的稻草投进方塘。郑宝把那些散放的稻草归拾集中，扔起一抱盖住火头。刚还欢呼的火苗刹那间矜持了，羞答地扬起绺绺白烟。骆力换下郑宝，也拿着褂子像斗牛一样挑衅地舞动。随着那舞动，刚大方起来的白烟上扬不得，就闷头入地了。

骆全站在塘沿上，看着儿子在下面忙得不亦乐乎，那神经也绷得像快要吹炸了的气球。他看着听着，把嘴凑向张发耳边，压低了嗓子说："叔，听到什么没有？"

张发看了看骆全，屏声闭气，也细细地倾听。如崇山峻岭迷雾般升腾下落的浓烟中，偶尔传来一两声空心秸秆"噼叭"的细小脆爆声。张发转脸看向骆全，骆全本来红膛的脸上显现出吓人的苍白，几颗泪珠像冰冻了一样，牢牢地定在他的额头。

"骆全？"张发也为之紧张了。

"听……"骆全不看张发，眼睛直直地盯着塘中。这下不仅骆全听到了，靠近塘沿的，甚或更远的人都听了。从地下由远及近，由小及大，先是鸽群受惊般的哧哧声，转眼就是鹿群奔跑的轰轰声。说时迟，那时快，盖在洞口的稻草像是装在炮筒子里的炮弹，哗啦一下弹飞了出来。随之黑色的灰尘，半明不暗的火星，猛然张扬着将方塘上空渲染出一股沧桑。与此同时，握掀守候的郑宝也一个后跃，被顶出了方塘。

众人意识里惊呼了一声，其实什么也没有做，整个人仿佛只剩下了双眼连带着残存的记忆，在已不属于自己的身躯勉为其难地支撑下，傻傻地、静静地站立不动。

蛇，大蛇，白色的大蛇，一条白色的大蛇，凛然出现在众人面前。硕大的脑袋在成人腰肢般粗细的身体支撑下，高高昂着，看了眼远方，又颔首扫视身旁。那血红的分叉舌头快速地一伸一缩，像初春林间急行时枝条间或横斜的疏影。那幽深灵动的眼睛随着透明眼睑的闭合，像林中积雪刚逝之际，草苔新抹嫩绿的古潭。但，这些却构成了它对人类无边的威惧。

村人们仿佛是它的子民，仍是傻傻地、静静地站立不动。在大蛇居高临下的投映疏影前，四处飘散的灰烬连白璧微瑕的勇气都没有，纷扬了一会后全部默默地落在脚边。大蛇扫视一圈后，转而对着仍站在塘里的骆力凝视起了深眸。骆力像个中规中矩的文臣，在皇帝般凌厉的慈祥中，雕塑似的，又汗流浃背。他恐惧万分，但又站得笔直。那无法动弹的身躯在蛇头趋近时分，倒渐渐显出异样的无畏。这时塘沿上“扑通”一声闷响，骆全倒在了地上。人群不因这声闷响有所反应，大蛇却不满有人不懂肃静，将头转回，微微点动着好像表示发怒，又好像以示宽容。

大蛇表现完东海宽容、泰山慈悯后，复又把身子低下，一扭一摆地游上塘沿，从人群缝隙中，仪态万分地、徐徐地，又迅疾无比地往南方游去，足足有二十几米长。只一会儿，它就消失在前面村庄毛边边的树影里。

“骆全，骆全？”随着张发的叫声，谷场上近百号村人像是从天上巨皿中倾倒下来一般，全东倒西歪地或仰或蹲。

“大，大！”骆力连滚带爬跑到骆全身边，一把抱住父亲急切地叫唤。张发示意骆力把骆全扶好坐起，他挪到骆全正面，一手扳着他的脑袋，一手伸出大拇指使劲顶向他的人中。不一会，骆全喘着粗气醒来。他一看见张发，叫了声“叔”就哭了：“我的儿，没了。我的儿，没了。”

“大，大，我在呢。”骆力看骆全醒了，高兴地伸过头。

“儿啊，儿啊！”骆全一把抱住儿子，眼泪喷射般冲出。

村人们或坐或站，都唉声叹气，难过中又有掩饰不住的庆幸。有几个人站了起来，把腿撇得大大地向村里走去。他们吓得屎尿糊了一裤子。没有人嘲笑他们，大家只是看看。这种情况下，谁都没有资格，更没有心情去笑话别人。亲眼见到了，大家都知道害怕。

“发叔，还，还挖不挖了？”赵六弟惊魂未定，哆嗦着跑过来。

“挖，怎么不挖了。”徐芬霞走过来插了句嘴。张发听了向她侧目看去。挖到洞穴时，徐芬霞害怕得魂不守舍；开始点烟扇熏时，她几次要晕倒；后来当大蛇出现时，她反而心明神静。什么最可怕？牛鬼蛇神不可怕，未知才是最可怕。已经见过了，她反而不怕了。

“挖。”张发见一个女流之辈都如此处变不惊，他这个长辈兼男人哪能望而却步。更何况这事怎么向上汇报？说碰到二十几米长的大蛇？张发看了看大蛇远去的方向，自语一句，奇兽护宝。

“还熏不?”郑宝瘸着腿走来，倒也没有丁点害怕的迹象。

“熏，再熏熏。这么大个洞，不会就这一条大蛇。”张发吩咐道。

郑宝听了，重叫了几个人和他一起跳下方塘。赵六弟招呼大家伙给他们抱稻草。

“二嫂，你们家的‘龙’都跑了，你还起劲?”刚才也吓得够呛的黄伟揶揄起了徐芬霞。

“是啊，龙，哎呀，我们家的风水……别挖了，别挖了。郑宝，你快上来。”徐芬霞听黄伟这么一说，着急起来，忙跑去阻止郑宝。

“嚷什么？蛇就是龙？有蛇风水就好？我给你家里放几条蛇，说，你要几条?”张发逮着个挣回脸面的机会，一时为老不尊地失态了，“牵强附会，你懂什么?”

徐芬霞一时又不知该信谁的了，她站在塘沿，走也不是退也不是。

重新点火熏烟，半个多小时过去了，洞口仍是平静如常，只有燃烧的稻草偶尔蹦出个火星。

“发叔，可以了吧？这都烧了一个草垛了。”见儿子毫发无损，骆全重又精神抖擞。这个唯物主义的信仰者，很自觉地和张发一样，就当没见过大蛇。

“蛇，蛇!”张发还没回话，黄伟又叫了起来。张发心里一惊，忙寻声望向南面。离方塘七八米远的地方，有一个老鼠洞般大小的穴口，一条土黄色的小蛇正奋力地钻出，身后有着若隐若现的青烟。火烧烟熏时间太久，土层之间已疏松地沁烟，连其他的洞穴都被殃及了。张发笑了笑，转身和骆全商量再次开挖的事情。

“二嫂，又要走条龙了。”黄伟见徐芬霞着急心痛的样子，又开起了老嫂子的玩笑。

“龙，龙!”徐芬霞说着，突然追了上去，“你不能走。”她一把抓住蛇尾往回拖。这一下让在场的好多人为之变色。别说一个女人了，就是精壮男人也不见得敢抓蛇尾。大家都在心里说这个女人不简单。

“啊!”徐芬霞拖着拖着突然惊叫一声，仰头就倒，手里攥的半截蛇尾巴跳动不已。而丢失了尾巴的黄蛇知道此地不宜久留，急急地游出谷场，迅速地划草拨叶，走了。众人大笑，几个妇女跟着众人边笑边走上前“婶、婶”的搀扶起她。一搀，发现婶子双眼紧闭，脸色蜡黄，她们忙大声叫人。张发走过来看了眼，连掐带挤地又将她救醒。徐芬霞醒是醒了，但好像刨了一天地似的，精疲力竭的样子。那几个妇女就半搀半扶地把她送回了家。从那后有一段时间，徐芬霞经常梦到蛇。有一次在谷场上晕倒，被人摇醒后，说是又见到那条黄秃尾巴蛇。李开元没有办法，只好多次寻医问药，她才慢慢地恢复如常。

折腾了一上午，骆全留下几个人看守方塘，其余的人回家吃饭。大家心系晶塘，匆忙扒拉几口饭食，又齐集到谷场。大家已把蛇的事忘了，反正它也不伤人，水晶之都什么稀奇事没见过。骆全见人来得差不多了，就发话开挖。经过上午的一番惊心动魄，大家都知道大水晶那是稳拿稳攥的事，不用人鼓动，干劲呼呼地膨胀。

深秋的晌午，寒意姗姗，不忍破坏阳光照在身上的舒适。两头堆满草垛的谷场，经过一个夏季的轴滚轮压，光滑硬实得白晃晃一片。微风偶起，散落的草杆落叶飘动着凉爽，全不见尘土肆虐的讨厌。谷场周围是成片起伏的农田。些许薄绿，若隐若现的是来年才能见到丰硕的麦苗；十分青翠，水漫雪覆般的是即将起秧的花生。东面不远处郁郁葱葱，树丛荫凉着红瓦石墙的就是至晶村。

郑宝一钗下去，虎口微麻。他转身叫道：“小爹，到晶盆了。”张发和传财站在塘沿拉呱得开心，闻言蹲下身子。方塘已挖下去两米多、三米不到，郑宝、骆力仰着脸，头顶的发旋清晰可见。

覆盖在地表层面的黑土已全部被掀翻到塘沿，高高地垒起了一圈。腻黄的晶泥在泉水呼之即来的湿润中黏软了整个塘底。

“换铁锨，轻点儿挖。”张发说。塘下的年轻人全都停了手。黄伟、赵六弟亲自跳下晶塘，在骆力刚才挖掘的地方，用铁锨轻轻柔柔地铲刮。两三分钟后，黄伟、赵六弟也停下手。赵六弟蹲下，用手细细地抠挖，一个棱角分明的尖顶已明白无误地显现，尽管它仍浸淌着黄湿黏稠。

“水。”赵六弟头也不抬地说。

塘上一个年轻人将早准备好的皮桶递下，黄伟双手接住，拎给赵六弟。赵六弟双手舀了一捧水，均匀地撒在黄色尖顶上，再用手慢慢地揉搓几下就住手。赵六弟看了看，起身拎起皮桶向尖顶上浇泼，晶亮四射的光芒毫无征兆地一下就明晃了眼睛，兴奋了神经。

“水晶，哦，水晶，哦!”人们欢呼雀跃，连几个村干部也抛却维持良久的稳重伪装，互相抱着大叫。

“终于挖到块大的了!”“也能称为水晶第几王了吧?”“村里该请我们吃顿好的了吧?”“有了一块，以后还会有更多块的!

“我们村也会成为小康村了?”“那大学生不就更多了?”人在难过的时候会回忆过去，在高兴的时候就谈论未来。

有了崭露头角的实在诱惑，大家三两下就把水晶底部的轮廓清理了出来。从顶部逼人的锐利尖角往下，平滑光洁的坡面交接出六条鬼斧神工的天然直线。自然界以其不可思议的创造力呈献给人类一块绝对合乎标准的六棱柱形样本。就算不论其海市蜃楼般的标准棱体，单是它半径过一米五的硕大身型，就足以改写水晶历史。

骆全看着流光溢彩的塘底，想起开文嘱咐的话，就让大家停手歇息片刻，他拉过一辆村民的自行车，骑上就火速往村部奔去。骆全走后，站在塘底的一个小大哥问张发：“叔，那蛇洞还挖不挖了。”

说着，他指了指旁边堵紧稻草防止泥土淤塞的蛇洞。“等骆书记回来再说吧。”张发说完转身走下塘沿，斜靠着开元家只剩一半的草垛小眯一会儿。

“你怎么才来电话？”开文在至亮村的村部心不在焉地打了半天升级：“真的有水晶？好好，你看着，别再挖了，我马上去镇里汇报。”

开文告别尤书记，村里也不回，骑上自行车就奔镇政府去了。刘明启跷着二郎腿优哉游哉地正闭目养神，李开文紊乱急促的脚步打断了他的清修。

“刘，书记……”开文大口地喘着气。刘明启有些愠怒，他侧目看了看，门正稳当地打开着，原来是自己没关。

“什么事急忙慌的？哪像个独当一面的人。”刘明启消了消气，训斥教导李开文。

“水晶，挖出水晶了。”开文的气还没喘匀。人的气质风度和职位是相连的，身居庙堂，人还未至，雍容已来；偏近江湖，行还未出，鲁莽已显。

“我知道，你上午不是说过了吗？”刘明启面色平静如常。

“挖出水晶，挖出水晶了。”开文着重重复了两遍。

“是啊，挖出水晶，你早上说过了。”位高一级的刘明启耐心有加。

“我是说水晶已经挖出来了。水晶，都挖到了，发现了。”开文急白脸地解释道。

“什么，你已经开始挖……”刘明启没想到李开文如此雷厉风行，“你们已经挖出了水晶？”

“是的，挖到了，不过就挖出了一截，别的还在土里呢，您看要不要接着挖？”开文一副恭敬。都挖到了水晶，中途住手，不是有难言之隐，就是另有所图，刘明启沉默片刻问：“多大？”

“至少有两个水晶大王那么大。”开文肯定地说。

“我们先去看看，若果真如此，镇里奖励你们村一个石英加工厂。”刘明启很为开文对他的尊重而感到高兴，这小子不打电话直接跑来汇报。当然，他也知道赏罚分明的重要性。

“那我代表村民先谢谢刘书记了！”李开文很高兴，他好不容易帮村里还上了账，正谋划着建个石英加工厂给村里创收，向镇上申请了几次都未果。

“小康，叫车。”刘明启站起身子冲对门秘书的办公室喊了一句，又转身对开文说：“你坐我的车，我们一起走。”

至晶村与镇政府相隔不远，村人经常见到书记镇长下乡，因此刘明启一出现，就有好多人向他问好，这让刘明启的心情愉悦不已。刘明启和相识的、不相识的群众干部打好招呼后，就不嫌脏乱的在几个人扶持之下，亲自到塘底验证。

眼见为实后，刘明启交代开文：今天停止开挖，明天他要邀请电视台来进行全程跟踪采访；群众也都累了，今晚都回去休息，他会派些乡里的干部来看护水晶。

刘明启交代完后，坐上轿车驶出谷场。开文留下几个人等镇里派人来接手，就让张发和辛苦了一天的村干部们回家休息，又劝走了几个担心实惠落到镇上而愤愤不平的村民。骆全、传财几个干部都说不累，陪着开文一起守候。

夕阳余尾，晚霞倾泻。两辆吉普车才驶进了谷场。车上下来几个人，为首的是名警察，浓眉大眼、宽肩窄身，笔挺的制服衬托着他更是英气逼人。

“请问哪位是李书记？”警察走上前。

“我就是。请问你？”李开文迎上一步。

“这是刘光辉警官。”一位年轻人介绍道，“他父亲是刘明启刘书记。”说完他还不忘加上一句。

“小葛，别动不动就抬我父亲。”刘警官嘴上在责怪那个西服男，脸上却是掩饰不住的傲然。

“啊，是刘警官啊。”一听是刘书记的儿子，开文心里一惊。“你们是来看护水晶的吧？”他不动声色地继续问道。

“是啊，李书记你们辛苦了，接下来就交给我们好了。”刘光辉已然一副不知天高地厚的官腔。

“那好，你们看，水晶就在那儿。”李开文带着刘警官迈上塘沿，指了指下面的水晶。

“哇，真有这么大啊！”刘警官大张着嘴感慨完，就让村里人全部回去，连开文要留下几个年轻人帮着守夜都让他拒绝了，理由还挺冠冕堂皇：“有人民警察在还不放心啊？”

开文刚要跨进家门，儿子小剑刚好出来找他。小剑对他说：“爸，我正要喊你吃饭呢。”不知是小时候捕鱼受了惊吓，还是天生身体就不好，很长一段时间小剑三天两头生病。开文看着现在虽较同龄人高，但依旧瘦弱的儿子，好歹显出了点儿虎头虎脑的强壮，心里踏实了点儿。这么多年，开文在外东奔西走，和儿子接触的时间很短。有时他真想将身上的大小事务一推干净，好好陪儿子玩上几天，尽尽父亲的责任也享享爸爸的快乐。可儿子都快九岁了，自己还没带他出过远门。幸亏妻子云丽任劳任怨，她在辛苦养育孩子的同时，还不忘给他讲些儿子的成长故事，让他多少感受了些天伦之乐。

父亲东奔西跑，母亲早出晚归，小剑被迫早慧。一次作文课写《回忆》为题的作文时，小剑灵感忽至，在拼音的帮助下，下笔千言兼离题万里了一回：

2岁……

3岁……

4岁。记忆空白，表叔转述。

跟随一女生进入女厕，被骂曰“流氓”，百思不解。后自作聪明，课间先行进入女厕，对后进女生大叫“流氓”。

8岁……

开文看了儿子的作文，哈哈大笑不已，觉得儿子有些胡吹八扯的能耐，以后兴许能成为歪才。而执教的语文老师对作文的评价则是：生搬硬套词语，空洞难显内容。

第二天早上，开文难得地等儿子起床一起吃早饭，还亲自下厨煮了两个鸡蛋。小剑就着油条咬几口馒头再喝一口玉米糊，开文把鸡蛋剥好皮放在碟子里，催促儿子多吃点儿。小剑不太喜欢吃鸡蛋，但是见父亲已经剥好了，就勉为其难地吃了一个。开文让儿子把另一只也吃了，小剑强忍着反胃说吃饱了。

“就两个，把这个也吃了。”开文希望儿子长得精壮些，仍是催促。

“真吃饱了。”小剑低下头喝起了玉米糊。

“不吃了？”开文不放心。

“不吃了。”小剑头也没抬地回答。

“真不吃了？”开文仍是问。

“真不吃了。”小剑感觉父亲今天有些不一样，他抬起头舔了一下嘴巴。

“那我给狗吃了啊。”开文说着捡起鸡蛋丢到桌下。和张发家癞皮狗一母同宗的大黄毫不客气，啊呜一口就吞下了。

吃完早饭，小剑把绿色帆布书包往身上一挎，对开文说了声“我走了”，又对里面正在忙着的妈妈喊了声，就抬脚出门。开文看了一眼儿子，叫住了他。他走过去弯下腰，把儿子的衣领理顺，又拉了下书包带把书包放正。小剑狐疑地看着爸爸的动作，一直到出门都走了好几步，终于还是忍不住又走回来问道：“爸爸，有事吗？”

“没事。”开文让儿子一问，倒有了窘迫的感觉。

“真没事？”小剑见爸爸的表情不似以往，板的比老师还严肃，更是感到奇怪，就又追问了一句。

“真没事。你快上学去吧。”开文心里一阵酸楚，看咱爷俩客气的。

“爸爸，你今天对我真好。”小剑到底人小，一个鸡蛋就让他对爸爸有了好感。

“哈哈，以后我会对你更好。”开文一高兴，大笑起来，笑着笑着却更觉心酸。

“那你给我买个背包吧。就是背在肩上的书包。”小剑顺杆就爬，一见爸爸今天对他关爱有加，忙抓住这个千载难逢的机会。他一边说一边在身上比画着。

开文一愣还没回答，妻子走了出来说他：“发什么呆啊？干吗要以后对他好，现在还不赶快答应？”

“呃，好，爸爸下次去城里就给你买。”开文有点儿后悔答应得不及时，让他费劲巴拉扮出的慈祥形象大为受损。

小剑倒没那么复杂，见爸爸答应了，一蹦一跳地出了门，差点儿和迎面跑进来的一个人撞个满怀。

“开文，书记！”骆全惊慌失措。

“什么事？”开文隐隐有些不悦，好不容易营造的一份天伦之乐的氛围这下被糟蹋得连个渣也没剩。“你还不快去上学？”开文见儿子站在门边往里看，就又催他。

“快上学去吧！”云丽端着碗筷往厨房走去。

“书记，”屋里只有两个人，骆全仍压低了声音凑到开文面前说，“水晶没了。”

“什么？”开文大吃一惊，“不是有人看着吗？怎么不见了？”

“不知道啊，反正是没了，镇里刘书记也来了，还带着市电视台的人员，正在那破口大骂呢。”骆全说。

“刘书记都来了，怎么到现在才来告诉我？”听说刘书记来了，开文嘴上在怪着骆副书记的同时，心里一块刚悬起的石头轻轻地放了下来。水晶是刘明启的警察儿子看着的，就算丢了也和村里没有关系。

“走，看看去。”开文抓起一件外套就和骆全往谷场跑。

谷场上，赵六弟、黄伟，还有刚从亲戚家回来的会计张高平，他们站在一起，勾挂着脑袋，耷拉着手。刘明启站在对面高高的塘沿上，左手叉着腰，右手连挥带指着，对站在面前的人遍撒唾沫。塘北有几辆车，一个记者双手抱在胸前，胳膊间夹着话筒，另一个摄影师扛着黑黑的“小炮”正面色阴沉地看着刘明启。而刘警官和他那一干左膀右臂已不见了踪影。

开文挤上去，叫了声“刘书记”就把刘明启漫天没有方向的飞雨汇聚成奔腾不息的泥石流，直向他涌来：“你们怎么看的水晶？你这个支书是怎么做的？”这一句话就让开文稀里糊涂起来，他一时不明就里，突然想起以前书上看到的一句话：讲不明白，就让他更糊涂。开文心里奇怪，你还没和我讲前因后果，就开始让我努力不辨东西南北？其实从现场不见刘光辉，李开文就隐隐觉得不管水晶到底去了何处，刘明启肯定要找人扛黑锅，但他宁愿相信刘明启内里十恶不赦，也无法承认表面上他就阴险无比。这大庭广众、朗朗乾坤，身为一个镇的最高首脑，或者说仅仅一个镇的负责人，就敢明目张胆地指鹿为马？

到谷场上的人越来越多了。“水晶没了”的消息已如雨点或阳光一样，飞快地传遍了整个村庄。李上前来了，马仕来了，郑青来了，张发也来了。张发身后跟着那条油光可鉴的前癞皮狗，根根黑毛直竖，英姿勃发，势不可挡。说也奇怪，那狗本是黄色，跟了张发后，却渐渐变成了一身黑毛。

非但张发来了，就连出摊卖水晶的赵本，和改行经营肉铺的郑小七也来了。谷场上里不知几圈、外说不上几层地挤满了人。人越多，刘明启出口成章的能力越强，盖棺定论的本领越高。起初他还只是广而泛地责备村人不负责，丢失了水晶，后来就集中火力，猛攻起村领导的玩忽职守，到现在他已明确指出李开文监守自盗、贼喊捉贼。记者和摄影师不胜其烦，他们兴冲冲地跑来采访录制、跟踪拍摄新水晶大王的出现，以期这个节目能让他们在新闻界或文艺界一鸣惊人，这下竹篮打水了。

他们向前走了几步，对刘明启说："刘书记，我们在电视台也是给人牵马坠镫的小喽啰，您没必要要着我们玩，跟我们一般见识吧？"正在挥斥方遒的刘明启，听了忙转过身，谄媚的笑容拥挤在脸上，"记者同志，不是我骗你们玩，是确实发现了水晶，只是被人偷了。"地级市电台的记者，连晶都县级领导都要礼让三分，就更别说他这个镇级干部了。

"是啊，确实发现了。"骆全忙附和着，刘明启看了下骆全，眼里有了赞许。

"昨晚刘书记的儿子，刘警官还亲自看护着呢。"骆全补充道。

"你瞎说什么？"刘明启一见说到儿子，忙加以制止，眼里那点儿赞许早变成让人不寒而栗的凶光。

赵本凑到马仕面前，轻声叫了句"师父！"马仕挺了挺微驼的腰，瞅了眼赵本，不太想理他，又觉得过于小肚鸡肠，就以点头应付。赵本见师父点头高兴起来。几年前赵本和王喜跳出师门跟随开文捕鱼，让马仕恼羞成怒，扬言没有这两个忘恩负义的徒弟，以后见到他们一次就打他们一回。赵本王喜最初看见马仕也是能绕则绕、能避则避，实在避不过，叫声"师父"就撒腿而跑。赵本直到最近，重操旧业贩卖起水晶，看见马仕才不那么打怵。相遇时，他讪讪地恭立一旁，等师父走后他再走。其实马仕早消了气。他之所以气不过，并不是赵本王喜这两个小子吃里爬外。是人都要吃饭，既然在我这饥一顿饱一顿，那是做师父的黔驴技穷，怎能怪徒弟薄情寡义？他气的是本来德高望重，谁见了都先矮上三分，没承想却被刚回家没多久的外甥抢了风头。没多久，马仕就反应过来他是老糊涂了，所谓老而不死是为贼，自己怎么和外甥较上了劲？这之后他再见赵本时，就不似以前那般凶神恶煞似的不近人情，想和赵本随便聊几句，可赵本早就被吓破了胆，看见他只敢站在路边束手而立。如此几次，马仕又生了气。现在赵本主动叫起了师父，他反而有些不适应。

赵本掏出根香烟，递给师父。马仕不声不响地接过，看赵本把香烟放回兜里，就训道："不见这么多长辈在吗？"赵本一听，那眼泪就像五月的麦穗，浆果饱满、汁水四溢。这么多年了，师父终于开口和自己说话了。"你也三十好几的人了，怎么还像个孩子？"马仕的语气仍然严厉，但眼角也噙上了泪水。他们同时想起了王喜，这个鲁莽的孩子还不知在哪儿受罪了。

"你们师徒俩合好了啊？"张发站在不远处把这一幕看得分明。赵本一边擦眼泪，一边掏出香烟给在场的人发。马仕把脸上仰，不住地说："让老哥笑话了，让老哥笑话了。"

"师父，你说这水晶，'搭土夜遁'？"赵本问向马仕，张发听了也看了过来。赵本之所以鼓起勇气和师父说话，多半还是因为这个疑窦。

第10章 “搭土夜遁”的悲怆

“搭土夜遁”，通俗地解释，就是水晶如有神助一样，借着夜色在土里穿行跑了；科学地解释，就是水晶凭空不翼而飞，责任人编了个理由想搪塞过关。晶都只要从事水晶行业的人，都知道“搭土夜遁”，就算不从事这个行业，耳濡目染也知晓个大概。开挖水晶时，若是天色已晚，水晶又太大，一时不能搬离原地，那就得有人整夜眉眼不眨地看守，而且眼睛要一直盯着水晶。若是看守之人困倦难挨跑去瞌睡，或者闲极无聊谈论古今，只要眼神稍离开水晶，那水晶就有可能消失不见。早先大家都知道而且认可这个说法，因此开挖水晶时，能当天取走就当天取走，实在不能当天取走，就燃上火堆或点上马灯，昼夜不息地紧盯死守，直到水晶出土。

中华人民共和国成立后宣扬科学、破除迷信，就有外面调来的领导认为“观火望晶”“搭土夜遁”及“奇兽护宝”纯属封建残余思想，应该坚决废止、无情打击。有许多人听从了号召，开挖水晶时就不按行规旧俗处理。“观火望晶”还无大碍，不遵也就罢了，挖掘水晶本来就不是铁板钉钉的事，挖着皆大欢喜，挖不着那就自认倒霉。“搭土夜遁”就纠纷四起。几人合挖，明明已亲眼见到了水晶，第二天一来说是夜遁逃走，这和睁眼说瞎话也没啥区别，因此有一阶段常有朋友不和、兄弟不欢，甚至父子对簿公堂的事情发生。蹊跷事发生的多了，人们又慢慢恢复到原始操作，如此又相安无事。对于这些民间做法，本地土长的基层干部也通晓明白，于是表面上仍要实事求是地叫嚣，背地里则睁一只眼闭一只眼地放行。毕竟能成功地挖掘到水晶也是一种实事求是。

昨天下午在等候镇上来人接管水晶时，张发和开文聊起了初挖水晶白蛇南去之事。猛禽巨兽一般不会离开自己的地盘太久，一来它熟悉这个环境，二来这个环境适合它生存。例如一条大蛇盘踞之处有颗巨型灵芝，大蛇在别处与猛兽搏斗得遍体鳞伤之时，就会奋力地游走回来。世间万物自有它的灵性，蛇在自然界待得久了，知道灵芝、人参或者别的草本植物有一定的药性。它受伤后奋力而回，就是为吃上几口灵芝，让身体早日康复。别的动物也会知道奇草异珍对己有好处，但碍于体力和个头上的差别，只能远远避之。蛇独霸灵芝，时长日久不仅身体康健，体型也更为巨大，能更好地看护灵芝，而不为别的动物抢走。如此就相得益彰，灵芝安然无恙，大蛇也茁壮成长。水晶穴旁发现大蛇也有异曲同工之妙。水晶具有磁疗效，能促进骨骼生长，对身体有益。人类将水晶放在枕头下治疗偏头痛，动物不如人心灵手巧却也知道与罕见水晶比邻而居，既能延年益寿还能增强体魄，有百利而无一害。如此类推，五六年前至晶水库出现的大鱼也可做此解。大鱼出没的地方，在水库未成之前是出产过许多大水晶的老晶塘，水下或许有更多更大水晶也未可知。

新的“水晶大王”不见了，赵本问后，马仕和张发对望一眼，什么话也没有说，继续看着塘沿上刘明启在循序渐进地给儿子撇清关系。

“警官？公安人员也来了？”昏昏欲睡的记者来了精神。

“啊，警官？”刘明启知道再瞒是瞒不住的，本来打算让儿子借着新水晶大王出出风头，以后提拔升迁都容易些，现在偷鸡不成反蚀一把米了，“李开文，你三弟是不是在东单湖派出所？”刘明启的脑筋转得很快，就问起开富的事。

“刘书记，看护水晶大王的事，没有您儿子亲自来，您能放心？”李开文的脑筋自然也不慢。刘明启劈头盖脸地骂了他半天，他本以为忍两句就过去了，可看现在的架势，刘明启不当场拉出个人顶缸是不会善罢甘休的。开文心想，这老王八蛋八成已向县里报了喜，还想让开富跟着触霉头。李开文积极寻求进步的心淡了许多。

“你，你……”刘明启无人打扰发挥的肆意，一经磕绊就张口结舌。他手指点了半天，终于冒出了一句：“你太让我失望了，枉我一番栽培。”

不说栽培还好，一说栽培，开文也怒从心起：“谢谢您，刘书记，若不是您，我们村的债到现在都还不清。”开文话里有话，绵里藏针硬扎了刘明启一下。说到村里的债务，刘明启刚还寒霜一样的脸猛然间笑靥十足，看得开文心里发毛。

“哈哈。”刘明启爽朗地笑了起来，“好，好，李开文你记得这些就好。记者同志，十分不好意思，我们先回去，有事回去再说。”说完，刘明启大摇大摆地往自己的小车走去。

车子全部开离了谷场后，开文伸手一抹，头上全是汗。回味刘明启刚才无法言明的笑声，又想起昨天早上他对自己推心置腹的叮嘱，开文长叹了一口气，就让骆全带几个人把晶塘平上，自己心事重重地先行回家。快到家时，在村西主道上，开文看见阿桂也心事重重，面含凄苦地从北面走来。

“阿桂，你干什么去？”

阿桂停住脚步，抬头望向开文。开文一惊，刚被刘明启横加指责的愤懑一扫而光。阿桂嘴唇乌青、眼角开裂，两只本来就很大的眼睛，红通通的肿胀着，都快分不出眼仁眼白。“开文，哥……”阿桂的声音嘶哑着，像掺水太多的粗沙在快速搅拌，“俺妈，她……”话未完，泪已流。

郑朝宗去世了，家人在情感上不可避免地悲痛欲绝之后，却发现少一个半瘫老人的拖泥带水，日子却可以过得轻松自如。郑朝宗的离去，对家人是解脱，对他自己何尝又不是呢？夺妻之恨、杀父之仇，不共戴天，而害子之惨、伤女之悲，更是势不两立。对父母而言，人世间最痛苦的事莫过于孩子被人欺凌伤害，自己却只能眼睁睁地站在边上而束手无策。郑朝宗解脱了，他用自己的死亡换来了这个家庭的新生。这么多年了，阿桂家什么都缺，就是不缺对悲哀的坚强，对苦难的蔑视。

阿桂一家轻装上阵，做起事来风风火火。阿桂像一个孩子似的，噩梦连连仍然无碍于他有一个美丽的梦想。他重新拾起笔，只是不再如以前那样，希望一朝闻名天下知，而是诗以自慰、文以自娱。文学，是对心灵的探索。内心不孤独，外在何苦要共鸣？阿凤也从阴影中走出，脖子上挂着红绳系紧的“心剑”，从容地出入村头巷尾。她跟着匠师学习裁缝，学成之后匠师不无后悔地对邻居唠叨“教会了徒弟，饿死了师傅”。郑世凤高超的手艺除了带来衣服的热销，还吸引一大帮十七八岁的姑娘整天姐长姐短地叫着，希望她能收己为徒。阿祥也许不是一母同胞的原因，她的学习成绩远远不如哥哥阿桂、姐姐阿凤，至多和有些疯癫的阿成相仿。学不好就学不好吧，就是学好了又能如何？哥哥发达了还是姐姐风光了？阿祥当机立断，小学没毕业就坚决回了家，这在农村被认为是难得的知书达理。

老婆子严慈，少却照顾丈夫的艰辛，多了当家作主的责任，身体愈发壮实硬朗。田间地头的春种秋收，院落堂屋的日常家务，她做得比以前还要得心应手，屋里屋外干净得像不食人间烟火。唯独阿成，本来也算机灵活泼的脑袋渐渐愚钝蠢笨，只剩下膀大腰圆还能吸引些媒婆的注意，可是世间之事，哪有那么多十全十美呢？平安是福，平淡是真，更何况他们家的小日子真的是人所共见的好了，起码不似以往那般清贫。当村上许多人家盖起红墙白顶的砖瓦房时，阿桂家也不再茅檐低下屋上青草。老婆子拿出郑朝宗留给她的那块发晶托马仕转手，不仅很轻松地还上了债，还开心地住进了六间宽敞明亮的大瓦房。

每一个村民，都认为阿桂家否极泰来，幸福的康庄大道已通到了眼前。可是上苍永远都是那么小肚鸡肠，当你没有在他的淫威暴虐下痛苦哀号时，他仍旧会兢兢业业地对你无情施暴，直到你诚惶诚恐地以自暴自弃来表明对他的臣服，他才会轻蔑一笑地放你而过。仿佛不如此就不能显示他的高深能力，不如此就不能维护他的无上权威。于是，我们淳朴的村上人家，再次心惊胆战地领略起人算不如天算的奥妙。

阿成智力发育虽然不太令人满意，但个头却是少见的威风八面——身高188厘米。他长得不能说风度翩翩，却也将就人模狗样。这样五大三粗的人在农村颇为抢手，干农活、养牲畜绝对专业对口。可惜，阿桂家新筑的门槛正铆足了劲准备接受媒婆新一轮的践踏时，“郑世成是花痴”的传闻不胫而走。

何谓花痴？既不是宝玉祭拜，公子多情、小姐薄命的花痴，也不是黛玉葬花，笼烟蹙眉、弱柳扶风的花痴，而是隋炀南游，辣手摧花、环腰断袖，不分种族性别的花痴，甚或吕雉狠妒，削手刈足、戚妃如厕，没有是非轻重的花痴。

当阿成神志不清，追赶大姑娘小媳妇欲成好事时，交加的乱棒背后是村民愤怒的人类严惩；当阿成疯头疯脑抱着骡马贴脸时，好事的围观释放着大家嬉笑的畜生宽容。当传闻只是个传闻的时候，大多数的人们还会在惋惜的同时抱以同情，而当传闻变成真实的时候，更多的人则在惊诧之余奉上讥讽。

阿桂趁弟弟稍微正常时，带他去了医院。医院解释这为精神疾病的一种，目前无法可医，只能回家休养，并叮嘱要有专人看护照管。严慈想起老伴儿生前带阿桂去医院时，医生说起的家族精神病史，大儿子总想一步升天，大女儿为爱傻等痴守，小儿子又是这番光景，这不是家族精神病又是什么呢？老太太一时神伤不已。阿桂家的欢言笑语再次消失，但车水马龙的热闹如期而来。村里自认为有点儿本事的人天天来出谋划策。阿桂家人在不知西医好还是中医好的情况下，就互不偏袒，至于效果到底如何，就见仁见智。

事实上，阿成的确拥有让恶魔汗颜、撒旦称臣的破坏力。他虎背熊腰的身躯在灵性缺席的放纵下，痛快淋漓地释放着刚猛勇武。今日他脚踢东家大叔，明晨他拳打西家壮汉，最后他更是六亲不认，连哥哥阿桂都被当作沙包一样丢东扔西，吃尽了苦头。而且他动手时还极有章法，手上是泰山压顶，脚下就横扫千军，双臂白鹤亮翅，双腿就倒挂金钩，那一板一眼，普通三、两个人真不是对手。

郑世凤、郑世祥两个女孩为了避免池鱼之殃，在母亲的劝说下搬到了族人家中暂避。阿桂留在家中日夜看护弟弟，既照顾他的衣食也小心他的疯癫。阿桂本来无所事事，整日坐吃等死，一照顾起弟弟反而有了村上的补助，抵触的心理一扫而光。很多时候，人们争相表白着视金钱如粪土的清高话语，这种人要么无缘金钱，不能现实的世俗就索性虚伪的高尚；要么想拥有更多的金钱，小富即安是目光短浅，富可敌国方是心中丘壑。

严慈自然也留在家中为兄弟俩缝补做饭。

其兴也勃焉，其亡也忽焉。就像阿桂结婚那时一样，初期的阿成亢奋地舞刀弄枪，没多久就平淡地多愁善感。他时常蹲在门槛上，手托着腮，眼睛直直地盯着前方，仿佛留意日出日没，可能欣赏花开花谢。阿桂和老太见了这情景，自是十分悦意。讥讽过后的村人们也由衷地高兴起来，毕竟一个疯子毁你庄稼、伤你牲口，你只能怒而不能言。

秋收时分，老虎一样的天气催得田地里的庄稼熟的崩脆，也赶得农民昼夜不停地抢割。阿凤、阿祥每日早出晚归，阿桂、严慈也轮流着去田里挥汗如雨，她们必须留下一个人照顾阿成。生活就是这样，艰难就艰难些，毕竟它还在一往直前地继续。

当谷场出现大水晶的消息蛊惑着村人成群结队地前往观看时，水晶世家的阿桂娘几个对此却充耳不闻。也许是仆人眼中无伟人，匠家心中缺宝物，他们仍旧有条不紊地忙活着庄稼地里最后的活计。开文的担心倒显得多余。

农村有句老语，人走背运时，放个屁都会砸脚后跟。骆全、张发领着一群人在谷场敲锣打鼓开挖水晶时，已娴静多时的阿成听着西面传来的喧嚣闹声，慢慢地也跟着激动。他终于舍得离开门槛，向正在打扫庭院的母亲走去，“妈，我想出去走走，你陪我吧。”阿成请求着，他多少知道自个出门会讨人嫌。

严慈停下手，看了眼儿子，眼里是如水的关爱，“行啊，等妈妈扫完，就陪你出去看看啊。”

“哦。”阿成有些失望，但仍乖乖地坐回门槛，手托着腮静静地看着操劳的母亲。他就这么坐着，可谷场上此起彼落的欢呼声仍鼓舞着他躁动起来。他再一次离开心爱的门槛，央求着母亲带他出去逛逛。严慈看看手上正在晾晒的衣服，又看看满脸乞求的儿子，就把衣服放进盆里，解下围裙，准备带儿子出去看看热闹。阿成确有一段时间不曾出门了。

“你个老不死的！”严慈刚弯下腰想把盆端进屋里，阿成的疯劲就毫无征兆地冒了出来，他一脚踢向母亲。可怜年过花甲的严慈，就在儿子的一脚暴踢中，骨骨碌碌地滚落到石磨旁。她挣扎着支起身体，用手摸了额头，硕大的包块已经隆起，涔涔地往外渗着血。她抬起头，惊恐地看向剽悍满溢的儿子。阿成像沙场上一名钢盔铁甲的战士，肆意横流的鲜血激发了他的勇猛，肃杀悲怆的夕阳衬托了他的无畏。他的双眼，杀气腾腾地、死死地逼视着前方，一步一步地走来，高大的身躯在身后拖着一条长长的灰影。

“阿成，阿成！”严慈恐惧之下连叫出声，“来人啊，来人啊——”

她的声音里已有了绝望。秋忙时分，村上的人不是在谷场上开挖水晶，就是在田地里料理庄稼，偶有好吃懒做的人也等在谷场上幻想着分一杯羹。

“你，个，老不死的！”阿成字字断顿，清晰地传到严慈的耳中。老太一见儿子已是非不分，忙起身想逃走。阿成意识糊涂，手脚却不慢，他又一脚踢出。刚起身尚未直立的老太又被一脚踹在腰上，像件棉袄一样，被狠命地丢掷到厨房的外墙上。

“噢”的一声，老太疼痛难熬之下饱含着悲苦的哀鸣，狼嚎似的，“儿啊，我是你的妈妈啊——”

阿成对“敌人”绝不手下留情，依旧坚决果敢，他又一拳狠命地砸向母亲的后背。兀自挣扎的棉袄像挂晾时脱离了衣绳，“扑通”一声委顿，揪缩在了一起。

“来人啊，来人啊——”老太的声音弱得像梦中呢喃。她已分不清明晃的阳光和魁梧的儿子，他们交相晃动在眼前。

“叫你不带我玩！”阿成说着弯下腰，抓住老太的衣领往上一提。老太慌乱中，双手本能地在周边乱划，可巧摸到了根扁担。她不及多想，抓起顺手就往阿成的脑袋上砸去。阿成不避不闪，“咚”的一声后，浑然无事。孩子是母亲身上掉下的一块肉。老太到底没舍得对阿成痛下狠心。扁担雷声大雨点小的敲击过后，又被她丢落到了一旁：“儿啊，醒醒吧。”那本来很是轻巧的一下，却让老太痛彻心扉。她关爱地看着儿子，想伸手摸摸他有没有被打痛，又哆嗦着不敢。

看着来势凶猛的打击，最后只在头上隔靴搔痒地碰撞就立马远逝，这让阿成恼怒不已，他半提着老太的衣领，大吼一声猛地一甩，老太“啊”的一声，就像腾云驾雾，惊恐中她已飞过磨盘，“咣啷”一声，又头晕眼花地撞翻了铁盆，待晾的衣服四飞散落。

“儿啊，来人啊，救命——”严慈心碎如水，痛苦中混乱了意识。

阿成锲而不舍，三两步绕过磨盘，一把又抓向老太。严慈七荦八素间见阿成的大手又抓来，忙推挡了一下，侧身往边上爬去。阿成迟疑了一下，又伸出手，一把抓住了老太的后衣领。老太在儿子面前过于娇小，瘦弱的像只钓竿，直直地斜立着。阿成刚想如法炮制，再将老太甩丢出去，老太却猛一扭身，阿成只觉眼前一晃，“咣”的一声，铁盆敲响了他的大脑壳。阿成松开手，摇晃了一下，迷离的双眼眨了眨又闪出凶光。他一脚踢飞了铁盆。老太浑身疼痛难忍，吃力地向前爬着，又摸索着抓起湿乎乎的衣服往阿成打去。阿成是非不分，阻拦却及时。他一把抓住衣服，和妈妈对扯起来。老太知道这一松手就不再有东西可以抵挡，至少能吸引儿子的注意力，因此双手死命地抓着。老太这才发现她抓住的是阿桂新买的长裤，她抓住两只裤脚，阿成拉着裤腰。阿成见不能随心所欲地将老太扔来丢去，又大吼一声，抓住裤子大踏步后退。老太被拖曳着在地上磨。阿成退了两步不再移动，院中的石磨顶住了他的后腰。阿成顿了一下就两腿分开，前后成小弓步，单手抓住裤子上下晃动。老太啊啊叫着，也跟着摇摆，像一根绳索被儿子抖动着，呼呼地喘着粗气。阿成抖了几下，觉得对“敌人”没什么伤害，右手上前抓住老太的手腕，左手松开裤子抓住她的另一只手腕。老太大叫一声，猛地天旋地转，她被阿成从头顶甩了出去。老太刚感觉出身体是在往后上方斜刺地飞，就猛地一顿，身体直往下扣。她还没明白怎么回事，后背又是撕心裂肺地痛，她结实地跌撞到石磨之上，紧接着又滑向地面。与此同时，她恍惚听到阿成闷哼一声后，四肢在没有方向地胡捶乱打。

死就死吧，何苦要受这么多罪？死亡并不可怕，难以忍受的是那无法消弭的疼痛折磨。但是有什么折磨能抗拒得了死亡呢？老宗头，我来陪你了。老太忽然觉得身上的疼痛轻了好多。在死亡面前还有什么可以畏惧？

“儿啊，妈走了！”老太想到这儿，侧身看过。石磨的另一面，阿成背对着她，像被掐住背壳掀起的螃蟹，横行的八爪在空中乱舞，脖子上一块黑布拉拽着他一个劲地后仰。那条裤子扼住了阿成的喉咙。老太见此，心中希望又起。她忍着巨痛快速地将裤腿又在阿成的脖子上缠绕了一圈。这一缠一绕，阿成得到喘息，攻击的智商又得到恢复。他硬转过身，抓住裤腿往回拉，无奈中间搁了一个石磨。老太像个秤砣死绷着不松手，阿成则像秤杆一样弯着腰，上半身快伸过了石磨。阿成越用力反抗，裤绳就绷得越紧。

阿成头脑供氧不足，不一会就大张着嘴，像狗一样吐出舌头，两只眼睛用力上翻，露出白森森吓人的眼白。但他没有停止反抗，仍然四下忙乱扑打着，捣蒜锤般大小的双拳毫不知痛地捶晃着磨盘，血肉模糊一片。老太小心翼翼地拉着两只裤腿，间或忍受一下阿成挥伸过来的拳打，生怕一着不慎长裤断裂，就前功尽弃。

诚然，没有什么可以抗拒死亡，但选择死亡比死亡本身更为艰难。在通天大道般宽敞的死亡面前，一条略少崎岖坎坷的生命之道就让宽敞成为海洋湖泊式的畏缩。

“儿啊，醒醒吧！”老太心中默念的同时，手上丝毫不敢松劲。阿成击打的力度渐弱，像秋风中半折的叶片，依恋地挂在枝头，一下又一下轻轻地击打着枝条。他高大的身躯只能勉强维持着站立，双眼整个后翻，露出了白红相间的密布血丝。阿成已然构不成威胁，老太刚刚忽略的疼痛又千刀万剐地笼罩全身、浸透内外。她又看了眼儿子，迟疑着，既害怕他疯性未除，又担忧他受到更大伤害。护犊的母性从她心底点滴升起，像豆大的烛光从昏黄静谧开始，渐渐升华成天使般环绕的圣洁安宁。

老太在等着儿子慢慢地恢复神智。阿成的力气一点点回归，刚萎缩式的站立渐渐挺拔刚直。他半散的双手又攥握成拳，一下一下，“嘭嘭”锤打磨盘。两人环抱的磨盘侧面，白花花的石料上血红一片，随着阿成的每一次捶打，殷红的鲜血不住地涂抹，汇聚着顺着石料侧面滴下来。老太看着心疼不已，“成儿，别打了！”她大叫一声，喉咙发紧。

“疼!”老太的叫声唤回了阿成的一点儿意识，他看着对面的妇人似识非识地说。严慈看着儿子血红的双手，她的腿在打战，心在滴血。她多想冲过去，像小时候那样，哄抱着他，让他在她的怀里安眠。

“妈妈，妈妈!”阿成意识不清，像孩童遇到了电闪雷鸣，莫名恐惧下呼唤起母亲。

“儿啊!”老太悲鸣一声，泪水流满了脸，她几个箭步跨去，抱住阿成用力往后拉，想将他推离磨盘。而阿成纹丝不动，混沌之下反而感觉到了阻挡，那半歇的力气瞬间又饱满鼓胀，一下快似一下地击向磨盘。

老太看着儿子伸缩不止的拳头上皮肉已磨失殆尽，森森的白骨露出它们狰狞的关节:“儿啊，别打了!”老太抱住阿成的双臂，拼命地想推离他。壮硕的阿成脚像生根，身如浇铸，动也不动。不一会儿，磨槽里已汇聚了成片的血液，汩汩地流向槽口。

“天啊，我该怎么办啊?”老太看着儿子仍然是非不分的虐残着自己的身体，痛彻心扉的无助感吞噬向她。

“妈妈，疼!”阿成的躯体和大脑已然分离，双手勇猛前击的同时，痛觉的神经准确地刺激着意识。

“儿啊!”老太见阿成又呼唤自己，一丝欣喜从心底涌起。

“妈妈，疼!”阿成又叫了一句，双手击打更快。

“儿子，别打了。啊，你?”她知道阻挡不了儿子，叫了声后就想进屋抱床被子什么的，刚走两步却被阿成一把拉过。

阿成就像被鬼附身一样，一手拉着妈妈，一手仍是击打磨盘。老太挣不开儿子，面上的泪水愈发横流:“儿——啊!”老太深情地呼唤一句，就用力地挤进了儿子和磨盘中间。说也奇怪，老太一挤进，阿成的双手就自觉地击打起来。双拳蓦然间减少了疼痛，猛地就加大了力气，“咚”的一声捣在老太的胸口。老太胸中一闷，轻声叫了句“儿啊”就往下跌去。阿成的另一拳又挥来击中了她的左腹，肋骨已经折断。她刚意识到这点，挖心的疼痛随之传来，让她的身体猛然绷直，也让她瞬时明白，她不能倒下，她决不能倒下。拳头不停地击打在老太的身上，她的嘴角开始渗血。

大门开了，起收花生的阿桂回来吃饭。两个妹妹还在田里看守，她们等哥哥吃完后来替换。阿桂看到弟弟在没命地击打母亲，而母亲像没有疼痛一样，站得直直地，满嘴鲜血地看着阿成。他就像傻了一样站在门口。

“妈!”阿桂突然间大叫一声，泪水滂沱。他冲进院子摸起地上的扁担，狠狠地砸向阿成的后脑。阿成停下了手，回头看了一眼，就往后倒去。

老太怜爱地看了眼倒在地上的小儿子，用力地叫了一声如蚊鸣的“桂儿”。

“妈!”阿桂丢掉扁担，冲上前抱住了老太，“妈，妈。”他的泪水如山洪暴发一样。

“桂儿……”老太已闭上了眼睛，嘴角仍挂着一丝微笑。

“妈，妈——”阿桂大恸，听到身后一声叫。他转身，阿成已在地上坐起，正不明所以的揉着后脑看向这边。他又叫了声“妈妈”后，挣扎着站起，摇晃着走了过来。

阿桂悲从心生，怒从心起。“我打死你。”他大吼一声，又抄起扁担，向阿成打去。

阿成并不还手，双手挡开劈下来的扁担，嘴里急急地叫着“哥，哥。”

“你打死了妈妈，那是妈妈啊。”阿桂疯了一样地抽打着阿成，“叭”的一声扁担折成两截。阿桂闪坐在地上。但他仍是义愤填膺，嘴里狂骂着：“你打死了妈，你打死了妈妈啊!”

“妈?”没有了抽打，阿成嘴里嗫嚅着，“妈?”他边叫边四处瞅。阿成一步一步走向石磨：“妈妈……是妈妈……”

老太走了。秋日晌午的阳光依然耀眼，谷场上的人们热火朝天地开挖着水晶，砖石垒积的院墙内母亲躺在地上，两个兄弟无助地哭泣。

在田里等待的姐妹耐不住饥饿赶回了家，却发现母亲已离开了她们。郑世凤、郑世祥一边一个，抱着母亲哭得死去活来。阿桂劝住了两个妹妹，和她们一起将母亲抬进了屋。阿成伸手想帮忙，阿桂一脚将他踹出了屋。阿成这时有点儿清醒了，知道妈妈死了，他呆呆地坐在了石磨边。

水晶跑了，人死了，这是什么大变的征兆？蓦然一个念头在开文心中升起。

"哥，你忙吧。"阿桂见开文不出声就告辞说："我去找郑青小爹，给俺妈主持后事。"

"哦，阿桂，"开文理了理思绪，"节哀，一切都会好的。"

郑青正为跑了水晶在家愤愤不平，听了阿桂的述说后，半晌没回过神儿。等他确信严慈死了时，不禁又破口大骂起阿成，说要去宰了这小子。阿桂见郑青骂弟弟不停，忍不住替他辩解，说他脑子不好使。郑青见阿桂敢顶嘴，又骂阿桂不孝，明知弟弟有病，还让年迈的母亲看守。阿桂低着头，不再吭声。郑青骂完后，又流下泪来，劝慰了阿桂一番。虽说郑青比郑朝宗大着辈分，但从小就带着阿桂玩耍，关系非同一般。最后，郑青和阿桂分头通知了族人，让大家聚集到阿桂家商量严慈的后事。

郑氏在至晶村是一个大姓，族中除去几个老态龙钟、屎尿不分的祖宗外，郑青最为年长辈高，是阿桂爷爷辈上的人。郑青的身体也相当精壮，数九寒天还坚持洗冷水浴。因此，在郑氏族中，凡有婚丧嫁娶等重大事情，都来找郑青商量。郑青因身体强壮，人显得年轻，于是又蓄须留发，刻意扮出一副仙风道骨的样子，以增加他的威望。

郑青见族人大致到齐，手捋着长须刚要发话，想想又转身叫个族人去请李上前。阿桂兄妹四人站在郑青身后，表情苦楚。阿成悔恨难当，躲在哥哥和姐姐的身后，使劲缩着头。

李上前到后，郑青打了个招呼，就对族人说起话来，“朝宗的老婴子严慈昨晚仙了，都是一个老祖宗的子孙，大家这几天手头有事都先停歇了，帮扶着孝子郑世桂把严慈的后事办了。”说完他看了眼李上前，又接着说：“按村上的惯例，主管请李上前担任，我是副主管。下面由主管分配任务。”郑青说完从正中椅子上站起，走向旁边。村中婚事主管不一而定，但丧事主管似乎已约定俗成，十几年来基本上由李上前担任。这不是因为丧事晦气，人人避恐不及，而实在是中国传统“孝”道为先，丧事比婚事重要，大家主动让贤。不说买菜接客、记账书写这些细节，单是扎糊陪葬的纸人纸轿就够一般人头大。李上前自从被赵姓请过，露出些本事后，对别姓人家也不太好再推辞。特别是儿子还当了村支书，而且他还无意中又露了几次“神迹”。

李上前也不客气，和郑青点了下头，就坐到正中，说道：“多谢郑族人抬厚，我做主管，郑青叔是副主管。我分配一下各人事项，有什么不同意见私下找我或找郑青叔商量。”

李上前分完工，大家就分头行动。李上前身为主管，考虑事情滴水不漏。“夫妇一方离去，单日吹，双日葬，如今朝宗兄弟夫妻双亡，就双日吹双日葬前后三天，您老定夺下哪个日子吹？另外还要注意下，孝子最后摔的瓦盆，盆底钻眼，男的是五个眼，女的要七个。”

“明天就是双日，早点儿让亡人入土为安吧。”郑青做了主。

送汤七次，吹打三日，开文和村部，刘明启与镇上，都出了面送了花圈。第三天正午，严慈安葬在郑朝宗的墓旁。

过了这个夏天，小剑就要上四年级了，开文第三次尽起父亲的责任。他拿过竹枝皮绳编搓的马鞭，只一下就让飞奔而逃的儿子放缓了脚步，再一下就让儿子“扑通”一声，彻底放弃了逃跑的念头。小剑跪在地上，回头看着小腿肚上迅速黑紫的淤青，先是十分后悔起偷了大强爷爷的马鞭，既而想起该用号啕大哭来阻止父亲继续痛下杀手，于是不管不顾地扯开了喉咙。他这等伎俩自然瞒不过老谋深算的开文。见儿子如此没有骨气，开文怒不可遏，又高高举起了马鞭。

“你想打死他啊?”云丽已追了上来，用力顶着开文的手臂，不让马鞭落下。

“都是你惯的，再不管以后还了得?”开文说着，一把推开妻子。

小剑看摇尾乞怜不管用，一时停止了哭泣，脑筋飞快转动想着应急之法。开文见儿子突然显现了少见的英勇，直瞪着他不吭声，心里有了赞许，手上就慢了些，妻子又扑了上来，并转身对儿子喊：“还不快跑，等死啊?”小剑像醍醐灌顶一样，忙爬起来一瘸一拐地消失在村子里。云丽见儿子走后，心里一块石头放下，对开文发起了威：“你打啊，你打啊，打死我们娘俩好了。”

“滚，给我滚回家去。”开文见老婆撒泼，刚消了点儿的火气呼呼地又冒了出来。

“你打啊，你打啊，你今天不把我打死了，就不是男人。”云丽见丈夫竟然凶自己，受了莫大委屈一般，抓住开文的衣领拼命撕扯。

“哥，大嫂。”开文和云丽一愣，转过身来，父亲李上前和四弟李开贵站在几米外，肩上都扛着把锄头，开贵的手里还提着只塑料水壶，他们刚拔完草。李上前满脸怒气，远远地就把这一切看得正着。开贵有些不知所措，看见大哥大嫂在争吵，不知该回避还是劝阻。他刚刚完婚，几个月下来满脸的稚气不翼而飞，厚重的成熟接踵而来，本来站着像竹竿，坐着像鱼钩的身材也粗壮了许多。李开贵最小，李上前暂时没舍得和他分家，爷俩日出而作、日暮而息，还和以前一样。开文兄弟四个，一个比一个高大，当然这话从开贵嘴里说出来就是一个比一个矮小。兄弟四人中只有开贵和父亲的身高最为接近，开贵身高1米82，李上前年轻时1米85，现在也是1米82的样子。老大开文身高1米77，体重也不甘落后，192斤。老二开武身高1米78，体重比哥哥差强人意，175斤。老三开富身高1米80，体重和两个哥哥比起来就有些丢人了，145斤。老四的体重比三哥还羞于见人，135斤。李上前一家无矮个，除了老婆马珍1米52，女儿正华也有1米68的挺拔身材。

李上前年近六十才有了孙子，见儿子如此不分轻重地抽打，也为老不尊地火大起来。他铁青着脸看着开文，“你越来越有能耐了，还打起老婆儿子了？”

“大，我们闹着玩儿呢。”云丽见李上前满脸的盛怒，忙替开文说情，“您老家里坐会儿吧？他小叔，你也来啊。”云丽一边说，一边把李上前、开贵往家里让。儿媳妇这一解释，老公公李上前的脸上就白一阵青一阵的难看了。开贵见父亲的尴尬表情，忙接口说：“不了，大嫂，家里还等吃饭呢，地里活儿多，下午还得赶快去。”

李上前、开贵走后，开文和妻子也折回家里。

“你啊，平时要么不管，要么就往死里打，你就不能好好和他说？”云丽不再和丈夫胡搅蛮缠。

“和他说得通？你看看他干的有哪一件是人能干的事。”一想起儿子，开文又恨得牙痒痒。小剑闯了几次祸，给人又是赔礼又是道歉，他十分厌烦。

“那你就照死里打？”云丽见丈夫不可理喻，那声音就提高了。

开文看妻子脸色变了，也自觉说重了，又加了一句：“这么多年，算上今天，我也只打了他三回。”

“你还好意思说。”云丽心中有气，不理开文。

在小剑的印象中，他被打的次数明显被开文偷工减料了。而开文认为小打怡情，大打正人，更何况他每次打他，都是事出有因，决不会像父亲李上前打自己那样，纯粹是看心情。

第二天上午，开文没什么事，就在村子里转悠，路过郑朝宗家时，看见阿成穿着大红毛衣蹲坐在门口，就走上前问：“阿成，天热了，怎么还穿这么多?”

阿成半尺多长的头发，如同腐烂的稻草一般，散乱着，却还尽可能地中分着。宽宽大大的额头上，遍布的豆大汗珠缓缓移动汇聚成股。阿成看着他，半晌回了一个字“哥”。

开文往院里看了一眼，满地的枯草稻絮，上面鸡屎遍布、狗粪成堆，心里就戚戚然，好端端的一家人竟然搞成了这样。

“阿成啊，天热了，起来，哥给你脱了。”开文伸手要帮阿成脱衣服。阿成却连连后缩。

“阿成，乖，热，脱了啊。”开文把手往前伸了伸。

“不，妈妈，不，妈妈。”阿成无处可退，伸手阻挡开文。

“阿成，乖啊!”看着阿成这个样子，开文不禁想起小时候被郑朝宗救助的事，眼泪涌了出来。他缩回手也蹲了下来。

“妈妈，妈妈。”阿成见开文不再逼他，双手抱着肩头，癔症一样地叫着。

“妈妈?”开文伤感，阿成像个没长大的孩子。

“嗯，妈妈，妈妈。”阿成见开文应答，不住地点头。

“妈妈?”开文疑惑起来。

“是,妈妈,妈妈。”阿成说着站起身,牵着开文的手就往堂屋走。虽说都是农村人,可阿成家里实在太脏太乱了,开文捡个地方落脚。阿成领着开文进了堂屋，地面上阴冷潮湿，靠近门边铺着一张缺筋少角的凉席，上面堆着块不知是白还是灰的被单，这是阿成晚上睡觉的地方。再往里是一张斜放的小四方桌，上面遍布着霉点白斑，桌的一角摆着凌乱的碗筷，不知放了多久。

“哥，哥。”阿成不知从哪拿来块破镜片，七棱八拐的，也不怕划手。他指着镜片一字一顿地说：“妈——妈”，又回身指着堂屋正墙，还是一字一顿："妈——妈。"

开文顺着他的指向，看见墙上严慈的遗容正微笑地看着他，一阵耸然的感觉涌起。阿成指着镜片和北墙，还在说着"妈——妈"。开文稳了稳心神，镜框中的严慈老太太，头发从中间分开，往两边梳往脑后，身上穿着件暗红色的外套。开文以前倒没在意，郑族人办事怎么这么不讲究，遗像中用上了大红。开文叹息一声摇了摇头，猛然想到了什么。他看向阿成，穿着大红毛衣的阿成仍然指着镜片说："妈——妈！"严慈穿着红色的衣服，阿成也穿着红色的衣服。开文的泪水滑落。他强忍着鼻中不尽的酸楚问："阿成，你想妈妈了？"

"嗯。妈妈，妈妈，成儿想妈妈。"阿成一手拿着镜片，一手把头发往两边分了分，又理了理身上的大红毛衣，满脸向往地看着镜片。

"阿成！呜呜。"年已四十的村支书李开文失态了，号啕大哭。

从阿成家出来，开文向父母家走去。开文想起郑朝宗这一家子，是越想越难过，想起儿子小剑做的事，更是越想越生气，恨不得当时就抓住他，活揍一顿才消气。开文到了老家，看见母亲马珍唉声叹气，就问："妈，怎么了？谁又惹您老生气了？"

开文不问还好，一问，马珍牙就痒痒，"还有谁？还不是你那宝贝儿子？黄牛掉犊了。"家里黄牛被小剑牵出去，让阿成折腾了一番，回来后就不吃不喝了。马珍看护一晚，半夜时分，黄牛"哎哎"地产下一团还未成形的血水。马珍说着，心痛地直抹眼泪。

开文胃都要气炸了，连招呼都不打，就往家里跑去。马珍一看，后悔不迭。她知道大儿子的脾气暴躁，牛没了就没了，孙子可不能有什么闪失。她在后面尖着脚追，边追边喊："开文，开文。"开文哪儿听得到，三步并两步地跑到家，刚好小剑放学回来，手里拿着根马鞭甩来甩去。开文一把夺过，没轻没重地就抽上了。

小剑被打跑了，中饭没有回来吃饭，开文硬着心肠不找，也不许云丽找。云丽骂了几句无情后，也没有去找。做过老师的她明白，小剑确实需要管束了。晚饭时，小剑还没有回来。云丽坐不住了，刚想说要寻一下时，开文先开口了，让她去爷爷叔叔家看看儿子在不在，不在的话再去他几个小玩伴家找找。

云丽看着开文，嘴巴动了动想说什么，想想又算了，掉头出了门。妻子一出门，开文坐在饭桌前，突然觉得冷清了，心中生出一股前所未有的孤寂。他一惊，以前独吃独睡，没人管没人闹，说不出的逍遥，道不尽的快活，偶尔有人在身边时，还烦躁不安，埋怨不能平心静气地做事，如今这是怎么了？再一想又心下释然，所谓的从前已是十来年前，光阴如梭，一个意气风发的年轻人已被岁月抬举成不思进取的半大小老头了。那时志高向远，总觉得天下舍我其谁，孤独不过是木秀于林的路景，艰苦更是出人头地的台阶；现在年过不惑，也婆婆妈妈地舍不得家了，妻子的叨唠是生活的年轮，孩子的调皮是岁月的温馨。开文叹了一口气，笑了。

那次开挖水晶后，刘明启找到上级主管领导说他犯有渎职罪，没有实地考察就听信属下，将挖出来的“水晶三王”说成是“水晶大王”。这算什么渎职罪？领导勉励几句，就问水晶在哪儿。刘明启忙带上他来到镇政府。领导一看“水晶三王”虽然质地很差，裂纹遍布、裹体全身，但个头不小，就让刘明启把它搬运到晶都的一个展览馆。而这块所谓的水晶三王是刘明启找人连夜用几十块小点的水晶粘拼在一起的。水晶三王搬过去没多久，刘明启就升任为副县长。

端午快到了，各家各户的门框边上提前插上了艾草，有勤快的人家已先期吃上了粽子。村支书这个中国最基层的干部，也是最为繁忙的职务，上头动动嘴，下头跑断腿，更何况开文并不满足于做一个守成的支书，因此白黑里他的身影总是带着匆匆。云丽蛾眉当须眉，既经营着餐具出租业务，还饲养着三十几头猪，以及前排平房顶上近千只的鸽子，所以她每天都很忙。夫妇两人各自忙得人仰马翻，若不是中间还夹着小剑两头牵扯，他们连这个家都可有可无，更何况端午这个小节日。

爷俩吵架再怎么记仇也无法改变父子关系，小剑看着别的父亲带孩子采芦苇包粽子，就理直气壮地要求开文也如此。开文为村里开办石英厂的事心烦不已，没好气地让他去找妈妈。小剑回答，妈妈说她在家包，我们采叶子。开文这才重视了起来，稍一转念，就让儿子找西杏去采。小剑嘴一撇，眼泪就汪上了。开文一看，怒火上涨，他瞪了瞪眼刚想骂几句，想想不妥，就从口袋里摸出五元钱甩给儿子。小剑转啼为笑，乐呵呵地找西杏去了。

年长几岁的西杏是小剑儿时的第一个玩伴，绝对的青梅竹马。随着两人进入小学，小孩子间的流言蜚语让他们亲密无间的关系暂告一个段落，却也没有让他们完全分开。隔三岔五，小剑还会厚着脸皮找西杏玩耍。而西杏从来都把这个叔叔当弟弟看待，对他总是那么热情。自从因为和大强、阿利这些男孩子玩耍被父亲狠揍了几次后，小剑感到别人风言风语的精神折磨显然敌不过父亲斤两十足的肉体捶打。他们又像以前那样亲密无间了。

小剑和西杏各提只花篮，一前一后往至晶村水库走去。快到西岸芦苇地时，小剑一把牵住了西杏的手。西杏的手绷直了一下，没有挣扎，他们默默地又心怀喜悦地走到至晶村水库。

至晶村的故事过于迷幻，阿成疯病复发打死了母亲严慈，这件事引起的波澜远远超过了相信大水晶“搭土夜遁”。若干年后，开文在A城举办的水晶展览会上，看到了这块大水晶的全貌，他想回村把这个消息告诉大家，但是，等他满怀心事回到村里时，只在水晶出土的地方坐了半晌，流下了一股愤懑的泪水，他宁愿让村里的老少爷们相信大水晶真的“搭土夜遁”了。

第11章 最爱"水晶宫"

凉爽的西风裹着和煦的阳光，像漫飞的柳絮，一阵阵地吻过孩子如雪的肌肤。耳边静静的、悄悄地，偶尔远方一声不知名的鸟叫划破天际，炊烟一般，有着袅袅。水面上无风有浪，波纹如同液化的阳光折射，软软地柔柔地轻拍着岸边。

西岸上无涯衔接的芦苇，一片片宽大柔软的芦叶，像孩童的不能老实本分的手，互相挠着痒痒，激发出不能忍受的哗哗笑声；一根根细小亭亭的苇秆，又如豆蔻的少女，矜持神态的同时，又不无得意地轻摇着身段，展示她们妖娆的青春。

小剑、西杏不用吩咐，直奔苇丛。没过多久，竹条编织的篮子里已有一半的碧绿苇叶。西杏招呼小剑休息，他们面朝东，并排坐在一块大石头上。靠近岸边深扎水中的芦苇，一会随波轻摆，慢慢潜入水中，一会又摇摇晃晃，露出饱蘸湖水的苇樱。小剑擦着额头的汗珠，任风吹拂脸庞。

"小剑。"西杏喘匀了气，干了汗的刘海在额际细络的分明。

"嗯？"小剑仍看着前方。

"你，"西杏的声音像阳光一样轻柔，"真的最爱我吗？"

"是啊，我，最爱你了。"小剑想了一下回答。

昨晚小剑在赵专注家玩耍，读初三的赵庆树问他："你最爱谁？"小剑条件反射地说："我最爱中国共产党。"庆树很不满意，说："老师教的不算，现实中的人你最爱谁?”

“我最爱西杏。”小剑看了眼边上的西杏，大声地说。

“你，”庆树显然有些吃惊，“哈哈，你是小流氓。”庆树笑得捂着肚子。西杏见哥哥戏弄小剑，忙说：“他小，不懂事。”

“是啊，我是最爱你了啊。”小剑见西杏替他辩解，忙讨好地强调。

“你，你，哼。”西杏瞪得小剑莫名其妙。

现在西杏又问起了这个问题，小剑为了西杏开心，稍迟疑了一下才回答。

“真的?”西杏问。

小剑转过脸来看着西杏，西杏脸上看不出高兴还是生气，长长的眼睫毛，忽闪忽闪。小剑经常把脸贴上去，感受西杏眨眼时痒痒的感觉。

“真的。”小剑仍然选择了坚持。

西杏听了小剑的回答，本来白嫩如雪的脸上像是日晒下的蜜桃一样，红晕了开来。她低下了头，嘴角含着笑。

小剑笑了一下，挽住西杏的胳膊，把头靠了上去，双腿有节奏地依次一抬一放。

苍绿葱翠的芦苇带着春日的明媚，温柔地映射着浅浅的水光草色，在波光粼粼的摇曳中闪烁着自然难以抗拒的诱惑。

“小剑，”静坐了一会，西杏说，“我们玩过家家吧?”

“过家家?”小剑想起那个午后教室中报复性地打西杏的屁股，一种异样的感觉又涌遍了全身，“好的。”

西杏四下看了看没有人，就和小剑折了好多的芦苇铺搭成个“人”字形的小屋，玩起了孩子的保留游戏——过家家。只是小剑再也找不到那种放心玩耍的感觉。程序虽然还和以前一样，一个做爸爸，一个做妈妈，像夫妻一样拥抱在一起，像父母一样哄着孩子，但是渐渐地，他的心里有一丝害怕，又有一丝期待，那种说不出的感觉，舒服又难受，折磨又熨帖，让小小年纪的他无所适从。终于，他“哇”的一声哭了出来。

西杏吓坏了，忙起来问：“小剑，别哭……你怎么了？”

“我，我难受，热，热。”不一会，小剑就哭得和泪人一样。

“那快回家，去药房，不摘叶子了。”西杏拉着小剑的手想把他拽起来。

说到摘芦苇叶，小剑想起还要包粽子，他不哭了，泪珠挂在脸上动也不动。他想了想说：“我去洗个澡，就好了。”“不行，快起来，回家。”“真的，洗个澡就好了。”小剑坚持，西杏没有办法，只能心怀忐忑地应允。刚才那股浑身的炙烧消退了不少，但小剑还是感觉有点儿热。他站起来，把剩下的衣服脱光，“扑通”一声跳进水里。天气虽不是十分炎热，却也有人早早下河洗澡。小剑在水里游得畅快。西杏看了，觉得小剑没有什么大事，就整理了一下，既给自己也给小剑采摘起苇叶。

晚上，小剑吃完饭，早早躺上了床。干活真是累啊，摘了一篮芦苇就浑身没有力气。小剑躺在床上想，以后长大了千万不能做农民，还是做个杀猪的或是兽医比较轻松。苇叶浸泡在大铁盆中，明天就可以包裹粽子，下午放学就能吃上了。小剑又笑了。想着想着，他又想到了上午和西杏玩“过家家”。他浑身又开始炙热，只是不像上午那种难受的痛苦，而是折磨的渴望。

“支书，我家猪被人偷了，这可让我老婆子怎么过啊，呜呜。”外屋一个老太太哭天喊地的声音打断了小剑的胡思乱想。他竖着耳朵听了会爸妈和老太太的说话，朦胧中睡着了。小剑做了个梦，梦里他长大了，长得比阿成还要高大，他穿着四叔开贵常穿的那件黑色西装，牵着一个穿着和四婶一样红衣女孩的手，双双给爸妈鞠躬。那女孩好像西杏，又好像花花，或者谁也不像，但她们都很漂亮。

刚跨入二十世纪九十年代，至晶村的人民群众就受到了一场前所未有的考验，他们饲养的猪接二连三地丢失了。这对于土里刨食牙缝里省钱的农民来说，无疑是莫大的损失。

先是村里的联防巡逻、民兵站岗，后是镇上的警察蹲点、干部值班，共和国和平时期能出动的武装力量都出动了，就差搬出人民军队。但是一番搜索、侦察下来，非但没有找到半点儿线索，而且猪还是三天两头地失踪。一段时间后，镇上的干部嚷着杀鸡何用牛刀，拍拍屁股走人了，又过了一段时间，警察接到有更大案子的通知，也撤退了。这下人心惶惶、怨声载道了。

开文领着民兵也是疲于奔命。你在东面，西面就被偷，你在西面，东面就少东西。一些村民眼见政府力量不够，就主动地搬床携被，跑到圈里耐着冲天臭气与猪共眠。人猪共眠的死守办法倒是也将就保护一时平安，可是时间一长，有些不够精壮的村民就头晕目眩了，猪粪挥发的氨气让他们中毒了。没办法，当人直面死亡的时候，猪命倒是其次，他们又纷纷搬回了屋。说也奇怪，像是有第五纵队一样，主人回屋当夜，又有肥猪不翼而飞。真是道高一尺，魔高一丈，有些人又怀疑起是不是西仙什么的作怪，入夜时分在自家门口烧起了一堆堆的火纸。

村上出了这么大的事情，在生产队长位置上原地踏步多年的黄伟修炼得越来越处变不惊。那一晚他仍没事人一样喝得昏天暗地，左寻右探地找不到家门，就在村里摸索上了。这一摸就摸到了下半夜。路旁一户人家猪圈边有人打手电，为了省钱，一束光柱偶尔点一下就关掉。黄伟见了心想不是开文就是赵六弟领着人在查夜，他刚遇到过传财和骆全在巡逻。黄伟就着那点儿灯光，像只飞蛾一样，扭着八字舞轻轻飞了过去。到面前一看，隐隐三五个人站在猪圈旁边，一根细直棍往猪圈里一伸，白晃晃躺着的大肥猪扇动几下耳朵就不动了。整个过程，无声无息。

黄伟细眼看了看他们中体形肥胖的人，努力字正腔圆地叫了声“支书。”那几个人听见有人叫，都一愣，停手不动。黄伟叫了声后见无人搭理他，心里多少就有些惭愧了。村里出了这么大的事，他还没肝没肺地喝酒，难怪大家不理他。那群人斜眼瞅了一下，见来了个醉汉，稍一迟疑又开始了，把肥猪往外抬。黄伟歪着脑袋强忍着瞌睡，想了好一会，心下明白了：这是疑兵之计，把猪转移了，唱空城计。

黄伟心念如此，就走上前帮忙把猪抬出了圈。猪出圈后，那几个人把猪放在类似单架的简易包扎上，就蹑手蹑脚从巷子里走掉了。黄伟本想帮着抬远一点儿，无奈心有余而力不足，他斜靠着院门旁堆放的草垛，目送了他们一下，就睡着了。天明时分黄伟被人摇醒，他睁眼一看，发现老婆边拍打着他，边对他破口大骂：“人丢了能自己回来，猪丢了也能回来?”黄伟忙坐起，原来他就睡在家门口。昨晚黄伟一夜未归，老婆担心了一个晚上，早上起来发现圈门大开，就心知不妙，再一瞧，自家的宽心老公竟然就睡在草垛旁，那份火气就可想而知。黄伟想起昨晚的事情，方才明白为什么那群人不搭理他。

出于本能，他摸到了自家门口尚且不知。由于心宽，他被人卖了还能帮人数钱。

毕竟知道猪是怎么丢的了，开文赞扬了几句黄伟，就担忧起自家的猪。开文家里已养了大小近百头猪，这段时间他在猪圈旁搭了个小房间，让父亲李上前和四弟轮流替他看管。白天做活，晚上守夜，没多久李上前和开贵就无精打采了。开文心想这样下去不是办法，就找了些钢管、木板、弹簧、火药、铁珠等，运用部队所学自制了几个土地雷。开文没敢把土地雷埋于地下，怕伤了自家人或者村民。他把土地雷设置成定向的，放在前排房顶炸向死角，然后绕着三排猪圈结了周连线。白天把触动关上，晚上打开，一旦有人碰到连线，土地雷就会震天连响，而不会伤害人或畜。身为支书，开文知道在这个年头做个守护者比做个进攻者更能省却麻烦。一切就绪后，开文就让父亲和弟弟回家休息。

不久学生们就放了暑假，开文把电视机搬到前排平房顶上，不值班时就和儿子小剑每每看到鼾声震天。值班时，就让小剑独睡屋顶，还花点儿心思教小剑操作猎枪。前年开文和葛乐天去河北拜访一名在兵工厂工作的战友，战友无以为送，就给他们定做了两把猎枪。葛乐天公事繁忙，没有多少时间消闲打猎，就把猎枪全送给了开文。开文自己随身携带一把，另一把给儿子。特殊情况下，开文顾不得儿子太小，但他也严厉告诫儿子，不见盗贼不能开枪。有了猎枪作陪，小剑胆气愈发雄壮，每晚瞪大眼睛到天亮。他总想找个机会放上一枪，不仅能过把瘾，说不定还能搞个护村小英雄做做。堂弟小晨知道堂哥有把货真价实的枪后，自放假第一天开始也每晚尽心尽力地陪护堂哥，痴等着盗贼出现。小晨也想做个海娃式的英雄。

可自从上次黄伟无意中撞破盗贼秘密后，那帮人就销声匿迹了，村子里难得平安了两个多月。既然平安，那就平常吧，村民们不再轮换值班，都回屋睡个痛快。开文却不敢掉以轻心，每晚仍是和儿子小剑、侄子小晨睡在房顶枕戈待旦。

电视上放着《篱笆女人和狗》，小剑、小晨也半真半假地跟着父亲观看，云丽在房里早睡着了。看完后，开文打了个哈欠睡了，小剑小晨又换了个台，找出重播多少遍的《西游记》，直到电视上所有节目都是“再见”字样时，小剑小晨也在开文的呼噜声中睡去。

不知睡了多久，当小剑正睡得像陈年的五粮液刚开瓶般那么香甜时，“轰”的一声地动山摇，土地雷被哪个倒霉鬼给引爆了。小剑半睁了眼还有点儿迷糊的时候，就本能把手往后面枪架上伸去，打开猎枪保险就搂响扳机，与刚才那声爆炸呼应上了。与此同时，小剑就见二百多斤体重的老爸一跃而起，提枪跳凳两个箭步就冲下了楼，那几下真是兔起鹘落，让小剑猛然就精神抖擞，忍不住想喝几声彩。

正当小剑为爸爸英雄不减当年而惊呼，并犹豫是否将那剩下的“五粮液”品完时，小晨已爬起，推着堂哥大叫：“哥，快下去，追啊。”

小剑在小晨的催促下也抱着枪下了房，小晨还很细心地顺手替哥哥抓了几颗子弹。

一下平房，他们只见附近白昼一般，大小照明工具齐齐亮着。好多村民们起来了，提锄扛锹，间或也有猎枪鸟铳。他们养精蓄锐快两个月，早憋了一股气，搞清又有人想偷猪时，都风一样地向南面大路追去。小剑往前一瞅，依稀可见大路最前面的是一辆三轮机动车在狂奔，车后几个身影正惊慌失措地急急往车厢里爬。再后面一群，就是穿着大裤衩，赤着双脚的村人，他们手里提着五花八门的武器。其中一个明显肥胖但不失灵活的显然就是开文。他们齐声呐喊，“站住，站住。”“抓贼了，抓贼了。”

小剑少儿心性，一看做英雄的机会来了，抱上枪也跟着跑了几步，但他的光脚跑步工夫显然没有练到火候，几个小石子就让他反思起英勇的行为。再加上身后还跟着个英雄梦不弱于他的堂弟需要照顾，小剑就正大光明地住了脚。可小晨勇气却殊为可嘉，一个劲地怂恿堂哥追上前去痛打落水狗。小剑呵斥了他一句后，他还颇为不服，跟在身后嘟嘟囔囔地往回走。

小剑不搭理他，往猪圈走去，看看哪块的机关被触动了。

“谁?”小晨打战地叫了声。同一时间，小剑也发现一个人影躲在猪圈的阴暗角落里。小晨嗖地窜了上来直贴着堂哥的后背。小剑一时也呆住了，穷寇勿追的道理他勉强懂得。小剑、小晨不敢动，那个人站在角落里也是一动不动，这让小剑更是心里发毛。

“哥，哥……哥，枪……打他!”在小剑身后吓得不轻的堂弟，说话像老式打印机一样，叭叭地，一个字一个字地蹦。这提醒了小剑：“快出来，不出来，我，老子开枪了。”他的胆子一雄壮，豪气就跟了上来。

那黑影听小剑一叫，真的走了出来。小剑一看他向自己走来，又害怕了，一紧张就扣动了扳机。“轰”地又是一声巨响，小剑的额头却布起了汗。他手里拿的是双响猎枪，在房顶已稀里糊涂放了一枪，刚才又是一枪，现装子弹肯定是来不及了。那手里拿的家伙和烧火棍又有什么区别？小剑哆嗦了。

谁知那黑影却“扑通”一声，一下跪到地上，还直磕起了头：“大哥，饶命，饶命啊。”小剑的额头凉爽了。这时家住后面的几个邻居叔叔也到了，他们拿根绳子把那人一绑，牵走了。

“哥，我想尿尿。”小晨说。

“那你尿吧，这还用告诉我。”小剑大哥的气势十足。

“我已经尿了。”小晨坦白。

小剑一怔，顿时明白。看他那个熊样，真是辱没了海娃的名声，小剑心里不屑了。

“还是我提醒你开枪的呢。”小晨好像会读心术一般，道出了堂哥的心声，还顺便将了他一军。小剑没理他，向路上走去看看爸爸回来没有。这时开文和村人从南面回来了。显而易见，盗贼没抓住，吃饭的哪追得上喝柴油的。跑就跑了吧，村人也没有太多惋惜，毕竟手里还扣着一个盗贼，剩下的事就留给警察去顺藤摸瓜好了。估计警察一时半会抽不开身来村里领人，村民们就把盗贼先吊在树上，派几个人轮流看守。家里有猪丢失的人听说了，就赶过来这个揍几拳，那个踹几脚。等到天明警察来的时候，那个家伙都奄奄一息了，于是警察就把他直接送进了医院。村民们好是高兴了一会儿，都等着审讯结果，希望多少能挽回些损失。谁知几天后，那个家伙竟然从医院里跑了。村民听了，大骂不止。不过，小剑倒是如愿以偿当了回少年英雄。开学后，他们高高兴兴地从校长马仕手里领回了两张奖状。

开文醒来时都快到了中午。他看见张发坐在床头，忙起身。张发一把按住他说：“你先休息下，清醒清醒，我一会儿有事对你说。”一说有事，开文哪儿还睡得住，忙起来穿衣洗涮。云丽在院子里洗菜做中饭。

“叔，什么事?”开文坐在张发的对面。

“县里今天下午不是要开会吗? 邻近乡镇的村支书都要参加的?”张发问。

“是啊，开会。”开文知道张发话没说完。像这种会一年开到头，开文这种级别的就是开会举举手，散会吃吃饭。要不是发纪念品，他都懒得去。

“你不是一直想搞石英砂厂吗?”张发又问。

“是啊。”开文严肃了，他端坐着听张发的下文。

“你姐下午要在会上提发展水晶的事，她知道你对这些有过研究，本来想让你准备些材料在会上发言支持她，现在时间来不及了，你就在口头上响应她就好了。”张发终于说出了本意。

开文起身走到门边看了看，嘱咐云丽说他和张发商量点儿事，就把门关上了。

“叔，水晶的材料不用准备，我肚子里现成的，要多少就有多少。”开文笑眯眯地对张发说，“刘副县长也叮嘱我务必参加，不知芹姐会上打算怎么说?”刘明启升任晶都副县长后，还兼着丑山镇长一职。

县礼堂红旗招展、彩带飘飞，各路人马聚齐。以往开会不管重要与否，大家都争先恐后地往后坐，以免自己的呼噜声影响领导的讲话。这次大家却一往常态地都往前挤，礼堂里很意外地没有空位，有几个人还坐上了备用椅。好不容易挤上第三排的开文转头向后瞧了一眼，攒动的人脸没有细皮嫩肉的。他心知这次会议非同小可，组织人员都没拉些闲杂人员凑数。主席台上党委、政府、人大、政协四大班子领导齐全，台下第一、二排是各局、各镇的负责人。

县委书记刘汉年亲自主持。他坐在主席台中间，本不太肥硕的身材被两边的领导一比就显得更瘦小了。他拍了拍话筒清了下嗓子，洪亮的声音就传遍了礼堂的大小角落。“同志们，请安静。”嘈杂的礼堂逐渐安静了下来，“现在开会。”刘汉年停顿一下，底下的干部听众忙心领神会地鼓起了掌。

掌声暂停后，刘汉年接着说：“我们这个经济发展会，开开停停也已快一个月了，大家积极踊跃，各抒己见地给县委县政府提了好多有益的意见和建议。希望同志们继续发扬风格，再接再厉，讨论开，讨论透……”底下又是掌声一片，刘汉年摆了摆手制止，接着说：“这次会议将决定我们县未来几年甚至几十年发展的基调，请大家踊跃发言，谁先开始？”刘汉年最后一句话婉转批评前些次会议有些同志无的放矢，信口开河。有一次讨论时，一个镇的镇长竟然建议向北面县的“墩上”镇学习，用办歌舞厅来振兴经济，全场大哗。

岩河镇党委书记周强国首先发言：“我还是坚持以前的意见，引进外资，发展工业，工业是未来的发展之本。”岩石镇的村支书们忙七嘴八舌地附和。刘明启对着话筒喊：“安静，安静，举手发言。”岩河镇在县城西侧，紧靠中心镇丑山，周强国颇为上任县委书记所倚重。

屋丘镇党委书记张芹发言:“周书记,你的意见还是那么大而泛。工业，我们都知道发展工业，可工业系统那么庞大，林林总总的，总该有个侧重点吧？对，我知道你说的是汽车工业。”张芹嫁到屋丘镇之后顺风又顺水，没几年就当上了镇里的一把手。她看见周强国的嘴唇动了动，知道他要反驳。

“可汽车工业依然广泛，我们国家的一汽、二汽，那可是省部级的编制啊？”张芹接着说。

“张书记，请说下你自己的意见。”刘汉年很反感手下攻讦式的争论。

“是，刘书记。我的意见仍然是靠山吃山、靠水吃水，做我们能做的，不是做我们想做的。我们仍应该大力发展水晶行业，扶持水晶小业主，从装饰行业一点一滴做起，再向工业化、国际化发展，稳步提高人民生活水平，将我们县做成一个真正的水晶之都，世界之都。”张芹慷慨激昂，屋丘镇的村支书们当然带头鼓掌。

又有几个镇的党委书记不甘人后，也提出了诸如纺织、外贸、服务等行业，但他们都不如周强国和张芹准备的细致充分，只不过是为博人眼球，空喊了几句口号而已。最后会议焦点就集中在“汽车”和“水晶”两个争论上。

周强国站起来补充：“就世界的形势来看，发达国家早已实现汽车化。世界汽车化也为时不远，它的发展终将成为各发展国家的拳头行业。我们国家虽然现在还很落后，但我们早晚要发展起来。我们本身就是十亿人口的大国，想象一下我们的需求量该有多大？不用等到全民富裕，就是一些先富起来人的需要就是个很大的基数。所以不管从现在看，还是将来看，发展汽车行业，都是利在当代，功在千秋的事。”

张芹反驳道：“汽车是个好东西，可到目前，我们也就是镇级政府才配备了专车，民间连个摩托车都少。照你这个说法，那我们造宇宙飞船、航天飞机不是更能赚钱？”张芹这个时候毫不客气。周强国满脸的横肉抖动着，手下的村支书也鼓噪起来。“再说了，”张芹抖然提高了嗓门，“我们从哪来的资金，从哪来的技术？”这个会一开一个多月，张芹每天都要往城里跑，基础工作全耽误了，烦不胜烦。在某个发展阶段，从历史上看，天才下的专制，那是人民的幸福，蠢材下的民主，那真是吃饱了撑的。

“那你发展水晶行业，又哪来的资金，哪来的技术？”周强国针锋相对。

“水晶我们有现成的民间和社会基础，从小做起，一步步做大，总比你那个好高骛远，哗众取宠的汽车强。”张芹也不甘示弱，对上了。

“好了，好了。都是同志，都是为了全县人民的利益，不要吵得不可开交。”县长陈参见火药味渐起，实在忍不住说了句。陈参是本地的老干部，是典型的不求有功，但求无过，吃老本型的干部。这种干部好处是不会乱拍脑袋折腾百姓，坏处是不果敢坚决，缺少积极进取精神，影响经济发展。这种场合，陈参一般不发言，实在是看不惯底下硝烟四起的混乱才发了句话。刘汉年也跟着说：“你们俩先坐下，还有人有更好的意见吗？”

张芹坐下时朝李开文递了个眼色。开文知道他上场的时候到了，他清了清嗓子，举着手站了起来：“刘书记，陈县长，诸位领导，我能说几句吗？”坐在右面的刘明启颇感意外，他只是让他务必参会助个威，没想到开文会发言。刘汉年微笑着说：“可以，可以，我们今天不论大小，开诚布公地谈，大家有意见都可以说。”

“我支持张芹书记的水晶发展计划。周强国书记的汽车发展观，我认为为时过早。”开文此言一出，底下哗声一片。“不要喧哗。”刘明启大吼一声，全场为之一震。虽然他看李开文不顺眼，但李开文毕竟是他的手下。

开文看向主席台，刘汉年轻微地点了点头，示意他接着说下去。刘明启满脸兴奋，觉得李开文很是给自己长脸，一句话就打中了周强国的软肋。

“水晶的开发在我们晶都已有几千年了，不说光荣的文化历史，就现代的有名事例就数不胜数，中国最著名的水晶棺材……”“我们这些土生土长的人还不知道，麻烦李大书记给我们扫扫盲。”李开文刚要长篇大论，岩河镇一个留着板寸的村支书就冷嘲热讽，开文以进为退，一声不吭地坐下。

“是啊，开文。我是从别的地方调来的，晶都大名早就听闻，可是具体情况所知甚少。就拿最基本的装饰来说吧，我一直觉得玉非常普及，历史也要悠久得多。至于水晶，我很长时间都没有一个概念，就知道像玻璃似的透明。你能给详细说一下吗？”刘汉年很真诚地询问。

开文只好又站起，他看了眼主席台，又扫了眼那个板寸头支书。他瞧见开文的目光扫来，又不阴不阳起来：“讲啊，李书记，讲讲水晶的辉煌历史，尤其是给我们说说为什么我们这些偏远城镇的人只知道玉、玛瑙、珍珠等，而不知道我们这珍贵的水晶。”

“开文，你就讲讲吧？”张芹鼓励他。

“那我就从头讲起，请大家耐心点。说到国人很少知道水晶，而大多知道玉、玛瑙、珍珠还有翡翠什么的，这是从装饰品角度考虑。对普通老百姓来说，日常见得多是吃穿方面常用的东西。”多年知识的积累，让李开文有了侃侃而谈的能力。他从历史文化的角度讲起了水晶。

市面上流行的把玩物、装饰品，以玉或翡翠为主，珍珠、玛瑙等次之，水晶长期以来处于很少问津的地位。这和国人的性格有关。东方人谈话做事讲究含蓄，喜开门不见山的曲折，因此喜欢混沌的玉、珍珠、玛瑙等。西方人则喜欢直来直去，谈话做事一就是一，二就是二，因此他们喜欢纯净透明的水晶、玻璃等。但在早期，东方人对水晶同样是推崇备至的，对玉反而弃之若履般的轻贱。

所谓楚王好细腰，宫中多饿死。上行下效的事例，在中国悠久的历史长河中屡见不鲜，而水晶更是在这种有目的、有计划的政策观念引导下，渐渐丢失去了它在人们心目中的地位。这种引导政策的颁布推行首推文韬武略的汉武帝。汉武帝刘彻自登基掌权之日就开始了不停歇的东征西讨之路。数十年后，一个超级庞然帝国屹立在中华大地，以至于陈汤能喊出那句穿越千年的振奋话语：“犯大汉天威者，虽远必诛。”汉武帝环顾四邻皆蛮夷之地，顾首国内则担忧之心渐起。历朝历代的帝王最担心的不是外扰而是内忧，癣疥之疾不足虑，心腹大患不可防是也。他们怕国内有人捣乱，影响他们的千秋万代。在这种心态之下，汉武帝就接受了董仲舒“罢黜百家，独尊儒术”的观念，推广起繁文缛节，弱化起尚武情结。在装饰品把玩物上体现出来的，就是摈弃了灿若晨星的水晶，而推崇起绿润混沌的玉石。

绿色在中国文化史上一直处于谦卑地位，“绿帽子”是这一现象的最好解释。而没有风骨的御用文人偏偏对此视而不见，一个个撸袖挥汗的争抢起溜须拍马的吹捧。现代考古史上出土的早期玉制品最多的就是玉戈、玉斧这些动乱时战争用品，或者是玉锅、玉碗这些寻常百姓家里的生活用品。水晶则是晶珏、晶佩等国泰民安时的把玩佩戴之物。

思想观念的改变不是一朝一夕的事情，几百年后人们对水晶仍是趋之若鹜，这可从当时流行的诗歌描述中看出。李商隐的诗“水晶如意玉连环，下蔡城危莫破颜。”高骈的诗“水晶帘动微风起，满架蔷薇一院香。”李白的诗“疑是老僧休念诵，腕前推下水晶珠。”李白的另一首名诗“兰陵美酒郁金香，玉碗盛来琥珀光”，历史学家考证此诗中“玉”就是水晶，否则不会呈现“琥珀光”。北齐元景皓的千古名言：“宁为玉碎，不为瓦全”中的“玉”也是指水晶。水晶碎片棱角分明，晶光闪闪，寓示着人虽亡，然铁骨仍铮铮。如果是一块绿色的玉石崩裂于地上，缺棱少角，色暗泽灰的，似乎还不如瓦全来得坚强。让孩童任择其一，孩童都是直奔晶莹夺目、光洁照人的水晶而去。

玉，石之美者。早期专指水晶，后来慢慢泛指。唐朝时，不仅文人墨客喜欢水晶，连皇帝也喜欢，尤其是只羡鸳鸯不羡仙的唐明皇。他专为杨贵妃定制了水晶枕、水晶杯、水晶帘等。普通人喜欢水晶也就罢了，可皇帝喜欢那就是霸占了。李隆基一道圣旨，就让水晶成为皇家专用。在民间盛行的水晶终于只能在白头宫女的叹息中接受高贵的寂寥，“月殿影开闻夜漏，水晶帘卷近秋河。”

面对皇帝的淫威，大多数人只能掩藏棱角，遮盖锐气，乖乖地寄情于绿石之中。装饰把玩之物可以更改，但坚贞风骨、美好理想却绝不能丢弃。皇帝高高在上，金口玉言，整日话也不说几句，给人一种神秘莫测之感。他明白，越是神秘，越有威严。人对未知的东西，都深怀恐惧。而文臣武将在尽忠职守的同时，也努力争取朝政公开化、合理化。从唐太宗李世民时期圣旨上的复议开始，皇帝发圣旨，若宰相不签名，那圣旨就是废纸；到明朝中后期，朝廷形成了文人政治集团，气得皇帝躲在后宫几十年。皇帝不出来，但是朝政依然运转，这算是古代民主的一次伟大胜利了。体现在文化上的是震古烁今的名著——《西游记》的问世。书生吴承恩为了能让拼搏反抗、锐意进取的精神永传后世，就根据社会上流传甚久的各种传奇再创作出了伟大的古典长篇小说《西游记》。书中主角孙悟空，吴承恩的描述先是“集日月精华、吸山川灵气，乃天地孕育而成”然后话锋一转，说主角是笨头笨脑的顽石。吴承恩用这种极端对比手法，谨小慎微地告诉我们，石猴其实是晶猴。迫于形势，吴承恩将水晶之猴改为顽石之猴，但他仍是费尽心思地将水晶写入其中，即书中龙王，不管大小，都有一座水晶宫。

玉，儒学典范，内敛不事张扬。水晶，锐意进取，积极奋发、健康向上的代表。

李开文引经据典、滔滔不绝，随着他说完最后一句，礼堂内掌声雷动。刘汉年、张芹尤其兴奋。刘汉年待大家掌声稍低，站起来说：“开文同志讲得相当好，县里给大家准备了晚饭，大家吃完晚饭，接着开会。我们也不能故弄玄虚，要积极的锐意进取。”

晚宴没有觥筹交错，大家清汤寡水吃完，又赶快坐进礼堂听“李大师”——开文刚得到的绰号——普及水晶知识。开文走到座位旁刚要坐下，刘汉年在主席台上向他招手，让他上主席台就座。主席台上刚加了一个座位，开文没有得意忘形，他坚辞不就，无奈县里几个主要领导都随声附和刘汉年，李开文只得摆出一副诚惶诚恐的样子上台就座。

开文在台上靠边坐好后，刘汉年把话筒推了过来，开文忙起身躬腰说了声“谢谢”。人员到齐后，李开文接着说。

东西方人性格文化的不同，造成了今日巨大的差距。在世界发达国家里有一个特例，那就是与我们一衣带水的日本。他们将水晶称之为“水精”，即水之精华。而水，那是生命之源。现代日本有一个习俗颇能说明一二。许多日本人盖房子时，不论经济情况如何，总要想方设法购买一只水晶球埋入地下。

开文在主席台上刚坐一会儿，就不拿自己当外人了，他端起大会准备的茶杯，也像模像样的润了一下喉：“刚才，我们一直从文化历史上说水晶地位的变迁。诚然，水晶从民间把玩变成最后的皇家专用，这是地位的提升。但事实上，因为皇家专用，导致了它在民间的被漠视，以致大多数人最后竟对它一无所知。现在，我从他的物质化学组成上说明一下谁尊谁卑。”

氧、硅、铝、铁是地球上所含的四种最多元素。二氧化硅是地球上储存相当丰富的物质。水晶、玉、玛瑙，包括普通的砂子都是一母同胞，主要成分都是二氧化硅。当二氧化硅结晶完美时就是水晶；二氧化硅胶化脱水后就是玛瑙；二氧化硅含水的胶体凝固后就成为蛋白石；二氧化硅晶粒小于几微米时，就组成玉髓、燧石、次生石英岩。蛋白石被称为有变彩效应的宝石，现在广东富人间流行的把玩物“树化玉”就是蛋白石的一种。或者说二氧化硅这种物质最成功的组合就是水晶，次等为玛瑙，再差就是玉。

“开文，你刚才要是这么讲，不就简单多了?”刘明启插了一句嘴，他看了眼台上的基层干部们由一副从不解到恍然大悟的表情，马上明白开文深入浅出讲解的高明之处了。为手下出彩而高兴了一下午的刘副县长此刻却有了深深的危机感。不过他转念一想，李开文能当上村支书还是他的破格提拔，再往上提恐怕市长说话都没用。刘明启心中几个念头交替而过，面上却表情不变，仍是一副可掬的笑容。

“我刚没想起来啊。”开文谦恭地应答刘明启。

“你接着说，接着说，我是门外汉，你不用管我的意见。”刘明启见李开文如此知趣，心上一块石头暂时放了下来。

“好的，我再接着说点儿。下面我要说的，请诸位领导同仁就姑妄听之了。”李开文看看领导又转脸看向台下。台下鸦雀无声。

西方有一个争论，一百多年来没有停息，那就是有关“水晶头骨”的争论。

几千年前的南美洲玛雅人能够打磨出与真人头骨基本吻合的水晶头骨，说明玛雅人几千年前就掌握了现代解剖学技术。这是一个令人称奇，也令人感到恐惧的事。印第安人的传说中，水晶头骨是用来治疗疾病的。当人面对光线照射下的水晶头骨眼球时，会有瞌睡的症状，也就是水晶头骨具有催眠的作用。这个好解释，水晶眼球是凸透镜式的，当有光线从外部射入时，水晶眼睛会发现耀眼的光芒，让人的神经疲劳，从而实现它的催眠作用。

西方人对水晶头骨如此感兴趣，还有另外一个更为重要的作用，那就是水晶的记忆功能。水晶的记忆功能，国际上已普遍认可。微型计算机的存储功能就是由内部硅晶片完成。有一部分西方学者认为水晶头骨是天外来客之物，内里储藏了让我们望尘莫及的高度科技文明，如果谁能够掌握开启水晶头骨记忆之门的钥匙，就可以说谁掌握了未来的地球世界。

水晶除了记忆功能，还有保健功能。几千年来，水晶文化可能没落，但水晶的医疗效果却一直长盛不衰。李时珍在《本草纲目》中记载：水晶“辛寒无毒”，能“安心明目、去赤眼、熨热肿”。在我国西北地区，害“火眼”“红眼”的患者，不用治疗，戴上水晶眼镜以后自然痊愈。这一方面是因为水晶有双折射性，即一束光线穿入，分成两束光线穿出，减弱了光线的强度，从而保护了眼睛。另一方面是因为水晶具有对生命之体有益的磁化辐射性。譬如现在已成了半传说的至晶村水库大鱼事件和“水晶三王”大蛇事件。

听到了“水晶三王”，刘明启的脸微微一红，忙低下头喝了一口水来掩饰。开文也停下来喝水，一口气讲了这么多，他口干舌燥。村镇两级干部，除了张芹此前略有耳闻不算吃惊之外，都听得入了神，有的知识面窄的干部嘴巴张得老大。

开文接着说。水晶的装饰佩戴作用，是我们此前有能力开发的，而水晶在我们还没有能力开发的工业及军事上的发展前景，则更为广阔。在工业上，水晶可以制造特种玻璃；在军事上，因为其具有压电性，主要用在导弹、卫星等高端国防技术上。因此，不管是从文化或是经济上看，还是从现在或是将来看，目前我们晶都发展水晶行业才是一件功在当代，利在千秋的好事。

开文话已讲完，礼台里仍然安静无比。良久，掌声从主席台上响起，渐渐的礼堂内也有掌声回应，直至整个礼堂雷鸣海啸。

发展水晶行业成了晶都的重中之重。这事不久，县委制定了通过举办水晶节来招商引资的计划。水晶节筹备组组长刘明启，副组长张芹。岩河镇党委书记周强国调任西部更为偏远的桃林镇做党委书记。面对一脸愤懑的周强国，刘汉年意味深长地说：“天高皇帝远啊。”周强国一听，心领神会。他握住刘汉年的手久久不放。此后几年，桃林镇各种与汽车有关的行业蓬勃发展，甚至有段时间还超越水晶行业的发展，一时风头无二。

第12章　一边“水晶节”，一边少年捉盗

以水晶为媒介，让世界了解晶都；以水晶为桥梁，让晶都走向世界；以水晶为纽带，联结五湖四海。1991年10月1日至3日，第一届中国晶都水晶节隆重召开。

开幕式设在县体育馆，馆里面人声鼎沸，馆外面人山人海，这让李开文后悔不迭。身为值勤人员的他问一个前来观赏开幕式的老农说：“你来看开幕式，村里给了你多少钱？”“给钱？出来看景还给钱？俺怎么不知道？”老农一副吃了大亏的样子，李开文连忙走开。

水晶节筹备了近一年，开幕式尤为重要，省市领导亲自参加，各乡镇也动员干部群众来捧场。为了万无一失，刘明启私下给李开文下达一项任务，让他必须动员本村一千名村民参加开幕式。李开文听了有些为难，刘明启面授一条妙计，让他给参加的人每人发十元钱。李开文听了更加为难，那一万元钱去哪找呢？刘明启亲自给酒厂厂长打了个电话，让拿出一万元赞助费。李开文在村里随便问了几个人，过些日子水晶节召开，要不要去看？他们大多数都说要去，这么大个节日还不知多久搞一次，能不去？开文说：“以后可能经常搞。”“这不是第一届吗？”一个村民说。小学校长马占听了没头没脑来一句：“第一个封建帝王还叫秦始皇呢？”

虽说大家的回答很热烈，开文还是把钱发了下去。说了不做，

这可不是他应有的品德。他一定要确保至晶村有一千人参加。

水晶节开得相当成功，刘明启、张芹红光满面。有传闻说一位美籍华人远在美国未能赶上参加水晶节，一日凌晨专门打来电话，说是近期要专程赶到晶都订购10万美元的水晶制品。一位旅日华侨挑选5条项链，边揉抚边比试着夸赞说：“好货好货。带给家人和朋友，他们一定会喜欢。”还有一位来自台湾的珠宝商与晶都达成协议，投资20万美元，兴办合资企业，以求尽快产出水晶工艺品打入国际市场。

水晶节开幕这一天，开文既带人值勤又兼做讲解。张芹偷偷问他：“什么是水晶的压电性？”“就是一有压力，水晶就会产生电荷，可通过仪器反映出来，和雷达差不多。”开文解释道。如此一来，时近半夜他才得以回家。到了大门口，他看着右面那扇往昔白光的大门极其难看地瘪了一块。又是哪个小兔崽子干的好事。开文骂骂咧咧地进了家门，儿子和老婆还没有睡。客厅里，妻子坐在靠东墙的单人小沙发上，神色凝重。小剑仰面躺在西面的长沙发上，脸带泪痕。李开文一见就忘了大门的事，他乐了。儿子年龄还没到青春期，但叛逆的心理早展现无遗。你让往东，他不动，你让他往西，他还不动，你气得给他一脚，他翻翻眼，你再要给他一脚，他“嗖”的一声就往南跑去。男儿有泪不轻弹，这个年纪正是装酷的时候，开文心想难不成是被云丽动之以情，晓之以理的话哓哭了？

“怎么了，你们娘俩话也不说，自我什么呢？”开文揶揄道。

云丽抬眼看了一下丈夫，眼睛竟然也是红红的，“阿成死了。”云丽刚说完，小剑已从沙发上翻起，他一把抱住开文的腰，“爸爸，阿成死了，呜呜！”这一抱，让开文感慨万千，儿子好久没这么依赖他了。同时，他心里也猛地一下轻松了，嘴角已忍不住要绽开些微笑。

死就死吧！这么多年阿成做了多少让人哭笑不得又愤懑不已

的事。小麦抽穗时，他去地里打滚；牛马带犊时，他去圈里惊扰；甚或女人洗澡时，他扒着窗子偷看不算，还直直地要推门而入。家里面郑世凤、郑世祥早躲到邻居家中，哥哥郑世桂咬牙照顾他一段时间，实在不忍他的老拳，也跑得不知踪影。村民三天两头排着队地找开文告状，开始的时候，开文还劝说村民，看在他父死母亡自己又有病的分上，算了吧。及至后来，开文也心烦不已。

至晶村以前偷盗四起、赌博盛行，民风差到了极点。开文极其民主地上台后，就实行了严厉的集中制，对吃喝嫖赌这些事，一律严惩不贷。

村里有一个早年外出、中年回归的壮汉，号称接受过少林、武当两大门派的调教，扬言要给开文点儿颜色看看。开文听了也就笑笑，那人除了偶尔吹个牛皮之外，别的德行操守倒是很好。见有人出头，那些尝过开文厉害的混混都鼓噪起来。壮汉不经人夸，真的在一次麦收时分，找上了开文。不过开文还没出手，受到哥哥指点几招的开贵就先让传统武术陷于丢人现眼的地步。开贵田里远远看见有人找大哥的事，就跑了过来。他一个锁扣背摔，就让壮汉回家休养了半个月。

就这样，几次铁腕治理后，若再没有外来因素的干扰，至晶村简直就是路不拾遗、夜不闭户的桃源胜地。村民们对开文都交口称赞。可偏偏有个郑世成隔三分岔五地给开文来点儿事，这让他苦闷不已。这下好了，天下太平了，升官发财死老婆。

“人都要死的，早晚的事。儿子，别难过了。”开文安慰小剑。他知道小剑和阿成关系要好，尽管他一直反对儿子找半傻的阿成玩，但儿子就是不听。开文越反对，小剑反而和阿成走得越近。阿成已成了众矢之的，有个人陪他当然高兴，连开文偷偷警告他都不行。

“呜呜——”小剑还是紧紧抱着开文的腰。

“你的心怎么这么硬。”云丽也抹起了眼泪。开文向妻子望去，眼里满是疑问。本来他以为妻子只是妇人之仁，听说人死了也跟着悲伤下，她也十分讨厌郑世成。

大家都赶庙会式的观看水晶节去了，小剑却懒得出门。三天假期，他早有安排，借了一堆录像带在家琢磨。父母刚出门，他就把大门一关，然后从床底下拿出周润发的《英雄本色》，一个人看得不亦乐乎。这些录像带都是从邻居那借的。一部电影看完，小剑意犹未尽。他开门方便下，再回来接着看。

“小剑，小剑！”郑世成在墙角喊他。小剑没说话，急急地进了厕所。

“哥，哥。”阿成等小剑从厕所出来，又喊他。其实小剑也不愿意和笨头笨脑的阿成一起玩。阿成这家伙疯起来连他亲哥都打，小剑也怕他一翻脸揍自己个鼻青眼肿。他和阿成玩，纯粹就是为了跟父母对着干。小剑喜欢和父母作对，却并不敢翻脸。小剑告诉阿成若是来找他玩，就站在厕所边的墙角喊他。小剑有了这个心思，也就并不真当阿成是伙伴，没事就捉弄他。按辈分，小剑应该喊阿成叔，可他非要让阿成喊他为哥，要不然就威胁不和他玩。阿成笨了点儿，却不傻，当然不愿意了。但是如果不叫的话，小剑就不理他，不和他玩，他就违心地叫了。

“什么事啊？”小剑心系录像，很是不耐烦。

“和我玩儿一会吧？”阿成恳求道。

“不玩儿。我还有事。”小剑口气硬硬的。

“就玩儿一会吧？”阿成可怜兮兮地，眼泪都要掉下来。已好久没有人搭理他了，开文在家时，阿成都不敢来。

“嗯？”小剑看阿成的样子也有些不好意思，“那你等我看完电影。”

“哦。”阿成老老实实地等着。

小剑看了一半的《监狱风云》，觉得没啥意思，又翻出部成龙的《A 计划》，看到精彩时又尿急了。他停下录像机，一阵风似的跑到厕所，阿成坐在墙角已睡着了。他蹑手蹑脚地上完厕所，小心翼翼地往回走，生怕惊动阿成。农村的厕所都建在户外，开文家的厕所尤其远，和院子大门之间还隔了三排猪圈。小剑轻手轻脚快走到大门口时，阿成醒了，一见小剑的背影，忙喊：“哥，哥。”小剑早窜进了院子，还顺手上了锁。

《A计划》打得过瘾，小剑看得如痴如醉，恨不能他就是马如龙。这时他却丧气地听到猪的尖叫声，好像挨了刀子式的。阿成这个王八蛋，我不和他玩，就打我们家的猪。小剑气呼呼地，录像都没关，就往外跑。

他打开铁门一看，四个成年男子正一人抓只猪腿把猪往大路上抬。他们都穿着黑衬衫，留着流里流气的发型。那猪受了惊吓，拼命地嘶叫，四肢一抽一踹地却挣不脱。阿成站在边上，傻傻地看着他们。

“哎，你们怎么抬我们家猪？”小剑叫着追了上去。

“有个小孩儿。”一个戴着蛤蟆镜的人说。“别管他，抬猪。”为首的疤脸看了眼小剑，迟疑了会儿，一咬牙说。

小剑看他们不回答，忙冲上去，一手抓只猪腿，另一手拼命地推起那个蛤蟆镜，“放下，放下，你个偷猪的。”

“去你妈的。”那个蛤蟆镜随手给了小剑一巴掌。小剑人小力弱，骨碌碌地原地转了个圈，差点儿摔倒。

“阿成，你死了，打啊。”小剑喊了一声，摸过靠在圈墙上的赶猪棍扫了过去，正中蛤蟆镜的小腿。蛤蟆镜“哎哟”一声，松开猪腿往前跪去。小剑大喊：“来人啊，偷猪了，来人啊，偷猪了——”

阿成很听小剑的话，揪住一个高个黑衣男的衣领，用力把他往后一拉，摔向厕所外墙。肥猪也抓住机会，连蹬几下后腿，挣脱束缚，“嗷嗷”地跑了。高个黑衣男被摔得晕头转向，靠在墙上还没缓过神儿，阿成又撵上，猛地一拳勾了上去，他就抱着脑袋躺在地上抖动不停。

“别管小孩，打他。”疤脸一见阿成神勇，忙招呼蛤蟆镜和小个子男人包抄他。阿成一见这么多人关注他，兴奋异常。他吼了声“冲啊”，一脚就踹向疤脸。疤脸一时反应不及，被踹个正着，噔噔退了两步。阿成一见奏效，“啊”了一声又要往前冲却没冲出去。他的一只腿被刚才的高个男抱住了。这时，另两个人齐齐向阿成挥起了拳。阿成如战神附体一般，眼见拳头就要击向面门，猛地一矮身形，双拳平推。那两人退后一步，缩了一半身形，各自抱着小腹面面相觑。阿成瞬间连克四人，把小剑都看傻了，连呼救都忘了。待了一会儿，他才想起该鼓掌。

阿成击退了面前三人，又弯腰把抱住他腿的人提起，像老子教训儿子似的，左右抡起了巴掌。没几下，高个男就口鼻窜血，被打得乌青的眼睛渐渐没了神采。蛤蟆镜和小个子见同伴被阿成饱揍，顾不得疼痛，从后面扑上，双双抱住阿成的腰，把他往后使劲扳。阿成后腰不知被什么人抱住，正抡得过瘾的巴掌被强行中断，不禁恼羞成怒，就像跑步一样，把双肘次序、快速地抬起下砸，抬起再下砸。那两人吃痛不起，抱着阿成的腰身慢慢下滑。

小剑看得出神，完全忘记了危险，喊道：“加油，小叔。加油，小叔。”

这当儿，疤脸终于缓过了劲。他直起身子，从屁股后面摸出一把匕首，上前两步猛地刺入阿成后背。阿成一下僵硬了，尔后身体又开始筛糠式的抖动，本来像火车传杆器上下运动的胳膊，慢慢抖动着伸向了空中。高个男迷迷糊糊中听到刚才猛烈的打斗声突然停止，他努力睁开眼，看见面对着他的傻大个，眼睛瞪得溜圆，嘴巴极尽可能地大张，漏风似的快速抽着气。

小剑的嘴巴也张大了，思维已经停止。

疤脸一刀插入还不解恨，又猛地把刀拔出，阿成的血喷泉一样飞溅。发出“啊”的一声骇人的大叫。疤脸不待阿成叫声停止，又一刀插进再拔出。阿成叫得更大声，他拼命地用力往后抓。蛤蟆镜和小个子已松开了手，他们后退了半步，看着疯大个双手乱招着就倒下了。他们惊恐地看着疤脸，“只是偷猪啊，怎么杀起了人?”“一刀还不够吗?”

“敢跟老子……哇!”疤脸得意的话语刚说了一半，就觉后背一阵钻心的疼痛。他想转过身来看看，可惜身子转不动。小个子往后一看，小剑怒目而视他们，双手紧握着一把草钗，细尖的钗头有一小半插入疤脸的后背。他突然觉得裤裆里湿湿的。疤脸“哇哇”叫了两声，往前猛走一步，钗尖带着淋漓的鲜血退出了他的身体。

小剑看见钗头往下滴着血，手一哆嗦就扔掉了草钗。

“小兔崽子，你还想当英雄!”疤脸男恶狠狠地说。他紧握着匕首，一步一步向小剑走来：“老子今天就成全你。”

“大哥，住手，他是个小孩儿。”蛤蟆镜缓过神，伸手拉住疤脸。

“滚!”疤脸一扬手，同伴被甩了出去，蛤蟆镜半挂在鼻子上。

小剑站在原地颤抖不已，想跑却迈不开脚步，想喊却出不了声。他的脑子里忽而清醒一片，忽而混沌不清，眼睁睁地看着疤脸逼近。疤脸看着他，恶狠狠地说：“让你当英雄，让你当英雄。”

小剑的脑海里，突然闪现蓝天碧水的至晶村水库，绿色成片的芦苇丛里，一条大大的鱼在慵懒地戏水，尾巴一摇一摇，那记忆就波纹一样荡成了院口，郑朝宗夹在一群老人中间：“小剑，来和小爹下棋”“小剑，快来啊，和小爹下棋”。“小爹!”小剑向郑朝宗走去，右边脑袋却疼痛起来。他摸了摸脑袋，郑朝宗不见了。他发现他靠着猪圈侧躺着，中午的太阳高高挂在天上，仍刺眼地厉害。

小剑斜眼看去。阿成挡住了疤脸，他的双手死死掐着疤脸的脖子。疤脸一只手伸在阿成的腹部，双眼直直地瞪着他。另外三个黑衣人或倚或站，愣愣地看着眼前的一切。小剑想起来了，当疤脸的匕首快要扎过来时，阿成斜刺里冲出，撞飞了他。

阿成抓着疤脸，把他往前一拉，脑袋猛地撞了过去。疤脸避无可避，被撞得眼冒金花。他气急败坏，抽出匕首再刺，又猛地捅进了阿成的小腹。阿成像不知道疼痛一样，很认真地，不停地撞着疤脸的脑袋。而疤脸也不停地捅着阿成，只是后来越来越无力。

小剑的眼睛模糊了，他哆嗦着嘴想喊“小叔!”，可喉咙还是被扼住了一般，死活出不了声。他挣扎着想爬起来帮阿成，却浑身乏力，连手指都动不了一下。

“小叔，快躲。”小剑在心里喊着，眼看着阿成仍在一下一下拼命撞击疤脸，不管腹上扎了匕首。可是慢慢地，他的膝盖却弯了下去，身子一点一点地往后倒。小剑泪如雨下。

阿成渐渐倒向地面，可是他的手却死死扼住疤脸，带着他一起倒下。疤脸已不再捅扎了，他的额头一片血迹，茫然地看着阿成，任他的头努力地、一下下地撞向他。

最终阿成躺在地上不动了。疤脸翻着白眼，好一会儿回过神儿，撑着胳膊想爬起，但阿成扼得太死，几次用力都挣不脱。那三个黑衣人也回过了神儿，心中说不出什么感觉。这是杀人啊，这可是杀人啊。不过他们仍然走上前，帮着大哥掰开了阿成的手。

“大哥，走吧。”他们四人站起，茫然地看了眼躺在地上一动不动的阿成。他的小腹已成了蜂窝，血似乎也流完，剩下的一些正涔涔地往外渗。他们又茫然地看了眼躺在旁边的小剑。小剑眼中有着一个孩子眼中最为强烈的仇恨，他们不自禁地打了一个寒战。

“走吧，大哥。”他们三人拉着还在犹豫的大哥，互相搀扶着，走上主路，然后往南。南面几百米远的地方，有一辆机动三轮车停靠在路边。

“小叔，小叔!”小剑的身体渐渐能动了，他浑身酸痛，但仍努力地向阿成爬去。小剑抓住阿成的肩头，拼命地摇：“小叔，醒醒啊，呜呜，醒醒啊，小叔。”在小剑的呼唤下，阿成竟微微睁开了眼：“哥，你陪我玩啊。”

“啊，不！”一句话说得小剑大恸，“你是我叔，叔，叔，小叔啊。”

“陪我玩啊，陪我……”阿成努力地展开一副谄媚的笑脸。

“我陪你玩。小叔，小叔！”阿成的眼睛又闭上了，小剑哭得撕心裂肺。“小叔！”小剑拼命地叫，阿成却不再答话。

“叔啊，叔啊！”小剑的哭声悲怆无比，哭了十几声，他擦了一把眼泪，斩钉截铁地说，“叔，我给你报仇。”他转脸往南看去，那几个人一瘸一拐地快走到三轮车边了。

小剑放开阿成，不顾身上难忍的疼痛，快速跑向院内。他边发狠，边把挂在墙上的双筒猎枪摘了一只下来，迅速装进两颗子弹。然后把快有他高的猎枪背到身上，出门时顺手又提上子弹袋。拎着猎枪去追三轮车时，那车已经跑出去很远……

水晶节的第二天，李开文就找刘明启汇报，有人光天化日之下抢夺民众财产。刘明启忙叮嘱他不要声张，一切等水晶节过后再说，并且打了电话给派出所，命令他们先将偷猪犯严加看管，过两天他来亲自协办此案。水晶节结束后，当刘副县长打算亲自过问时，所长汇报说疤脸失血太多已死亡了。人已死，刘副县长还有更重要的事要做，他就让所里依法办事。

晶都第一届水晶节空前成功，既在国内外造成了一定的影响，也让晶都人民眼见为实地看到本地特产的真正价值。一副水晶手链价值80元，一副水晶项链价值180元，而人民警察李开富一个月的基本工资才72元。晶都人民争先恐后地从事起水晶行业，仿佛一夜之间，就家家做水晶，户户打磨声。他们谁也不知道，水晶节上出现的大部分水晶制品都是张芹求爷爷告奶奶搜集来的。

尤莲也东挪西借地买了一台二手的电动机，让丈夫开富扛到铁匠铺焊接了一台简易的打磨机。就连做了屠夫的郑小七也急急忙忙回归本行。赵本也暂时中止在水晶城摆摊捣卖原石的日子，回家打磨起水晶珠串。赵本打磨了一段时间，心念这么赚钱太慢，靠着多年在水晶行业的浸润，他断言水晶发展势头将一发而不可收，就砸锅卖铁购买了至晶村唯一的一台进口切割机和一台打孔机。赵本招呼以前的同行，有原石不要在市场上露面，全部送来给他，有多少要多少，高价收购。同行们不用风餐露宿地摆摊，当然大喜过望。

赵本先将原石切割成半个麻将那样的大小，然后出售给家中有打磨机的散户，由打磨散户一点一片地磨成 24 面、48 面、64 面或 128 面的球形切面珠。散户打磨后，再回销给赵本，由赵本亲自动手将一粒粒切面珠打上孔，再由赵本的老婆穿编成项链或手链，拿到水晶市场上零卖。一个熟练的打磨工人一个月至多打磨出两条项链，因此稀缺的水晶项链和手链在市场上供不应求。赵本老婆每每刚拿出项链还没吆喝，就被人成批收走。收走的人再拿着项链、手链，上北京、下广东，一条手链的价格最后飙升至近五百元，项链更是以千元计数。

强大的市场需求，极大地刺激了水晶行业的发展，也让晶都领导们兴奋不已。张芹鼓动廖主任一不做二不休，趁着这热乎劲建一座水晶城。廖主任老夫聊发少年狂，在供销任内部会议上一锤定音，将粮油柜台统统搬往他处或直接撤销，全力以赴建水晶城，以期使之成为全国最大的水晶制品集散地。刘汉年不过是画了个蓝图，而廖志开则把它变成了具体。如此大好形势，让水晶节筹备组组长刘明启，也雄心大起，他要更上一层楼，不等集散地形成，先给县里直接增加财政收入。刘明启下令，每一台打磨机交纳管理费 80 元，一台打孔机 200 元，一台切割机 400 元。

当这命令白纸黑字发到水晶从业者手上时，他们就如同置办各种机器时一样热火朝天，争先恐后地，或把它们收藏，或把它们转手。刚搞了两台打磨机的校长马占诗兴大发：“磨机露于野，千里无晶鸣。”血本无归并欠了一屁股债的赵本，则几次用上吊来给马大校长唱和，亏得他老婆死命拉住。

廖志开风风火火搞了一半的工程悬在了半空，上也不是，下也不是。县里一开会，张芹明里暗里的表示不满，不过她还不太出格，而老资格的廖志开就不那么讲情面了，左一句癞狗上不了台面，右一句狗屎糊不了院墙，骂得刘副县长脸上青一块、白一块。县委书记刘汉年更是公开指责刘明启目无组织，不讲纪律，让全体干部群众一年多的辛苦白白付之东流。刘明启再想收回指示，无奈老百姓已信心大失。

晶都人民重又回归日出而作、日没而息的平静日子时，刘明启也不声不响地消瘦了近二十斤。来年开春，李开文去镇里汇报春种计划，看见副县长兼镇党委书记甩着他的两只袖子在办公室里踱来踱去。刘明启很不耐烦地打断李开文的汇报，询问起去年水晶节的事。李开文心里一阵悲哀，一向争强好胜的刘明启也老了，怀念起昔日的辉煌了。刘明启看了李开文一眼，很不解开文脸上的悲戚表情，不过他也没有说什么，继续询问水晶节的相关事项。李开文按照正常思路恭维了一番刘明启指导有方，水晶节办得空前绝后的成功。刘明启没有半点儿马屁不穿的喜悦，还有点儿不耐烦，最后干脆开门见山：“酒厂的赞助款用光了？”

“用光了。”李开文心想，都这节骨眼了，他还有心思关心下属的廉洁度，还怕我贪了不成？

“都发下去了？”刘明启追问。

“都发下去了啊，还差点儿不够发呢。”开文回答。

刘明启看看李开文，不再说话，又从南往北踱起了飘移步。踱了两圈，刘明启猛地站住了，脸上有了恳求的表情：“开文，钱发完了就发完了吧。你去帮我搞几只甲鱼，我回市里家中看一下老父亲。”刘明启的父亲刘丰是老革命，是晶都安峰山伏击战的领导人之一，离休在市里安享晚年。

李开文这才明白刘明启为何几次三番关心下属了。但这大是大非的问题，李开文知道千万不能回答地含糊了：“刘县长，你让我搞几只甲鱼，我没本事。不过如果你缺钱的话，我个人可以借些给你，一时还不上也没事。”李开文知道刘明启的“搞”是什么意思，一只甲鱼比两条水晶项链还贵，刘明启不是问他要钱的意思，但是他替人捉刀地索贿，罪名可也不轻啊。李开文想，要是早几年知道甲鱼会这么值钱，就多买些放家里养着。

刘明启听见李开文如此回答，露出了夸张的笑容：“哈哈，开文啊，我这个七品芝麻官再没出息，也不至于向你借钱。”顿了一下，他不等李开文回答就说：“开文同志，你汇报完了吧，我还要休息一会儿。”

开文有点儿生气，阴着脸看了他一下，还是退了出来。

自从被刘明启轰出来，开文的笑脸就少了。他时常想起刚任支书时，在那么艰难的情况下，村部居然有近五万元的亏空。一想到这儿，他的心里就一阵阵发毛。自古就是如此，你拼命想拥有知情权，而真的拥有了，知道得越多，离危险越近，反而就越不想拥有。

开文的日子不舒心，赵本的日子更难熬。

西月勾檐、柳叶稳风。开文坐在院子里的躺椅上乘凉，妻子在厨房收拾，儿子吃完饭就跑出去玩了。赵本走了进来，动作像过河时水漫到了脖子，一纵一落，轻轻盈盈。开文吓了一跳：“小本，你，怎么成这样了?”赵本马瘦毛长，凌乱的头发遮住了半个灰暗的脸。一日三变的水晶政策让他比刘明启瘦的更多。而刘明启好歹膘肥体壮，少个二、三十斤权当减肥，赵本原就不太丰裕的身段，这下更成了灾年。

“没，没什么，就是最近饮食不太规律。”赵本努力微笑着，想扮出个轻描淡写，却呈现出了吓人的龇牙咧嘴：“哥，我最近手头紧，村里的贷款能不能缓段时间?”

“行啊，我给你打个招呼。”开文站起身往堂屋走去，赵本默默地跟在后面。

屋里没有开灯，开文一边摸索找开关，一边问他：“你那两台机器还没转手吧？”

“没有。”赵本解释道，“水晶原石太贵，我现在进不起，一般人也买不起水晶手链、项链。那我就做起玻璃的，便宜些卖。”

开文听了半信半疑，也捡起块玻璃碎片看了看，半晌，他拍了一下赵本的肩头，“好啊，小子，有脑子。”

赵本听了嘿嘿一笑，开文忙说：“你可别笑了，看着晚上都做噩梦。”

砍完玉米，起完花生，绿色的麦苗在凉风习习中露出了尖尖的脑袋。1992年初冬的10月26日，晶都第二届水晶节如期开幕。

第一届水晶节因为开天辟地，所以召开得不易，第二届水晶节因为刘明启觉得收费会起反作用，所以更为艰难。这次水晶节由张芹全权负责。正在风口浪尖上的刘明启，整个节庆没在晶都露一次面，据说他去市里看望老父亲了。

小剑也去看水晶节庆典了，他已上初一，和邻居小三，骑着两辆自行车去了晶都城体育馆。铁栅栏围绕的体育馆里红红绿绿的一片。

“外国人！”小三叫了一声。小剑循声一看，体育馆门口停了辆面包车，车窗里探出个金黄色的脑袋，正四下张望。

“看看去！”小剑话没说完，两手一撑，人就下了围墙。小三见状，先转了个身，两手扳住墙头，慢慢放下身体，脚伸到围墙大半时，一松手也跳了下来。

等小三转过脸，面包车已被围得水泄不通，几个挎着笆箕的老汉还在拼命往里挤。那老外的头已缩了回去，车窗关得严严实实。小三跑了过来，跳着脚喊道“小剑，小剑！”小剑满头大汗地挤了出来，呼呼地喘着气，“那黄毛女的穿得真少，像要喂小孩似的，走光了。”说着，小剑换了一口气。

“真的？我，我，我也看看去。”生性腼腆的小三在朋友面前却不需要掩饰。他力弱但人小，斜着身子像泥鳅似的钻入。没一会儿，他又钻了出来，上衣敞开着，纽扣也少了一只。

“哪有？黑咕隆东的，什么也看不见。”小三埋怨道。

“刚才车窗还没关上时，我看见的。”小剑补充道。

“那你不早说。”小三责怪小剑又要自己玩。

“我还没说完，你就跑过去了。看把你急的，不就个外国人吗？呵呵！”小剑笑了起来，小三的脸骤然变红，一会儿也嘿嘿地笑了起来。

小剑搂过小三的肩膀，往体育馆走去。小三本名叫周伟，排行不是真的老三。他上面有两个双胞胎姐姐，还没出娘胎就死了。生小三时，他爷爷怕这个孙子不好养活，就把那两个死去的姐姐也排上，孙子为老三。这样凡事都有老大顶着，实在不行，还有老二，怎么轮也轮不到老三，就能保住孙子的小命。小三圆头圆脑，一双眼睛也是圆圆的，还很大，还是双眼皮，看起来总是一副单纯无辜的模样，事实上也老实巴交。小剑没事就对小三水灵灵的大眼睛大笑不止，说他长了双女人眼。小剑很得意他的内双眼，还经常夸耀他的眉毛长得奇特，是世所罕见的宝剑眉。小剑的眉毛确实奇特，别人都是或弯或挑的一顺儿，小剑的却是先从中间往两边细窄的一条，到了眉骨正中，却突然又多了一道粗了两三倍的眉毛，两道交织，像是把拖着流苏的宝剑，对头横放在脸上。

小三比小剑年长半岁，体重上不吃亏，身高上却亏得厉害，比小剑矮了半头，再加上他为人老实，因此整日里就像个弟弟似的做起了小剑的跟班。

小剑搂着小三刚要进大门，边上两个女孩儿一阵风似的跑过。小剑忙往后一让，仍是躲避不及，脚上被重重了踩了一脚。他咧着嘴刚要骂，那女孩回过脸来，倒有着出水芙蓉的秀丽，原来是他的同桌高凌仙。小剑话到嘴边，硬改口叫了声“大蒜。”那女孩本来要道歉的，一看是小剑，而且还这么称呼她，就白了他一眼，回了句“乡巴佬”就跑了。

同桌虽然漂亮，但是脾气丑陋，动不动就要对人拳打脚踢。小剑深受其苦。当然，初一第一天，高凌仙还是很好地掩藏了她的峥嵘，她细声细气地解释她的名字，凌仙，凌波仙子的简称。小剑一听，好像小说里见过。同桌接着解释，凌波仙子就是水仙花的别称。第二天，高凌仙就原形毕露了。小剑有点偏头痛，侧着脑袋，半眯着眼睛养神。正难过时，他感到腹部突然剧痛，禁不住“啊”地叫出了声。高凌仙的眼睛瞪得圆圆的，长长的睫毛好像快拂梢到眉毛。小剑低头一看，高凌仙的小拳头像钻探机一样，正左右旋转着往里捣。

教英语的女老师刘玲玲听见小剑痛嚎一声，就把他叫起来问怎么回事。小剑男子汉气概已显，包容地解释说胃疼。可惜，凌波仙子不买账，她站起来坦白：“他，一直色眯眯地，看着我。”教室里一片哄笑。小剑不解同学们的哄笑，反而有视美女如粪土的豪迈：“你有什么好看的？还色眯眯，当我眼瞎啊。”这次哄笑声更大。高凌仙的眼睫又开始刷眉毛了。

“安静，安静。”刘老师板着脸树立威严。初一的学生到底少不更事，胆小得很，几句呵斥就让他们迅速安静。

“高凌仙同学，李小剑比你小两岁多，他没有你懂事，你要照顾他。”刘老师这么一说，教室里更安静了。高凌仙的脸上霞云出岫般地红粉了。刚才几个笑得特别欢的，更为年长的同学偷偷低下了头。他们好几个是上完初三又返回初一从头念起的。

“就是，你比我大还欺负我。”小剑见老师站在他这边，不禁得意：“你看我们老师那才叫漂亮呢，白嫩可破的脸，前凸后翘的身材。”他在指责高凌仙的同时，还不忘吹捧老师。高凌仙被指责了，傻了，刘老师被夸赞了，也傻了。教室里安静了三五秒，平地就是一声雷笑，像是能把人的头盖骨掀翻。刘玲玲刚教书的第二天就碰到这种情形，一时脸上如七色祥云，多姿多彩。她也想刷几下眉毛，无奈眼睫太短，就扑哧地笑了。

后来偶然看到“水仙不开花——装蒜”的歇后语，再联想到小三吃过大蒜后满嘴的怪味，就创新地称呼同桌为“大蒜”。而高凌仙也不客气，直呼他为“乡巴佬”。

小剑望着高凌仙的背影，又不解恨地骂了句“大蒜”他们刚要往里挤，忽而人群又开闸式地外涌。开幕式结束了。他们俩闪在一边避潮头。小三看到出来的人渐渐少了，就对小剑说：“我们也回去吧，你看人都走了。”小剑看了他一眼，脸上有了嘲讽：“他们是来赚出场费的，里面摊位的多着呢。”这次倒真的没有出场费，资讯落后的小剑冤枉了筹备组。

体育场内围着跑道一圈晶光耀眼，各类水晶摆放在临时搭就的台面上争奇斗艳。小剑小三一圈没转完就觉得甚是无趣。这些水晶他们从小见到大，不觉有什么稀奇，巴巴赶来就想看个热闹，起码买点儿小零食过过嘴瘾。可这除了水晶就是水晶，真是不来后悔，来了更后悔。

“小剑，那不是你爸吗?”小三拉了下小剑的衣袖。开文从前面走来，像座山在移动。

“爸。”小剑看开文黑着脸，小声地叫了一句。

“嗯。”开文应了一声，满是不悦，就在要擦肩而过时，他停下了脚步，“你们吃饭了没有？跟我吃饭去。”他的语气和蔼了。

开幕式刚结束，开文看见张芹，就走上前去向她祝贺，说她主持得相当好。张芹面无表情地看了他一眼问：“你这个支书是怎么当的?”开文忙问：“怎么了?”张芹也不说事，只顾自个痛快，把开文从里到外地骂了个遍。开文见张芹无缘无故地骂自己，开始还忍着，后来见她没有歇嘴的意思，就回了句“这个父母官，谁爱干谁干。”说完他转身要走，被另一个村支书看见了。他拉住开文，说了前因后果。

昨晚水晶摊位试营销时，赵本的黑褐色茶水晶一拿出来就吸引了大家的眼球。几个外国人把茶晶首饰大把大把地往包里装，就跟不要钱似的。赵本的生意异常红火，自然也引起了别的摊位的注意。他们走来拿起只茶手链，左看右看之，不知是什么材料，但绝对不是天然水晶。高兴之下他们就向组委会告发了赵本，说他蓄意破坏水晶节，并把那几个老外也强拖上，也不管人家懂不懂，连说带比画，善意十足地告诉他们上当受骗了，让他们跟着去做证好领回损失。

管理人员反复盘问这到底是什么材料，赵本坚持说是天然水晶。告状摊贩问：“水晶哪有这么透明的？”赵本针锋相对：“怎么没有？有名的水晶棺材不透明？”管理人员见赵本强词夺理，很生气地说，水晶棺材原料是再加工的天然水晶，说到一半，他突然醒悟了过来。外国人见他们吵闹不休，就由一个懂中文的老外解释了下：“水晶，我们，喜欢，天然的，喜欢。不天然的，也喜欢。不天然的，人做的，现代科技，做的。”

这事传到张芹耳朵里，力争这届水晶节完美无缺的她自然气愤异常。这水晶的名气还没打起来，就有人开始造假砸牌子了。更何况，这届水晶节还是由她一手操办，身为老家人的赵本不想着给她争光献彩，反倒拖起了她的后腿。了解事情的来龙去脉后，张芹就把一肚子气撒到筹备组成员李开文的身上了。

开文听完那个干部的解释后，稍感释怀，想解释下国际知名水晶品牌全是人造的，主要贵在手工，又怨恨难消，瞅了瞅同样余怒未了的张芹，一句话也不说，转身就走了。开文领着儿子和小三吃完饭后，径自回了家，剩下的两天就没在体育场的水晶节露面。

第四天早上，开文刚吃完早饭，就听到院外一阵刺耳的刹车声。一会儿，两名警察走了进来。开文疑惑地看着他们。

“李书记，我们好久不见了。”其中一名国字脸的警察说。

“你，噢，”开文认出来了：“刘光辉，刘警官。”来人正是刘明启的儿子。

自从上次大水晶事件之后，开文这几年一直没有再见到刘光辉。他们寒暄几句后，刘光辉就点明了来意，逮捕赵本。刘明启拐弯抹角知道赵本造假水晶的事了，心下狂喜，他觉得这是他重树威望的好机会，一定不能错过。他打了个电话给刑警队让抓捕赵本，为了保险起见，他点名儿子亲自跑一趟。刘光辉父子连心，他明白这件事关系到父亲以后的仕途发展，二话不说直奔至晶村。开文看着面前笑容可掬的刘光辉，想起上次拒绝为刘明启提供王八时，刘明启脸上同样的微笑，他心里一沉，想："坏了。"

开文坐着警车在村里兜起了圈，刘光辉忍不住提醒他道："李书记，我们出发时，上头怕我们找不到您引路，告诉过我们一个大概的方位。"李开文一听就明白，刘明启这次志在必得，他连别的警察都信不过，让儿子亲自来，还考虑得滴水不漏？他要靠着这件事重新在县里崛起，同时也打压一下对他越来越不驯服的李开文。开文想到此，叹了口气，没想到赵红军死了，刘明启连他的本家都不给一点儿面子了，只好硬着头皮指点起路线。

警车开到赵本的院门口时，开文看见赵本老婆邱梅背着只口袋从邻居家回来。开文走了过去，正眼也不看她，大声问："赵本哪去了？警察有事找他。"邱梅早看见了开文带着两名警察走来，心想赵本用玻璃做水晶的事露馅了，腿正打着哆嗦，听见开文这么问，她吓得放下口袋，倚在墙上喘粗气。赵本就在家里，她不敢对开文撒谎，但真说出又舍不得丈夫被抓，一时张皇失措。开文又追问她一句："赵本哪去了？"说着拼命向她眨起了眼。邱梅见了，心下稍安。她定了下神，发起骚来了："大哥啊，你急啥，容我喘口气，赵本他到小郑家打牌去了。"邱梅说着顺手往后面的红瓦房一指，然后又说，"大哥啊，走，到俺家喝口水去。两位警察同志，也一起来啊。"邱梅亲热地挽起开文的胳膊。

"不用了。"刘光辉冷冷地说完这句，人已在五米开外，另一名警察紧跟其后。这时，赵本正从西墙上伸出个脑袋，开文见了直挥手。赵本忙缩回头。赵本正摆弄剩下不多的茶几碎片，很高兴找到了条生财捷径时，猛听开文在院外喊警察来找他。他略一发呆，搬张椅子垫着就想翻墙跑。

开文挣开邱梅，跑进院子。赵本正缩在墙角，微微发抖。

“快跑，出去躲几天。”开文催促。赵本听了，站起来往屋里跑。开文喊住他：“来不急了，什么也别拿，快跑，往南跑。”

赵本又折过身，往外跑去，在门口撞上了老婆。他猛停一下，拉住老婆后，看了她一眼，什么话也没说，撒开腿就往前跑去。邱梅见丈夫跑着跑着拐了个弯不见了，身子一软，跌倒在地，那眼泪就哗哗地流了下来。开文比赵本年长，不方便搀扶弟妹，他站在那宽慰邱梅：“这不算什么事，只不过是刘明启要耍耍威风而已。”

“刘明启？刘副县长？”邱梅不哭了，她站了起来，不相信似的询问，“真是他？我们是亲戚啊？”

“你这个远亲算得了什么。”开文慢腾腾地，一字一句地说。对政客来说，大义灭亲在古代就曾是仕途的捷径。

赵本跑了，在外面东躲西藏了两个星期，发现风声非但没有见小，反而更加紧迫。一个月后，邱梅收到了丈夫的来信。赵本跟随着劳务输出的大队去了韩国。

红褐色的砖墙上，绿绒浅润的枝蔓，错落攀附着直直的灰缝。片片心形的叶子，掩映着许多三五拥挤的小葫芦，在阳光的照耀下青亮光洁。

围墙内，郑世凤、郑世祥姐妹俩在搓洗衣服，郑世桂搬只小箱子从西屋走出。他问妹妹们：“俺大给俺们留的发晶呢？”“去年我就发现没了，还以为是你收起了呢？”阿凤把洗好的一件衣服往晾衣绳上挂。“是不是二哥偷卖了？”阿祥帮助姐姐扯匀衣服。提到阿成，阿桂沉默了。弟弟已去世一年半了。他搬着箱子重又回了屋，阿凤也跟着到屋里收拾脏衣服。

一辆黑色的轿车无声无息地停在了院子前，许久不曾打开车门。阿祥看到了，怔怔地站起，走到门口。不一会儿的工夫，邻居村民就围了上来。轿车可是个稀罕物。这时，车门慢慢地打开了，一个西装革履的年轻人走了出来，梳得油光闪亮的背风发型显示了与年龄极不相称的沧桑。阿祥看着他，觉得有点儿眼熟，但死活想不起是谁。阿桂听见外面突然安静了，也走了出来，他挤上前仔细端详着年轻人。

“你是？”阿桂手指向年轻人，试探地说，“王喜？”

年轻人嘴唇动了动，话没出，泪却先流。他抿着嘴轻轻点了两下头。

“王喜，你回来了。兄弟，你回来了！”阿桂认出了年轻人，高兴地向前走。

“哥！”年轻人终于叫出了声，迈腿也往前走，不料刚走了一步，却“扑通”一声跪在了地上。

“兄弟！”阿桂也跪在了地上，他紧紧抓住王喜的手放在胸前，“你回来了。”

“哥！”王喜抽出手，一把抱住了阿桂，“我回来了，我终于回来了！”泪水滂沱而出。

“回来了，兄弟，你可回来了啊。”阿桂抱着王喜，使劲地往胸前勒。阿祥也哭成了个泪人。她想起了来人是谁，但她不知道自己为什么会哭，也许是看见阿桂哭了，忍不住也哭了。

“哥！哥！我想家啊，我想家啊。”王喜放开了喉咙。六年，整整六年的逃亡，背井离乡的艰辛，寄人篱下的痛苦，让一个鲁莽轻佻的少年成长为一个稳重成熟的男子，更让一个心向天下的游子经受了思念故土的煎熬折磨。

“阿凤？”邱梅也跑来看稀奇。

王喜受惊似的停止了哭泣，抬头往院内看去。郑世凤站在院子正中，手里拿着待洗的衣服，嘴巴坚毅地闭着，可身子却在微微地颤抖，脸上两颗硕大的泪珠在阳光照射下，四射着耀眼的光芒。

“阿凤!”王喜松开阿桂，两人一齐站起。王喜向阿凤跑去。

“阿凤!”王喜跑到阿凤面前，深情地看着她。阿凤不吭声，死死地盯着王喜，嘴角咬出了血。

“阿凤！都是我不好。”王喜抱住了阿凤，阿凤却直直地站着，在王喜的怀里兀自颤抖不已。

“阿凤，对不起，呜呜。”王喜又哭了。

“天啊!”阿凤大叫一声，身子往后倾去。王喜忙抱住。阿凤紧闭着眼。

“阿凤!”“姐!”阿桂、阿祥同时抢上。

“嚷什么？她是急火攻心。有什么好嚷的。”待在人群中已有一会儿的郑青，见没人理他，觉得受到了慢待，倚老卖老起来。

“小爹，都是我不好。”王喜把阿凤抱起让她坐到磨沿上，对正在掐人中的郑青说。阿凤的脖颈上系着一根细细的红绳。王喜站得高，偷眼望去，绳子顺下在乳沟处系了个水晶挂坠，色泽金黄、晶光透明。王喜心里美上了，那是他独自琢磨雕出来的“心剑”。

“是啊，你是不好。你直接害死了郑朝宗，间接害死了严慈和，和郑世成。”想起郑朝宗家人的惨状，从小和郑朝宗玩转长大的郑青脸上有了悲凉之色。

“小爹，”王喜神情悲苦：“我，都知道。”王喜在外流浪多年，却一直留意着家乡的信息。

邱梅走了上来，“兄弟，你回来就好。你本哥常念叨着，你呢。”说到赵本，邱梅的眼圈也红了，“你回来了，可你哥却出去了。”赵本离家后，除了刚到韩国时给邱梅来了一封信，这几个月来音信全无。

第13章　从巴西到晶都——爱的距离

“嫂子，”王喜把身子凑近，压低了声音，“本哥和我在一起，好着呢。”

“什么?”邱梅的眼睛睁得大大的。

“嘘。”王喜把一根手指放在嘴上。邱梅会意，可那眼泪实在不争气，啪啪落个不停。王喜都回来了，赵本，你在哪呢?

王喜逃跑后，先在晶都附近转了几个月，没打听到他案子的消息，反倒听说好多严打时的重判案例。他心想打死都不敢杀人的自己要是被抓了，不是死刑也得无期，索性家也不回了，一直往北走。开富哥曾邀他一起闯荡A城，他舍不得阿凤，没有答应。现在他没有什么好牵挂的了，就打算去游览一下A城。哪怕刚看完就被抓住砍了头，他也没有什么好遗憾的了。王喜一思索，继续北逃吧。祖上闯关东，今日关东闯。

王喜一路向北、再向北，去了苏联。在一家中餐馆端起了盘子，没事的时候就跟馆内的老外学习起了俄语。

没多久，苏联解体，社会更加混乱。已有几年生活经验的王喜，拿着积蓄做起了“倒爷”，先是由中国往俄罗斯倒卖些生活用品，后来就由俄罗斯往中国倒卖钢材等物资。由此不到一年，他就是个不大不小的款爷，而且还拥有了俄罗斯护照。

有了真实身份后，王喜放开手脚大干，生意蒸蒸日上。有钱就会有闲，王喜在欧洲东游西逛，在商场他发现了许多水晶。刚开始，王喜颇为自豪，以为家乡的水晶产品已打进了国外市场。后来一打听，就自惭形秽了，原来人家老外根本就不知道中国还产水晶。为了探个究竟，王喜信步走入一家水晶博物馆。博物馆内琳琅满目，各种水晶应有尽有，王喜看得目瞪口呆，以前自己在马仕那儿学的知识和这一比，连凤毛麟角都算不上。看那些钛晶、发晶，黄绿皆有，摆在专业的柜头内，灯光一打，璀璨夺目。王喜看得高兴，都忘了时间，直到翻译连连催促人家要关门了，他才一步三回头地离开博物馆。

回来不久，苏联已经改为俄罗斯，王喜再倒卖商品就不如以前那么上心了，他惦记起了水晶。想了几晚后，王喜决定把生意交给手下打理，自己飞往巴西——水晶王国，去亲眼看看。王喜在巴西待了一个月，搞清了当地水晶的情况，了解到水晶质地还是中国的最好，但是产量小，巴西蕴藏丰富，产量大。他的心里有了去巴西开矿采水晶的想法。考察完后，王喜带着翻译去阿根廷首都布宜诺斯艾利斯游玩。在港口，王喜看见了赵本。

赵本到韩国进入一家货轮公司当水手，这次在巴西暂停。两人相见，悲喜交加。王喜拉着赵本找了家饭店喝酒叙旧。席间，王喜从赵本口中得知了家乡发生的许多事，说到郑朝宗家的诸多变故时，王喜又大哭一场。王喜的案子也结了，前年晶都公安破获了一起抢劫案，凶手主动交代曾在新华书店杀过人。王喜的通缉令撤销了，若不是开富在公安局工作，至晶村的村民都不会知道这事。王喜听赵本一说幸亏自己跑得快，要不然肯定会稀里糊涂地被抓了。王喜把赵本带去了俄罗斯。

得知自己没事后，王喜就想回国看看，准备了两个多月，他重新回到了中国。拂晓时分，飞机在南京机场降落，王喜坐上接机朋友的轿车，直奔至晶村。

“王喜啊，你以后可要善待阿凤啊。”邱梅叮嘱王喜，也不问他是否已结婚了。

“嫂子放心，我这次回来也是想着，如果阿凤没结婚，只要她愿意，我就娶她。”王喜看着依旧闭着眼的阿凤说。这么多年在外面，王喜见的女人也不少，可他满脑子全是阿凤的身影。“人生若只如初见，何事秋风悲画扇。”初恋，人生最美好的情感。

“这还像句人话。”郑青边说边又用力掐了一下。阿凤幽幽醒来，看着王喜，脸上满是红晕。

“对，要娶阿凤。你不知道，阿凤都为你打过胎的。”邱梅真心祝福起他们俩，她要让王喜知道阿凤身为一个女人为他做过什么。

“打胎？为我？”王喜惊疑。

“你小子装什么蒜？”郑青见王喜一副不认账的态度，异常恼火。阿凤的眼睛闭上了，脸色苍白，眼角又流下了泪水。

阿桂见状忙说：“快扶阿凤进屋歇会儿，别又出什么事。”大家醒悟了过来，邱梅、阿祥一人一只胳膊，搀起了阿凤。王喜迟疑了一下，上去替下阿祥，扶着阿凤进屋。阿桂对乡邻们说了声“谢谢关心”，下起了逐客令。

阿桂关上大门，走进堂屋，屋子里静默一片。阿凤侧身面向里躺在床上，身上盖着被单。邱梅在床边，站也不是，坐也不是。她知道自己说错了话。王喜坐在床前小凳子上，面上看不出表情。阿祥扶姐姐进屋后，懂事地接着去洗衣服了。只有郑青斜卧在太师椅上，一把长须抖动不停，他心里一股怒气在五脏六腑翻腾。最后还是郑青沉不住气，他霍地站起，动作利索得都不像七老八十的人：“王喜，你刚才的话是什么意思？有了钱就不认人是不是？”

“小爹，我没说什么啊？”王喜一脸无辜。

“你还装蒜？”郑青火暴脾气丝毫没有随着年龄增大而改变，

他上前一步："好，我就再给你说一遍，阿凤为你堕过胎，你要不好好待她，我们郑氏族人不会放过你。到时，你就别怪我们欺负你这个外来户。"郑青说完，死死瞪着王喜。阿凤听到"堕胎"这个字眼时，身子明显一颤，肩膀抖动了起来。

"小爹，不管阿凤做了什么，那都是以前的事了。我只要和阿凤过好以后的日子。"王喜说得真诚、大度。而在阿凤听来，这话是真诚的嘲讽，大度得刺耳。她好不容易等王喜说完，再也忍不住，"哗"的一声坐起，胸部在激烈地一起一伏，眼睛则红红的，盈汪着一眶泪水。大家都不说话了。阿凤盯着王喜看了几秒，手一指，大声哭骂："你走啊，回来干什么？快走。"阿凤说着，抽出枕头向王喜砸去。王喜头一低，枕头飞到了后面墙上，扑地掉落在地。阿凤犹不解气，又抓起了被单。邱梅离得近，忙按住她。她眼里噙着泪，忏悔地说："都怪我多嘴啊。""阿凤，王喜刚回来，你怎么这样对人家。"阿桂训斥妹妹。阿凤看了哥哥一眼，一翻身又躺倒，"呜呜"地哭了。

郑青听明白了王喜的弦外之音，看他的样子好像真不是他干的好事。郑青看了阿凤一眼，丢下句"丢人现眼"就转身出门走了。

中午阿桂做了几个菜，和阿祥一起陪着王喜喝两杯。阿桂要留邱梅吃饭，邱梅说还要回家做饭给孩子吃，就走了。阿凤躺在床上没起来，阿祥夹了点儿菜把饭端了过去。大家心情郁闷，阿桂有一搭没一搭地问着王喜国外的事，王喜也有一句没一句地应付着。两人无滋无味地喝了几杯酒，随便吃点儿饭了事。

吃完饭后，王喜松开领带，挽起袖子里里外外地收拾起家务。阿桂在边上笑话了一句："王喜，你以前可没这么勤快啊。"王喜讪讪地说："这几年一个人过，锻炼出来了。"正说着，大门被人推开了。郑青、郑海洋、郑小飞带着几十名郑氏壮年男子走了进来。

"王喜，"郑青先开了口，"你以前在村里的名声不是太好，现在我们虽然相信你的为人，但你也要拿出点儿诚意啊？阿凤以前肚子里的孩子，你老老实实承认，到底是不是你的？”

“小爹，”王喜还没有回答，阿桂迎了上来，他叫了一声后，看着郑青眨了几下眼，硬着口气说，“我们家的事，不要你管。”

“你个小兔崽仔，不知道好歹了。”郑青说着就四处瞅东西，看见磨沿边上放着扫帚，走过去就抄了起来。郑海洋忙按着，“叔，别生气。他脑子不好使。”

“阿桂，这就是你的不是了。小爹也是为你们好啊。若是现在不说清楚，以后就算阿凤嫁给了王喜，保不准到时候两人闹了矛盾再被拿出来说道啊。”海洋劝住了郑青，开解阿桂。

海洋脸上一红，不理阿桂，转身声色俱厉地逼问起王喜：“王喜，你到底是不是男人？自己做的事怎么不承认？”

王喜抬头看了看面前几十号身强体壮的郑氏族人，又转脸瞅了瞅单薄的阿桂，慢慢站起，朗声说：“你们今天来了这么多人，我也不怕你们。外面不是说我杀过人吗？我没杀过，但如果今天有人做得过分，那我就不一定了。”

“什么？”“狗日的！”“打他个王八蛋！”郑氏族群骚动了，几个年轻的都挤搡着要往前冲。“都站好了，听他说完。”郑青大吼一声，嗓音有些沙哑，但相当有威慑力。人群平静了。

“我很喜欢阿凤，从小就喜欢她。”王喜的声音滞涩了，“从我和别的孩子打架，骂我有娘生没爹教，她帮我出头时，我就喜欢上了她……”

“别说没用的，就说你承认不承认。”郑海洋不理会王喜的煽情。

王喜不以为忤，转过头来看着郑海洋，顿了顿说：“我承认，是我做的。我以前还小……”

“孩子不是他的。”一声柔弱但包含着不屈的尖细声音传来，大家转过头，阿凤站在堂屋门口，身子挺得笔直，“你们也别问我孩子是谁的，打死我，我也不会说。”说完这话，阿凤冷漠地扫视了族人一眼，转身进了屋，“嘭”的一声关上了门。王喜心里一凉，他看见阿凤的脖子上不再系着红绳。

“阿凤，阿凤——”王喜跑上前，拍起了门。门里没有一点儿回声。

郑青见了叹口气，用手指了指海洋：“你看吧，我说让你们别管，你们偏不听。这下我看你怎么收场。”

“小爹，不是这么说的。”郑海洋辩解道，“我们这也是为阿凤好，再说了，也不能让外姓人看笑话。”

“是啊，小爹，于里于外，我们都是为了本族好。”郑小飞帮腔。他和海洋是堂兄弟，海洋为兄，他为弟。

“为了本族好？看笑话？外姓？”郑青一连几个反问，“你们怕谁看笑话？省省吧，你们也不看看现在村干有几个大姓的。”郑青一番无所顾忌的话，让五、六队队长郑海洋，七、八队队长郑小飞面红耳赤。这两人见郑家占了近半个村庄人数，连个村副主任都没有，心里委实有些不爽。可郑青说的又是实情，村委两会主要干部除了村副主任兼民兵营长赵六弟和主办会计张高平外，别的都是旁门小姓。

“小爹啊，我们这次一定要查清，要不然以后我们郑姓女子，还不是谁都能欺负？”郑海洋不愧做了多年队长，说话做事也有相当的鼓动性。郑青一时不语。

“滚，你们都给我滚。”阿桂忍无可忍，摸起一把铁锨乱舞。大家一见这阵势，腿迈得比恐惧来临快多了，早都跑出了院门。阿桂这家伙，说不准什么时候发疯啊。

郑青一向德高望重，村里人见了他都小爹大爷地叫着，偶有一两个平辈见了也要矮上三分，不管年纪长幼，都要叫声哥。你说他真的是德高望重也行，拿腔作势也罢，反正几十年了，他已习惯了被人捧着尊着，而今倒被一个孙子辈的人拿铁锨给轰了出去，他的老脸上就有些挂不住了。

“小爹，这个头开得不好啊。”海洋察言观色，拿言语挑拨。

郑青的脸通红。

“就是啊，我们这些人也就算了。可小爹您，还被人这么对待，晚辈心里不舒服。”郑小飞见状，忙接着煽风点火。

“这不怪阿桂，全怪那做了事不承认的人。”海洋见堂弟引错了方向，忙纠正。

郑青的胡子抖动得更厉害了，他斩钉截铁地说：“这事一定要查清楚。”他让海洋和小飞再叫几个侄子辈的人晚上到他们家去商量。天刚一擦黑，郑青家中就聚满了人，好多族人都是不请自到。海洋看看表，自言自语道：“小飞怎么到现在还没来？”“不管他，我们先谈我们的。”郑青看看墙上的大钟说。

“小爹，我来了。”郑青话音未落，郑小飞已出现在门口。

“你怎么才来？”海洋迎了上去，责怪道。

“小爹，我有话和你说。”小飞不理海洋，径自来到郑青面前。

“什么话啊？”郑青问。

“我们去里面说。”小飞说着搀扶郑青。

海洋见了，忙呵斥道：“小飞，什么话不能在这说？”

“哥，我一会儿再和你说。”小飞说着又要搀郑青。

“就在这儿说吧。”郑青看了众人的脸上有了不悦的神情，就吩咐道。

“这，这。”小飞犹豫不决，本就没长开的五官更往一块簇拥了。

“小爹让你说，你就说。”郑青催促道。

“好吧。”小飞决定了，“我路上碰到邻居，他说有可能是黄伟干的。”

“谁？黄伟？”郑青不相信自己耳朵似的，“你不知道他是什么货色？他和他爹一个德行。”

郑氏族人向黄伟兴师问罪时，阿凤给哥哥留下一封信，带着衣物凌晨时分去了南方，追究谁欺负了阿凤一事不了了之。

王喜也走了。起床后，他知道阿凤离开了，苦涩地笑了笑连早饭也没有吃，就告别阿桂阿祥，开车而去。世界永远都是那么的不公，有的人一辈子顺顺当当，幸福已经让他疲劳；有的人一辈子坎坎坷坷，疲劳对他而言就是幸福。而世界之所以多姿多彩，是因为它到处充斥着不公，那有限的公平就像晨星一样，三两颗的点缀在漫黑的苍穹上，给人以无限的希望。

乍寒还暖，黄伟在县城喝了大半夜的酒，快晃到家门口时，被人一棍打断了腿。黄伟惊声尖叫中，看见一个熟悉的黑影提着根大棒，从从容容地往西走去。黄伟断腿的第二天下午，李开文看似否极泰来了，上调为丑山镇副镇长。这个任命是刘明启亲自签发的，刘副县长心有不甘，但更加明白稳定是一切发展的前提。

第14章　水晶雕件好神奇

绿荫如盖的东单湖中学，占地三百八十亩，东、南两面是鳞次栉比的县城居民楼，西面紧临方方正正、碧波如镜的东单湖，北面则遥望着傲然独立、郁郁葱葱的羽山。

或许我是一见钟情？一见钟情随处可见，小说里，电视上，一个人中之龙或富家贵胄，一个女中豪杰或大家闺秀，于树林中曲径通幽处，踩着厚厚的松针或经年的落叶，不早不晚，你的眼睛火辣辣，我的眼睛直勾勾，瞬间就定下了前世今生的情缘；或于闹市熙来攘往中，羽扇纶巾闲庭散步却得了当头一棒，抬头仰望时，窗帘后那半遮半掩的国色天香早让这堆干柴蓬蓬，那堆烈火熊熊。小剑自从见着高凌仙裤子染上初潮的那片鲜红，就经常魂不守舍。

晚上，小剑忠实地履行爱情守则，茶不思饭不想，只喝了几口汤就上床卧着。初窥爱情门径的小剑尝试，停止，再尝试几回，终于把思绪拉上了闪现凌仙一颦一笑的正常轨道，而不是只想着她的棉白色。原来回忆也是这么的美好啊！那一晚小剑做了几个羞于启齿的梦。为什么羞于启齿，他忘记了。因为第二天早上，当他再看到高凌仙时，首先想到的是她说要请他吃冰凉可口的棒冰。可是当小剑耐着性子等高凌仙主动提及时，一直等了一天她也没有提及。是忘了还是随口一说？第二天，小剑用主动要求来验证高凌仙到底是忘记了还是随口一说。面对小剑开门见山的直白，高凌仙既没有忘记也没有随口一说，只是说等几天。这一等，就是一个星期，小剑都快忘记的时候，高凌仙告诉小剑，放学后在校小卖部门口等她。如此一来，小剑倒显得有些不好意思，不就一根棒冰吗，至于追要了一个星期？当小剑要推托时，高凌仙和别的女生玩去了。她终于愿意和她口中的歪瓜裂枣们玩了。

小剑等同学们都走光了，就关上教室的门去了小卖部。高凌仙已在小卖部门口了，一身淡黄的衣服让她像似开未开的菊花。她问小剑喜欢吃什么口味的。小剑不知道，他只要凉快甘甜就行，让凌仙看着买。凌仙点了点头，让小剑先到操场上等她。小剑不解地看了看她，一根棒冰还要偷着吃？不过，他什么也没问，闷头就向操场走去。走了几步，他心里忽然一甜，我是在约会吗？他咧嘴一笑，脸色凝重了，约会就是恋爱，恋爱后就要结婚，结婚前要热恋天天在一起，法定结婚年龄是二十三，这十几年我就要和一个漫画书都不看的女孩子在一起？他的脚步迈得渐渐沉重。

“你怎么走这么慢？给你。”高凌仙拿着两根棒冰追上来。

“哦，我在等你。”小剑不想看起来像个三心二意的男人。他接过棒冰，剥掉包装纸，塞进嘴里，凉是挺凉，却无滋无味。两人边吃边往前走。

“小剑，”高凌仙问，“你的书包呢？”

小剑看着高凌仙背的大书包，像个小登山运动员，回答道：“在教室啊。”

“你有教室钥匙吗？你待会儿怎么背书包？”高凌仙问。

“没有啊。我基本上不背书包回家，你不知道？”小剑很不解同桌一年多的凌仙竟然还不知道他有这个习惯。

“难怪你学习这么差。”高凌仙说了一句，冲小剑翻了个白眼。

“切，我是不学则已，一学惊人。”小剑被女生抢白很不服气。

“天为什么这么黑？”高凌仙拿着棒冰，突然看向天空。小剑抬头看了一眼，秋季初来，天高气爽得很，太阳在勤奋地加班加点。

“你怎么了？”小剑紧走一步来到高凌仙前面，向她脸上张望。

“因为有头牛在天上飞。”高凌仙好像没有听到小剑的问话，仍兀自看着天，“哪来的牛在飞，因为地上有个人在吹。”

“什么？”小剑愣了一下，“好啊，你在笑话我。”小剑明白了，他把棒冰放进嘴里含着，伸出两手就拧向凌仙的腮部。凌仙还在望天祈祷状，冷不丁被小剑拧到了脸，刚要反击，小剑已经跑了。小剑和凌仙打打停停一年多，刚开始是只有招架之功，现在则偶有还手之力，不过还是胜少败多。小剑一击得逞，连漂亮话“追我，有能耐追我”都不敢说，含着棒冰狂跑不已。高凌仙奋起直追，大大的书包拍打着屁股，速度却丝毫不慢。她在后面嚣张跋扈地边跑边叫，“站住，看我追上，怎么收拾你！”

小剑好不容易跑到围墙边，刚要纵身而上，高凌仙已追到身后，她也把棒冰含在嘴里，伸手揽住小剑的腰猛地一拉，小剑就跌跌撞撞了。两人虽然身高相仿，但年纪相差几岁，小剑的力气不如凌仙大，小剑奋力扭过身来抱住凌仙的肩膀一用力，不料自己却斜斜往后倒去。高凌仙宜将胜勇追穷寇，把小剑死死按在身下。小剑挣扎不起，就抽出一只手拿掉嘴里的棒冰，呼呼喘着气，“投降，快让我起来，地上脏。”

凌仙两手按着小剑的肩膀，嘴里含着棒冰，杏目圆睁直瞪着小剑。棒冰融化，汁水汇聚，慢慢形成一颗水珠，“叭”的一声滴在小剑的嘴边。小剑一愣，伸出舌头轻轻一舔，甜丝丝的感觉直达心底。凌仙见了，晚霞又浮上了面颊。两人对视了很久，都心照不宣地明白青春在心里萌发了爱意。

青春是什么，成长是什么？它们是远远的美丽，欣赏足矣，不用触碰。可谁又能远远地欣赏它，而不被它诱惑？美丽是有重量的，你离得越近，承受的越多。小剑的身体还很单薄，雨后抽穗的麦子，有了饱满丰收的表面，却是青浆四溢的内里。而成长不会一帆风顺，因为美丽也不是一成不变。美丽是运动的，跳跃的，唯有此才能让它的魅力长久不衰，唯有此才能称得上美丽。欣赏美丽也要量力而行，当你的肩头还柔嫩窄小时，请成为美丽，而不是要欣赏美丽。可这一切，对小剑，太早了，他已然沉浸于美丽。

小剑快速成长了。妈妈看他日渐灰暗的脸，心疼。爸爸看他愈发消瘦的肩，纳闷。其实这只不过是每一个人都会经历，都该正视的美丽。可由于人们对美丽的贪婪，对美丽的惧怕，他们反而采用了逃避的消极方式。可它避无可避，躲无可躲，该来的总归要来，该到的总归要到。因为美丽和时间同步，和青春永恒。因为恐惧美丽而造成的无法抵御，终究还要靠亲情的圣洁来阻挡。

休息日，开文搬来只透明的怪兽摆在屋内条几上时，无精打采一段日子的小剑，眼前豁然一亮。他围着它看了几圈，问父亲："玻璃？"

"水晶。"开文怜爱地看着儿子。

"是狮子吗？"小剑饶有趣味地问。

"貔貅。"开文对儿子有问必答，一副慈祥的面孔与之前的不管不问判若两人。

"是狮子的别称吗？"小剑喜欢狮子的威武雄壮以及在丛林百兽中的霸道蛮横。

"不，一种神兽。"开文拉着儿子坐下，娓娓解释。妻子云丽也走了进来，一家三口难得在不是吃饭的时候团聚。

貔貅，传说中的神兽，龙的第九个儿子，法力最小，模样最难看，而且还是残疾，没有后门，以金银财宝为食。龙生九子，子子不同，且各子相貌无常。以图画或雕刻物形式流传于世的貔貅模样就有数百种。这数百种又大体以长江界分南北两大类。北貔貅，如狮似虎，龙头、马身、麟角，威武雄壮，有别称天禄、辟邪、百解。南貔貅，别称金蟾，外形有如三足蛤蟆，第三条腿长在本该为后门的地方。南貔貅尽管有蛤蟆的外貌，却无蛤蟆的丑陋恶心之感，整体造型憨态可掬，让人见了喜爱不已。也许外来的和尚好念经，南貔貅虽然在江南流行，却有一个关于它的典故出自陕西，即“刘海戏金蟾，步步钓金钱”，刘海陕西西安人。

南北貔貅在造型上的差异反映出南北民风的不同。南人阴柔北人彪悍，这之中南京是个例外。南京在抗日战争时期经过“南京大屠杀”，原始住民所剩无几，后多由北方人士迁徙而来，因此整个城市除了地形城貌，更在人文精神上呈现虎踞龙盘之相，所以南京的市标为貔貅。

西方名言，上帝关了你的门，他肯定会留给你一扇窗。在东方那就是塞翁失马，焉知非福。貔貅缺点很多，还是个残疾，本该是姥姥不疼舅舅不爱的，却因为这个残疾成就了它独一无二的优秀，并且能让万千人对它顶礼膜拜。貔貅的饭菜是金银财宝，不吃会饿死，但吃了却没地方排泄。在民间这种能力就被引申为金银财宝只进不出，明明白白稳赚不赔。如此好多生意人或者希望富裕的人就把它供奉在家中，或者随身携带。是供奉在室外还是供奉于台前，又因外形的差异略有不同。北貔貅因其相貌威武，鬼神皆惧，所以门口摆放的多，既能辟邪镇宅，也能招财进宝，两全其美。而南貔貅因性格柔顺，模样乖巧，多供于室内几上，专事发家致富。驱邪避凶一般也意味着破财免灾，而狮子状的北貔貅既能辟邪镇宅，也有招财进宝的特点，让它渐渐成为貔貅的专有形象。不管是南貔貅抑或北貔貅，摆放位置一律嘴形向外，喻只进不出，更暗合国人心理“马无夜草不肥，人无外财不富。”

港台人对貔貅尤为喜爱。澳门赌王何鸿燊的赌场门口摆放两只大貔貅，来往客人不得随意抚摸貔貅头部，意为吃尽天下之财，不容他人之手略沾。普通民众则把它发扬光大于日常生活中。常听到“生个孩子没屁眼儿”的话语乱飞，即生个貔貅。这样既咒骂对方生个貔貅一样的丑儿子解恨，又祝福他们日进斗金消怨，非常符合“以德报怨”的中华传统精神。

小剑最近消瘦得厉害。云丽看在眼里，急在心里，强拉硬拽他到医院检查了一遍，医生只说正在长身体的时候，青春期正常现象。云丽心想儿子才十二周岁不到，说是青春期早了点儿，回家后就找张发验查了一番。十几年来张发对寻龙点穴、望闻问切多有研究。云丽听张发指点迷津，就让开文去请只貔貅回家调理儿子的心神。开文根本就不信这一套，觉得儿子少年心事，早晚要经历，早点儿晚点儿也没啥关系，谁不都是这么过来的。云丽认为全当花钱买个心安。开文顶不住云丽三天两头的烦叨，再者也见小剑确实消瘦得厉害，就在上班路上碰到赵本时把这事托付给他了。

王喜走后不到两个月，赵本探听国内风声小了，就从国外回来重操旧业。国内水晶发展刚刚起步，本地原料尚且使用不完，谁还会舍近求远地再从国外进口水晶原矿。赵本给王喜这么一分析，就让王喜本来躁动不已的心平静了。王喜仍在国外从事商贸生意，赵本放不下多年的水晶情结，帮了王喜一段时间后，就请辞回国。王喜挽留不住，送给赵本一些钱财就让他回去了。

赵本听了开文的叙述，满口答应，当天晚上在回家路上碰到开文就递给他一只沉甸甸的小木箱。开文打开一看，一只晶莹光洁的水晶貔貅，仰头怒目，威不可言，大小足有三十厘米高。开文忙说太贵重了，买不起。赵本说不用买，这是他送给侄子小剑玩的。开文再推辞，赵本就动了情，他说若不是当初开文冒险通知他逃跑，他哪有今天。话已至此，开文再推托就显得生分了。不过开文也很是好奇赵本哪来的这水晶雕刻件，难不成是以前的皇宫王府之物。赵本一听就笑了，说开文哥都不关心水晶发展了。

晶都连办两届水晶节，声势浩大，名头响亮，但各面反馈的信息却越来越弱。这些信息抽丝剥茧，最后汇总就一句话：水晶款式陈旧，制作手艺落后，产品相对单一，不是手链就是项链，再好点儿不过是脖子上的挂件。政府订单锐减，民间零售陷于停顿，刚蓬勃兴起的水晶事业面临夭折的危险。张芹、廖志开对此一筹莫展。最为高兴的则是桃林镇党委书记周强国。周强国从邻近县城的发达乡镇岩河调到偏远的桃林后，卧薪尝胆，不到一年就将汽车边缘产业做得有声有色。通往镇政府的主要道路两边堆满了轮胎、钢锅这些汽车废旧物资。精明的桃林人从海南或连云港，买进一些西方发达国家报废的汽车进行回收翻新，再卖给相关单位从中获益。由于西方技术发达，尽管所购汽车已属报废，但车身上的各种零件却比国内同类新下线的产品质量还要好，因此各厂家单位争相购买。无独有偶，汽车可回收利用，那摩托、轻骑、轿车等自然也不在话下。一时间桃林交通工具回收行业风生水起，惹得附近好几个县市过来参观考察。相对于张芹、廖志开的窘迫，周强国的风头一时无二。

水晶行业前景如此不明，水晶节的停办也在情理之中，1993年的第三届水晶节没有如往常一样被提到县委的议程。廖志开的水晶城门可罗雀，他整日唉声叹气。张芹的水晶发展大计成了笑柄，她表面上坚强如初，内心里也对自己开始了怀疑。

正当愁云惨雾日渐弥漫之时，一个叫霍如春的水晶商贩，通过自救式的水晶雕刻件行动，挽救了自己也挽救了整个水晶行业。

水晶的大气候不好，商贩的小生意自然不好做。霍如春经营水晶生意近十年。之前水晶行业虽然发展缓慢，但由于政府没有刻意宣传，从事的人较少，因此霍如春尽管发不了大财，但还能保证一日三餐不愁。后来政府大力推广水晶，懂行的不懂行的，全约好似的往水晶行业猛扎。这就鱼龙混杂了，有的人诚信经营，有的人则坑蒙拐骗，一时间泥沙俱下，让政府好不容易喊出的口号“晶都水晶甲天下”成了“假天下”。后来的从事人员更游击队似的，一击不中，赶快化整为零变回老行当，或种地，或上班，回原路生存。先前的从事人员如霍如春，则是雇佣军，除了经营水晶别的什么也不会。面对日渐惨淡的经营状况，霍如春干脆收了摊位，回家闭门苦思。思则变，变则通，机会就这么来了。

霍如春带上几块水晶原石，骑了半天自行车来到晶都南部的沭阳县乌有镇。他要做些水晶雕刻件，以提高水晶的文化艺术含量。乌有镇盛产石材，当地碑刻堪称一绝，从事人员已从政府延伸到民间，制作工具也从传统的锤头、钢錾发展为机床、小型电动工具。如春找到一家碑刻加工厂说明来意，雕刻水晶玩物。厂长一口回绝，理由是水晶珍贵，若有损坏赔偿不起，另外水晶硬度高、脆性大，稍有不慎就分崩离析，他们不想坏了东西还折了名头。如春怎么不知道水晶这些品性。他对厂长说，水晶真要损坏他也不会抱怨，制作时可如切割水晶眼镜那样，边錾边旋转边浇水降温。厂长坚辞不允。如春见没法说动厂长，只得告辞退出。如此找了几家，直到一家新开的碑刻小作坊为了开张，接下了他的活。

作坊只是街尾的一间小平房，正中一张斑驳的桌子，桌子上一只陈旧的小电动机。电动机一头装着螺旋状的钢錾，整体看起来和钻墙打孔的电钻没有多大区别。坊主年约二十，刚从碑刻老师傅那学成，自立门户。他剃着坚硬如刺的平头，嘴角上的绒毛还没有完全褪去。

年轻坊主将一小块水晶石固定在桌子上，起动电动机，“嗡——嗡”地向水晶靠近。如春端着一碗水，稍微倾斜着往水晶上浇流，以期降温。“嚓——嚓”连响过后，除了四下而溅的水珠，水晶毫发无损。坊主有些慌乱，他看了一眼如春，将马力将大，“嗡嗡”地往水晶顶去。只听“咔嚓”一声，水晶散成几瓣，有数块细小的水晶裂边迸射到脸上，幸亏两人带着防护镜，要不然保护眼睛的水晶倒成了伤害眼睛的罪魁祸首。

坊主惊慌地看着如春，一时不知如何是好。如春微笑着说，没事，水晶有的是。说着他又从随身带的背包里摸出一块水晶原石。如此一周过后，坊主将电动机换小，钢錾变细，雕刻出一只稍显粗糙的水晶烟缸。烟缸并非四平八稳，大小近一个巴掌，周边缸槽厚薄不均、高低不平，围着中间椭圆形的小烟膛。缸槽最高边沿，槽厚近两指处，浮雕着一只翘首待春的梅花，栩栩如生。霍如春说，整体精致有些难，就指着这梅花画龙点睛，以小搏大。

如春带着这只烟缸返回晶都水晶城，第三天就被闻讯而来的外地商人以四千元的高价买了去。除去所损水晶、打磨花费及吃喝等必需费用，如春不到两周的时间就赚了三千元。在当时工人人均工资三百，且有大批人员被迫停薪留职、厂内待业的情况下，这三千元无疑是笔巨款。如春往返几次沭阳后，就将年轻的坊主请到晶都，给他租了房子，在晶都一起开始了水晶的雕刻事业。

榜样的力量是无穷的。从那后，水晶经营人员纷纷做起了水晶雕件、摆件，南北各地的专业雕师也蜂拥而来晶都。晶都的水晶行业又蓬勃发展，势头相对从前更为迅猛。水晶的雕刻手法也逐渐以雕师籍贯所在地为名，分为“福建工”和“河南工”。福建位居中国南部，居民身体娇小、手脚灵活、思维缜密，雕刻时原石固定，手执电錾精雕细琢，所出物件多细腻平滑，一派婉约气象。河南位于中国北部，居民身高体大，热情奔放，粗中有细，雕刻时电錾固定，手捧原石纵横驰骋，所出物件多遒劲郁勃，一派豪放之情。赵本所送貔貅即为河南工，仰天长啸、粗犷雄浑、威风凛凛。其实将把玩之石雕刻成形早已有之，只不过真理与谬论只隔着一层窗户纸而已，看谁能捅破。

不知是确有其用，还是心理暗示，自从貔貅进入家门后，开文看小剑的脸色日渐红润，又整日好吃懒做的精神起来。开文就提议把貔貅借给阿桂摆放几天，给他带来点儿好运气，让他也赚点儿钱改善一下生活。云丽当然坚决不允，连续几日在开文出门入家时，都端坐在貔貅面前严防死守，生怕开文趁自己一不留神，就将水晶貔貅送了人。

第15章 “石英”结缘，鸿运当头

短短数年，三位亲人的相继离去，让郑世桂兄妹珍惜起了眼泪，怀念起了悲伤。因为对他们而言，生活就是苦难，当他们每克服一个苦难，就会收获一份喜悦。而眼泪只不过是对坚强的洗礼，悲伤只不过是对不屈的反衬。死有何哀，生有何幸，不管如何，活着的人还要活着，而且还要活得更好。活着的目的是什么，不就是活得更好吗？

阿桂在田间地头劳作之余，重新燃起了对文学的喜爱。他自嘲工作不累无须小零钱，爱好高雅总是大道理。后来阿桂写的一篇有关水晶等级与金庸笔下的侠客等级相对应的文章在报纸上发表，使他在当地名声大震，此后便迎来转运的时机，这是后话，眼下一个女人出现在他家的院门前，阿桂却全然不知。

草不谢荣于春风，木不怨落于秋天。不管发生了什么，光阴还是不声不响地从身边溜过。每天清晨，当孩子们还在被窝里保持素心禅意的不动，大人们已在庭院里六根不静地进出时，一声声“卖豆浆”的清越叫声，空谷里传递一样，幽幽着耳膜。卖豆浆的是一位妇女，时常穿着一身已不常见的灰布蓝裳，沟壑纵横、枯纹遍布的脸让人觉得她六十有余，而娇小但不佝偻的身材，灰白交加并稀疏的头发，让人又一时琢磨不透她的年纪，尤其是她的一双眼睛，时而少女般欢快，灵动着青春的光芒，时而亡灵般阴气摄人，飘忽着惨惨的冷惧。

妇女在土路街巷上，缓慢地东西行走、南北穿梭，“卖豆浆”的叫卖声就和狗叫、鸡鸣、麻雀喳喳的吵架声，以及穿过柳树照耀在院子中的晨曦，一起组成了乡村安宁温馨的早晨。

马珍被女儿正华接到城里去享几天福，李上前嫌家里清静恼人，就让孙子小剑到家里来睡，漫漫长夜爷孙俩打个伴。为了让孙子能够多陪几天，李上前每天都早早起来，端着一只小铝锅恭候在屋前，专等着新鲜热乎的豆浆。妇女仿佛知道李上前爱孙心切，也每次总是不挑村前不挑村后，先径直来到李上前家，给他舀上满满一小锅。李上前看着分量十足的豆浆，高兴地说着“谢谢大妹子”就转身飞快地向屋内走去，边走边欢快地喊：“小剑，大孙子，快起来喝豆浆。”妇女听了笑了笑，什么话也不说，推起车往西走去，路过阿桂家，看着紧闭的大门，倒时常忘记了脚下。小剑还没起床，住在隔壁，开富的儿子小晖，积极地连衣服也不穿，只着一条短裤端了只小碗哆嗦着等在爷爷的门口。

有一天小剑难得起个大早，站在茅房里痛快淋漓地释放着积了一夜的多余水分。透过半人高的围墙，他看见妇人卖完豆浆后，直直地盯视阿桂家门的双眼，水灵灵的，晶莹过了晨晖。他走出茅房对爷爷说：“你买她那么多豆浆，她高兴地哭了。”

李上前听说后，忙转身。他看着看着，心里一沉，“是她。”

“谁？”热量散发后，小剑感到一阵阵的寒气侵袭。

“阿桂的老婆。”李上前说着就把豆浆倒给准时等候的小晖。不知小晖是岁数小，还是生活条件变好了，他浑身雪白的像个女孩，连带着头发都有些黄。

“阿桂还有老婆？”小剑第一次听说，“那阿成有老婆没有？”他一直想念着阿成。

马珍晚上回来，小剑还挺舍不得爷爷的呼噜声，和开文的地动山摇相比，这简直就是和风细雨。李上前把阿桂前妻卖豆浆的事情告诉了老伴。信奉基督的马珍当时眼圈就红了，不住地念叨着：“感谢主，感谢主。”

第二天，马珍早早起来等在门口。当看到和她差不多岁数的妇女出现时，马珍禁不住又悲伤了。她擦了把眼泪走上前，说了句“伊鲜，我，我乖啊”又不自禁地哭出了声。

支好车子正奇怪李上前怎么不来买豆浆的妇人，为之一愣，旋即两行清泪也慢慢地滑过了嘴唇，“大娘。”她扑进马珍怀里，哭得那个肆意。

伊鲜和阿桂离婚后，老父被气得大病一场。不过老头要比他的亲家郑朝宗命硬得多，在床上躺了三天不吃不喝，第三天傍晚时分，一个鲤鱼打挺翻起，这可是他练了一辈子都没有成功的武术基本动作。生龙活虎后，老头让女儿改嫁。他满不在乎地说，这辈子只听说过有寡妇，还没说过有女光棍的。

可伊鲜又对阿桂一往情深，死活不同意再嫁。刚回家的那几年，她总是痴痴地坐在门口，幻想着阿桂能去接他。当阿桂家诸多变故的消息传来时，她还笑得很开心。她认为要不了多久，阿桂就会来接她了。阿桂，那个天才的阿桂，让人着迷的阿桂，性格古怪，说明了他的魅力，不近人情，彰显他的魄力。选定一个男人，不看他是否权势熏天，是否富不可当，而要看他是否有一颗拼搏上进、永远自强不息的心。身外之物，可以拥有也能失去，内心坚强，一旦拥有则终生陪伴。这样的男人，才是女人一生的依靠。

然而，伊鲜失望了。变故接二连三地发生，阿桂却愈发坚强。身为女人，她应该懂得，男人在风光无限的时候，渴望心爱的女人在身边；落魄失魂时，又怎么能让心爱的人看到他的狼狈不堪？伊鲜改嫁了，在以死为逼，父母惯用的伎俩下，她被迫改嫁了。父母对待子女时，某些方面难免不够光明，但都是为子女好，这不需要挖空心思去论证推理，只要“血缘”一词就可解释清楚。阿桂家简直就是个四处漏水的大破船，风雨中时隐时现，眼看着一家都要沉没，又怎么忍心让女儿跟着陪葬？伊鲜嫁给邻村一个有名的老实人，老实得只会打老婆的人。当老实人对外唯唯诺诺，挣不下几个钱时，就会回家在老婆身上练起闯荡世界的本领。其刻苦勤奋让阿桂小巫见大巫，其花样招式更让阿桂望尘莫及。人，生而平等。你飞扬跋扈，为何就得我怯懦猥琐？跋扈人有平时大同小异的蛮横，老实人则有不为则已，一为惊人的残忍。没多久，姑娘伊鲜就跳过了二十岁的年华，成了五十岁的大娘。

被人认出了，哭完了，心中郁结多年的情结也打开了。伊鲜告辞，她不想再来这个让她伤心万分的地方了。临走时，她把两大桶的豆浆分散给了以往的邻居们。苦等多时的小晖，悬在腹中多时的心随着豆浆入碗而放下。

不知道阿桂知道不知道这件事，自始至终，阿桂家的大门一直紧闭着。从那以后，伊鲜再也没有出现过。有人说，她看过了曾经生活过的地方，就再也没有了牵挂。更多的人则说，她那老实的打老婆高手丈夫，知道了女人的怀旧情结，就天才般的用武力教会了她一切向前看。是没有牵挂，还是一切向前看？

有一个外国的工程师叫墨非，在本行里，他能力一般，似乎永远只是个陪衬，但是他说了一句话，却让他青史留名了，这就是赫赫有名的墨非定律：如果你觉得某一件事情有可能发生，那它就一定会以某种形式发生。

短工集散地在晶都中学西面的自由市场内。阿桂不知道要干什么，穿上劳作时的粗布衣裳，一大早就在那一圈等着雇主的短工面前晃动。短工面前摆放着纸牌，修水工、泥瓦匠、掏锅炉、搬运等，第三产业中除了能登堂入室的外，在这应有尽有。短工们吱喳闲扯的喧嚣，一见阿桂来了，以为有了生意，忙停止交谈，束身而立。随着阿桂的目光，他们在期待、高兴、失望、再期待、再高兴、再失望的感觉中轮回。阿桂晃了两圈，了解了行情，对自己也进行了一番考量，就向泥瓦匠们堆出一脸谄笑。泥瓦匠见阿桂从东到西，又从西到东地走了两遍，最后对自己露出了迷人的微笑，那心里就乐开了花，他也礼尚往来地露出了两颗大门牙。

“师傅。”阿桂相当客气。

“您说?”泥瓦匠也笑容可掬。

“我也是做泥瓦匠的，能挪挪搭个伙不?”阿桂面带笑容，轻声细语。

“啊?”泥瓦匠的心情忠实地走完了期待、高兴、失望、再期待、再高兴、再失望的每日必修课，紧接着就选修了翻脸不认人：“那边去。”阿桂被轰到了最边沿。阿桂默默地取出一方纸垫在地上，恭恭敬敬地写上“泥瓦匠”。读书人赚不来钱，但不急用钱时，一向心高气傲，常大言不惭地说视金钱如粪土，而一旦要用钱，哪怕不会赚，也会低眉顺气地视粪土为金钱。今非昔比，阿桂知道了自己的斤两。修水工，那和管道相关。别说错综复杂的管道了，他连水龙头都没见过几回。掏锅炉，城里做饭还要用锅炉?这个一时想不明白，还是不要贻笑大方的好。搬运，自己虽说是农村出来的，却偏偏不争气地想要个城市人的命，那身体糊弄外行没问题，真要荷枪实弹时那败絮就会出来丢人。至于别的行当，更是听未曾听，闻未曾闻，还是有点儿自知之明的好。最后就剩下个泥瓦匠，这个行当见多识广了。泥瓦匠盖房搭屋，一般集团作战。敢出来单打独斗的，都是糊个门槛，垒个锅沿，最多搭个厨房。

短工们经过短暂的平静，又开始说东道西。自由市场，来去自由，今天你来，明天他去，每天都有新面孔出现，大家习以为常。

凉爽的秋天渐行渐远，寒冷的冬日还没到来，但那肃杀的逼仄感让梧桐的黄叶纷纷扑向大地母亲的怀抱。阿桂不参与他们天南海北的闲聊，下蹲着身体，两手插在袖笼，怡然自得。

不一会儿，一位穿着朴素干净的妇女也像阿桂刚才一样，从西到东，又从东到西地把短工们扫视了一遍。阿桂一看她的穿着打扮，心说，您还是回去吧，这没您能干的活儿。而刚才闲聊的短工们再次鸦雀无声，一个个站好，脸上露出了和蔼的笑容。阿桂暗嘲，怪不得你们出来做短工，就这眼神，连雇主雇工都分不清，还敢出来揽活。很自然地，阿桂没有将他归为短工一伙。他认为自己是一时为生活所迫，才暂时委身短工行列。好歹自己家里还有好多良田，玩龙玩虎不如玩二两土。阿桂自我安慰的能力与日俱增。

但是大家都恭立等候，阿桂也不好一人独坐，他理了理他的二八风头，很有风骨地站起。这个从开文那学来的二八发型，阿桂留了好几年才有点儿像那么回事。可当他刚觉得自己的发型颇为出众时，开文又换成短簇精神的平头了。

那妇女离阿桂越近，他的身板挺得越直。都是雇工，装模作样干吗呀，阿桂有他书生的骄傲。你们是自甘堕落，我是生活所迫。阿桂越是这么想，脸上的表情愈显得张扬。妇女走过来，看见阿桂脸上不像别的短工那样，有着谄媚的笑容，她迟疑了一下又转回头。阿桂心想，难道还看不出，没有适合你的活儿吗？

妇女例行完扫视两圈的程序后，最终停在了阿桂面前。

“师傅。”妇女开口了。

“你好。”阿桂不像泥瓦匠那样职业的猴急，礼貌地回了一声。那个泥瓦匠投来不解的目光。

“您贵姓？”妇女很懂规矩。

“免贵姓郑。”阿桂仍不急不慢地回应。

“您跟我走吧。”阿姨不按常理出牌了。

“跟您走？”阿桂惊疑。虽说我也算是老光棍了，但行情还没差到要跟一个大妈走吧。

“是啊，跟我走，我是保姆，主人要砌一个花栏。”妇女仿佛看穿了阿桂的心思，忙解释道。

“您是说，让我去做活？”阿桂心里一阵高兴，紧接着又担忧起来。自己今天本来就没打算开张，连个工具都没有，这可如何是好。

“是啊，我们家主人是日本专家，喜欢看起来得体的人。”阿姨这次没猜对阿桂的疑问。

阿桂一时不知如何回答，朝那个专业的泥瓦匠看去，他已蹲了下来，低着头。他蓬头垢面的形象显然不符合日本人的要求。阿桂想了想，一口应承下来，说：“行，我先和你去看看。”

阿桂的好运来了。

粗痕林蔼、淡描青山；叶叶如湿，丛丛如润。风掠过阴影悄悄，树摇时响萦耳膜，一只别鹤山尖眉黛，凫水亮闪。

阿桂没想到日本人这么会享受，庭院虽偏，视野却极佳，风景优美。他心里不由得骂了句国骂。阿桂看了看需要建花栏的地方，大约有十几个平方，这不是他一个人能干得了的活。阿姨问他总共需要多少钱。阿桂心里没底，他强装着笑了笑说：“现在说没用，我们先干完，干完了我们再报价，你觉得合适就给，不合适我们就当给你白干。”阿桂无奈之下的托词倒暗合了先进的国际经营之道。阿姨将信将疑时，也庆幸找到了个在主人面前露脸的机会。

阿桂回家就找开文借钱，买上必备工具，第二天早上就拉着干过泥瓦匠的郑仲常和整日无所事事的郑小七、郑炳黎来到了日本专家的庭院。阿姨开了门。院中站着一个中等个子，三十左右年纪，面目白净的中年男子。阿姨介绍说是日本专家小野先生。晶都民政部门每年组织培训大量当地闲散人员去日本或韩国务工。小野是日本劳务公司的管理人员，这次是来晶都考察。

小野先生和阿桂他们挨个握手问好，普通话说得比他们好上不止百倍。已有点儿谢顶的郑小七轻声问阿桂，这小野到底是中国人还是日本人？是在日本生的中国人，还是在中国生的日本人？阿桂被郑小七问得一头雾水。

郑小七吃啥啥都香，干啥啥不行。除了种地老本行没丢之外，挖过水晶、贩过水晶，开过肉铺、小卖部，都是没多久就偃旗息鼓。

倒不是他好吃懒做，而是确实运气不佳，再加上意志不坚定，又摊上了个嘴碎的老婆。他老婆一看没什么收益，三天两头对他不是挖苦就是讽刺。因此每次干不了几天，他就灰心丧气了。阿桂实在是找不到人，才喊上他。本来阿桂在族中已人见人厌，就连郑小七在他面前都可以夸张地掩鼻而走，边走还边说千万不要沾惹晦气。但是古今中外，听说过谁和钱有仇？一听说能赚点儿外快，而且只出力不出本，他们就连客气一声都没有就应承了。郑小七更是眼光长远，他恨不得把嘴贴到阿桂的脸上："兄弟，以后有啥活儿可别忘了我啊。"

矮小敦实的郑仲常按小野的要求量完算好。小野对保姆阿姨交代一声就夹着皮包出门了。郑仲常对阿桂说全弄好至少要一千元。阿桂当时就傻了，他总共向开文借了三百元钱，以为买工具建花栏全够了，没想到连一半都不到。这要是建好了，日本人不认账，他可就亏大了。阿桂看看郑仲常，看看郑小七，他们也正看着他。郑炳黎年纪最小，二十还不到，他走近阿桂轻声说："要不然我们就买些水泥，去路边哪儿拉点儿石英砌和，别买砖石了。""石英不要钱啊？""要啊。但我们拉时，有人要钱就说以后给，先欠着，看不见就拉跑，反正农村多的是，总比买了砖赚不回来强。"乐观的人发明直升机，悲观的人发明降落伞。他们还没开始，就光想着赔钱了。阿桂一听在理，宁愿少赚点儿也不能多赔些。他点了一下头说："行。"

阿桂去买水泥，仲常三人回村跑了半天，拉了两平板车的石英堆在小野的庭院里。保姆阿姨疑惑地看着那一堆石英，想问又觉得自己不懂，最终就当什么也没有发生。

阿桂见两平板车石英也差不多了，就招呼大家尽快吃完保姆准备的午饭，马上就挖地掘坑。他们得尽快把花墙彻好，用水泥抹上，让小野只看到外面的花架，看不到里面的填充。正当他们紧锣密鼓地垒砌时，小野推门进来了。阿桂一下傻了眼。这半晌不夜的，他怎么就回来了呢，城里不是朝九晚五吗？小野看着满地白花花的石头，双目威严地朝阿桂瞅来。阿桂心里一哆嗦，心想完了，又要添上几百元债务。

“郑先生，这是什么建筑材料？”阿桂看得出小野强忍着怒气。

“这，这——”阿桂汗流浃背，却只能老实回答，“这是石英。”

“石英？比砖头好吗？对植物有好处吗？”小野向前一步，追问。

“对植物有好处。是的，有很大的好处。”阿桂不愧为才高八斗，他眼珠一转，就理直气壮地扯起谎来。对小日本强攻不了只能智取。

“有什么好处？”小野没想到阿桂会如此回答。上进好学的大和民族性格让他的怒气小了一半。

“小野先生，你知道水晶不？”阿桂一副胸有成竹的样子。他循循善诱着，其实脑子里飞快转动着该如何给“有好大好处”的定论找个合适的理由。

“知道。不是你们的特产吗？这和花栏有什么关系吗？”小野小心地询问，生怕问题过于低级惹人耻笑。穿戴整齐、发型笔整的泥瓦匠，不是一般的泥瓦匠。郑小七他们也停了活儿，恭敬地听阿桂授业解惑。

“那石英是什么，你知道吗？”阿桂心里有了点儿谱，又多卖了个关子争取时间。

“不知道。”小野老老实实地回答。

“那听我说，”阿桂理清了清思路，一个圆圆满满的解说酝酿成功，“石英是初级水晶，是进化的初级阶段。虽然外表差异很多，但内里功能相同。就如同野鸡一样，大的野鸡五彩斑斓，小的野鸡灰头土脸，但假以时日，小野鸡长大了同样也会多姿多彩。”

“野鸡？”小野有些不太明白了。

“是的，野鸡。水晶会发出有益身体健康的磁射线，有净化空气，肥沃土壤，促进植物生长的作用。”阿桂的思路清晰了，就懒得再揪着野鸡来救场了。

“请继续说下去。”小野也觉得关注野鸡的问题是本末倒置。郑小七终于听明白了点儿，他附和着说：“是的，是的。”

阿桂看了一眼郑小七，微微点下头，“石英的成分是二氧化硅，地壳中所含元素最多的四种元素，铁、铝、氧、硅，石英就占了两种。”阿桂感叹幸亏平时听开文哥说多了，要不然今天真不知怎么收场。“水晶，在日本也称之为水精，意为水之精华，而水是生命之源。”这前后两句风马牛不相及，阿桂接得天衣无缝。

“先生，您对我们日本也有所了解？”小野严厉的目光终于柔和了。

“当然，我们一衣带水，睦邻友好，怎么会不了解呢？你知道日本有个江木胜不？”阿桂很自然地就甩出两句官方用语，但是他对日本的认识也仅限于在开文家看到的一些水晶的相关资料，所以忙又把话题往回扯。

“江木胜？郑先生，这个我真不知道。”小野的脸上已是一副崇拜。小七、仲常、炳黎互相看了看，想出声附应，又确实不知阿桂动的什么心思，别帮了倒忙，就只能啥也不做，装成早听多了听腻了的表情。

阿桂看在眼里，乐在心里，心想“沐猴而冠”就能人模狗样，那人畜本就区别不大啊。他也终于明白马占为什么没事就喜欢高谈阔论，原来授业解惑的感觉这么爽。阿桂清了清嗓子，接着说，“是的，江木胜。他是一位博士，专门研究水的，在冷冻室用高速摄影的方式长时拍摄和观察水结晶，发现了水具有复制、记忆、感受和传达信息的能力。”

小野有些了解了，他问道：“先生说的可是江本胜君，医学博士，IHM 研究所所长，IHM 国际波动之友会会长？”

阿桂脸上一红，关公面前耍大刀了。好在他也算走南闯北过，马上接口道：“对，就是江本胜君，音译不同，音译不同。”

“水有什么不同吗？”炳黎到底年轻，忍不住问了起来。

“这个嘛。”阿桂心里责怪炳黎也不看看什么时机，一边又挖空心思让话题丰满圆润。

“先生，由我来回答吧。”小野尊师重道，见阿桂额上冒汗，以为他干活干累了，就代其回答，“所谓水有复制、记忆、感受和传达信息的能力，举个简单的例子，当你面对着水，说‘谢谢’时，水的结晶很美丽很整齐；当你面对着水说‘浑蛋’这些粗俗的话语，水的结晶很混乱，甚至根本不能结晶。”

“结晶？什么是结晶？”炳黎越听越糊涂，仲常和小七也不加阻止，他们都想知道。只有阿桂一个人在着急，他可是投资人。

小野也不知如何回答了，想了会儿才说：“水晶由分子组成的，结晶就是水分子结合成像雪花一样的东西。”

“你说得很对。”阿桂忙接着说，“水是很敏感的，就如水晶一样。刚才说水具有复制、记忆、感受和传达信息的能力，其实水晶也一样拥有。譬如说复制、记忆，大家知道现在的微型电脑的“大脑”就是由硅片组成的，也就是水晶片。”阿桂管不了那么多了，他从开文那里收集的资料上了解了一鳞半爪，能记得多少就往外说多少了。仲常、小七显然不懂，郑世桂根本不给他们发问的机会，“至于传达信息的能力，小七，你不是见过木匠的魂魄吗？”

“好了，我们不要耽误时间，赶快给小野先生垒花栏。”阿桂适时地一个总结。郑仲常三人反应了过来，搬石的搬石，和泥的和泥。

小野倒是不急了，他恭敬地请阿桂去屋里坐。阿桂借口说人手不够，要留在这儿搭把手。小野说不要紧，实在不行明天干。阿桂哭丧着脸，一步三回头地随小野进了里屋。

郑仲常催促小七、炳黎赶快干，早干完早让阿桂结账回家，防止夜长梦多。日头偏西时分，花栏垒好了，阿桂也满面笑容地出来了。他手里拿着一沓百元大钞——两千元，比郑仲常开的价整整多出一倍。

阿桂三分真七分假地虚蛇应付，让小野顿生相见恨晚之感。他拉着阿桂的手倾诉不停。末了，他非但给了阿桂两千元钱，还拍着胸脯说向日本国内调查，是否可以将石英当成花栏专用建筑材料，这样阿桂以后就可以专营石英花栏生意了。阿桂见到那两千元钱，早高兴地不知道自己姓什么了，至于以后，你爱上哪儿调查就去哪儿调查。

郑仲常干过泥瓦匠，知道这种零活不是天天有，所以报账时就将各人的报酬多算了些，自己、小七和炳黎每人一百，阿桂是揽活儿的人，二百。而现在阿桂一番信口开河就让收入倍增，去掉成本，他们三人每人三百，阿桂六百。他感叹道，真是人家动动嘴，咱得跑断腿。

出来第一天就赚到了六百元钱，这可够局长干一个月，普通人三个月了。窝在心头十几年的阴霾，一夕之间消失。阿桂那副志得意满，总想找别人唠叨两句的心情，只有开文才能理解。开文天天忙得跟神仙似的，上哪儿找他去，总不能瞅饭点儿去人家里堵。

被欣喜憋得难受的阿桂只好逮着谁是谁。开始，他先耐着性子对人家嘘寒问暖一番，大家不知道阿桂的平和是否又是人来疯前的征兆，都小心地应付着。客套完之后，阿桂再感叹一下这么多年的坎坷，好像还回味无穷似的。大家都跟着附和几句往事不堪回首什么的。尔后，阿桂话题一转，悲天悯人地讲到打短工的不易，一天只能赚个几百元。听的人眼珠好像一颗种子，生根发芽要破眶而出，鼓鼓的同时撑坏了耳膜听错了话。他疯了吗？不像。这疯都到了让人看不出的境界了啊！

一个老太围着阿桂转了几圈，壮着胆子问："阿桂，你没说错吧？"她本来想问"你没事吧"谁知话到嘴边变了。因为这说的是钱啊，疯子会知道钱吗？

若是凑巧仲常或小七谁的在边上帮一句，"是啊，一天只能赚几百”那阿桂欲扬先抑的铺垫就做得恰到好处了。当大家终于明白阿桂不是发痴变疯，就很知趣地恭维起了他，“阿桂，你行啊”“我早看出你不是一般人”“桂哥，下次出门喊上你老哥我啊”。

阿桂在家里神气活现了两天，第三天估摸着就算日本人回过味儿来也懒得找他了，就又换上那身行头来到了自由市场。这次他装备齐全，瓦刀、挫板、小榔头，在那些资深短工眼里，已不再是个混吃骗喝的人。

阿桂刚蹲好，边上修水管的问，“上次赚了多少钱?”阿桂已在村里得意过了，张狂完了，就很谦虚地回答：“五十。”

修水管的抽了一口气，“兄弟，行啊，一个活儿就赚五十。”

阿桂也抽了一口气，忙低头浅笑着说：“瞎碰的，运气，运气。”中间隔着十几个人，阿桂俨然感受到那个专业泥瓦匠射穿斗牛的嫉妒眼神。

低调，低调，闷声发大财。这是昨晚阿桂去给开文还钱时，开文千叮万嘱的。开文还怕他不信，把当年他和老猫子一起挖水晶的事都讲给阿桂听了。

正当阿桂开心地谦虚时，那个保姆远远地走来。坏了，被人戳穿了，阿桂下意识地缩了下头。一念之后，他就动手收拾起工具，准备闪人。而保姆阿姨已看见他了，她喊道：“郑师傅，郑师傅。”阿桂装作没听见，飞快地收拾好，刚站起身，那阿姨喊道：“哎，郑师傅，你别走啊。”“叫你呢。”边上的水管工不知是不是出于看热闹的心态，扯了一下阿桂的衣服。阿桂脸皮再厚也不能当作没听见了。他转过身来，保姆已站到了身前。阿桂看了眼保姆，又左右瞅瞅，“是叫我吗?”

短工们见阿桂如此问，再联想他的举动，就明白了，都堆出一脸的鄙夷，只不过是坑了五十块钱而已，就这么没出息地想逃跑。大家都是同道中人，你是妖怪，我也长了一身绿毛。

“我，我当然叫你了，我昨天就来找你了。”保姆阿姨埋怨道。

“哦，那找我有什么事吗?”阿桂的神情总算坦荡了点儿。

“小野先生找你有事，请你跟我走一趟。”保姆说。

请你跟我走一趟，这话听着怎么这么耳熟呢。阿桂的腿有点儿哆嗦。

“人家请你去，你还不去看看什么事?”那个专业泥瓦匠大声说了一句。阿桂一时分不清泥瓦匠是怕他的胆怯坏了短工们的名头，还是干等着看他笑话再添一把柴。

“去吧，看有什么活，也给咱兄弟介绍点儿。”水管工也这么说，阿桂就没有办法了。他后悔没有练过铁头功，好歹有个头皮硬点，可去得轻松些。

“好，我也好久没见到小野先生了，怪想他的。”阿桂故意装作若无其事的样子。保姆看了看他，笑了笑就在前头先走了。

小野看见阿桂来了，三两步就从客厅里跑出，那如风的迅疾逼迫得阿桂当时就想掉头而走。小野一把握住阿桂的双手，欣喜若狂:“先生来了，先生来了。”

阿桂分不清小野这亲热的态度，是求贤若渴的激动，还是缉拿归案的兴奋，他支吾着。经历过A城被人栽赃陷害的冤屈，承受了晶都家破人亡的悲痛，阿桂认为他已脱胎换骨，已能大言不惭地宣称悟道了:仁义礼智是光鲜的道德外壳，善于变通才是实惠的生存内里，两者结合方能天下无敌。

而阿桂受传统礼义的教诲毕竟太深了，用些过目不忘的学识再加上些合理推断的能力，如此挣点儿生活费就害怕不止。阿桂害怕归害怕，但他告诉自己，严格说起来，我只是在“苟且偷生”的名义下夸大了些自己的能力，赚了点儿言过其实的生活费而已，又不是打着“为人民服务”的旗号凭空造出功绩，还祸国殃民。阿桂，你有点儿出息行不，这年头像你这么正义的人去哪儿找?阿桂，直起身板，挺起胸膛，横眉冷对“小鬼子”。

阿桂终于堆出了天朝上国的微笑，“不知小野先生有何指教?”

“指教不敢当，”小野的态度谦和得像个小媳妇，“还请郑先生多多见谅”。日本人，果然不是自己跪着，就是让别人跪着，他就不能站着。小野谦恭地让阿桂有些猝不及防。不过别人已低头认错，我再不理直气壮，那就真不懂礼貌了。阿桂头一仰，“这话从何说起?”

小野的头垂地更低了：“我没有能力帮助郑先生开拓日本花栏市场。”

就这事?阿桂暗笑，不知道自己什么时候委托他开拓日本市场了。实力决定成败，拥有话语权也可以让你四两拨千斤。阿桂明白，任何时候理直气壮都能让你立于不败之地，进可攻，退可守。阿桂把身板又努力挺了挺，形成俯视着小野，用博大宽厚的语气说道：“小事一桩，何足挂齿。”

古人云，上兵伐谋，以不战而屈人之兵是为上策，但这只是在没有绝对把握打败对方的时候。真要有个压倒性的优势，不去斩草除根，宜将剩勇追穷寇，那纯粹就是白痴。阿桂表现完仁义之师的君子风范，就谋划着该早点儿班师回朝了。他正要以生意忙而告辞时，小野又掏出三百元钱递给他。阿桂一时糊涂，他想做散财童子吗?可听说日本人心如毒蝎啊。阿桂迟疑着没敢伸手。

小野没有注意阿桂的表情，他说：“花栏市场我没有办法为先生打开，但是石英销售市场我还是有些把握的。我想再向先生订购些石英，100元一吨，我先订3吨如何?如果质地不错，我们将长期合作。”

阿桂的脑子飞快地转了起来。县石英加工厂收购水晶70到80元一吨，我就是做个二道贩子一吨也有二、三十元的收入，就算一天要一吨，我也和李大局长的收入差不多了。一天要个两三吨，那我不赚得比市里的局长工资还多?阿桂心里美的能闭月羞花，脸上的笑容和西天佛祖一样温暖。“不。”阿桂心里美归美，但是他更知道人心不足蛇吞像的道理，天下是没这么多好事的。

“郑先生?”小野一脸错愕。

阿桂话刚说完，就觉出他态度的生硬了，忙解释道:“小野先生，谢谢你的照顾，但是这个石英收购，我不懂，没干过。”

“哦。”小野恍然大悟，他笑了，“没有关系，你只管收购。我先付钱，你再收货。”

这合作的诚意相当大了，基本上是无本万利，阿桂再不表示些什么，就有些太不识抬举了，“这个可以。小野先生，我还有个疑问。”赚钱的事不能马虎，阿桂说出疑虑，“中国有句话叫无功不受禄，小野先生对我如此关照，让我有些……有些……”阿桂放下书本太久，一时想不起用哪个词好。

小野已经明白了，“郑先生，请您不要见怪。”

阿桂看着小野，听他说下去。此时他没必要再用表面上的嚣张来掩盖内心的慌乱。

“我侧面了解过您的事。两次高考因人为因素落榜，先生没有一蹶不振。此后潜心著书又被文贼所盗，先生仍是没有沉沦。先生，您是位有才之士，只是生不逢时。我仰慕先生的为人，不能帮先生什么大忙，只能勉尽微薄之力。而贵国的石英纹理缜密，结晶完好，很适合相机的镜头，显微镜的镜片等。”一席话说得阿桂泪眼汪汪，士为知己者死。阿桂用力地握紧小野的手。

谁都不能否认阿桂时来运转了。在小野的帮助下，阿桂开始只是在至晶村收购石英，未过一个月去桃林镇买了辆二手的摩托车，全县跑着采购。小野言出必行，先付钱后提货，阿桂也如法炮制，钱货当场两清。既价格实在，又现金支付，没过多久，不仅原来的石英采集户，连庄上的懒汉、村中的闲人，都积极主动地采集捡拾起水晶，全码好堆整在院里路边，专等着郑世桂郑大老板来提货。

第16章 水晶比之金庸“十级”侠客

人逢喜事精神爽。日常生活逐渐改善时，阿桂的文学梦又在心中生起。1993年12月在一家大报副刊版刊登了他的一篇有关水晶的文章。这篇文章结构严谨、语调诙谐。将考证的水晶资料、水晶的品级与时下流行的金庸小说人物武功排行榜进行对比，成为跨界奇文，这篇文章的标题是《金庸群侠武功排行与水晶优良分类对比》，主要内容如下：

金庸群侠武功排名：1. 扫地神僧。2. 阿青。3. 独孤求败。4. 东方不败。5. 张三丰。6. 乔峰结义三兄弟、郭靖等。7. 王重阳。8. 丘处机。9. 江南七怪。10. 陆冠英、程瑶佳等。

水晶质量排名：1. 碧玺。2. 钛晶。3. 发晶。4. 紫水晶。5. 蓝水晶。6. 其他颜色水晶。7. 茶晶、白晶。8. 粉晶。9. 工艺水晶。10. 石英。

水晶一级：碧玺如少林扫地神僧（《天龙八部》）

当乔峰以其天下无人可挡的降龙十八掌，独克当世一流高手丁春秋、慕容复、游坦之时，武林中黑道白道、亲人仇人在由衷佩服的同时，更深深地感受到了一种恐惧。而少林扫地神僧甫一出现，就让乔峰和与乔峰同等级别的萧远山、慕容博父子、鸠摩智等黯然失色，对搏起来，他们几无还手之力。这一刻头脑中唯有蚍蜉撼大树这句话或可形容其屠杀场面之一二。

少林扫地神僧相对于金庸书中其他传说中的人物（如黄裳、独孤求败），是以其真实出现时的一手震古烁今的绝世武功，为武林排名重新洗了牌，或者说重新缔造了一个不可逾越的神话。

而这个半神似的人物所处的少林寺，虽然在历史上实力时强时弱，但是以其千百年来屹立于武林不倒，实力罕有与其并驾齐驱者，就造就了它隐隐有超然整个武林之上的威严，从而被称为武林皇室。

碧玺号称水晶之王，因其物种极其稀少，颜色非常艳丽，又兼有玄之又玄的所谓压电性和热电性而荣膺水晶中的皇族称号。尤其是敏感的压电性，使水晶在二战之初成为测定核武器核爆压力的唯一物质。

碧玺价或有高低，但以其不鲜见的几十万一条的手链，就能让别的水晶难望其项背。因此水晶中的碧玺可当金庸书中少林扫地神僧之位置。

水晶二级：钛晶如阿青（《越女剑》）

《越女剑》中的阿青以其任何高手都挡不了的一招，被时人视为菩萨转世，其实力排在前茅。但因为《越女剑》书中高手的稀少或者模糊，很难让人众口如一地认同她惊为天人的沙场剑法，又兼扫地神僧过于强悍的戳天实力，所以她只能委屈为第二。纵是第二，与第一也在伯仲之间。

钛晶因其含有对人体有益的钛元素而得名，一般为黄色。它同样稀少，并以其超强的消磁性、去辐射性等因素，和其特有的母体包含发质结构等特性，让世人啧啧称奇、为之侧目，由此也导致了它血统的高贵及价格的不菲。综上，钛晶家族因其整体实力的雄厚及对王者之位构成了不可估量的威胁而暂排第二。

阿青与钛晶以其榜眼的实力在令人感到一丝遗憾的同时，更多的是令人为之神往。

水晶三：发晶如独孤求败（《神雕侠侣》）

独孤求败在金庸书中没有直接出现过，但是他流传下来的剑及剑法给后世留下了深远的影响。很有可能仅学及其皮毛的杨过、风清扬、令狐冲就为当世顶尖高手。而他要强于黄裳的原因是在《笑傲江湖》《神雕侠侣》两部书中被直接提到过，并起到了决定性的作用。独孤求败虽只求一败，但是在二十岁时尚有人可与其争锋，这点不及阿青，所以排名第三。

发晶为含发状物水晶的统称，但因其所含发丝稍细于钛晶，在能量功用上稍弱于钛晶，故另归一档称为发晶，算是没落贵族。虽然功能效用上稍弱，但又因其颜色丰富，色泽美丽而无可争议地排名第三。

水晶四级：紫水晶如东方不败（《笑傲江湖》）

东方不败虽半男半女，不为人所喜爱，但是其一心为武的执着精神及蔑视天下的武功让其排第四似乎有些委屈。但是其最高战绩只是以一敌四个天下绝顶高手，并为人所杀，这一点决定了他终究只能排第四。

紫水晶因水晶颜色为紫而得名。在中国，紫色为皇家专用色之一，又兼有紫气东来等相关美好祝愿，仅这一条就保证了它的人气与地位。水晶中可排名第四。

水晶五级：蓝水晶如张三丰（《倚天屠龙记》）

金庸书中越到后来等级越弱，《倚天屠龙记》中仅练了几招九阴白骨爪的周芷若就差点儿天下无敌，而她此时的白骨爪功力可能还不如《射雕英雄传》中后来的梅超风。梅超风的功夫在《射雕英雄传》中虽说仅次于四绝和周博通及裘千仞，但是西毒想秒杀她还是易如反掌的，就连身中奇毒的北丐在王府那一段里都差点儿废了她。由此可想，《倚天屠龙记》在金庸书中整体实力不够，能够向张三丰叫板的人能列出一长串，譬如能秒杀梅超风的六人、乔峰结义三兄弟、王重阳。

但为后世称为一代宗师的张三丰确有其过人之处，他仅凭一人之力不仅创出了当世也是现代的绝学——太极，更是创建了可与少林分庭抗礼的武当派。他改写了十二世纪后武林的历史，发扬光大了武学强身健体的境界，是武术界一个里程碑式的人物。你的武功可以有高有低，你创的门派可大可小，但是你跨越不了张三丰这样的巨人。于是，第五名也应运而生。

天然蓝水晶在市面上基本上看不到。在火山运动的时候，因为熔点的关系，导致决定水晶颜色的铜离子融入不了水晶之中，因此造成了世上无天然蓝水晶的事实。但是世事又无绝对，正如历次大地震都有许多改写了生命极限的记录一样，蓝水晶也偶有发现。笔者曾亲眼看见一块蓝水晶石，但是其颜色过于平淡，只飘然一股蓝气，稍不留神就会混同于白水晶。在《泰坦尼克号》中让世人惊羡的透明蓝宝石，如果放宽标准的话，也算是蓝水晶。不过因其成分的不纯、颜色的鲜明、功能的欠缺、品种的唯一等特点，就注定了它是可遇不可求的宝石，不能成为一个群种的代表。

蓝色因其非常感观地秉承了人类忧郁的性格，所以深为消费者尤其是年轻人的喜爱，正是因为这种喜爱和追捧，导致市面上合成的蓝色水晶并不罕见。

综上所述，蓝水晶就与道家仙骨的张三丰齐名。

水晶六级：发色水晶如乔峰结义三兄弟、郭靖等（《射雕英雄传》）

乔峰先以丐帮帮主的地位后以辽国南院大王的身份，再辅之以几场巅峰对决的完美，最后借助于人类最伟大的情感——爱情——的升华而深入人心。若以其个人格斗能力的强弱及骑士式英雄主义的宣传，毫无疑问地要排名于张三丰之前，但也正如前文所述，他在人类的发展史，及社会的推动史上所做贡献甚小，因此只能屈居第六。另外几位相差无几的虚竹、段誉、逍遥三老、郭靖等也可排在这一档次。

其他颜色的水晶虽然功能不减，但在人类解决温饱之后的第一要求——美学面前，实在英雄气短，不免也会生出“既生瑜又生亮”的感慨。不过，能生出这种感慨的定非凡人，所以他们名列第六。其他颜色水晶价值的差别就如乔峰他们一群人的功力强弱一样，已无关排名大局。

水晶七级：茶晶和白晶如王重阳（《射雕英雄传》）

王重阳贵为五绝之首，但在金庸书中总的排名他也只能如此了。相对于排名第六的乔峰，他的战绩有些少得可怜，另外，他最大的硬伤是必须假死去诈伤西毒欧阳峰，而并不能一除以绝后患。虽然有硬伤，然而纵观金庸书中其他人物，能占他为先的又绝无仅有。因此，第七的位子，他坐得是无比坚稳。

茶晶、白晶在中国本土产量最大，质量最为上乘，日本相机镜头的原料就是产自中国江苏的东海。虽说茶、白两色水晶质量最优、透明最高，哪怕功能最强，但是它们和王重阳一样，有一个致命的硬伤就是不够美观，所以它们也只能排在第七。

水晶八级：粉晶如丘处机（《射雕英雄传》）

长春子丘处机不仅在武林史而且在政治史中，都是威名远播的，知者甚众。但他的武功殊不算高，七子联手才能勉强对抗四绝之一，而一旦落单或年老后，连法王的徒弟霍都都能欺负他。

这一点类似于产量巨大但是价格偏低的粉晶。

粉晶为巴西所产，其蕴藏量之丰富完全不似前面所述之水晶，已摒弃了手工开采，可大规模地采用机器了。由于其产量巨大，致使其价格难以骤升，但若是说贱若草芥，那未免又要贻笑大方。

因粉晶产地的遥远及后天加工的劳力注入，也注定了其价格不会过分低廉。这一点恰于黄蓉评价“年龄都活到狗身上”的丘真人一样，天赋也许不行，但是后天努力过人，又加为人豪气干云，所以在江湖上也是个知名人物。粉晶、丘真人排名第八。

水晶九级：工艺水晶如江南七怪（《射雕英雄传》）

江南七怪在黄老邪的眼里是“功夫不高，名头极响的人物”。他们的出现好像是专为引出一代大侠郭靖一样。《射雕英雄传》前部中，他们对付几个毛贼、小偷什么的，尚有些威风可言，一碰到个稍微会点儿的练家子，只有被人克的份。

工艺水晶不是天然水晶，是石英的加工品。石英和同材料水晶的对比，就像同为皇帝的李世民和光绪差不多，名同命不同，不是一个等级的。工艺水晶的价格不高，但出售的时候和江南七怪与人比武一样，都是群殴，批量地卖。

当然，用来做光纤的纯工艺水晶不在此讨论范围，那个比一般天然的都要贵。

水晶十级：石英如陆冠英、陈瑶佳等（《射雕英雄传》）

陆冠英及陈瑶佳等的武功在金庸书中，基本上可以算是垫底了，正如石英一样。但是练过的和没练过的就是不同，正如石英还是要贵于一般石头一样。但是不管怎么说，他们也不会麻雀变凤凰了。

排名已完，别的高手或已有同级别人代表，或如同水晶中偶尔产生的异类(如一个通体无杂质的白水晶球也可价值连城)一样，可另当别论。特别注明《侠客行》中石破天由最后救人情景在海上一跃五百多米来看，有些超人类，不适合在此类比。

阿桂此文发表后在晶都名声大震，整日神清气爽。至晶村不少沾亲带故的人来央求他带带自己，共同富裕，阿桂叔或阿桂哥吃肉，我们跟着喝汤。这些人中尤以郑小七最为积极，他基本上天天蹲在阿桂家门口。阿桂出门，他帮着推车。阿桂回来，他迎上去拿包。时间一长，他见阿桂毫无反应，一生气就对阿桂吹胡子瞪眼，说他赚的第一笔钱要没有他鞍前马后的，哪会这么顺利。骂完没几天，他又跑来，眼泪汪汪、可怜巴巴地对阿桂说：兄弟拉哥一把吧，要不然你嫂子都不和我过了。

阿桂被他烦得没法，就问他：“钱不是一直都能赚的，要是亏了，你不会撒手就跑吧?”

小七听了“切”了一声，好像被侮辱似的，他把头歪过去又歪回来，一看阿桂正专注地盯着他等回话，知道糊弄不过去，忙拍着胸脯说：“你把哥看成什么人了，哥是那种不着三不着两的人吗?”

阿桂不说话，仍看着他。小七心虚了，装腔作势那得分场合，现实中，你让狐狸对老虎翘下尾巴试试?他低着头说：“兄弟，哥一直就是意志不坚定，今天干这个，明天干那个，才让娃吃不饱穿不好，让你嫂每晚赶在地上睡。你不拉我一把，我，我……”小七说着说着那语气就低沉了。

人是感情动物。小七对阿桂掏心晾肺，阿桂也不能无动于衷。他拍了拍小七的肩：“小七哥，都一个村住的，我能不了解你吗?现在这样子，我是一个人吃饱全家不饿，若是再带着你的话，那我们就得扩大，就得正规。我就怕正搞着呢，你给我撒了手，把我烤在那半空中，那可怎么办?”

小七听了没有言语，他想了一会儿，把头抬起来，眼里晶晶亮着光："兄弟，你放心，这回我肯定跟你玩命干，你嫂子再胡言乱语的，我就和她离婚，和兄弟搭个伴儿。"

"小七哥，话不能这么说。"阿桂忙拦住小七的话头，他内心里也感动了，已很久没有人和他这样推心置腹了。

阿桂收下小七，就不好再不收别人了，都是亲戚朋友，谁也得罪不起。小野建议与其小打小闹，饥一顿饱一顿，不如放开手脚，大干特干一番，也不枉来世上走一遭。阿桂正是信心暴涨之时，小野稍一煽动，他就勇猛直前了。阿桂找到骆全，让村里去镇上给贷点款建石英收购厂。开文上调之后，骆全接任村支书。郑朝宗在时，骆全是郑朝宗的副手，因此对郑世桂一直照顾有加。不过，这次他是全无办法。开文治理的这几年，虽说早还清了欠款，但村里既无工业又无副业，全靠农民交点儿提留税、上头偶尔露点儿牙缝钱支撑着。若是能贷到款，开文早就把厂建好了。阿桂也不是蛮不讲理的人，他听骆全说得在理，说了句叨扰老哥了，就准备回去再想办法。

骆全却挽留他再坐会儿，哥俩说些闲话。村支书相邀，阿桂也不好走。办公桌侧面有个长椅，阿桂就坐了上去。骆全从抽屉里拿出只一次性杯子，给阿桂加上茶叶倒上水，自个拿出只大玻璃杯。骆全走向长椅，在另一头坐下后，就信口胡聊了起来。聊着聊着，骆全感慨道，以前开文做支书时，看他整日悠闲得很，到自己身在其位，才发觉这没品的官员却是天下最累的活儿了，既要管黄赌毒，又要管农林副，千头万绪的，无所适从。

阿桂附和道："是啊，村支书是一个村子的掌舵人，辛苦骆全哥了。"

骆全笑了一下说："什么掌舵人，全是乡亲们抬举。"说完他接着感慨，"不过支书确实操心，开文干支书时就不止一次说过，若是他不干这个小干部，早就把石英加工厂、制造厂什么的开起来了。"

“加工厂、制造厂？”郑世桂回过味儿来了，骆全好像沐浴焚香一样地隆重，又是聊天又是倒茶的，原来有这么一出。

骆全不看阿桂，斜坐着。一只脚脱了鞋，收上来踏在长椅沿上，灰色的袜子上一块醒目的蓝补丁。他说：“是啊。哎，我们村今年不知有几个能入得了伍的。”

“入伍？”阿桂愣了一下，“骆全哥，你刚才说开文哥原来想开厂？”

“什么？开厂？开文？”骆全转过脸来看着阿桂，像是全然不明白他在讲什么。

“哎呀，你刚才不是说开文哥若是不当村干部，早开起了水晶加工厂、制造厂什么的吗？”

“哦，哦，我只是这么说，怎么了？”骆全仍是一副不解的样子。

“哥啊，那开文哥没说怎么能把厂开起了吗？”阿桂毕竟三十好几的人，一见骆全这样子，就知道他不方便主动说，自己干脆开门见山地问，他能说多少就是多少。

骆全低头沉思了一下，“开文当然有能耐了，他家弟妹也是个能人，会赚钱。他说自己投点儿，实在不够的话，就找人一起合伙儿，大家每人出一部分。若是不行的话，就问大家借些。大家要是不想白借的话，他说就借四还五。总会有办法的。”

“哦，”阿桂听明白了，“还是开文哥思路广。”阿桂内心仍是不明白这有什么不好直言的，还藏藏掩掩。骆全接着说：“开文也只能不做领导了才好干。要是在任上就这么干，干差了群众不答应，干好了有人雁过拔毛。”

“做领导也不容易的，既要哄着下面还要考虑其他方面的情况。”阿桂说了句似是而非的话，但他还是没有明白，平时和他亲近的骆全哥，何以期期艾艾的不爽快。

阿桂晚上回家，把海洋和几个小伙子叫来，希望他能跟着自己，赚些活络钱，好为儿子郑扬帆盖房娶亲。

阿桂把合伙建收购站的意思一说，大家都面有难色。你吃肉我喝汤，我不会眼红埋怨你，只会对你感激不尽；可你煮肉烧汤时，让我贡献些柴火，对不起，那和煮我肉也没啥区别。海洋一见大家的神态，就知道事情难搞，站起来说：“阿桂，多谢你能想着老哥，但是做生意我不行的，开文家嫂子已赊了我几只小猪，我安心养猪就好了。你们谈，我还要回去喂猪。”

“海洋哥，”阿桂见海洋要走，忙站起来拦阻，“你不用出钱，出把力就行。”仲常、小七们听了，互相看了看，没有吭声。

“这个，兄弟，我真有事。”海洋的语气是不容置疑地真诚，“你们弄，什么时候缺帮手，招呼老哥一声就行，哥别的没有，力气一把。”说完他推开门，走到大门口时，碰到骆力、郑宝，打了声招呼就消失在夜幕中。

骆力、郑宝说他们也想跟着桂叔一起干。阿桂知道一定是骆全告诉他们的。骆力、郑宝刚完婚没多久，正在老婆和将来孩子赚钱的热乎劲上。他们俩年纪相若，个头相当，连眼皮都相同，全是一双一单，平时玩耍上学都是不即不离。若不是骆力稍显白净弱，郑宝壮实粗黑，真让人怀疑他们是亲兄弟。

阿桂淡淡地说了声行啊，就坐下不再言语。骆力、郑宝兴冲而来，受了冷遇，脸上就有些灰暗。郑小七看看仲常，仲常掏根烟捻着，就是不往嘴里放。再看看炳黎，炳黎比骆力年长不了多少，也是个半大孩子，也拿眼瞅着小七。最后，他看向阿桂，阿桂失望至极，一手搭在八仙桌上，背靠着墙正望着门外发呆。

“阿桂，”郑小七霍地站起，“我出两千，不就租地、平地、垒个墙嘛，实在不行，地租下来，没钱雇人，墙我们自己垒。”

“小七，哥，”阿桂站起，眼里有了欣喜，“您出两千？”

小七迟疑了，他眼神扑闪了几下，老婆锣鼓班式的唠叨又浮现在眼前，“对，我出两千，砸锅卖铁，拆房当石，老哥我也支持你干。”老婆的影像如同气球吹出来一样，小七一咬牙，她就瘪了。

“那，那，”仲常的烟终于不被手指捻搓了，转而放在耳后夹上：

“我，出五百。”说完，他一低头，烟又皮痒似的掉下，在桌子上轻轻弹起。

“那我就出三百吧。”炳黎本打算出一千的，见仲常才出了五百，他很知趣地尊老爱幼，没敢超过他。

大家都表了态，阿桂的心里舒服了许多。钱，还远远不够，但人是主要的。只要确实有了做事的决心与行动，资金与技术都是次要的。

“桂叔，搞一个水晶收购处，要很多钱啊?”骆力在边上不解地问，“还用租地垒墙？你们家这么大个院子呢。”一语惊醒梦中人，阿桂他们情不自禁地互骂了一声，就想着办厂赚钱，一点儿也不懂得就地取材。

阿桂找人写了块牌子挂在大门口，又买了几挂鞭炮放了，郑世桂石英收购处就正式开张了。阿桂负责联系货源，小七收货记账，仲常、郑宝等就负责卸货装货。有了固定的收购处，各水晶捡拾户就不用在家里干等着阿桂上门，而是有货就送往至晶村，如此一来既节省了时间，又增加了效益。而小野先生神通广大，从刚开始每次几拖拉机地采购，到后来是有多少要多少。

1993 年，南方的经济发展出现了低潮，而至晶村的郑世桂石英收购处俨然世外桃源，“不知有汉，无论魏晋”，生意做得红红火火。第二年春节刚过，元宵节未来之时，阿桂将石英收购处搬迁到铁路北。他向村里租了两亩多地，砌上围墙，又盖了几间平房做办公室，还从一家倒闭的国有企业低价收购了一台地秤，并买来了碎石机。再有大小车辆送石英，就不用再拆拆装装的过秤，只要从地秤上一过，斤两一目了然，然后把石英倒向传送筐转往碎石机，不一会颗粒均匀，银光闪闪的石英砂就装满了一只只褐色麻袋。阿桂新买了一辆本田摩托整天在村里开进开出的拉风，惹得那些小媳妇大姑娘芳心跳动不已。事业可以让任何一个糟老头青春永驻，成功足够令随便一个龌龊人魅力无边。更何况阿桂不老，天资很高，还会写书。人们又争相传诵起阿桂的不屈奋斗精神。

村人在路上碰见遛弯的张发，也会对他说：“张老爹，当年还是您英明啊，抢了至晶村这块风水宝地。出了您女儿一位镇书记，郑尚师长、开文镇长，还有郑世桂这个大款。”张发听了，笑声爽朗地和年龄极不相称，“哈哈，哪里，都是孩子们自己努力啊。”边说边抚摸着那只癞皮狗。那只狗老态已然显现，钢针样直竖的黑毛凌软了，性格更是温和得像被骗过。

春打六九，喧鸟覆盖了柳絮，杂英开满了云霞。小剑也终于明白了“读万卷书”不如“行万里路”的道理，他离家出走了。

第17章　晶都，放不下少年的爱情

爱情，它是情投意合，是对方的那一刹那笑意，就拨动了人柔情似水的心弦。爱情，它是喝醉了的丘比特，一箭射出五行，挑战了三界众神的尊严，让人用痛苦偿还。

爱情是甜蜜，也是痛苦，更是糊里糊涂，它经不起执着地推敲。

肤嫩颊粉的凌仙，坐在那儿像朵静谧的玫瑰花蕾，小剑呆呆地看着，感官已被俘虏，只在意随遇而安的暂时舒心，大脑却不容背叛，要的是走出绝地之后的盎然生机。他的甜蜜，在于日日能见到拨动心弦的人。他的痛苦，源自早恋天堂地狱交叉的折磨。

不管他们多么用心地伪装，多么小心地掩藏，敏感异常的同学还是甜蜜了他们的甜蜜，痛苦了他们的痛苦。甜蜜怎能平常，痛苦怎能无恙？同学讥讽了他们、嘲笑了他们、甚至出卖了他们，将他们恋爱的消息报告给势不两立的老师。其实，他们何尝知道，讥讽嘲笑似乎天经地义，出卖报告看起来也稀松平常，但是他们过分地关注，极端地敏感，正表明了他们内心对爱情的渴望，对勇于追求爱情之人别样的向往。谁的青春之河不在流淌，谁的美好之心已然消茫？

然而，爱情之所以有甜蜜有痛苦，除去它本身的糊里糊涂不可捉摸，更有幼年初萌之时，世俗看似正义的威严逼压。同学们对小剑和凌仙取笑挖苦，以发泄内心的嫉妒，老师们对他们假装苦口婆心，以弥补当年自己情迷时同样的受伤。小剑和凌仙的座位分开了，一个拐弯，一个转角。

“凌仙，让我魂牵梦绕的凌仙，长大了我们就能在一起，可人们允许我们长大吗？”小剑看着凌仙美丽的侧影，受惊式的端坐，良久，一颗泪珠顺脸而下，就像爱情一样，晶莹着些许的甜蜜，冰冷着更多的痛苦。

新的女同桌刘禾禾，看见小剑的眼泪，幸灾乐祸地叫道：“李小剑哭了，李哈哈哈……”正在风口浪尖上的眼泪，不是因为爱情又是什么呢？刘禾禾的笑声像浓烟一样，正放肆地充斥着白静的教室，却随着“啪”的一声脆响消弭得干净。小剑的泪水早已不见踪影，正怒目而视着她，刚甩了她一巴掌的右手已愤恨地紧紧攥成了一只拳头。刘禾禾家境优越，父母对她娇生惯养，在学校飞扬跋扈得连老师都要让她三分，全班只有高凌仙和她有得一拼。刘禾禾冷不丁被小剑抽了一巴掌，其怒气可想而知。她瞪着眼想举手还击这个比她矮了小半个头的男生，却见小剑愤怒的眼神已幻化成了千万把利剑，排山倒海的杀气掩面而来。刘禾禾不禁胆怯了，抬起的手扬在空中半天不动，整个教室是死一般的安静。

这节课是英语课，跟班走的刘老师看了眼教室里齐刷刷瞅向小剑和刘禾禾的学生，她咳嗽了一声，学生们又纷纷把目光投向了老师。刘老师吸了一口气，说了句“认真听课”就接着讲起了生词。

刘禾禾扬在半空的手终于收了回来，她抹着脸，也无声无息地流下了眼泪。小剑看见了，没有大呼小叫着让这个骄横的女孩儿再丢一次脸，只是心情大好地微笑了起来。笑了一会儿，他又不知道自己为什么要笑，于是忧伤又回到了脸上，将目光重新投向凌仙。而凌仙自始至终都没有转过脸来，她一直看着黑板。

“凌仙，我们走吧！”小剑突然有了离家出走的念头，让自己吓了一跳。走？去哪儿呢？怎么走啊？小剑不再看向凌仙，端正了身体看向黑板。黑板上满是翘胳膊伸腿的英文，血战后的沙场般，死相枕藉。他则像个靠祖上阴德升官的二代，基本上对手下全不认识。可他必须要学习，哪怕虚伪地学习也要学，因为他必须努力将离家出走的念想扼杀在摇篮里。但是这见风就长的念想，一经出现哪还能阻止得住。到了下午放学之时，小剑已坚定了出走的想法。“凌仙，我们走吧，去一个我们可以自由长大的地方。长大了我娶你，一辈子只陪你一个人。”小剑这么想时，颇觉悲壮，是离家出走悲壮，还是一辈子面对一个人悲壮？小剑不知道，他只明白，男人是需要悲壮来帮助成长的。“凌仙，我们离开这里，就算没有美丽的鲜花，就算没有善良的人群，但只要拥有自由，没有讥讽批评阻挡的自由，那就是我们的家乡。”

凌仙拒绝了小剑。当小剑觉得自己像个英雄一样，拦着凌仙的自行车时，凌仙直截了当地拒绝了他。她面若冰霜地回答：“我哪儿也不去，请你以后也不要纠缠我。”说完，她就在众人的一片惊叹、嘘唏声中，骑着小巧的自行车，像不识人间烟火的仙女踏着白皑梦幻的云彩一样，飘走了。只留下小剑一个人站在原地，抵挡着那无尽的耻笑与白眼儿。

耻辱常与消极遁世之人相伴，却也屡与坚忍不拔之辈为邻。小剑由悲壮而得来耻辱，由耻辱又想起悲壮，再由悲壮而热血沸腾。

笑吧，笑吧！你们这些懦夫，只敢人云亦云地掩盖内心的惶恐。而我，要勇敢地离开这里。

笑吧，笑吧！你们这些懦夫，明明有着共鸣却要用嘲笑扼杀自己的希望。自由之地，等着我。

第二天当小剑出现在教室时，本来安静的教室一下子私语纷落。刘禾禾皮笑肉不笑地问小剑：“听说你要离家出走？这么快又回来了？”

小剑毫不生气，他调侃新同桌：“是啊，我要离家出走，而且为一个女孩子离家出走。有没有人为你离家出走啊？”对女孩儿来说，爱情是后天所得，但嫉妒却是与生俱来。刘禾禾可能不需要爱情，但她需要一个像小剑一样勇敢的骑士。明知女孩儿会无情拒绝，也要向她表白跪拜，只为证明她的魅力，满足她的虚荣。可惜刘禾禾没有，因此野火一样的嫉妒烧得她两眼跳跃着血光。“我不需要，尤其不需要像你这样的癞蛤蟆。”刘禾禾声嘶力竭地喊道。小剑笑了，他知道刘禾禾心中的嫉妒之种已生根发芽，要不了多久，它就会长成疼痛的大树。

小剑已铁定了心要离家出走。同学的耻笑，老师的批评，再加上母亲的不理解，父亲的训斥，他铁定了心要离家出走。同学的耻笑，有的；老师的批评，有的；可妈妈不是一直不理解我吗？妈妈以为“催促”就是佛经，念多了会得道升天，因此天天催促我学习。可是妈妈没有训斥自己。爸爸没事就对自己横眉竖眼，可是他很理解自己。他从不要求自己看书写字，他总是说要学就学得踏实，要玩就玩得痛快。自己一直很痛快，除了稀里糊涂的爱情。如此一想，离家出走的理由又十分牵强。但男子汉大丈夫，一言既出，驷马难追。

凌仙不愿意与他风餐露宿，小剑回家后就去找小三商量出双入对。女人是衣服，兄弟是手足。不料一向对他言听计从的小三这次坚决不同意，还说要告诉他父母。科技发达了，也有人装假肢啊，小剑心里恼火却还要哄骗小三说他是闹着玩儿的。

小剑有流浪街头的雄心，却惧怕孤苦伶仃的现实，总要有个人结伴才行。小剑在心里把几个好友梳理了一遍。要是花花也不愿意呢？那就是苍天注定我只能像老母鸡一样在家里待着。

花花听了小剑的问话，半晌不言语。小剑一看这情形，觉得还是先在这不如意的地方长大些，再去找那如意的自由好了。这一想，他心里平静了，也变得孝顺了，我要是真离家出走了，妈妈岂不是找不到人来训，爸爸也找不到人来骂了？他刚要和花花打个招呼回家睡觉，花花开口了“小三，走吗?”“他不走。我要回去了。”小剑心想你不想去还问问别人去不去，真是多此一举，他转身走了。没走两步，花花在背后说：“我陪你走。”

小剑的困意完全消失了。花花啊，你怎么这么不会察言观色呢？可话是自己说的，主意是自己拿的，既然人家说陪伴自己走，那自己也不好临阵退缩。小剑懊恼地和花花商量好出走的细节，就回家了。这一晚，小剑出奇地清醒，他费了一夜的工夫终于让离家出走的雄心壮志重新回归。

到了约定好的出走时间。小剑终于感受到了决心好下，行动艰难的正确性了。在花花的催促下，小剑骑上妈妈新买的山地自行车，载着她沿东单湖的河堤往北行。

已是傍晚，日头却还高高挂在西天。波平如镜的东单湖上几只鱼鹰盘旋，像少年嘴角的绒毛感受到了春风的微拂，在宁静中有着轻盈；绿树掩映的湖中小岛，露出青灰色的亭台一角，如月色荷塘旁的出浴少女，在美丽中跳跃着灵性；再远处，西堤隐约的河柳，陶醉在袅袅的炊烟中，柔和出天地一线间，情感的悸动与羞涩。

花花扎着蓬松的马尾，上身一件粉色的长袖套衫，装饰用的帽子散在背上随着身体的转动左右摇摆，下着一条白色的休闲裤，勾勒出了曲线分明，让包裹着的青春火样蓬勃。而原本稍显干枯的皮肤，如今春水过苔般，嫩滑清新。她侧坐在自行车的后架上，头微枕着小剑的后背，双手揽着他的腰。

小剑也有了英俊的雏形，浓密的黑发帅帅地分成了三七偏的“富城头”，层深岫起的眉毛彰显着咄咄的英气，棱角分明的脸型让任何一个坏坏的男生都有了艳羡。只是他顾此失彼，全无统筹概念，完全不像花花，连离家出走都要尽力打扮得花枝招展。小剑的上衣倒还干净，黑色的看起来挺新，牛仔裤却数月没换，蓝青交加，看不出原色。膝盖上破损的地方，又别出心裁地用膏药从里往外粘贴着，说不出的别扭。花花的双肩背包挂在车把上，让自行车偏移了重心，小剑边骑边吃力地掌握着方向。小剑没有带书包，家都不要了，还带什么书包。花花带着书包，却没骑自行车。走到哪儿都要依靠，知识就是力量，就是依靠，而她那辆破车显然就是个累赘。

他们一直往北，离了东单湖，过了望西村，又出了丑山镇。两个小时后，太阳还剩半个脑袋时，小剑和花花来到了一片更大的水域面前——石梁河水库，又名海陵湖。水库在晶都石梁镇北侧，地处山东省临沭县与江苏省晶都县、赣榆区交界处，占地面积有80多平方千米，库容5.31亿立方米，是省内最大的人工水库，始建于1958年大跃进时期，至晶村有好多人参与水库的建设，那是人们肩挑车推开凿出来的。

望着眼前无边的霞光，小剑车子一停，身子一歪，躺到了地上。他太累了，五十多里路，虽然和花花交换着骑，他仍是累不可遏。躺在地上，他像阳光炙烤下的棒冰一样，一会儿就全身是水。花花一时不防，也摔倒在地，但她飞快地爬起，拍了拍身上的草叶。

“今晚先到这儿吧，明天再走。”花花看着躺在地上的小剑，很是善解人意。

“嗯。”小剑瘫软在地，发音器官政令不通。他的嗓子回答了，嘴巴却没有反应。

花花打开书包，取出一条薄毯铺在地上，然后拿出些馒头、炒排，还有一小罐自己腌制的咸菜。小剑饿得厉害，闻到食物的香味，挣扎着爬起，“你，还准备了这些啊。”

花花看了眼小剑，笑了。小剑背对湖水。此时太阳下山了，身边有了黑糊的夜色，水上却还镜子似的，白晃晃的一片，反衬着小剑萎靡的身影。小剑接过花花递过来的炒排，张嘴猛地咬下一大块。这种和烧饼有些类似，块头却大得多的面食，小剑以前都吃得腻歪了，但他的胃早就被饿得失去了分辨能力。

小剑没想到花花的果敢坚决超乎想象，说出去的话和嫁出去的女儿一样，有去无回。昨晚他把出走计划尽可能详细完备后，信誓旦旦地说不混个人模狗样绝不回来。花花受到感染，很动情地补了一句，哪怕饿死也要迎风立，绝不为饱肚弯腰行。小剑的计划再详细完备，也只是花了点儿时间把目标、人员、手段等重复叙述几遍而已。出走目标很远大：向北；搭乘工具很先进：山地车；结伴人员很完善：男女都有；征途信心很十足：食物都没准备；时间很灵活：小剑说少则一年，多则三载，如果花花累了可中途回来，而他仍将一往无前。内心小剑也准备好，若花花极力邀请，那盛情难却之下，他也会陪着花花回家的。

两人吃完后，顺着河边散起了步。太阳还没下山时，一轮弯月就被强推硬挂在东方，直到此时它才睁开惺忪的睡眼，给大地撒润了水样的光芒。远处村子里点点的狗吠声和岸边草簇中小虫线性的幽鸣，让男孩女孩不由自主地挽住了手。在这宁静的夜晚，他们没有了学习的辛苦，忘却了成长的烦恼，仿佛回到了记忆中的童年，在快乐的夜风中沉浸，在愉悦的春息中沉沦。

小剑抬起头。弯月，像及笄的少女遇见了初跳的心郎，在矜持和勇敢双重的情感交织中，向他射来灼灼又柔和的爱慕之光。弯月，那柔和的弯月。小剑想起半年前那晚看到花花的圣洁美丽，那上帝一样的脸，那昙花怒绽时分，两片柔和对望的弯月。他呼吸急促了，觉得身上的衣服会收缩似的，慢慢地裹紧了身体。

“剑，你怎么了?”花花感觉到了，小剑的手心全是汗。

“没，没什么。”小剑觉得自己万分邪恶。花花，她是我的朋友，她冒天下之大不韪陪我离家出走，我怎么可以有那么邪恶的想法呢。小剑挣脱了花花的手，往河边走去，“我有些热，洗把脸。”

“小心。”花花话还没有说完，魂不守舍的小剑脚下一滑，“扑通”一声，整个人摔进了水中。花花惊呼一声忙跟着到了水边。春意正浓时的湖水，在夜晚时分还是很有些寒冷的。纵使小剑三岁多就学会了游泳，在这寒冷的水里，他还是有些手忙脚乱。花花伸手把小剑拉上了岸，小剑不觉得衣服紧，只觉得衣服重了。他不堪重负地打了个寒战。

“快回去把衣服脱了，裹上毛毯。”花花着急地说。

“哦，哦！”小剑只答应着，却不动脚步。花花见了，略一迟疑就明白了。她咯咯笑道：“我不看你的。”刚说完这话，她的脸也红了，在月光下粉嫩出了蜜桃的清香。

花花和小剑回到停车的地方。花花从书包里又掏出一条毯子，转过脸背对着递给小剑。小剑迟疑着不伸手，他愧疚自己有那样邪恶的想法。“快拿着啊。”花花催促。一阵微风吹过，唤醒了小剑身上千万个鸡皮疙瘩，小剑发觉身体在寒冷之下是相当的纯洁，竟然没有任何不良反应。不管他了，小剑三下五除二地就扒去了外衣，脱到内裤时，稍一犹豫也脱了。

小剑裹着毛毯坐在薄毯上渐渐暖和了过来，花花躺在边上，发出轻细均匀的喘息声。小剑不敢睡，他是男孩，天不怕地不怕，却最怕失去友谊。花花，我的朋友，同吃一块咸菜长大的朋友。

弯月已抛弃娇羞，毫无顾忌地照耀大地。夜越来越深，风越来越冷，小剑的眼皮越来越沉重。妈妈会想我吗？大概会的。爸爸会想我吗？做梦时可能会想，而且是我做梦时。小剑的脑袋一歪一正，一正一歪，终于躺倒，在月色柔草的自由天地里睡下了。

当他睡得迷迷糊糊时，感觉呼吸不畅。他睁开眼，花花侧卧着缩成一团，紧紧地搂着他的脖子。小剑把花花的手挪开些，敞开毯子盖了过去。花花的呼吸正常，只是刚才白净如常的脸上又有了蜜桃似的粉红，在梦里，她感受到了生命的成长。

沁露的草尖，凝洁的水面，以及氤氲其上的晨曦，这一切组成了大自然清新的黎明。

小剑睁开眼睛，前所未有的舒适。他伸了个懒腰，擦了把脸上的露珠，往边上看去，薄毯左侧空空如也。小剑一个骨碌爬起，毛毯滑落，一阵凉意。他左右看了看，刚想喊，就看见穿戴整齐的花花，远远地一瘸一拐走来。小剑把毛毯拉起裹好，待花花走近，刚想和她说话，却发现她本来粉色圆润的面孔，苍白到没有血色。花花走到薄毯边，身子一歪躺倒了。小剑趴下来凑到她脸边："你怎么了？"花花睁开眼看了他一下，又闭上，"拉肚子，第七次了。"

"啊？那你这一夜就没有睡觉啊？"小剑歉意地问。都怪自己喝光了她准备的水，害得她只能吃湖水。

"差不多吧。"花花说完不吭声了。

小剑看着有气无力的花花，心里不禁愧疚，都是自己，想离家出走又没有那个胆量，非要拉个人一起活受罪。小剑自责一会儿，又埋怨起花花，你怎么不拦着我呢，或者至少和小三一样，不要和我一起来啊，那样我不就老老实实在家里待着了嘛。

"小剑。"花花轻轻叫回小剑跑远的神儿。

小剑忙说："我在呢。"

"什么时候走？"

"走？歇一会儿吧。"小剑意识到他刚才的无耻了。花花不管不顾别人对她的看法，不离不弃地陪我远走高飞，我居然还有脸怪人家不阻拦。小剑平躺着身子，看着天空朵朵飘浮的白云，笑了。

当阳光由纤弱渐渐坚强，小剑听到肚子"咕咕"的叫声。他转过脸问花花还有没有吃的。花花紧闭着眼睛，一手搭在额上，满脸通红。

"花花！"小剑吓了一跳，只是拉肚子啊，怎么会这样："花花，王花花。"小剑抽出手半趴着，另一只手左右拍起了花花的脸。而花花像睡熟了似的，一点儿反应也没有。

"花花，你别吓我啊，快醒醒。"小剑感到心都要跳了出来。他跪在花花的身边，抓着她的肩膀拼命摇。

"嗯嗯。"花花有了反应，但仍闭着眼。小剑舒了一口气，一边把身旁搭在自行车上仍然湿漉漉的衣服往身上套，一边对花花说："我们回家，我送你去医院。"

“回家?”花花睁开了眼慢慢坐起，但脸色依然红烫地吓人。

“是啊，我们回家，我送你去医院。”小剑穿好衣服，收拾书包。

“不，我和你出来了，就不打算再回去。”花花好像有了力气，说完这一句，转身背对着小剑。

小剑傻了眼，他想了想，蹲下说：“花花，你出来就不打算回去?”

花花没有说话，小剑干脆扳过花花的肩头，却看见花花的眼里是一洼泪水，她眨了一下，两行清泪就落了下来。

“花花。”小剑的声音柔弱了。

“一个女孩子，离家了还能再回去吗?”花花眼神直直地看着小剑。

“那,那我们,好吧,我们回家结婚。”小剑不知道怎么安慰花花，只知道自己打定了主意，这一辈子就在今天决定了。

“结婚?”花花看着小剑突然笑了，“你觉得可能吗?我们这么小怎么能结婚?”她笑得小剑直发毛。

小剑想了一下，将声音尽量放低，显得柔柔的，“总会长大的，长大了我就娶你。”

“娶我?”花花的言语里有了轻蔑。

“嗯。”小剑的声音低得自己都快听不见。结婚，看起来多么遥远的事，我真的要结婚吗?什么才是结婚呢?

“你不懂，你不懂。”花花摇了摇头，重新躺倒，一手放在额头盖住了眼。

“起来吧，我们回家。”小剑打定了主意，回去大不了不上学了，情愿被爸爸揍一顿，被妈妈骂几年。

花花猛地坐起，瞪着小剑，胸口一起一伏：“李小剑，你还是不是男人?”

“怎么了?”小剑被骂得莫名其妙。这女孩子是不是都有毛病，翻脸比翻书还快。

“你想走就走，想回就回，”花花的话语里充满了怨恨，“你有没有考虑过我？”

“我不是说，我们以后结婚吗？”小剑的决心和他这句话一样，充满了疑问，以后真的就要面对这样的女孩儿一辈子？

“结婚，结婚。你当我是童养媳呢？你能不能说点儿实际的啊？”花花说着，泪水又流了下来，没有梳理的头发贴在腮边，泪水的浸湿下显得凌乱不堪。

“实际点儿？”小剑被花花哭得心烦意乱，他后悔离家出走了。电视电影上播的学生离家出走，好像没几个过得滋润的，全和饥寒交迫、流离失所的挂上沟，我哪根筋搭错了，要离家出走，还找了个女孩儿离家出走。小剑后悔不迭中拿定了主意，“那我们先回家吧。”

“李小剑！”花花站起，俯视着小剑，怒气满面，“你，你，太让我失望了。”她一手叉着腰，另一手伸出食指虚点了小剑两下，就转身往湖边走去。

小剑一声不吭，安坐着，一副“气管炎”的老实巴交样。我惹不起你，我还躲不起你？不管你说什么，我就是不说话。等你说完了，我们就回家。家里，就是馒头也是山珍的，就是咸菜也是海味的。嘿嘿，小剑的微笑终于忍不住想象的刺激，小荷尖尖的展露一下，马上觉得不妥，立刻换上一副惊恐万状的关心表情，身体也非常配合地，还未完全站起就没命地往前冲：“花花，花花，你要干什么？”

花花也不负小剑的紧张，扑通一声跳入了水中。小剑也紧随其后双脚一蹬，张开双臂猎鹰扑兔一样抓住了花花，只听“咚”的一声后，两声“哎哟”“哎哟”传来。小剑猛撞在花花的后背上侧滑在旁边，半个身子浸在水里，水深尚不及膝盖。小剑看看自己，再看看花花，视线模糊了。小剑静了静神儿，努力思索昨晚掉在了何处，难道同一个地方？

“你抓我干什么？你让我去死。”花花说完，又往河里走去，她半身水半身泥，蹚过的水一路浑浊。小剑捂着胸口还在“唉唉”叫唤，他仍在想昨晚自己是否真的掉在了水里，没这么浅啊？还是花花早查看好了地形，对自己以死相逼。可逼自己什么呢？自己一无财二无色啊。到底她这是为什么呢？小剑已无暇多想，花花的脖子已快隐在了水中，他拖泥带水地追了上去。

小剑又浑身湿漉漉地躺在薄毯上，花花也在边上呼呼地喘着气，好像比小剑还累。太阳已抖擞起了精神，将露水夜气蒸发得干净。

“花花，你到底想要我做什么？你说啊。”小剑休息一会儿有了点儿精神。若不是看她多年来对自己有求必应，小剑真想一拍屁股走人。

“花花，我们去附近村子找点儿吃的，回家吧？”小剑语气柔和地说。

“什么？”花花的声音又高了起来。

“先找吃的，以后怎么办你说了算。”小剑着实猜不透花花想干什么，干脆一切由她做主。

路两旁的麦子已经拔高了，微风拂过时的绿色细浪，已渐渐变成了碧波重涛，再不能前波未逝后波推涌，连绵不绝，而是一波微隆，独秀前翻，信步缓过。小剑拉长了脸，默默地推着自行车。花花坐在后座上，脸色一会儿苍白得没有血色，一会儿又红烫得灼到了周遭的空气，整个人憔悴得像度尽劫波。已经两顿没有吃东西了，昨晚半饱的食物早就消化干净，小剑推三步歇一步，苦不堪言，却又不敢抱怨一句。让人琢磨不透的花花把小剑治理得服服帖帖。离家出走，只不过是一时冲动，更何况这冲动后来的一半，还是苦于没有台阶就坡下驴，只能被动地前进。平淡才是人生的真实内容，更何况家里的暖床热饭正苦苦巴望着自己。可平淡有平淡的代价，有平淡的妥协。

经过这一夜又大半天的相处，小剑明白以后对她只能敬而远之了。花花天不怕，地不怕，死亡在她眼里，还不如拉肚子来的痛苦。所以短短的一天时间内，花花稍有不如意，就跳河撞地地发泄。如果她真的有个什么三长两短，我也难辞其咎啊。终于明白了平平淡淡才是真的小剑，为了自己未来的生活只能委曲求全。闹吧！回了家你我就是路人。

太阳拉长了小剑的身影，他头晕眼花像个行尸走肉，傻乎乎地推着车向前走。花花坐在车后，也耷拉着个脑袋一言不发。是的，你推车累，我坐车也不轻松，你饿我也腹中空空。花花后悔起刚才的蛮横无理了。自己这是怎么了？难道这一切不是自己心甘情愿的吗？还是自己一直委屈，小心讨好着小剑，心有不满，一旦找到机会，来了豁出去的魄力。难道我太自卑，过于敏感？

"小剑。"路过一处村庄时，花花轻轻叫了一声。村里村外好像没有人，大家不知道是忙于春种还是在各自舒适的屋里休息，整个村庄只有杨柳挥舞着手臂，发出细微的欷吁声。

"嗯。"小剑哼了一声算答复了，继续费力地向前推着车。他半个身子趴在车把上，整个重心都靠山地车来支撑。

"我来推吧？"花花梨花带雨地请求。

"嗯？"小剑一个激灵。他不敢奢望花花能替自己分忧，只求她不要再有稀奇古怪的招数。

花花从车上跳下，一把抢过自行车，倔强地向前推去。小剑在后面"哎、哎"地伸着手，不知她又想干什么。小剑不暇多想，忙冲上去夺走了自行车，"我来，我来。"花花死命抓着车把不松手，两个筋疲力尽的人较上了劲。最后，花花大喊一声"小剑"刚干涸的泪水又汩汩而下。小剑停了手，他呆呆地看着花花，清爽的发型早自然卷成了鸟巢，枯枝乱叶夹乱着，映衬着她一双眼睛都有了倦怠。

花花往前推了十几米，听不见身后的动静。她转过脸来，看见小剑远远地站在那儿，露着孩子式的笑容，心里一酸，这大半天的任意胡闹，不知给他的心灵造出了多少灰暗。她完全恢复了平时的样子，轻轻地，柔柔地唤道："走啊，小剑?"

"哦!"小剑像神游太虚圣境刚被拉回，往前走了两步又停下，大着胆子问花花："我们，还走吗?"花花听了往两边看去，他们已快步走出村庄，左面是最后一排，白灰色的泥墙上覆盖着黑褐色的稻草。

花花闭上眼睛，一颗硕大的泪珠流出。小剑看得真切，内心里又恐慌起来。

"我们回家吧。"花花睁开眼睛，看着小剑说。

回家，回家，还有什么比这更好的消息呢?小剑不能确定是否听得分明，但他显然不愿多事地再去询问，他很怕很怕花花再改变主意。小剑几个跨步跑上前，他要推着自行车，在花花后悔之前，能往回走几步就是几步。当他快要跑到自行车边上时，天地突然为之变色，刚才朗朗的乾坤刹那时黑天幕地，天空中无数的星星，晶莹闪亮地厉害。他慢慢地倒了下去。累、饿、惊恐、喜悦，数重焦灼下，小剑昏迷了。

"小剑，小剑。"听着耳边熟悉的呼唤声，他幽幽醒来。世界还是那片清朗白净的样子，花花的面孔正对着自己。她见小剑醒了，长长地舒了一口气。小剑坐起，头痛欲裂，他用手揉了揉后脑，知道自己快一天一夜粒米未进，是体力的不足导致了他的昏迷。

"花花，你身上有钱吗?"小剑问。刚有离家出走这个打算时，他信誓旦旦；而真要实施时，他又惊慌失措。他更多的只是一时气愤，稍过一会儿也就后悔起自己的莽撞了，因此他一毛钱也没带。

"我没有，你呢?"花花反问。他们都饿了。现在哪怕是一张带了霉点的煎饼，他们都会兴高采烈地大块朵颐。花花家的经济一向紧张，父母基本上就没给过她什么零花钱，昨晚的饭食就已把她耗尽。她从小剑的眼神中看出他也是分文未带。

小剑低头想了一会儿说："我去村里要一些，吃饱了才有力气回家。"说着他站起来。

"不。"花花拦住了他，"你是男人，不能轻易求人。我去。"小剑正饿得头晕眼花，哪还管这些，他说："没关系，吃饱了要紧。"说着仍往前走。

"李小剑！"花花又大叫，一副恨铁不成钢的表情，"你能不能像个男人？"小剑还是不以为然，但脚步却不再挪动，他愣了一会儿就乖乖回来，扶起山地车，推到路边。花花气鼓鼓地看了他一眼，就往村里走。

过了好久，花花拿着几张黑黄相间的煎饼走了回来。现在不是挑三拣四的时候，小剑拿起一张煎饼，三两口就吞进了肚里。没有菜搭着，他无所谓，没有水就着，他走到路旁的水沟里弯腰解决。世上最痛苦的死亡就是被饿死，世上最幸福地活着就是快要被饿死时，活了。小剑摸着微微发胀的肚子，无限感慨。

回去的道路有些漫长，但无疑是轻松愉快的，小剑把自行车蹬得像风火轮，吓得花花一个劲地喊"慢点，慢点。"

眼前的景色渐渐熟悉，前面已隐隐看见东单湖的堤坝，两人谁也不说话，只听见车轮沙沙转动的声音。许久，许久，花花问："小剑，你怪我吗？"

"什么？"离家越近，小剑的心情越好，就算回家被揍哭了，那也是含笑的泪水。他一时没明白花花的意思。

"我说你，你要像个真正的男子汉。"花花抱着小剑的腰，头枕着他的后背。

"男子汉，我现在就是啊。"青春期的少男少女，都有欢喜崇拜的偶像，女孩子喜欢美丽的周慧敏、空灵的孟庭苇、帅气的小虎队，男孩子则喜欢江湖中的大哥，如高大的邓光荣、痞性的柯俊雄或者威风八面的周润发。所谓男子汉也就是成龙那样的以一敌十，或者发哥那种的一呼百应，要不然就是万梓良那种的前簇后拥，可这些小剑都不再喜欢了。

小剑把他的理解对花花讲了。花花摇了摇头说："我不是这个意思。"她停顿了一下，"我和你直说了吧。我们这些同学、朋友，不管是大强、阿利、小三、还是我，或者高我们一级的西杏，我们都没有可能考上高中，更不要说大学了。有的人当然是贪玩，那没有办法，可有的人也是非常努力的，就像小三。但我们是不可能考上高中的。只有你，你最有可能。"

小剑停下车，觉得这话好耳熟。他转身眨巴着眼看向花花："我的成绩不是更差吗?"小剑说的是实话，更实在的话他没有好意思说，事实上他并不想上学，更不想上什么高中。他觉得自己一没有这个能力，二更没有这个兴趣。至于大学，他倒是想的，但也只是想想。因为自从记事以来，大学就被描述得太美好，美好地超出了人们的认知范围，就像天堂一样，只能在黑夜里躺在床上才会有缘相见，或者去世了连个骨灰都保存不下来时或许有可能见到。那种想，不是理想，甚至连梦想都算不上，只是想想，偶尔想一想，有时都是无所谓地想想。

花花也跳下车，看着他的面孔，认真地说："但是你不一样，你比我们都聪明，也有毅力。"小剑没有反驳，他很喜欢听花花这么说。"小剑，"花花看向远方，声音软了下来，"不管你以后会不会和我在一起，我希望在我老的时候，对自己说，我曾经爱过的人，他那么的令人着迷；我会对我的孙子说，那位优秀的爷爷，是奶奶小时候最好的朋友。"

听了花花富有鼓动性的话，小剑的情绪也高昂了。"花花!"小剑动情地看向她。花花的面庞仿佛一朵芳香的睡莲，羞赧地映红了清澈的溪塘。

小剑心中一荡，蓦然多了力气，自行车在东单湖大堤上飞奔得像脱缰的野马。花花有些害怕，却不忍打断小剑的激情。她犹豫了下搂住小剑的腰，待脸颊一贴上小剑的背，恐惧倏尔不见，满是青春的温馨。他们的身后，远远的山黛云曛，几块白岩点润了尖顶；近侧旁草绿苇摇，数只野鸭粼光中浮沉。

至晶村就在眼前了，小剑慢下车速，突然说：“我以后送你只‘心剑’。”

“像郑世凤那样的红水晶？”花花伸着脑袋问。

“不，绿幽灵的。”小剑在开文的熏陶下对水晶也有所了解。绿幽灵，纯白透明的水晶中，几丝若有若无的绿色生机盎然其中，像雨后悬崖上，伸向晴空的翠绿小树，又像露重幽谷里，穿空乱石间夹杂着的一棵新青竹。

疲惫不堪的小剑和花花终于回到了村庄。看着触手可及的家门，小剑努力保持风度，咬牙坚持先把花花送回了家。有良一脸默然地看着女儿，朵朵和弟弟则害怕地站在妈妈的身边，紧扯着妈妈的衣角。意料之中的事，小剑看了他们一眼，说声“再见”转身推车而出。刚走出大门，小剑就听到身后噼里啪啦的拍打声，一下又一下，清脆、沉闷。小剑知道那是父母借着“打是亲、骂是爱”来逃避他们应该苦口婆心教育的责任。拍打的声音响亮，却没有听到花花的哭叫声，这一切也在意料之中。和能够平安回家相比，打几下又算得了什么呢？接下来就该轮到我了。小剑没有物伤其类的哀伤，反而有一种期待向往的解脱。

看着自家熟悉的白皮铁门，小剑没有了送花花回家时的勇敢与迫切。

我是该若无其事地进去，然后装疯卖傻地说什么，直到被揍得皮开肉绽才不见棺材不落泪地承认呢？还是主动点儿找上根柳条负荆请罪，以早死早投胎的决心置之死地而后生地骗来父母的怜悯从而赦免呢？

小剑犹豫了，回家路上想好的百般说辞，事到临头却仿佛全无用处。家的温馨，令人向往，令人神思，可离家出走毕竟不是什么光彩的事。

这时，铁门打开了，身材臃肿得有些老态的开文缓缓迈出。他的双眼通红肿胀，像喝醉了酒的兔子。看见小剑，他愣怔在原地。眼前的男孩儿，头发凌乱不堪，衣裤汗味浓郁，依稀有似曾相识的感觉。他看了两眼，找到了相识的原因，嗓门就大了起来："驴桩子似的站在这干什么？又不想吃了啊？"开文状如往常的粗野叫骂，在小剑听来是如此的悦耳。悦耳到他想双腿应该知趣地哆嗦了吧？脾气暴躁的父亲好不容易遇到这么好的机会，他一定会牢牢把握，如同花花的父亲，在他身上痛痛快快地练练已有些生疏的拳脚。可他的腿没有来得及哆嗦，鼻子却劳累过分地酸痛抽动起来，"爸爸……"小剑叫了一声，这一声像是在心湖中酝酿了好久，带着饱满淋漓的水气扑面而出。也在这时哆嗦的感觉才传了过来，他腿一软，往下就要跪下。

开文见了，忙上前一步，一把拎住儿子的胳膊，"怎么了？晚吃一会儿就这德性了？"开文的声音如同得了重感冒。云丽听见爷俩在外面的对话，也飞快地走出。她手扶着门框，看见儿子艺术家一样不修边幅，但全须全尾地站在门口，那嘴角的笑容就和眼角的泪水争风吃醋了，一个无声地下流，一个寂静地上扬，风含情，水含笑。

小剑吃饱喝足、洗涮干净，睡得那个香甜。夜半时分，一阵嘈杂声将小剑吵醒。小剑竖起耳朵听了听，好像有人在哭，再听，是父亲牛吼的声音。他披衣下床，走到父亲卧室门口。爸爸连哭带骂："那个兔崽子，呜呜，老子就该毙了他，呜呜。""好了，好了，骂骂就算了，快睡吧。"在爸爸面前一向娇弱的妈妈也有这么伟岸撑脸的时候，她在安慰爸爸。

小剑推了一下门，门开了，没锁。开文趴在云丽的怀里，正哭得泪人似的。他们见儿子进来了，忙住了声。小剑问："爸爸，你怎么了？你要毙谁？谁惹你了？"离家两天，小剑觉得自己大了不止二十岁，是该替父母分忧的时候了。

“没，没什么。”云丽先反应过来，急替丈夫掩饰。不料开文毫不领情，抓过身边的枕头往小剑身上掷去，边掷边骂：“反天了，敢偷听大人讲话。”小剑一转身关上门，跑了。

第18章　不还债，毋宁死

小剑躺在床上，内心一阵欣喜，爸爸终于打我了。他乐了一会儿，又觉得不对劲，自己怎么这么犯贱，没事还想找打。但是他的心里仍是乐呵着的。爸爸刚才是不是为我哭的呢？小剑高兴了一会儿被爸爸扔枕头，又猜测起爸爸为何而哭。照理说，爸爸应该是因为我而生气的。花花家姐妹三个，她走了一天，她家人的担心程度，从她进门时，她爸饱揍她的力度，就能听出一二；而我们家就我一个，无缘无故地不归家，父母还不担心死？可怎么看怎么不像啊。这一想，小剑心里失落了，连带刚才开文扔的那一枕头也被怀疑不是因为他回家的事。他瞪着眼睛，委屈了一会儿，眼皮渐渐沉重。管他呢，反正我是回家了。小剑又进入了梦乡。

舒适的床铺阻挡不了肚子的反抗，小剑揉着瘪瘪的肚子，心不甘情不愿地起床找吃的。已吃过午饭的云丽，见儿子起来了，忙把一直温热着的饭菜端出。小剑先夹了一大块鸡肉丢进嘴里，动了几下吐出一根骨头，又夹向红烧肉。小剑把红烧肉嚼了几下，感觉身后有些异常。他转身看向妈妈，见妈妈一脸笑容慈祥的样子让他心里发毛。他吞下嘴里的肉，放下筷子，“妈，我，我昨天……”

云丽微笑着摇摇头，然后示意他接着吃饭。小剑又扒拉两口米饭，总觉得妈妈的笑容像麦芒一样扎得自己浑身刺痛。他重新坐好，对妈妈说："明天我……"云丽又轻轻摆手制止了他，说："有什么事，等晚上和你爸爸说。"小剑心里一凉，看妈妈就笑得不怀好意，昨晚他们还哭诉着要杀谁毙谁的，那人八成就是我。小剑明白，爸爸不会把他枪毙了，但那顿足以和他身材相媲美的胖揍是少不了的。离家出走并不是返身回家就算结束，该走的程序还是要走。打就打吧，让他们消消气也好，然后趁机告诉他们自己不想上学了。小剑埋头吃了起来。

人没有心事的时候，就是胃口好得出奇的时候，还没到傍晚，小剑又觉得肚子咕咕地叫了，中午可是吃得肚大腰圆啊。晚饭早做好了，小剑和妈妈坐在桌边等爸爸回来。华灯已上，饭菜渐凉，开文终于拖着疲惫的身体进了屋。小剑早饿得头晕眼花，一见爸爸落座，连招呼也不打就胡吃海塞起来。有了力气才能经得起风雨。开文见儿子狼吞虎咽的样子，想训斥两句又好像懒得理他，瞅了瞅他最终什么也没说。吃好饭喝好水，云丽收拾碗筷进了厨房，开文和小剑父子俩突然觉得屋里安静得让他们有些难堪。该来的总归要来，早死早投胎。小剑看了一眼父亲，一边小心他的反应一边仔细着措辞。"爸，明天，学校，我——"小剑准备了舍得一身剐，但潜意识里还是打算能躲就躲，万一爸爸一失手把我打成了残废，那还没有离家出走合算。"你妈妈都和你说了？"开文见儿子吞吞吐吐的样子，接过了话题。"说什么？"小剑丈二和尚摸不着头脑。"那看来是没说。"开文端起面前的茶杯咂了一口："我和你妈商量了下，这年头家里赚钱不容易，你妈妈在家一个人忙不过来，也不安全。你上的学已够多了，出去能分得清东西南北了，我也不过才上完小学。你就别上了，退学回来陪你妈，忙时还能搭把手。"开文面无表情地说了这么多。

"什么？"小剑真想掐一把大腿证实自己没睡着，可他知道自己醒着呢。"爸爸，我还小啊，还在接受九年制义务教育呢！我怎么能不上学？"这话说出来，连小剑自己都吃惊。

“你还想上学?”开文当然更吃惊。

看着爸爸的神色，小剑一时不明所以，“这个，这个……”地吞吐起来。我是不想上学，可这事也该由我提出来啊，怎么会由家里大人提出来呢?尤其是在我家里，做副镇长的爸爸，和做过人民教师的妈妈，竟然商量着让刚上初中的儿子辍学，这太不负责任了吧?小剑一时不知如何是好。

“你不会还想上学吧?”开文紧追了一句，他的嘴巴半张着，好像发现什么怪物一样。

小剑反应了过来，“啊?我是蛮想上学的，不过——”机不可失，时不再来，现在不赶快应承下来，以后后悔都来不及。小剑停了话头，看了爸爸一眼，接着说，“妈妈也确实挺辛苦的，我也老大不小了，不能光吃饭不干活，那我就退学回来帮妈妈干活好了。”只要不用上学，一切都好办，就算前面有万丈深渊、地雷阵，那也是跳得开心，趟得快乐。

“嗯，这才是乖儿子。”开文满意地笑了。

有惊无险，终于不用上学了。小剑偷偷地擦了一把汗，心里却没有想象中那么高兴，特别是父亲在他答应不再上学时，那如释重负的笑容反而将沉重压在了他的心头。

正大光明留在家里第一天，小剑表现得非同一般地勤快。他早早地爬起来帮妈妈做饭、喂猪、清扫院子。虽然他从来没有干过这些事情，但长期的耳濡目染让他一上手就有驾轻就熟的感觉。云丽看了，会心地笑了。上午，小剑帮妈妈把家里的衣服整理好，放在院子里晾晒。下午，他扛着锄头跟在妈妈身后到花生地里清理杂草。路上他们碰到牵着小狗散步的张发，云丽叫了声发叔，小剑也叫了声“大老爹。”张发和云丽打完招呼后，问小剑怎么没去上学。小剑突然觉得脸上烧得厉害，他扭扭捏捏地回答不上了。云丽看着儿子窘迫的样子，代他回答了:“不上了，在家帮我干活呢。”

“不上了?”张发也很是惊讶，不过只是一刹那，就认为理所当然了。他边往北走，边自由自语道："命啊，这就是命啊。"小剑知道他说的是什么。爸爸曾经告诉过他，那年从大鱼嘴里死里逃生后，张发就一脸深沉地说过"小剑将来不会是个读书人。"

从那后，开文就开始替儿子规划起未来，设想过"玩龙玩虎不如玩二两土"，做一辈子农民，也留意过"双手劈开生死路，一刀切断是非根"的兽医。总之，那段时间开文碰到些职业，第一念头就联想到将来适不适合儿子干。后来在妻子云丽的埋怨声中，他才不那么专横地包办儿子的未来。云丽的想法是，儿子将来就算考不上大学，也好歹得上个高中，职业高中也行，哪能去骟猪阉驴。

一天下来，小剑累地腰酸腿痛，连晚饭都不想吃。不过他到底是坚持了下来。有了第一天，就会有第二天，要不了多久，自己也可以敞着怀，坐在田埂上和别人边谈论庄稼的长势，边下下六周或者憋死猫了。小剑躺在床上摸着满手掌的血泡，鼓励自己。

第二天，小剑又被闹钟早早地吵醒了。他手按到床上，刚要翻身爬起，一阵钻心的疼痛让他嘴咧得像摔坏了的西瓜。他翻起手来一看，上面的血泡晶莹剔透，拥挤得像一串吐鲁番大葡萄。小剑忙躺好，手伸直往上甩了两下。床是用来睡觉的地方，当小剑一起不成，脑袋再挨着枕头时，它马上忠实地履行起义务。小剑困倦难当，还是等妈妈叫吧。这一躺直睡到爸爸都上了班，他才睡意蒙眬地从床上起来吃饭。吃完早饭后，他对妈妈说感觉还有些困，再去补会儿觉。妈妈说，行啊。小剑上床后，一歪就再也不想起来。其实他没有睡着，只是在床上躺着，能挨一刻是一刻。

从那之后，除了第一天，小剑用冲天干劲在家里和田头表明自己确实不想上学外，他就再也没有伸手干过活。时令未到，家里的农活还很少，小剑痛痛快快地玩了两个月。在这两个月中，小剑除了找庆树、西杏玩会，基本上就是一个人闲逛。

月光皎洁，田地金黄。阵阵浓郁的丰收气息，让开文和小剑的脚步轻盈得像随风四散的麦香。

开文手提一支双杆猎枪，走在田间小路。小剑离他不远，背着只蛇皮口袋走在主路。

春日渐逝，夏日逼近，深藏在洞穴的野兔也感觉到了这一点。每当夜晚蝈鸣草响，它们也一只只，或独来独往，或成双成对，蹦跳盘旋于绿草黄麦之间。

白天，小剑在家里养精蓄锐，开文在镇里焦头烂额；晚上，小剑精神抖擞，开文容光焕发，爷俩结伴去打野兔。开文本就有着高超的射击技术，再加上散弹猎枪扩大了准头，他简直成了百步穿杨的神枪手，指哪打哪，打哪儿有哪儿，枪声起，野兔落。小剑开始也扛着支猎枪认真追逐猎物，不料几日下来，他一只也没有打着。小剑这人有一个优点，就是颇有自知之明，学习不好就不上学了，兔子打不着就不打了，他专做爸爸的跟班，捡野兔。有时一晚上下来，开文能打到十几只，爷俩背着都有些吃力。

像少女见到了情郎，不自禁地展开了笑靥，平静贤淑的麦田，突然一阵羞涩的抖动向小剑传感。父子同时看到，小剑“噢哧、噢哧”地叫唤，开文举枪瞄准，单等着那只胆小的野兔被呼声赶回。可这只野兔不知是耳朵聋了还是被麦香熏晕了头脑，麦田里的“羞涩笑脸”仍然直直地向小剑迎来。小剑放大嗓门“噢噢”地叫着。“笑脸”多少感觉到了不友好，虽然没有直接转向开文，但到底改变了路线，斜斜地往小剑的前方漫去。

小剑感到奇怪，闭上嘴站在原地静静等候，他要看看钻出麦丛的会是一只怎样与众不同的兔子。不一会儿，一只营养不良的野兔一躬一曲着身体，像蛇那样爬动着钻出来。小剑一看它瘦瘦的样子，心想兔子中也有懒惰之徒，吃草也不卖力，若不是它一身金黄油亮的毛皮遮盖着，那身骨头就曲线分明地惹眼。而兔子不管人类的嘲笑，闷着头仍然细风逐浪般起伏着往前爬。

小剑看着看着就更觉惊奇，好吃懒做瘦掉了身躯，还瘦弱了智商不成？那只兔子不远离危险的声源，竟然将计就计爬到大路上，还胆大包天地坐下了。它就横坐在路中间，前腿伸直撑起了身体，先正对着南方，摆出动物界最优雅的蹲姿，尔后转头望向小剑，完成了深情款款的余下步骤。它这几个动作前后有序，活像一名世袭的贵族，举手投足间流露出千年积蕴的绅士般的温文尔雅。只是它那双硕大的眼睛很让它无奈，迎着月亮的光芒，四射出了海洋深处美丽的蓝色。那干干净净、晶莹幽然的蓝色，让初夏的夜晚显得格外宁静。小剑从没见过这样的美丽，这样蓝色的美丽，他呆呆地站立着。

"嘭"的一声，这时枪响了。"绅士"呆了一下，然后整个身体僵直地倒向了一旁。小剑心头一阵剧痛，他埋怨地看向父亲。开文挤在齐腰的麦田中，左晃右摆，像过河一样朝主路上移来。小剑因痛生怜，又把目光投向野兔。那只野兔却翻身而起，半蹲在地上，双手抱着脑袋两边晃了几晃，不像是中枪，倒像是被震晕了。然后，它俯身，四肢趴在地上，绷直身体舒了舒筋骨，又一摇一扭，仪态万方地顺着主路向西方走去。小剑看傻了。

这时，开文也蹚过麦田走上主路，他问儿子："野兔呢？"小剑用手指了指前方，一个优雅的小身躯正缓缓向前。开文紧盯着看了一会儿，轻声对儿子说："那不是野兔，是黄鼠狼。走，跟去看看。"

小剑一听是黄鼠狼，再回想起它瘦弱纤细的身材，果真不是野兔那么单纯地肥胖，于是心头的悲伤大减，代之的是好奇心又起：百发百中的父亲是怎么失手的？

开文和小剑蹑手蹑脚地跟着，黄鼠狼不知是有恃无恐，还是确实笨头笨脑，仿佛全然不知身后跟着人类，仍是闲庭信步地扭动着它那曼妙的身姿。它和人一样，尽量不穿麦过沟，而是顺着泥路或者田埂，先往西再往南，渐渐来到了"大炮台"。

“大炮台”由挖河泥土堆积而成，经雨之后常会板结，月光下白晃晃的一片。它河堤一样的身躯上，满是刚栽不久的山芋。山芋株距甚远，每株有三两片心形的叶子，黑绿色的，偶尔随风摇曳。大炮台不是有主之地，上面的庄稼是临近地块的村民所种，村人盖房垒圈常会前来取土，北部已缩短了几十米。因为无主，所以取土的人理直气壮，种植的人也不以为然。土取走了，遗留下的地方也平整了，但是原来的沃土在底下积压几十年，早就贫瘠得厉害，所以没人再枉费心思。于是半亩大的地方，只有自生自灭的几丛野草当作风水宝地，东一簇西一伙地点缀。

黄鼠狼爬到那块平地停下，然后像人一样站直了，前腿贴在胸前两侧，后腿用力挺住，昂着头往两边张望。

开文忙拉住小剑，往旁边闪了闪，蹲在一株葡丹丹后。那颗葡丹丹正枝大叶茂、果丰粒满，将开文父子挡得严实。黄鼠狼左右看了看，重又趴下，往东边开文父子藏身处又爬了两米。小剑莫名一阵紧张，开文又悄悄地举起了枪。黄鼠狼像感觉到了危险，重又站起四处瞅望。月亮当空，又圆又大，将黄鼠狼的影子清晰地投在了地上。开文看去，那投在地上的影子真的像一个人，像一个风华正茂的男子，早早来到约会地点，幸福甜蜜地等待美丽的女孩儿前来赴约。开文头皮发麻。黄鼠狼邪性的故事，他听过很多，整天神神道道的张发就讲过不下十个。别人讲的无外乎书生美女、金银财宝，听来不以为真，也不以为恶，解闷而已。而张发讲的就入情合理，有鼻子有眼的多。

那只黄鼠狼左右观察一番后，突然“吱吱”地叫了几声，然后不知从哪儿又钻出只黄鼠狼。开文心想莫非等来了梦中情人。可那后来的黄鼠狼比先前的那只威武神气多了，不仅个头大，连毛发都亮了不少。两只黄鼠狼像老友相见，都直立着身子，互相拥抱几下。这让开文大大称奇。他偷偷看向小剑，儿子也是大睁眼睛，看得入神。两只黄鼠狼拥抱一会儿后，就分开趴倒，一前一后往西边河沿爬去。离杂草丛生的河沿一步多远处，黑黑的，看不清是石头还是枯草的一堆。两只黄鼠狼围着黑物绕了半圈，仍然往西爬去，一会就隐进草丛不见了。

总共前后不到五分钟，开文却觉得待上了大半天。他放下猎枪，伸直了双臂舒缓筋骨。

“爸，我们去抓一只吧？”小剑的声音仍是低低的，好像黄鼠狼还在面前。

“嘘！”开文端起枪，让小剑噤声，黄鼠狼真的还在前面。他们又爬了回来，还不是两只，是一小队。开文偷偷数了数，连大带小一共有九只。他们排成纵列，都半直着身子，头向前倾，后面一个衔住前面的尾巴，像凶起来要啄食的鸭子，张着两只前爪，摇摇摆摆往前走。打头的是那只先前的绅士黄鼠狼，殿后的是后来的赳赳“武夫”，七只小黄鼠狼在中间。最后一只比它前面的大了太多，弯腰衔尾很是吃力，像贴在地上，但仍是前腿贴胸，后腿走路。他们走到黑影面前时，仍是画了个半圆又沿着原来的方向走到绅士最早到的地方。黄鼠狼到位后，都松开了嘴，松散地站着。最后那只武夫像是思索了一阵，然后走回头，到了黑物面前猛地踢了一脚，只听“咔嗒”一声金属撞击的脆响。原来那个黑物是捉野兔的铁夹子，不知谁放的，还放了些草在上面掩饰。

开文的衣服都要湿透了，再看看儿子，小脸通红，在月光下滴血似的吓人。开文一惊，当机立断扣动了扳机。说也奇怪，平时地动山摇的枪声今晚“扑”的一声，像是吹灭了蜡烛，与此同时一截脱了弹壳的子弹圆整地弹出，落在那群黄鼠狼边上不远，还冒着白烟。黄鼠狼们齐齐看过，然后像听到了号令，同一时间全趴了下来，转身，齐齐往大炮台的高处，蛇一般地游去。

那个晚上，开文和小剑一只野兔也没有打到。他们打完那一枪臭弹，吓跑了黄鼠狼后，又接着放了两枪，不是烟花般喷射，就是一声不吭地哑弹。开文赶快带着儿子往家走。走到葡丹丹那，小剑还不忘捋了一把塞到嘴里。到家后，开文看看儿子的嘴边还有一些黑红的葡丹丹汁水，脸色已正常如初。只是他走得着急，额上沁满了汗。

第二天开文骑着自行车赶往镇政府时，突然感到一阵头晕，天地晃动得厉害。有人大喊："地震了，地震了。"开文忙跳下车，感到仍在摇晃，还没看好该往哪儿躲时，大地又恢复如初，前后不到十秒。这次地震，不仅开文感觉到了，整个晶都县都感觉到了。这是自郯城大地震后，三百多年来，晶都人民再一次感觉到地震的存在。

地震带来初始的惊慌后，大家看到周围并没有损失，就各自取笑着把这事给忘了。

早饭时，云丽夹了一颗毛豆放进嘴里，对开文说："明天要割麦了，今年还要雇人不?"说着她瞅了一眼儿子。小剑正沉浸在鱼肉的美妙之中，没留心母亲的话。开文咽下一口饭，想了想说："今年不用雇人了，有小剑帮忙。"小剑听见父亲说到自己，忙问："什么事?"开文说："明天要割麦，你晚上磨两把镰刀。你比较孝顺，知道心疼父母，退学帮扶家里。我们今年不用雇人了，那三十亩麦田，你和你妈两个人要不了一个月就能割完。"小剑突然觉得鱼肉有些难以下咽。

第二天早上天刚亮，小剑就起来刷牙洗脸。云丽听到院内有动静，穿着睡衣，迷迷糊糊地走出来看看。小剑见妈妈起来了，催促道："快做早饭，要来不及了。"

云丽心疼地说："才五点呢，割麦不急这一时，要保留些体力。"

小剑脸上一窘，没吭声。他擦净脸，将毛巾挂在外面的晾衣绳上，然后走进偏屋推出有些面目全非的山地车，很认真地擦拭起来。云丽见了，睡意全消，回屋换上衣服，将昨晚剩下的米饭倒进锅里，拿出鸡蛋、菜油，做起了蛋炒饭。小剑擦好车子，从卧室拿出书包挂在车把上，看了一会儿，觉得书包过于干瘪，又从屋里找出庆树送给他的一些历史、地理等教科书，还有两本武侠小说塞了进去。

小剑吃好早饭，回屋换了一套干净的衣服，就推着山地车向门外走去。在大门口时，小剑碰到上完厕所的开文，一低头，招呼也不打就从他身边走过。开文也假装没看见，一言不发地往里走。快走到院子时，开文偷偷转了下头，儿子已跨上山地车，风一般地上路了。一抹微笑绽放在开文的嘴角。

学校，对好学上进的人，理所当然是学习充电的熔炉；对不思进取的人，则是名正言顺偷懒的安乐窝。小剑重新上学了，为了能够逃避辛苦的劳作，他重新回到了学校，这个让他颜面扫地的地方。什么叫作尊严，什么叫作骨气？不给他饭吃，再让他做做苦力，看他还敢叫嚣着什么尊严骨气。小剑对此有了相当深刻的理解。而且当他不再把尊严骨气当作一回事时，他却发觉在学校里他已获得了相当的尊重。

麦收运动如火如荼时，至晶村第一家也是唯一一家石英加工厂倒闭了。

阿桂在加工厂生意红火时，说要去东北谈一笔大生意。加工厂临时主人郑小七，在初期的小心翼翼后，不久就变得果敢坚决。当小野先生介绍一笔大得让人无法想象的生意时，郑小七觉得一举盖过加工厂真正主人威望的机会来了。尽管这笔生意大得有些不真实，大得郑小七雄心勃勃地向全村，甚至至莹和至亮村的村民借贷。

当未来太过美好时，现实就会非常残酷。郑小七对这违反常规，先交货后交钱的生意，信心十足时，小野失踪了。郑小七遍寻不见的情况下，也在一个月朗星稀的夜晚，举家消失。而阿桂仍是没有音信，有的人说他已看破红尘出家为僧，曾在某地看过一个和尚，和阿桂长相极其相似，操着苏北口音在沿街化缘。有的人说他早在外面遇害，自己曾在某某处看到过认尸公告，面目虽然毁损，但依稀可见他刀削斧劈般的脸型。

阿桂一去不回，替他照看两个月家的郑海洋，想方设法地联系上了阿凤。贞操是一把屡试不爽的杀人利器。阿凤多年的伤疤被人揭开后，羞愧难当的她，一气之下去了广东打工。在上厕所都要定时的高压氛围下，阿凤废寝忘食、通宵达旦地为他人追求剩余价值，也在忙忙碌碌中忘记了自己的悲伤。

接到郑海洋传来的信息，收拾行囊就连夜往家赶。一路风尘仆仆地赶到家，阿凤脸也没洗，先到隔壁找马珍婶子。问清了前后之事，阿凤心下悲苦，眼泪串串地珠帘一样摇荡："哥啊，你又干什么去了，难道就丢下妹妹一个人？"

阿凤回家想了一夜，决定还是报警。到了派出所报了案，值勤人员记录备份后，就让她回家等着，开富劝了她几句，告诉她，会和东北警方联系，一有情况就通知她。

阿凤只得回家等待。这一等不要紧，整个夏天过去了都没有音信，眼看着大半个秋天也要过去了，仍然没有音信。这期间，阿桂一手创办的石英厂倒闭了，阿凤一点儿也不伤心，她无所谓。人都没了，还要钱做什么？阿凤苍老了许多，每天偶尔出去料理一下农活，大部分时间就搬张凳子坐在门前，背倚着老树干，眼望向前方。

树是槐树，很老，到底有多老，她不知道。小的时候，老槐树就是这个样子。那时六间大瓦房还是四间小草屋，一家人清贫但快乐。每天饭后约定俗成，一家人总要来到槐树底下坐会儿。就着残留的白昼，父亲抽几口卷烟叶，妈妈缝补浆洗衣服。哥哥顽皮，爬上槐树，坐在横枝上一纵一摇，欢快的叫声总是能招来父亲的大骂。弟弟胆小，站在地上仰着头，看着哥哥，羡慕地大叫。而她既不能上树，也不能闲坐，她得帮妈妈哄着弟弟。老槐树啊！老槐树啊！如今暴躁的父亲，慈祥的母亲，还有可爱的弟弟都已离开人世，只剩下哥哥和我相依为命，我却不知道他身在何方。阿凤伤感。

几十年的风风雨雨，时已过，人已非，只有老槐树你，还是那么青春永驻，冬天叶落归根，夏日槐花飘香。思念及此，阿凤想哭又想笑。哭，因为自己悲惨的命运；笑，她不知道为什么。也许她觉得纵使人生满是泪水，也需要微笑点缀其间。也许她什么也没有想到，只是随意那么一笑。当然，也许是她看到了有趣的情景。

路的西面遥遥走来一个人，平坦的大路，他走得崎岖，迈得坎坷，每前进一步都要伴随整个身体最大幅度的摇摆。鸭子走在疙瘩地——想拽也拽不起来。阿凤想到这句歇后语，笑容又见大了些。那人离得渐渐近了，能看见长发粘在一起，漆黑的脸膛五官已不分明，纷起的破衣倒显得他动作轻捷迅速，像是传说中身怀绝技行走江湖的世外高人。再近一点，她就看见那人一副相当敬业的装束，左手一只破角瓷碗，那破角若不是刻意还不一定能敲得出，右手一根光溜打狗棒，比人还高，身上还背着只脏兮兮的布袋，与服饰极其搭配。那人不但近了，还直直地向阿凤走来。难道有个人就会是施主吗？老人家，我也比你强不了多少，不过你既然来了，我还是会送你一些煎饼的，天下穷人是一家。阿凤站起。

那人走到了面前，一股刺鼻的强大气场逼得阿凤不由自主地后退一步。她和气地说："老人家，您稍等，我拿些东西给你。"说着，她再次打量起眼前这位丈量地球的人。与头发磕头换帖的胡须，搅扎得像考究的小辫；脸色黑漆麻乌的起屑，仿若尊贵的龙鳞；与头巾发饰对酒当歌的长裤，只遮住关键部位的简约时尚。而双脚更是长江后浪推前浪的空空如也，并且左脚是前浪死在沙滩上的缺了只大拇指。

阿凤忘记了拿煎饼，她仔细端详着这个乞丐。却见他已满脸是泪，动动嘴唇，艰难地叫了一声“妹妹!”

阿桂回来了。

“哥!”阿凤一下扑上，兄妹两人抱头痛哭。

阿桂到黑龙江后被看上去像大款的商人骗得身无分文，没了回家的车票钱，他重操泥瓦工的旧业，一边在马路边等活打短工，赚小钱，一边往回走。

阿桂跨过松花江，越过黄河，走着走着，就放慢了脚步，一个重大的决定在他心头形成。古有徐霞客漫行华夏，虽广更泛；今有郑世桂纵穿江苏，小中见精。他边走边留意起了沿途的风土人情，并捡拾烟盒、废纸、铅笔，记录下点点滴滴。刚开始，阿桂粗粗一览，走马观花地记了一堆流水账。几日后，阿桂灵感纷至，文思泉涌，不仅如实记录下当地人文传说，还加入所思所感进入了再创作。就这样，他走一路问一路，问一路写一路，直用了半年光景才返回家乡。

兄妹两人互诉了各自情形，自然又是一番感慨。阿凤做饭烧水让哥哥吃个饱饭，洗个热水澡。阿桂稍一拾掇，重见天日的白皙皮肤配上齐肩秀发，不可避免地儒雅起来。阿凤整理哥哥包裹，发现了几叠各近一尺厚的烟纸，上面密密麻麻地写满了字。她看着哥哥的心血，没来由地想起了那本《苍茫》，她心里隐隐觉得不是太舒坦。也许是经历风雨太多，看见阴天就下意识地打起伞，而不管最终有雨否。

阿桂对过箪食瓢饮的日子驾轻就熟，连个实习期都不要。阿凤寻找哥哥花了不少钱，加上以前的一些老债务，就有点儿直不起腰了。当然，这些钱和石英加工厂创造出来的债务一比，就是九牛一毛。听说阿桂回家后，半个村子的人都蜂拥着往他家赶。代厂长郑小七不见了没有关系，真正的厂长郑世桂回来了，大家悬在胸口的心落了下去。以阿桂神出鬼没的智商，再加上他匪夷所思的运气，只要他愿意重出江湖，那点儿债务不过是毛毛雨，小到不足挂齿。多年同村而住，乡民对阿桂仁至义尽。他们没有逼着阿桂还债，只当把借给加工厂的钱算入了阿桂的股。

阿桂奔波流离半年，很是重视父老乡亲们对他的信任。他总结多年的生活经验，以及这半年多的人生思考，得出了结论：真要过上等人的生活，不是有几个钱就能够高雅的，要既有丰厚的物质基础，还要有发达的精神文明，简单地说就是名利兼收。阿桂对乡亲们啰唆了半天，大家面面相觑，谁也听不懂。有钱就好办事啊，大家思前虑后，最后一致认为阿桂又做起了不切实际的文学梦，他要写书，写他沿途看到的风景和名胜古迹。

阿凤与哥哥血脉相连，对他的崇拜不因这些年的艰难而改变分毫。哥哥重新振作，再次为理想而奋斗，她看在眼里乐在心里，主动揽下屋外屋内的所有事情，全心全意地支持他。一日三餐、缝补浆洗，她责无旁贷；施肥撒药、拔草整地，她一力承担；有村民反悔入股前来讨债，她更一律笑脸相迎，低声下气地央求人家再宽限些时日。债主因为阿桂曾成功地开办过石英加工厂，初来讨债时，对他有几分尊敬，尚规规矩矩。几次之后，看他仍是一天到晚伏在桌子上写写画画，那言语间就不干不净起来，有时甚至还对阿桂拉拉扯扯。阿桂为了理想，百般忍耐，左一声大爷，右一声哥哥地请求大家理解他，等他写完这部书，完了多年的心愿，他就出去赚钱补偿大家的损失，哪怕沿街乞讨，他也要还上欠大家的债。有人听了“扑哧”一笑，“你还想乞讨？”如果说阿桂年赚百万，他们会毫无保留地相信；如果说阿桂著书立说，那打死他们也不会信。

阿凤说：“哥，不用讨！卖了家传的宝贝还他们的钱。”

“家传？什么家传？”

“我大死时，把一块金发晶留给了我哥。”阿桂听妹妹阿凤这么说，猛然大悟。

“对，我有一块碗大的金发晶，在老箱子里。”

阿桂和阿凤回到父母的卧室，把床下的一个黑木箱打开，众人都挤上了前。

阿凤蹲下来慢慢地打开箱子，把上面的衣服一件件拿出来，她惊喜地双手捧出红布包，一瞬间她大惊失色，包很轻、很轻……她快速地打开红布包，果然，只见里面是一团白线。

“金发晶，不见了！”阿凤两行泪水就滚到了腮边。

阿凤是个善良、诚实的姑娘，村里人知道他不会撒谎，有人提议再找一找。

阿凤把箱子里的东西都翻了出来，没有看到金发晶，只找到属于她的、妈妈曾亲手交给她的“心剑”——代表王喜一片真心的、不值钱的信物，阿凤拿在手里放声大哭。

多次无果，债主们的耐心消磨干净。为了使钱财不至于平白消失，也觉得乡里乡亲，他们有责任不让阿桂在文学的白日梦里继续沉迷，于是他们决定釜底抽薪，要彻底断绝阿桂的痴心妄想。

那天中午，他们又来了。海洋、炳黎打头，一群人黑压压地挤满了堂屋。阿桂从一堆烟盒纸和草稿纸里抬起头，满脸疑惑。直觉告诉阿桂，这次他们不是仅仅来讨债这么简单。郑海洋上前一步：“阿桂，你不能再这样执迷不悟了，你看哥的养猪事业不也在渐渐起色吗？你比哥聪明的多，为什么不务些正业呢？”

“哥，我一直在努力啊。”阿桂站起，环视房间，刘士刚、王标、马山也夹杂其间。“郑小七也借了你们钱？”阿桂问。刘士刚、王标、马山左右看了看，知道郑世桂在向他们说话，不好意思地回答：“我们想跟桂叔发点儿财，赚点儿正经钱。”说完，他们低下了头。

“好了。”海洋以大局为重，他吩咐道：“马山、刘士刚，你们劝一下桂叔。”马山、刘士刚听了走到阿桂身后，一人抓起阿桂一只胳膊。阿桂预感不妙，拼命挣扎：“你们要干什么？放开我！”

隔壁烧饭的阿凤听到动静跑来，一看哥哥被人抓住，就纵跳地往前冲："你们放开俺哥，放开俺哥！"

郑小飞一把抱住阿凤："阿凤，我们这也是为桂哥好。"

"瞎说，快放开。"阿凤不听劝阻，一边反抗一边大叫，无奈小飞人虽瘦力气倒是大，箍得她都要喘不过气。

海洋看了一眼阿凤，转身走到书桌前，对着那堆烟盒纸，和阿桂已誊抄一小半的书稿叹了口气。阿桂紧张起来："海洋哥，你，要做什么？"

海洋不说话，用手把烟盒稿纸往一起堆了堆。阿桂明白了，忙大喊："海洋哥，你不能，海洋哥，你不能。"海洋不为所动。

阿凤的声音尖厉了："海洋哥，不要，我哥会死的，呜呜——"阿凤哭了，她最理解那些书稿对哥哥的价值。

"哥，叔，海洋爷啊，不要！"阿桂也明白郑海洋想干什么，语无伦次地求饶。

郑小飞咧着嘴，催促海洋快点，他的手背已被阿凤挠得血肉模糊。

海洋把烟盒稿纸堆放好，抬头又看了眼阿桂，从口袋里摸出只打火机。

"不要啊！"阿桂看到打火机，嗓门瞬间提高了几倍，连力气都大了起来，马山、刘士刚险些拉扯不住，王标赶快上去帮忙，从后面抱住了他。

海洋脸色凝重，看了眼银光束身的打火机，掀开机盖，大拇指往下一按，火苗蹿起。

"郑海洋。"阿桂的声音轻了许多，瞳孔也已然缩小，凶凶的，又了无生气。屋子里的人，谁也不说话，他们好像已看到了书稿的结局，灰黑色的片片纸屑在屋内纷扬，谁也没有成功即将到来的喜悦。他们的脸色同样凝重，齐齐看着那象征着希望的火苗。

海洋拿着打火机，再次看了一眼阿桂兄妹，沉稳着声音，一副恨铁不成钢的语气，"弟弟，你们不要怪为兄，我也是为你们好。"

说这话时，郑海洋的脸上有着少有的刚毅，全不见平时老实过头的软弱。

火苗靠近了书稿。火苗，众人的希望，书稿，阿桂的希望。当炽热的温度让锡箔做的烟纸微微卷角，一场改变人生的火焰即将腾起时，海洋看见桌子猛地往他倾斜，烟纸、稿纸撞向小腹，纷洒着飘向地面，飘向满屋的债主。与此同时，他听到马山、王标、刘士刚的低呼声，还有阿凤声嘶力竭的叫喊声。“哥！哥！”

海洋踉跄着后退两步，终于站稳了身体。阿桂站在他对面，两只胳膊无力地耷拉着，眼睛轻蔑地看向他，嘴角满是嘲弄。刘士刚、马山分站在阿桂不远处的两旁，王标则半蹲着，抽着气，揉搓着脚面。

阿桂眼看着他的心血要被付之一炬，平添了几分力气与狠劲。他一脚踏向王标的脚面，王标疼痛难忍，放开了他的腰。阿桂又猛地往前一挺，被刘士刚、马山扭着的双手往后伸成了一条直线，又从他们的手里滑落。阿桂的双臂脱臼了，他自己脱臼了自己的双臂。阿桂仿佛没有感觉到脱臼的疼痛，一刻也不停留，上前一脚踹飞了书桌。

海洋看着面露得意的阿桂，再看向呆立的刘士刚、马山，一股义愤之情上涌。他收起打火机，厉声让刘士刚、马山抓牢阿桂，又让离得最近的两个郑氏族人捡起烟盒书稿。族人犹豫了一下，蹲下身体。阿桂经过刚才的奋力一踢，好像想开了，笑吟吟地看着眼前的一切，任由刘士刚、马山、王标抓着。阿凤的哭声已经嘶哑，眼睛里是苦苦地哀求，求海洋哥住手。

郑海洋被众人公推为代表，身上承载着众人的希冀。一想起昨晚众人殷切的目光，他的心中就充满了无可比拟的责任感。他接过族人递来的书稿，抱在怀里，往外走去。众人不知其意，也跟在身后。

海洋走出堂屋，径直走向院子左首的厨房。阿凤在后面哭喊：

“海洋哥，你不能这样，我哥会死的。”海洋置若罔闻，几步走近灶台。锅里烧着米粥，馨香充满了厨房。锅灶里柴火丰富，兀自燃烧不停。海洋弯下腰，把怀中的烟纸稿张往灶台里一丢，锡纸做的烟盒遇火就燃，本来不紧不慢的火头，瞬间张牙舞爪。随着火光的灿烂，海洋听到阿桂的哈哈大笑。他站起转身，阿桂站在身后，马山、刘士刚已松手。阿桂仰脸对天大笑，两串粗粗的泪珠，在火光的映照下，闪着晶莹的光芒。

阿凤也终于挣脱了郑小飞的羁绊，大叫着冲向灶台，毫不犹豫地伸出双手，捧出了腾腾燃烧的巨大火团。火团掉在地上，她跪下，双手死命地扑打。火，终于熄灭，一摊大小不一的黑色纸屑留在地上，稍碰即散。阿凤的手黑黑的，满是牛眼大小的水泡，好几处皮脱落，其状极为恐怖。而阿凤浑不在意她的手，直直盯着眼前的那堆废屑，一句话也不说，眼泪无声地，啪嗒啪嗒滴落在眼前，溅射起朵朵纷扬的灰尘。

阿桂的笑声由刚开始的无谓，渐渐变为凄凉，声如鬼鸣。接着，他的笑声突然停止，“噗”的一声，一大口鲜血喷出，像洒在天边的彩虹。众人大吃一惊，眼见着阿桂软软地倒下，谁也没有动。

阿凤听到动静转身，看到哥哥躺倒在地，挪动着双腿，一步步跪了过去。阿桂双目紧闭，脸色苍白，嘴色有一抹解脱的笑容。阿凤把哥哥的头抱在怀中，任他嘴角的鲜血沾染了前襟。她轻轻地呼唤着“哥哥，哥哥——”，满是悲怆。

郑海洋、郑小飞、马山、王标、刘十刚，满屋的债主们，谁也没有想到会是这个结果，一个个像木鸡一样，傻愣愣地呆在原地。

阿凤低鸣良久，突然放开哥哥，起身拿起砧板上的菜刀。大家惊呼一声，方才反应过来，都转身夺门而逃。阿凤举着刀，直奔向郑海洋。郑海洋眼见着菜刀直劈过来，慌乱中却避无可避，只得伸手硬挡。“啊”一股钻心的疼痛让海洋大叫。阿凤举刀又砍。郑海洋忍着痛，一把推向阿凤。阿凤猝不及防，跌靠在水缸上。

海洋趁机逃出了厨房。一群人向大门跑去，前面的人刚把大门拉开一角，不料后面的人惊慌失措，往前一拥，又将大门关上。这时节，就听背后“啊”“啊”连声，几个债主被阿凤砍中脖颈、后背，瞬间皮开肉绽，鲜血飞溅。大家一看大门打不开，连忙掉转方向，围着院子跑起了圈。阿凤双眼通红，提着那把明晃晃的菜刀满院追赶。

开文今天不上班，正在隔壁陪母亲聊天，听到阿桂家嘈杂，就跑过来看看。他一推开阿桂家的大门，就看到院子里血肉横飞。许多村民围着院子奔跑，阿凤提着把菜刀，嘴里嗷嗷叫着追赶。有几个村民惊吓过度，绕着圈子都跑到了阿凤的身后，对她穷追不舍。

开文不知道发生了什么事，当务之急救人要紧。他大喊一声：“往这跑。”村民听到开文的喊声，忙又齐齐涌向大门。开文待村民都跑出，刚要把大门关上，阿凤就追至了眼前。阿凤的神志已有些不清，兜头一刀就砍了过来。开文一侧身避过。阿凤一刀落空，举起又劈，开文早闪到一旁。这时，年迈的马珍跑到，刚好迎着阿凤的刀锋。马珍一声尖叫，一生的情景都在眼前浮现了。开文见母亲危险，不急细想，一个垫步飞起一脚，正中阿凤的手腕。菜刀“嗖嗖”飞了出去，而阿凤的手腕“咔嚓”一声弯了下来。刚脱离险境的王标一见这情形，又重新凶悍起来，顺手拿过靠在院墙的一根木棍，照着阿凤的脑袋就砸去。阿凤不知道躲闪，开文也来不及阻拦，“咚”的一声，木棍结结实实地打在了阿凤的脑袋上。阿凤晃了晃，无声地倒下。

第19章　蓝晶石簇的幻梦

李小剑辍学两个月后，在一把镰刀的逼迫下，意气风发地返回了课堂。

当他已做好面对别人讽刺、挖苦、嘲笑、打击的准备时，却不料教室里瞅向他的眼神，齐刷刷的是崇拜、赞扬、欣赏、艳羡。一个男孩子，情窦初开的男孩子，因为爱情而勇敢地离家出走，这个只在电视或小说中才能发生的事，竟然如此真切地发生在身边，这是多么的不可思议。

教室里已少了近一半的学生，退学了，大家不乏走出去的魄力，却缺少走回来的勇气。李小剑，一个学生，一个所谓的差生，辍学两个月后又大无畏地返回了课堂，这个见所未见，闻所未闻的事情，活生生地展现在眼前。如此表面上大逆不道、内心里交口称道的事情，怎能不让一帮备受压抑、心灵即将扭曲的青春少年们激动不已、震撼不已、又向往不已？

高凌仙也被鼓舞，抛弃往日的矜持，当着全班同学的面，冲上来抱住李小剑哭了个痛快。而李小剑在惊诧的同时，蓦然发觉自己长高了。穿着深蓝上衣，纯白长裙的高凌仙，勾着他的脖子，半吊在他的身上，让他感觉脖子上像挂着一条刚捞出水的死鱼，滑腥腥的难受。高凌仙的举动，为她赢来了雷鸣般的掌声，也给李小剑带来了不尽的厌恶。小剑看着肩头的高凌仙鼻涕、眼泪一大把，想起的是两个月前，她冷若冰霜无情的拒绝："我哪儿也不去，请你以后也不要纠缠我。"

小剑坚决地推开了凌仙，如雷的掌声渐稀渐止，同学们都看向他。凌仙知道，心目中的偶像还在责怪她。刚才的举动还不够表明自己的诚心，不够说明自己的歉疚吗？自己少女时代的脸面在刚才的投怀送抱中已然丢尽，这还不够吗？高凌仙很委屈，抽泣着走回座位，趴在桌子上，抽噎一会儿就放声大哭起来。

在尔虞我诈的社会闯荡一番，再重新进入清纯单调的教室，小剑感觉到了学校的可爱与简单。未进教室时，他还抱着负荆请罪似的低调，幻想着不声不响地回归。及至进入后，发现同学们对他发自内心的欢迎与仰慕，他马上就有了一副天下舍我其谁的狂妄。小剑扫了眼教室，把头昂了昂，大摇大摆地走向先前他的座位。已朝夕相处两年的同学，默默地看着他，没有不解，没有愤怒，只有友爱，只有仰望。

同桌的刘禾禾笑意盈盈。当小剑走近，她忙往前倾身，留出宽宽的地方，让小剑能够更轻松地进入里面他的座位。小剑要坐下时，她很温顺地又把他的凳子往前挪了挪。小剑尚不能适应同学对他的恭维，有失身份地说了句"谢谢"。

桌子、凳子，干净如初，甚至比以前还要干净。小剑一看便知是同桌的功劳，他又不可救药地说了声"谢谢"。刘禾禾巧笑倩兮，礼貌地回复"不客气"。两抹红晕浮出了她嫩不可测的脸颊。

老师们就像事先商量好了，对李小剑的出现，一脸漠视。他们该讲自己的课就讲自己的课，该不提问他还是不提问他，一切和以前一样，谁也没把他当回事。小剑虽然从同学们的羡慕中，找到了离家出走的兴奋，但他显然更乐意老师对他的不闻不问。师生皆大欢喜。

高凌仙受了冷落却并没有灰心丧气，哭够了趴累了，抬起头，用手帕擦了擦脸，认认真真地听起了课。下课后，当老师刚离开教室，她就不辞辛苦、不避人耳目地，从教室的东北角走向小剑坐的西南角。她红着眼圈对小剑说：“对不起，阿剑。”小剑假装没听见，眼望着天花板练习深沉。

在和花花似友似情的几日相处中，不管是甜蜜温馨，还是痛苦不堪，小剑是全身心无所保留地只想着、只念着花花一个人。小剑年纪不大，道理都懂。他想象着花花的温柔，想象着花花的丰腴，想象着水库边那慌乱但迷醉地第一次。可花花已走了，可恶的小三带着她去了远方。想念花花，温馨中有着悲伤，可也只能是想念，她已跟着她心目中真正的爱人，去了南方。

小剑在不可能更坏的心理状态下，重回了学校，却忽略了他一向认为可有可无的尊严。当他见到朝思暮想的高凌仙时，浮现在脑海的不是让人陶醉沉迷的卿卿我我，而是让人愤怒不已的无情背叛。是的，不能为爱情同甘共苦，那就是背叛。

凌仙面对小剑更令人难堪的推挡，却没有像小剑那样软弱，她坚持着一遍又一遍的给小剑道歉。小剑的尊严就这样在凌仙锲而不舍的坚持中，恢复了原来的可有可无。虚荣满足，面子十足。

最后一节课的铃声响起，初二（五）班的同学一反常态，像幼稚的初一新生一样，一窝蜂似的冲出了教室。刘禾禾离开座位时，还对小剑调皮地眨了眨眼。不一会儿，教室里只剩下面色红润的高凌仙和微微有些紧张的李小剑。小剑用力在大腿上掐了一把，闭着眼倒抽一口凉气告诫自己：镇定、镇定，主动权掌握在我的手里。

“小剑，你还在埋怨我吗？”凌仙走到小剑的桌前，有些迟疑，声音像在春风里沐浴过似的柔和。

小剑睁开眼，慢慢地在她的脸上扫视一遍，既表现了威严，又平息心中莫名的激动。两个月不见，凌仙瘦了许多。直直的黑发仍像往常一样归拢散扎在脑后，如清辉似玉水的脸，不改细腻湿润，但冷窄瘦削了许多。长长的睫毛，撩心拨意，衬托的眼睛更加楚楚嫋嫋。小剑不由心中一动，嘴上也客气了，“怎么会，怎么会，来，坐这儿啊。”小剑指着边上刘禾禾的座位。

凌仙娇软的小嘴一扬，微笑如绿荷深夜的清香，迷醉了正装腔作势的小剑。他傻傻地看着凌仙，眼也不眨。凌仙看着小剑大胆热烈的眼神，羞涩渐起，低下头将身子靠向了他。小剑感到一阵燥热，同时心底也涌上一阵恐惧。这可是在教室啊，还有好多同学在呢。

其实小剑大可不必害怕，他不知道离家出走的那两天，他憨态可掬的父亲雄赳赳气昂昂地冲进值班校长的办公室，声色俱厉地问那个肥胖得和自己不相上下的校长薛南坚要人。校长认识李副镇长，忙客气地让其消消气，有话坐下说。一起值班的副校长谢雄，从别的地方刚调过来，不认识李开文。他见开文只是身体和校长平分秋色，却全无校长的半点儿儒雅，浑身洋溢着鲁莽，就没好气地对开文说，找人去公安局，来学校做什么。开文一巴掌就抽了过去，副校长发觉自己的话音还未落下，人倒先翻倒在地。开文还不解气，上前跟着就要再来一脚，校长忙死死抱着开文，边给开文赔礼道歉，边呵斥副校长。隔壁值班的老师闻讯赶来，看见两个胖子像链球一样绞在一起，不远处的地上还躺着一个“哎哎”直叫唤的瘦子。一个老师大声说：“看什么看？还不快把谢校长扶走。”年轻的教师忙忍着笑，扶起了不识抬举的副校长。

有个因野蛮而威严的镇长父亲，因无知而无畏的小剑在东单湖中学一时声名鹊起，变得无比重要起来。校长非但发出紧急通知，令全校教师除有特别事情之外，一律出动，沿街走巷地找起了镇长的大公子，而且还专门派遣一名有经验的女教师对高凌仙做起了安抚工作。幸好，无知而无畏的小剑出去走了一圈，知道了些生存的不易，才两天又乖乖地回来了，否则校长真不知道该如何收场。

小剑推车出门，打算重新上学后，开文一路小跑着进屋给校长打电话，说儿子想重新上学，请校长帮忙妥善安排。薛校长刚刚起床，半黑半白的头发正精神抖擞地翘着，接到开文的电话，忙不迭地回答“应该的，应该的”。一放下电话，他早饭都没吃就往学校跑。他招集小剑班级和相邻班级的任课老师，告诉他们李小剑要回来上学，大家不要大惊小怪，要让他慢慢重新适应学校，并让老师去班级和学生们也这么说。

几个班主任领了任务后并不着急走，一个男老师支吾了一下问：“薛校长，我们的工资什么时候发啊？”薛校长一听，这都什么时候了，还有心想着自己那点儿工资。他还没来得及说话，刚听到消息的谢副校长也赶到了。他对老师们半是规劝，半是威胁地说：“这次事情处理好了，我和李镇长说一声，这点儿工资还不是小菜一碟？不过丑话说到前头，要是李小剑的事情处理不好，我们这所小学校也容不下你们这些大菩萨。”知道能发工资，几位年轻老师懒得再听谢副校长后半截的场面话，都赶快回到所在班级。幸亏李小剑脸皮薄，进入学校前在门口徘徊了一会儿，这样才让班主任们从容地完成了训话。高凌仙一听班主任刘老师说李小剑要回来了，眼泪当时就掉了下来。刘玲玲在上面看得清楚，却一句话也不好说。她叹了口气，现在的学生真幸福。

凌仙靠着靠着，还伸手挽住了小剑的胳臂。凌仙感觉到小剑浑身僵硬，抬起脑袋问：“阿剑，你怎么了？”

“没，没什么。天有点儿热啊。”小剑故意擦了一下额头，看着外面葱茏的白杨。

“嗯，是有些热。”凌仙说着，小手擦上了小剑的面颊。他们站起来，一前一后往门外走去。刚走出教室，要拐向楼梯，他们惊奇地发现，在教室侧墙靠近楼梯的地方，黑压压地挤满了同学。

“你们？”小剑刚还有些不解，话说一半就全明白了，“在这儿干什么？”他的声音里重新充满了强势的愤怒。

大家互相看了看，好一会儿，夹在其中的刘禾禾尴尬地回答：

“没，没什么。大家快回家了。”说完，她推了下身边的一位同学。大家向楼下涌去。小剑和凌仙看着，惊诧小小的楼梯拐角处居然可以拥挤下这么多人。

确定同学们和别的班学生确实走光了，小剑和凌仙手牵着手向操场走去。

学校的围墙边上，灌木高大蔓娆，如盖的绿荫在送来阵阵凉风之时，也清爽了小剑和凌仙紊乱的情怀。夕阳高照下的操场已空无一人，柔软的草坪和着远近嘶鸣的蝉声在催赶着肆虐了一天的暑气。教学楼的后面，刘禾禾看到小剑和凌仙双双隐藏在绿荫之中，转过身闭上眼，双手合十默想了一会儿，长长呼了一口气。

快乐的时光总是很短暂，期末的来临让小剑落了单，凌仙和禾禾都投入到紧张的期末复习。高凌仙的成绩一向名列前茅，就算受李小剑出走事件的影响，也是瘦死的骆驼比马大，难得那一次测试排名到了第十。刘禾禾与高凌仙伯仲之间，成绩从来没跌出过班级前五。小剑能够先后与她们同桌，老师也是希望两位优等生姐姐能够给他做个好榜样。

期末考试进行了三天。刘禾禾和高凌仙信心百倍，当最后一科考试结束时，她们高兴地击了下掌，仿佛考试就是专为她俩走秀设的舞台。李小剑更是高人，考试都能考出仙风道骨。填空题，他掐指一算微一沉吟，就开始信马由缰。选择题，他摆卦布阵，抛几个纸团就能测出 ABCD 的方位。问答题，他更是岿然不动，以不变应万变，慷慨地留下了成片的空白。

与学生的兴高采烈或无动于衷相比，班主任刘老师一直黯然神伤。刘老师要离开学校了，工作两年只发了半年的薪水，让她不得不忍痛割爱。她微笑着想道：玲玲，你在给你的学生监考，你要给他们带来明媚而不是灰暗。看着一屋子的学生，刘玲玲努力地微笑，那笑容就像皑皑白雪中的一株粉梅。

两天后，家庭报告书发了下来。

刘禾禾高居榜首，她调皮地冲李小剑眨了眨眼。语、数、外、物、政，五门总分不过百的李小剑，却十分意外地让出了倒数第一的宝座。半路杀出来的程咬金竟是高凌仙，以五门总分最低的成绩毫无悬念地垫了底。高凌仙傻了，李小剑傻了，刘禾禾傻了，全班同学都傻了。班主任刘老师在讲台上想最后一次声严色厉几句套话，“自由主义，目无尊长，道德败坏”，但只是张了张嘴却没有出声。最后，她来到高凌仙的座位旁，满怀歉疚地说：“这是谢校长的意思，我也没有办法。以后好好努力，中考还是要靠成绩说话的。”老师的声音不大，但大家都听得见。薛南坚校长年岁已大，谢雄从外地调来为其助手，显然易见的是要接班。学校里的事，薛南坚是不愿再打理了。他教书一生、为官半辈，让他高兴的是桃李满天下，让他遗憾的是长时间不能给老师发工资。他岁数大了，不争名不争利，只希望自己有一个心安。而这心安，你知道有多难。老了，还是退居二线的好。既然薛校长无心日常，那谢校长就当仁不让了。刚调来没多久，就让开文没头没脑地饱捧一顿，让谢雄感到颜面尽失。这也就罢了，谁知小剑辍学一个多月又大摇大摆地回来了。对于小剑，谢雄是一时拿他没有办法；高凌仙，那就别怪我不客气了。

高凌仙像冰山雪峰的仙女，静静地坐在位子上，低头看着家庭报告书，好久好久，一句话也没有说。刘老师很是喜爱这个得意门生，看她失魂落魄的样子，心里也难受不已。她看了看，轻声叫道：“凌仙。”高凌仙慢慢地抬起头，脸色苍白地吓人。她极快地扫了一眼老师，尔后远远地冲小剑一瞥，猛然站起，推开老师，飞快地往教室外冲去。就在别人还没有反应过来时，小剑已跳上了课桌。他坐在刘禾禾的内侧，来不及走过去。跳上课桌后，又用力一纵，越过前面同学的脑袋，从三排座位上腾空跃过，“轰”的一声，双脚重重落地。他收势不稳，又“咣”的一声，整个身体撞在打开的门板上。整个教室错愕无声，老师和同学惊奇地发觉全班最小的男生已经长大了，他在桌上飞越的身影，虽然单薄却透示着彪悍，落地的姿势，虽然笨拙，却展现了担当。

正当大家惊诧不已时，门外传来小剑撕心裂肺的哭声："凌仙！——你不要！"紧接着就是重物落地的闷响。老师和同学们全冲了出来。小剑半个身体悬挂在栏杆之外，嘴巴大张，两眼圆睁，双手直直地往下伸着，好像在努力地抓着什么。刘玲玲跑到面前往下一看，当即一阵头晕。学生们看了一眼，忙往后急急退去，几个女孩子已发出了哇哇的哭声。

"凌仙！"小剑猛然大喊一声，抬腿往栏外跨去。"小剑，小剑——"班上的男生奋力拖住了他，刘禾禾拼命抱住了小剑的腰。小剑仿佛神人附体，力大无穷，几个强壮男生眼看拖拽不住，这时幽幽醒来的刘老师一见这情形，跳起来一把抱住小剑的脑袋，"小剑，小剑！"她满脸泪水。男生们大声呼喊着已有些神志不清的李小剑，泪花纷飞。

小剑在老师的怀里，慢慢安静下来。刘禾禾见了松开他的腰，把他的腿从栏外搬回来。

上课铃声刚响不久，整个学校都听到了动静，老师和学生都走出了课堂。栏杆处，窗口边，挤满了一颗颗惶恐的脸。教学楼前也挤满了人，但大家都站得远远的，身体在轻轻地颤抖。

小剑用力挣开刘老师的怀抱，面无表情地往楼下走去。刘玲玲一边哭泣，一边走过去搀扶着他的学生。一层，又一层，他们走得沉重，走得心碎。

校园里没有人不认识小剑，看到他下来，很自然地让出一条路。小剑木然地走过。他低下头看了一眼躺在地上一动不动的高凌仙，慢慢地弯下腿跪下。他仔细地看着她，尔后轻轻地抱住她的头。凌仙的嘴边眼角，汩汩地往外流着血，红糊一片，却美丽依然。一颗硕大的泪珠滴落在凌仙的脸上，滚落到血污中，洇湿开了一朵娇艳的玫瑰花。

校医赶来，看了眼小剑，没有拉开他，越过他的身体把手伸向高凌仙的脖颈。须臾，他向蹲在边上的刘玲玲摇了摇头。小剑的泪水决堤一般，瞬间淹没了面颊。死亡，也许早已知晓，但美丽，却不愿意失去。

高凌仙事件在晶都造成了极坏的影响，而老师们却因祸得福，补发了全部工资，他们不再辞职。刘玲玲对小剑说："你每天早起半个小时读英语，中考一定没问题。"什么是没问题呢？连及格与否都不敢说吗？小剑心下有些懊恼，不过也没有听她的话，而是早起了一个小时。只是奇怪的是，他早起的第一个早上，看见英语老师胳膊下也夹着一本书在校园里晃。是活到老学到老？还是在充电仍准备着另谋高就？小剑管不了那么多，只想看看自己这匹死马到底能医到什么程度。他过起了早上和启明星约会，晚上和月亮暧昧的日子。两个星期适应后，他对自己说，要把过去打桌球、看录像的时间统统找回来，一定要找回来。又过了几天，小剑懒病发作，每次给自己鼓励时只说，加油，大剑，大剑，加油，把失去的时间找回来。

小剑上课认真听讲，放学几乎也不与其他同学交流，一个心思扑在学习上。初三上学期期末考试，李小剑的语文成绩两年来第一次闯过生死大关的六十分。语文老师边摸着他已有段时间不乌黑的头发，说："小剑，寒假努努力，下学期把别的科目也补上吧，老师相信你能行。"语文这就算补上了？好吧，算补上了，可我的英语只考了十八分啊。小剑听到这句放在以前无比矫情，就是现在也极其刺耳的话时，不可思议地流下了一滴眼泪。

整个寒假，李小剑既不走亲戚，也不访故友，他把自己关在家里，拼命学起初中三年的语文，顺带每天翻翻英语书，就翻翻，混个脸熟而已。大强、阿利打工回来找他玩，他陪他们闲聊一会儿就让他们回家。大强、阿利不解。小剑挽起袖子露出骑车摔的一个大疤，骗他们说："我爸打的，他让我这一年老实在家里待着学习。”大强、阿利很是理解，开文大爷曾经是大内高手，少惹为妙。他们结伴而回。

花花也回来了，晚上她偷偷溜进小剑的房间。小剑一阵激动，梦里多少回，美丽的石梁河水库边，两个懵懂的少年。可也只是激动了一下，他的心又回到语文书上了。他如法炮制，将对大强、阿利说的话再说一遍给花花听。花花根本不信。小剑生硬着口气请她回家，以后和小三好好过。花花骂了他一句无情，决绝地离开。

大年初一的早晨，小剑拿着一只高升炮（二踢脚）爬到前排房顶，为自己点燃。高升炮乒乓连响着冲向高空，小剑抬头望着，默默祝福自己中考时语文能考个好成绩，让那帮不屑与自己为伍的同学汗颜。

云丽看着小剑越来越懂事，很是欣慰，每天心里乐呵呵的。开文则疑惑，难不成我们老李家真有人喜欢读书？

开学之后，小剑要求住校。开文担心他不会照顾自己，更担心他在学校没人管会惹事，而云丽已把钱塞到了儿子的手里。初三下学期从第一天开始，李小剑就发觉老师们对他不再熟视无睹了。这之中在学习上，最不拿他当菜的英语老师第一回把他放上了正桌，小考的成绩也是一次比一次好，小剑自己看到了考上中专的希望。

第20章　她没死——水晶有记忆功能

小剑来不及下来，猛一加速，山地车“咣”的一声撞开大门。开文穿着灰色大裤衩，白色三角背心，面朝南坐在八仙椅上。一位满身白衣的年轻人半跪在开文面前，拉着他的手大声哭诉：“哥！他们怎么这么狠心啊，呜呜。哥！他们怎么这么狠心啊。”开文面色凝重，拉着年轻人的手，和搀扶着他的赵本一起规劝：“王喜，先起来说话。”云丽端来只小凳子，也劝他快起来说话。劝着，劝着，她也流下了泪。四人过于专注，那么大的撞门声都没有听见，直到小剑推着车来到面前，他们才发觉。

赵本最先看到小剑，说了声“小剑回来了”，小剑回了声“叔”。王喜见有人进来，擦了把脸停止了哭泣。他站起来看着小剑，吸了口气说：“这是小剑……长这么高了？”小剑认识王喜，但不知如何应答，他“嗯”了一声把车停在一边，对父母说：“我看电视去了。”云丽追问：“你怎么回来了？”他说：“明天考前最后一次休息。”

阿桂死后，邻居们七手八脚地把阿凤抬上手扶拖拉机，一路突突地送往了镇医院。郑家在至晶村是个大家族。阿桂和宗族交恶，尽管后来开厂和一些宗亲缓和了关系，但大多数宗氏还是不相来往。但现在人死了，死者为大，什么宿仇旧恨该消的消，该忘的忘，更何况平常人家也没有什么深仇大恨。郑氏族人张罗着办理了阿桂的后事。而阿凤受了刺激已经疯掉了，被关进了丑山镇医院。丑山医院同时也是晶都精神病院。送她去医院的郑炳黎问医生她还会不会好。医生说如果有人精心照顾，再用上些西方的先进药物，也许会好。炳黎没听明白，又问了一遍。医生看了看他，问他是谁。炳黎老实回答是同族哥哥。医生压低声音对他说，你最好别管这事了，无底洞。炳黎明白了。

那些债主初见阿桂死、阿凤疯时，还担惊受怕了几天，后来见郑氏族人并没有找自己算账，更何况那些债主也有不少郑家人，就一个个惋惜不迭起来，这钱算是没指望了。有几个人暗暗起过将阿桂房子抵债的心思，不过一方面这所凶宅自己不敢住，也怕卖不出去，另一方面这种落井下石的卑鄙之事，他们一时也干不出来。

郑青召集族人开会商量阿凤的事。大家群情激昂，纷纷解囊相助医药费，那些债主碍于面子，只得拿出更多钱财来表明他们羞愧有加。捐完钱财后，大家又一致同意各家轮流去医院照看阿凤。

前面四五家还好，每家两天，按序去医院。轮到郑海洋时，他掏出二百元钱给郑青，说他白天喂猪、晚上看猪，实在没时间，让郑青帮忙找人代替，那二百元钱就当是工钱。郑青一想也是。海洋院前空地少，他就到村北自留地里盖了三间猪圈。猪圈离村子两里多远，确实需要有人看管。然而让郑青始料不及的是，自郑海洋开了头，别人不但有样学样，还变本加厉。他们不去照看阿凤也就罢了，连雇人的工钱也不出。就这，他们还振振有词：她欠我们的钱，我们不要了，还倒贴钱给她看病，这还不够吗？非让我把钱都贴进去？郑青骂了几句狗日的，只得自己去照看。郑青年老力弱，刚去第一天就被一只手的阿凤揪住，连撞带打闹了个鼻青脸肿。幸亏医护人员来得及时，要不然他就要享年了。郑青捂着乌青的眼睛，一瘸一拐地回了村。阿凤啊阿凤，久病床前无孝子，连父母长久卧床都没儿子理会，就别说你只是我的晚辈，小爹我对你也是仁至义尽，你别怪小爹啊。

从那后再也没有专人照顾阿凤。未几，她的医药费也用光了，医院却没有把她赶上大街，因为她是武疯子。医院不仅没有把她赶上大街，还特地给她配了个单间。她在那个单间里拥有足够的自由，吃喝拉撒完全没人管。阿凤当年读书的伙伴们去探望过一次，回来后一个劲地哭。阿凤的单间是特供的，深藏曲径通幽处，在医院七拐八折，进入花园才在角落里发现一间低矮潮湿的小屋。小屋本是园丁存放工具的库房，由于精力旺盛的阿凤终日大呼小叫，让医生和隔壁的病人以及照顾病人的家属烦不胜烦，院方就把她转到了暖风洗树、花香醉人的园林。一祖同宗的村人尚且对阿凤不管不问，就更别指望爱惜羽毛的天使们了。隔三岔五想起来了，她们就给阿凤送点吃的，一年半载学习指示了，就发扬吃苦耐劳的精神为她清理一下房间。清理时全副武装，连经年不用的防毒面具都搜出来戴上，仿佛阿凤得的不是精神病而是传染病。

村人听了诉说，都唏嘘不已。但大家只有恻隐之心，却无伸出援手之意。听了也就听了，大家很快遗忘。遗忘，是人的本能。别人的痛苦丑恶阻挡不了人类对自己快乐美好的向往和追求。

两年前王喜悲痛欲绝地离开至晶村，他认为这辈子是再也不回来了。之前，他想只要阿凤仍然爱着他，不管她发生过什么变故，变成了什么样，他都会守候她一生。可是，面对不远万里回来寻找她的人，阿凤竟然能决绝地离开，毫无留恋，这让王喜伤透了心。王喜绝望之下发誓再也不回来。离开后，他断了和村里所有的联系。只是这两年，他却不断地在验证一个真理：爱的对立面不是恨，希望的极致并不是绝望，而都是漠不关心。王喜做不到漠不关心，两年的疗伤让他明白，他的心里永远只能有郑世凤一人。王喜不明白为什么自己在商业上能够叱咤风云，却在感情上一败涂地。他尝试着接触过别的女孩子，也曾酒后到夜店里寻找流莺，但每当他想尽情放纵时，眼前却总是会浮现阿凤的影子，她不声不响地站在那，一句话也不说，只是楚楚可怜地看着他，这足以让他心碎。世上真有永恒的爱情？多年的流浪生涯让王喜明白，越是稀缺的或者没有的，就越值得期待，譬如爱情。古往今来，多少文人骚客对它不惜笔墨，大肆宣扬、拼命讴歌，而他们读书时思想就不纯，边摇头晃脑边幻想书中自有黄金屋，书中自有颜如玉。满嘴仁义道德，满肚男盗女娼。这些道理他都懂，可为什么偏偏对阿凤情有独钟？王喜百思不得其解，长叹一声：也许这就是生命的多样性及不可预见性的美丽。王喜决定再找阿凤。他先联系赵本打听消息。赵本边哭边把阿凤家的巨变告诉了王喜。听赵本讲述时，王喜很沉着，冷静地听完。一挂上电话，这个别人眼中的铁骨男儿，抱着被子扎扎实实哭了一夜。第二天他搭乘最早的班机飞回中国。

王喜借了一位客户的轿车，在水晶市场找到赵本，两人往丑山医院驶去。自上车，两人就没有说过一句话。王喜认真地开着车，开着，开着，脸上挂满了泪珠。阿凤，你受苦了，我来找你了。一切都已过去，我们离开这个地方，从头再来。

到医院，赵本拉着一个医生就往阿凤的专屋跑去。医生拉拉扯扯不想去，王喜阴森的眼神一瞟，他忙紧走两步上前带路。园中树木茂盛，小径杂草纷呈，三人推枝躲叶，往林中深处奔去。小屋隐见一角时，医生掩鼻放慢脚步，阵阵恶臭如一双大手推赶着众人。王喜直视着医生，眼神如千万把飞刀。医生打了个寒噤，趁他们不备，一转身跑了。王喜、赵本不再理会医生，急步向小屋跑去。快到小屋门口时，王喜再也忍不住，他涕泪横流：“阿凤，我来了，呜呜，我来了，王喜来了。”声音凄凉阴冷。

屋门斑驳陆离，上面一把锈迹斑斑的铁锁。赵本四下寻找石头要敲击门锁，王喜已等不及，大喊一声：“阿凤，闪开点！”抬脚猛地一踹，门应声而开。与此同时，屋内铺天盖地的苍蝇嗡嗡而起，洪浪般的臭气倾泻而出，冲击得王喜、赵本站立不稳。赵本终于把持不住，跑到一旁呕吐不止。王喜稳了稳心神，往屋内看去。房间不大，墙角堆着小山一样的粪便，低矮的地板和乌黑的墙壁上满是杂草污垢的混合物，生生地被抬高了几寸。郑世凤不在里面。房屋东北角稍高于地面的地方，堆着一堆仅能猜测出的破被烂褥，还有些衣服的条条缕缕，竟能迎风而站，随着熏天臭气的飘过，它们在空中轻轻摇摆。

赵本吐完跑回，见了这情景，两行清泪无声落下。王喜反而镇定异常，他向那堆破被烂褥走去，身后一排深深的脚印没及脚踝。赵本屏着呼吸跟上。王喜弯下腰，伸手轻理着曾经的被褥，阵阵无法忍受的臭气随着翻动急不可耐地冲向人的口鼻。赵本掩住了口鼻，却无法抵挡它对眼睛的灼伤。而王喜仍耐心地翻理着破褥。

“兄弟，”赵本憋着气说，“我们走吧。向医院要人。”说完这句，赵本深一脚浅一脚地跑出，扶着一棵桂树急速地喘着气。感觉心神稍定，他撩起衬衫盖住半个脸，又转身进屋。王喜已停止翻动，他的手里拿着一只已擦拭干净的发晶雕刻的“心剑”，正举着，对着门观看。阴森冰冷的小屋中，酷暑阳光漫射遗漏的映衬下，王喜的手，金芒四射，如梦如幻。

知道这些，小剑的心里也戚戚然，一颗大大的泪珠挂在眼角好久，终于没有滴落。阿凤死了？无中生有地来，有中变无地去？抑或没死？不着痕迹地逃走，悄无声息地消失？这一切关我什么事呢？无动于衷就是心如蛇蝎，潸然泪下就是悲天悯人？小剑不知道评判标准是什么，他和大家打个招呼，就走进房间温习功课。

对学生而言，成绩是衡量一切的标准。云丽、开文没有训斥小剑的无礼，现在，只有中考才有资格对小剑进行评估。

小剑参加了中考第二轮考试。

试卷很简单，很多题目他倒背如流，写起来自然行云流水，容易到他都想让周边苦思冥想的同学们抄录一下，以显示自己半年的成绩。当然，这也就是想一想。坎坷的经历让他不敢自高自大，只能如履薄冰地慎之又慎。特别是考语文时有了个小插曲。令李小剑没想到的是，他考中专的心思并没有想象中那么强烈。考语文时，他竟然连笔盒都不屑带，临进考场前才在街边小店随手买了两只圆珠笔。谁知写了没几个字，圆珠笔就不出水了。我不写和我写不了，这是两码事。李小剑急得满头是汗，后来监考老师发现了，借了只钢笔给他。圆珠笔的字是蓝色的，钢笔字是黑色的，还漏水，一张试卷到处都是点。除此之外，还有些小杂音。

第二天，小剑的后排换了位强壮的男生，他轻踢了一下小剑的凳子，示意他往边上靠靠。小剑毫不客气地猛回一脚，桌椅的巨响惊动了老师，他们轮流过来特别关照了他俩一天。下午结束时，那个强壮的男生带着几个和他同样强壮的男生恭候在校门外。他们看见小剑出来了，没有人说话，齐齐地向他走来。这种场面有段时间没有碰到了，小剑的双腿有些颤抖。他看了看他们，把手从书包里拿出，一把做工精良的警用匕首，在落日的余晖中明晃耀眼。这是他从三叔开富那借用的。那些强壮男生见李小剑的动作有些野蛮，都很绅士地停住了脚步。这时，他们当中一人的父母叫了一声，那男生应了下就走了。别的人互相看了看，决定不和李小剑一般见识，转身各忙各的了。第三天上午考数学，也是最后一门。那试卷出得快让李小剑愤怒，这么简单的题目简直是侮辱他的智商。不过，他仍没有掉以轻心，毕竟语文考砸了，他再无所谓，也不敢考得太烂。做完后，他检查一遍又一遍，每一遍都打起精神，十足地认真。当结束的铃声响起时，精神抖擞的李小剑瞬间委顿。中学生涯结束了。成绩十天后出来，但李小剑知道自己已然大功告成。

半年，整整半年，没日没夜的半年，拼死拼活的半年，终于结束了。他感到身心俱疲，昏昏欲睡。他要休息一下。他趴在桌子上，头垫着胳膊，却怎么也睡不着。匪夷所思地，他想起了花花，想起他第一次了解女孩，那圣洁美丽的上帝的脸，那两片昙花怒绽时柔和对望的弯月。是的，没有冲动欲望，只有圣洁美丽。小剑站起了身，别的学生都走光了，教室内只有一位监考老师在看着他，“休息好了？考得不错。以后接着努力，一定可以考名牌大学。”老师见他走过来，微笑着鼓励他。小剑感激地点了点头，往外走去却怅然若失。我是不是该流流泪，大哭一场来纪念我这拼搏的中学生涯？算了吧，还拼搏的中学生涯，满打满算也就半年，他笑了一下摇摇头。快走到门口时，又想起等着锁门的监考老师预祝他将来考个大学，不禁哑然失笑，老师也这么短视，不知道上中专四年后就能出来为人民服务了？他的心思又回到中专了，于是也暗暗担心语文会拖后腿。当他患得患失地迈出考场大门，瞥见右面有一个熟悉的身影，定睛一看，刘禾禾站在那儿正望着他。她的身后是打扮入时，斯文优雅的一对中年夫妇。刘禾禾的爸妈？看样子是专门在等我。小剑脸上火烧起来，忙转过脸假装没看见想蒙混过去。

客厅里吊扇吹得强劲，李开文躺在太师椅上睡得迷糊。上次李开文虚惊一场后，领导鉴于他的身体健康，将他的职位提升一级让他休养生息。现在李开文是晶都县多种经营公司总经理，每周工作一天，即周一早上去公司自己给自己点名。公司花名册上人员有上百，不过除了极个别下岗的，大多数都是停薪留职。李开文真正轻闲了。

小剑进屋后，看见爸爸晃得舒服，说道：“爸爸，我考完试了。”

开文听见儿子的声音，睁开一半儿眼：“天天考试，真辛苦，屋里坐一会儿，等你妈妈做饭。”说完又闭上了眼睛。小剑本想中考完了，总该和父母说说考试的事，如果方便的话，再聊聊刘禾禾。见爸爸毫无兴趣，他也乐得轻松，转身要回自己的屋。

云丽在里面听见了，跑出来问：“什么考试？”

听见妈妈问，小剑转过身来说："中考啊。"

云丽听了，快步走到开文身边，在他肩头猛拍一掌，怒喝道："就知道睡，儿子中考了，你也不问一声。早说这几天要中考，让你去学校看看，你就是不去。"

开文清醒了，他坐起来向儿子前倾着身体："中考？这就考完了？"

"是啊，考完了，前面还考了一次呢。"小剑提醒爸爸。

"那次我知道，这次也考完了？这么快。"开文自问自答。

"你看你，还像个做爸爸的？儿子中考这么大事，一点儿也不放在心上。"云丽越说越生气。

是啊！中考这么大的事，爸爸竟然不放在心上。想想这几天，别的同学都有父母关心，进门送，出门接的，自己孤零零一个人度过中考，小剑心头也委屈起来："哼，人家父母都接送，就你们，也不来看我。"小剑声音大大的，两滴泪水挂上了腮边。

开文和云丽面面相觑，末了，开文对着小剑长长的背影喊道："中考有个屁用，就你那破成绩，早点儿下来还能给我省点儿钱。"

"砰"的一声小剑关上了门。最近半年的成绩，李小剑一直没有告诉父母。开文、云丽只是在小剑偶尔回家时，发现他学习努力了。至于努力的效果如何，他们怕问起来儿子伤心，也就一直没问。

小剑的委屈一挨枕头就不见了，呼呼地睡着了。太累了，实在太累了，小剑连这半年的每天一梦都懒得做了。不知睡了多久，被妈妈叫醒时，他发现餐桌上已摆满了丰盛的晚餐。开文亲自给儿子满上一杯啤酒："儿子，喝点儿啤酒凉快。"

小剑还没睡醒，梦游似的喝了一口，凉飕飕的，头脑稍微清醒了一点儿。云丽给儿子夹上一只鸡腿，小剑用手拿着慢慢地啃。

"儿子啊，"开文见小剑情绪不高，劝道："中考结束就结束了，中专考不上，你就上高中，都考不上也没关系。实在不行，你就在家里玩几年，等长大了，老爸帮你找个工作，照样有钱拿。”

“爸，你就这么看不起我啊？”小剑一边嚼着鸡腿，一边斜眼看着爸爸。

“就是，哪有这么说儿子的。”云丽也很不满，“实在不行，咱再复读一年。”话说完，云丽也自知说漏了嘴，埋首吃起了菜。

哈哈！呵呵！嘿嘿！小剑知道父母为自己好，要不然这半年他哪会这么拼命。想到过几天父母知道儿子成绩突飞猛进时惊奇的样子，小剑不由地笑了。

开文和云丽不知道儿子笑什么，彼此看了一眼接着吃。儿子刚中考完，就由他几天。

成绩公布前的日子，李小剑一直在睡觉，既不出门找同学玩，也很少看电视看录像，一有时间他就睡觉。不是他不想玩，而是他实在力有不逮。每次刚走出门，就有天旋地转的感觉。没奈何，只得回来接着睡。云丽担心得要命，要带小剑去医院检查，小剑死活不去。开文和小剑的说法一样，吃得比人多，睡得比人久，哪有毛病。

成绩公布了，小剑的成绩和一个中学上了两遍的男生并列第一，这还是语文比平时少考了十几分的情况下。云丽、开文担心儿子的成绩来路不正，李小剑看了几天父母的笑话后，问：“我就是想抄，也得有人给我抄吧？”云丽和开文仍是不太相信，直到辗转听说小剑最近半年的拼搏经历后，两人才激动地拥抱庆贺。没多久，亲戚朋友们都知道了，他们成群结队地来探望，向小剑竖起了森林般的大拇指。小剑感慨，学生要想过得舒心，还是成绩优秀点儿好。

青春的水流在抚慰中流淌了彼此，如一首生命的歌曲，过山绕石的轻柔后，渐渐欢快急促，在万壑的树声中，千岸的柳绿里，回荡着心灵的呼喊。

小剑用功学习，时间就会过得非常快，眨眼间高一第一学期结束，李小剑拿着成绩单和三好学生奖状，心里无比坦然。这半年他稳打稳扎，急速上升。每天早上他和住校的同学们一样，准时起床、跑操、吃早饭，然后上早自习。而每个晚上，当电灯熄灭，他仍延续初三的习惯，点着蜡烛再将所有的科目温习几遍。刚开始虽然有舍友钦佩他的拼搏精神，但也有舍友说他点着蜡烛影响大家休息，小剑开始还谦虚地说自己是笨鸟，请大家理解下他的先飞。后来说多了，他把脸一转，就当没有听见。再后来有的舍友说话难听了，他一本书甩出去，再紧接着甩几句国骂，舍友就噤声了。因此，有一阶段，李小剑和本宿舍的人关系相当不好。不过，他浑不在意。

小剑明白，对学生来说，学习好了，朋友就多，学习差了，连差生自己都互相看不起。随着他的成绩节节攀高，同学对他的态度也慢慢热情起来，及至第三次月考，他升至班级第三，晚上大家不约而同地都拿出了蜡烛。当时小剑还挺紧张。大家都这么学了，他还有什么优势？第四次他考了班级第一，也不紧张了，因为好多人又恢复了原样，不再秉烛夜读。成功的道路从来不拥挤，因为没有多少人坚持。李小剑莫名感慨。

开文看着儿子的成绩单，喜上眉梢。他觉得以前有些亏待儿子，都没主动给他买过什么玩具，就想补偿一下：“儿子，你还要牛皮篮球不？爸爸给你买一只。”

“不要了，现在哪有时间打那个。”

开文的情绪一下好起来：“是啊，是啊。你想要什么？”

“给我买一只手表吧，我早晚看书好知道个点儿。”小剑想了一下对爸爸说。

“行，行，没有问题。”开文心情愉悦得很，一口答应。

“再给我买个臂力器吧？”小剑想夜夜点灯差点让自己成为众矢之的，再每晚在床上哼哧哼哧地做俯卧撑锻炼身体，那就更难免成为孤家寡人了。

“什么？还要？”开文见儿子又提出个条件，一时忘记是自己主动示好的了。

“这两件加起来也没半辆捷安特贵啊。”小剑适应不了爸爸的跳跃式思维，跟着急了。

爷俩正较着劲，云丽领着王喜进来了，他们忙闭上嘴。王喜穿着皮衣皮裤还戴着皮帽，一看就是从东北的北回来的。小剑说了句“叔来了”就要出去。王喜问：“放假了？”小剑说：“放了。”开文见不是外人，和王喜打了个招呼，就对皱着眉头的儿子喊：“好了，我全给你买。”小剑一听高兴了，对王喜说：“叔，你坐，我给你倒水。”说着，他从茶柜里掏出两只杯子，装上茶叶充上水，先端给开文，再端给王喜。王喜看着小剑，说：“又长个了，比我还高呢。”小剑笑了笑，坐在边上翻看一本《半月谈》。

“王喜，你最近回来得勤快了。”开文调侃地说。半年前，王喜悲痛欲绝地离开至晶村。开文心下黯然，对云丽说，这小子有情有义，恐怕不会再回来了。而云丽则说，他一定还会再回来的，这地方有他伤心的回忆，也有他美好的回忆，就算他快死了，他也还要回来的，落叶归根。这下可好，刚过半年，他又溜回来了。云丽领他进来时，满脸的得意。

王喜知道开文什么意思，他也不想走时哭天喊地地说再也不回来，没过半年又食言。话虽没说出来，但村人都是明白人。他解释道：“哥，我回来是有原因的。”

“小喜啊，有什么难处吗？”开文大风大浪过来的人，刚才话一出口就感觉到刻薄了，语气就和缓了许多。

“哥。”王喜像是下了很大的决心。他看了一眼开文，又看了眼小剑。小剑觉得肚子饿了，站起身要去厨房看一下妈妈中午做得什么饭。王喜忙叫道：“小剑，你坐下听听，也帮叔分析分析。”小剑无奈，只得坐下。

“我觉得阿凤没有死。”王喜说完后，看着开文和小剑的表情。

“没有死？怎么说？”开文问。郑世凤死没死，已没有多少人关心。就算活着，和死又有什么区别吗？看不见人，听不见音的。整个世界大概只有王喜一人对她牵肠挂肚。小剑则完全没有兴趣，连问都懒得问。这和讨论鸡生蛋，蛋生鸡有什么区别啊。

王喜不明白开文父子的心思，他见开文问，就接着说：“我最近老是做梦，梦见她，而且这梦一做就做半年。她站在她家的破屋里，手上拿着一个破本子，满脸都是血。”

“做梦？”小剑来了兴致，他想起他连做一个月黄鼠狼喝酒的梦。

“是啊，做梦，而且一做就做半年，从我戴上这个起。”王喜说着手往衣领内伸，掏出一只晶光耀眼的挂件。

“心剑？”开文和小剑父子俩异口同声，但是潜意识里觉得王喜出去几年，怎么越变越唯心了，做梦和水晶挂件有什么联系。

王喜迎着开文父子惊奇的目光，使劲点了点头：“是的，‘心剑’。我开始也没有在意，后来是在一个外国友人的指点下，才想起来。外国人说水晶有记忆存储功能。”

开文陷入沉思之中。水晶有磁效应，有记忆、存储功能，开文是知道的。英国马斯顿荒原战役的古战场，每当电闪雷鸣时就杀声震天的现象，已说明了磁场能让当时的音貌复原。最近些年，单位里配置的微型计算机，据专家说里面的存储记忆功能就是由纯硅片完成，而纯硅片就是纯度极高的水晶，从普通水晶中提炼出的。开文心想，也许水晶的记忆功能影响了王喜的第六感，使思念阿凤走火入魔的他产生了幻觉，这也说不定。

“哥，这样看，阿凤确实没死吧？”王喜追问开文。

“王喜啊，你不要想得太多。阿凤死了，我们也很难过的。”开文见王喜对郑世凤爱得深切，一直不肯相信他死了，不禁感动，他要好好开导他。王喜还没有说话，开文接着说：“我不会解梦，但从你的梦境看，好像是说书的事，是不是说阿桂的事？”

王喜一拍脑袋，自己光惦记着阿凤了，倒忘了她哥哥。他问开文："阿桂就写过两本书，第一本就是那本沸沸扬扬的《苍茫》，第二本说是风土人情的那个，你说阿凤说的是哪本书呢？"

开文想了一下说："应该是《苍茫》吧，第二本被那几个小鬼烧了，这很多人都看见的。《苍茫》我还是陪他去 A 城时看过，照你的描述，破破烂烂的一本也差不多。除此之外，好像也没听他说写什么，再说他就是想写，大概也没那个精力，接二连三出那么多的事。"

王喜点头称是，"阿凤拿着那本书，是不是说他哥心事未了？让我帮他哥完成心愿？"

小剑的头皮有些发毛。最近几年这些神神道道的事，他也算是被动地知道不少，但一提起来，还是浑身不舒服，鸡皮疙瘩像雨后春笋式的，扎着尖地往外钻。他知道这种现象，用专业点儿的说法，叫阳气不足，就是还没完全长大。

开文也不置可否。阿桂家的陈年烂事，在他当支书时就是块心病，现在好不容易由骆全接手了，他才不想再没事找事干。

"哥，我们是不是去阿桂家看看。"王喜见开文不说话，以为他又想事想出了神儿。

开文又冷冷地扫了一眼王喜，"中午就在这吃吧。"王喜刚想推辞，看嫂子云丽直冲他使眼色，忙说："好，好。"其实王喜除了去饭店，在至晶村还真没几家能随进随出地吃饭。

饭桌上，王喜一个劲地给开文敬酒。开文身体不好，不能喝太多，只端着酒杯象征性地抿几口。小剑知道王喜酒量不怎么样，见他一杯接一杯地喝，以为酒度不高，也勇敢地喝了半杯，真是立竿见影马上就晕头转向。王喜长期生活在寒冷的俄罗斯，冬天不喝酒的话晚上就冷得睡不着，那酒量早今非昔比。

王喜确信阿凤没有死，哀求开文帮助寻找。开文无法推脱，只好答应找公安局的老战友帮下忙。王喜高兴地一个劲对开文说谢谢。涉及国家机构的事，身为跨国商人的王喜不再像早先那样，用金钱开道，而是低三下四来乞求开文的帮忙。王喜懂规矩。后来当公司有事，他飞回俄罗斯前，坚决地留给开文哥一万元活动经费。

事已到此，开文推脱不得。过完春节，一周难得去一次单位的开文专为此事在办公室坐班。期间他找到公安局副局长葛乐天，托他办理此事。葛乐天连声说好办好办，就要请开文喝酒，哥俩好久没在一起聚一聚了。开文说我请，舍命陪君子。葛乐天眼一翻，不听大哥的话了？开文忙笑而答应。酒酣耳热之时，开文又把那一万元钱掏出来给葛乐天。葛乐天当时就要掀桌子，他骂道：“你以后不要来找我了。”开文死命按住葛乐天，说这钱不是他的，是找他办事的人给的。葛乐天才慢慢消了气，他对开文说：“这钱你先留着，我先去调查一下，如果确实要花钱，我再对你说。不过我事先给你提个醒，这种人命关天的事，到我这儿如果办不下去的话，你也就别再费心思了。”开文点头如鸡啄米：“我知道，所以才来找你。”

两周后查到了一个不是结果的结果。镇医院说郑世凤被上级县医院派专车接走，而县医院又回答说没有此事。开文说完，电话那头的王喜好久没有声音。开文心里一沉，安慰他：“王喜，你别急，我再帮你留意。还有，我上次说了你不用给我留钱的，我找的人都是老战友、老朋友，用不着这一套。你什么时候回来了，把钱拿走。”开文想了想，又叮嘱道：“在外面要注意安全，马场的杨山岳生意做那么大，说没就没了，到现在也找不到凶手。”

夏天的时候，王喜亲自回来了。慈不掌兵，义不理财，身为商人，就应该逐利的。王喜时常如此告诫自己，大多数时候他也是这么做的，但是他迈不过阿凤这道坎，少年时的恋人在他心中烙下了永久的痕迹。每个人心中都有一个佛陀，不能由外而内成为魔鬼，就要由内而外成为佛陀。魔鬼在地狱享福，佛陀在天堂受罪，所以佛曰，我不入地狱，谁入地狱。可是，无论王喜如何歪解着世理，他都会悲哀地发现，阿凤是他无法忘怀的思念。有人说不付诸行动的思念是最强的思念。王喜努力地寻找过阿凤了，思念不但没有丝毫减弱，反而与日俱增。不行，他还有很多事，他不应该围着阿凤旋转，他一定要解决这个困扰。

晶都要建的水晶城正儿八经地破土动工了，廖主任发誓要在退休前盖好水晶城，为使晶都成为全国最大的水晶集散地、生产地而贡献自己全部的力量。钱，已不缺了。名，你也该来了。

水晶城大兴土木，赵本就闲得无聊了。他每日陪着王喜忙前忙后打听郑世凤的事。为了早日成为一名真正的大商人，王喜这次亲力亲为。他带着赵本来到镇医院，先向看门的大爷打听，此前医院叫郑世凤的病患哪去了。看门老人从报纸后抬起黑色眼镜框问道："你找谁？"

"郑世凤，一个女病人。"赵本大着嗓子重复一遍。

"我耳朵不聋。"看门师傅生气地说，"你找病人，那我哪儿知道？你去问医生。"说完，他的眼镜框又对上了报纸。

"师傅，您抽烟。"王喜抽出一根红塔山递上。

老人一看烟标，脸上有了笑容。他殷切地问："你们来看朋友的？哪个科啊？"

"应该是精神科吧，她脑子不好使。"赵本接过话茬儿，指了指脑袋。

老人斜了一眼赵本不理他，他看得出王喜的来头要更大些，上身精致短袖，下身笔挺休闲，一看就不是凡人："找精神病人？这个我就不好说了啊，你去问一下大夫吧，我就知道去哪儿找大夫和领导。"

"师傅"王喜说："我找的是去年跑的那个女病人，您能给我讲讲不？"

"跑了？去年？"老人的报纸早放了下来，他站起来前倾着身子，低着脑袋，上翻着眼睛，黑色镜框失去了作用。他不待王喜回答，又问道："年轻人，你知道这里一个月要跑多少人吗？去年跑的今年才来问，是不是有点儿晚？"

王喜和赵本对望了一眼。

"就是因为写书烧书而疯了的？长得还不错的？至晶村的。"王喜提示着他。

老人扶了一下眼镜，抽了一口烟："至晶村我倒知道，那个村是我们镇有名的大学生村啊，都出了好几个了。可是，烧书的疯子什么的，我还真不知道。这医院一个地方两块牌子，精神病院倒占了一大部分。"

王喜不死心，把那包烟丢进窗口，又从钱包里取了五百元钱递上去。

"我真不知道，我……"老人的眼睛都直了，三个月的工资也不过如此。他愣了一下飞快反应过来，四处瞅了瞅，把钱往抽屉里一划。王喜心里一乐，赵本则心疼地直咬牙。老人朝王喜招了招手，王喜把耳朵贴了上去，"你说的那个是武疯子吧？"

王喜不敢确定，但仍是点点头。

"她刚进来时还有人照顾，没多久家里人就不再来了。医院都打算让她自生自灭了，后来晚上又来了一辆黑色小车把她接走了。你说她是因为写书烧书的，大概就是那个女的了。"王喜笑容满面，高兴地冲赵本眨了一下眼。赵本没理会王喜的鬼脸，他探上去问："那师傅，您知道是谁接走她的不？"有了五百元钱和一包红塔山铺路，老人脸色的神色平和了许多："这我还真不知道啊，我能提供的就这些了。"这还不如李开文说得多。王喜的脸色阴了下来。老人见了他的神色，有些心虚："要不，钱你再拿点儿回去？"

"哦，哪能啊。"王喜知道失态了："谢谢您，我们再打听打听，有啥消息，帮我记一下。"

"行啊，"老人高兴地回答，"有什么情况，我再告诉你，反正我一天到晚在这儿待着。"

王喜和赵本坐回轿车，把车开到东单湖边。粗大的梧桐树仿佛经年不变，枝连叶盛的遮盖成荫。王喜又掏出一包烟，扔给赵本一根，自己一根，不一会，两扇车窗成了大烟囱。赵本眯着眼："开文哥不是说，他要是查不出来的话，我们基本上也查不到吗？我看你就别费那个心了，对阿凤，你也算是尽心了。"

王喜猛吐一口烟，"话是这么说，我也知道该怎么做，可就是心里不得劲。你说外面的女孩子比她好何止千倍？要貌有貌，要才有才。好几次人家主动约我，都宽衣解带了，我又怂了。也真是怪，一到那时候我就会想起阿凤。"赵本又回忆起金黄的日子里，他和郑世凤坐在田垄上，沐浴在清新的麦香中。

"这个，八成就叫那个爱情吧。"赵本也不知道如何回答。一把年纪的人说着"爱情"的酸词，自个都有些反胃。

王喜没再说话，看着湖心小岛，绿树丛中楼阁若隐若现。

"这又不是老玉，影响不会太大吧？"王喜说得言不由衷。

玉通灵，保平安。水晶强身，主发财。赵本和李开文探讨过玉和水晶通灵保财的问题。赵本说玉有灵性，前人戴久了，就会把好运带给下一个戴的人。李开文听了不屑地一笑，说他鹦鹉学舌、人云亦云。赵本虽说天天接触水晶，但理论知识一直不如开文丰富，他老老实实地听开文讲解。

什么东西，只要人佩戴久了，都会产生感情，若是冷不丁拿下反而会不适应。水晶由于结构规整、结晶完善，所以一般病菌脏物无法渗入其中，相对而言就没有什么老晶新晶之分。如此，它的磁效就会明显，让人神清目明，做事精神抖擞，自然事半功倍，所以可以主发财。

两人又枯坐一会儿，王喜决心再多找几个人问问。谁想这一问更让他不知所从。王喜又问了两个人。一个是医院里的护士，收了钱后说郑世凤被接走了，只是黑色汽车变成了白色。一个是医院里的大夫，他倒是没收钱，只是明确无误地说郑世凤被上级医院接走了，用的是救护车。

王喜不知所从，但好歹知道阿凤还活着。赵本一头冷水浇下：“就是死了，医院不会说是死了。”王喜听了呆了呆，经过这一番折腾，他的心里已没有那么难受了，他说：“努力找吧。”晚上王喜送赵本回家时，赵本看见王喜不知什么时候把“心剑”挂件摘了下来。

大多数时候，乡村的生活平静得有些单调。春种秋收的季节，人们日出而作、日没而息，日子过得辛苦但是充实。夏长冬息的季节，人们吃饱喝足，东溜西逛，整天无事可做就打听着家长里短，以此打发漫漫的无聊。冬季还好，北风朔朔时，躲在家里身穿厚袄，背靠火炉温暖地呼呼发胖。相对而言，夏天就难熬了，尽管衣着打扮已和原始社会一样偷工减料，人们仍然热得恨不得扒了自己的皮，就连电风扇也没精打采地转着。

王喜刚回俄罗斯时，赵本还过得凄惶。晶都水晶城大兴土木，老婆邱梅看赵本整天在家闲着什么事也不干，不是今天说他几句混吃等死，就是明天骂他两遍好吃懒做，农村出来的泥腿子卖了两年水晶连地都不会种了。赵本烦不胜烦，就打算出去转转。此前他无意中从电视旅游节目得知海南、云南也盛产水晶，在山洞里成片的晶莹闪亮，当地人不识货都把它们搬回家盖房子。他问李开文是否海南、云南也产水晶。李开文说水晶基本上哪儿都产，产量多少而已，有的地方几百年出土手指大的一块，也叫产。赵本接着说了他在电视上的见闻。李开文听了有些茫然，想了想说，海南、云南都很偏远，海南这些年是特区还好说，云南那地方就是蛮荒之地，“两个老鼠一麻袋三个蚊子一盘菜”，衣食都成问题，也难怪当地居民暴殄天物。可是，再怎么也不会多到谁都可以搬几块盖房子吧？还是眼见为实的好。赵本听了深以为然。

赵本跟老婆说，决定去海南、云南转一圈。老婆听了非但不担心他一去至少一个月，还非常高兴他有闯天下的男子汉气概。

老支书赵红军的孙子赵世初，听说堂叔要出去赚钱，连夜找上门来要和他同往。赵世初结婚几年了，有个孩子正上幼儿园。老婆吴青青刚过完如胶似漆的春花雪月，就算计起实在平常的柴米油盐。夫妻俩出外打工做过短活，承包土地种过药材，还在村里开过小店卖过熟食，没赚到过大钱，日子过得不咸不淡。他们把全村过得不错的人家扒拉一个遍，觉得还是和堂叔赵本学做水晶比较现实有前途。吴青青下午在麻将桌上听邱梅说赵本要出去做大买卖，晚上就鼓动赵世初找上了门。赵本颇感为难，带他去吧，自己心里都没底，要是赚了钱还好说，不赚钱的话堂哥的脸色也不会好看。不带他吧，说起来自己是堂叔，关系还近得很，人家会说闲话。最后，赵本一咬牙说，行，那你就跟我一起打个伴儿，赚到钱那是运气，赚不到钱咱叔侄俩就当玩了一圈。赵世初哪能说不行。在这个教会徒弟饿死师傅的年代，能有人领着就不错了。他差点儿就要感激涕零。亲眼见到爷爷的去世，赵世初真切感受过人走茶凉的世态冷暖。

叔侄俩跋山涉水，先到了海南。一到海南就如同来到了火焰山，那气候能热死骆驼。他们走了一圈，口渴难耐，四处瞅了瞅，除了卖水果的连卖水的都没有。那些水果除了香蕉依稀眼熟，别的都稀奇古怪。别说吃过，见都没有见过。赵本咬咬牙掏出十元钱对侄儿说，去买点儿香蕉解解渴。赵世初拿了钱走了过去。赵本远远看着侄子把钱给了摊贩，摊贩从水果摊位下面拉出一只化肥袋，给赵世初满满地装了一口袋香蕉。赵本正奇怪摊贩怎么给那么多时，赵世初背着口袋，脚步急急地走回。他走到叔叔身边，脚也不停，边冲赵本使眼色边低声说，快走，快走。赵本不解其意，提着行李跟在侄儿身后紧赶慢跑的。到一处背人的地方，赵世初放下口袋呼呼喘气。赵本问跑那么快干什么？你买了多少钱香蕉。赵世初喘会儿气说，钱都是你保管的，你给了我十元钱，我能买多少？赵世初看着堂叔仍不解，哑然失笑：那卖香蕉的算错账了，给了这么多，现在八成正到处找咱俩呢。赵本也笑了，提起行李说找个地方住下。

到海南的第三天，赵本叔侄在三亚开了眼。人家那才叫水晶店，近一千平方的店面金碧辉煌，各种水晶琳琅满目，亮晶晶的晃得人眼晕，真是应有尽有。水晶的价格更是让人瞠目结舌，标得吓人、高得离谱，一条普通的白水晶项链在晶都卖200元，在这儿则3000元起。这么高的价格，店内还人潮涌动，来的走，走的来，络绎不绝。金发碧眼、乌发黄肤的游客根本不是来买水晶，简直就是抢水晶，价都不还，拿了就走。赵世初紧跟在赵本后面，大气也不敢出。这才是真正的水晶店，相比之下，晶都的柜台简直就是菜市场。赵本感受到了特区的魅力，人家早风风火火地与国际接轨，我们还在论证水晶城要不要盖，盖了有没有人来。落后就要挨饿啊。赵本见那个老板模样的女孩，好不容易空闲，赶紧上前套近乎，打听起了房租，女孩看着他一身古董式的穿着，用鼻子回答了他：四十万。赵本当时就把到特区闯天下的雄心壮志给收了。

晚上叔侄俩七拐八拐，好不容易找到间家庭旅馆，五十元一晚，硬着头皮住了进去。别的酒店宾馆动辄几百上千的，他们连人家的门都没敢迈。

两人在公共浴室洗完澡后，就着呜呜响的电风扇聊天。

“叔，你说香蕉这么便宜，别的东西怎么这么贵？”没两天，赵世初就知道买香蕉闹了个笑话。此地的香蕉和晶都的红薯差不多。

“这地方有钱啊，特区嘛，消费高。”赵本老生常谈。

“有钱？未必吧。我看就城里还好点儿，乡下到处是竹楼，下面还拴着牛，臭气都能把房子掀翻了。”赵世初不同意赵本的意见。

“特区沾了政策的光，你没见那么多老外？不宰他们宰谁？”赵本有些恨恨的。

“可也宰了我们啊，宁可错宰一千，也不放过一人啊。”赵世初倚靠在床头。

“真希望我们那也成为特区，也可以痛快地宰杀一番。”赵本吐了个烟圈感慨。

赵世初见赵本在抽烟，就说：“叔，你也给我一根。”赵本迟疑了一下，把整包烟丢了过去。赵世初点燃一支，又把烟盒扔回。

“叔，这老外是不是没见过水晶？好像不要钱似的，使劲往怀里扒拉。”赵世初猛吸一口烟，鼻子嘴巴都氤氲了。

“呵呵，这你就不懂了。”赵本好为人师的通性出来了，“外国人直白，喜欢物品也就喜欢透明的，一眼望到底。中国人含蓄，喜欢东西自然也是浑浊驽笨居多，让人一时不明就里，他就好故弄玄虚。”

“噢，也就是说外国人傻得一根筋？”赵世初凑过脸来。

“也不能这么说吧。”赵本的脸色正然，“社会还是要讲究诚信真实的，要不然为什么过去落后挨打的会是我们，现在羡慕嫉妒人家的还是我们呢？”

赵世初比赵本年轻十来岁，还没到牢骚满腹的年纪。他见叔叔语气低沉，就换了个说法：“以前听王喜说，中国的文人以前很喜欢水晶的，全是皇帝老儿为了抹杀人的锐气，培养奴性，才拼命宣传玉文化的。”

“是的，从汉武帝那会儿就如此，而文官集团一直拼命反对。汉人的朝廷时，皇帝顾及民族血性，还不是那么明目张胆地提倡儒啊什么的文化，到了外族人当政后，儒玉的文化才大行其道。玉，儒文化的集大成者。这个儒若还是孔子提倡的儒还行，可惜被历朝皇帝掐头去尾，阉割了。元朝时大阉了一回，可叹的是明朝朱元璋当政，不思改进，竟然认为阉割得不错，害得一心想恢复血性的文人们只能偷偷摸摸地进行，譬如吴承恩，写《西游记》不敢明写孙悟空是水晶变的，只敢简写些龙宫是水晶做的。”赵本好像故意在侄儿面前展示他的博学，滔滔了。对水晶一知半解的赵世初听得眼珠像冰冻式的，直直地，眨也不眨。

赵本越说越高兴："明朝在天灾人祸下灭亡后，清朝更是变本加厉地培养汉人的奴性，先是搞了个留头不留发，从表象上打击人的自尊，接着再来几番文字狱，从精明文明上对汉人征服，这么折腾的结果就是一百年前的割地赔款。在这个过程中，水晶的地位一落千丈。水晶本来珍贵无比，是无价之宝，清朝皇室硬给它分出了品级，用在官员的帽子上。当时有官员还反对过一次，皇帝不但不听，反而将水晶品级定得极低，在五品上。"

官员服饰与珠宝品级在清代有严格要求：一品官员顶珠用红宝石，二品用珊瑚，三品用蓝宝石，四品用青金石，五品用水晶，六品用砗磲，七品用素金，八品用阴文镂花金，九品阳文镂花金。顶无珠者，即无品级，戴凉帽的官吏。赵本对此记得不大清楚，含混地说了过去。好在赵世初对此更是一窍不通，正听得入迷，没在意叔叔的小伎俩。

赵本讲累了，喝了口水。赵世初颇为崇拜地问赵本："叔，你都从哪儿知道的啊？"赵本上到初一就下来了，赵世初还要高上一级，上到初二才算完。赵世初奇怪叔叔怎么懂得这么多。

"这都是李支书告诉我的。"提到李开文，赵本语气里满是尊重。他感慨道："晶都老话说得好，有才能的人都在朝廷做官，此言不虚啊。"

"他，真的知道这么多？"赵世初见说到李开文，心里多少有些不舒服。爷爷就死在他的船上，连带自己也差点儿死在那。

"是啊，这还有假？"赵本觉察出侄子的情绪："人，一定要有自知之明。"

"嗯！我知道，叔。"赵世初也看出赵本对他警觉，忙说了些软话。其实他的心里对李开文也是佩服有加。当初李开文从部队刚回来没几个月后就风光起来的过程，已懂事的他都看在眼里。

不是说弱智的不一定是领导，但领导一定是弱智吗？想到这句话，赵世初也笑了，浓浓的眉毛像蚕宝宝一样快速蠕动。

赵本闭着眼养神，回忆着那次在开文家见到的几张照片。那是县里组织去北京旅游，开文在故宫博物院拍的。其中有三张照片是水晶雕刻件：第一张照片是水晶八方杯，杯口齐整对称得不像是雕刻出来，倒像是模具里铸出来一样，清代中期出产；第二张照片是水晶兕觥，即水晶酒壶，壶盖雕云砌雾如造访仙境，壶身则线条简洁浑然天成，极好地展现了水晶的透明度、光洁度，也是清代中期出产；第三张照片是水晶双鱼花插，插花所用，两条鲤鱼摆尾向上，姿势优雅中寓藏着无穷的力量，细腻雕刻里彰显了鬼神的技艺，这是乾隆皇帝的至爱。

看着精美的照片，李开文和赵本感叹良久。

清朝皇帝在向汉族极力宣扬磨灭血性的科举文化的同时，对本族子弟则严格要求文治武功，一年秋围、三年狩猎，无时不勤于操练。在日常把玩中，号召文武百官戴玉佩翡，自己却收藏水晶。管中窥豹，小中见大，其心何其歹毒险恶。

赵本在三亚水晶店磨了一天，店主确定他在海南开不起店后，才告诉他店内商品所用材料都是从哪儿购买的。

第21章　方解石迷云

赵本二话不说，回去退了房间，拉上赵世初往车站走。

赵世初气喘吁吁地跟在后面小跑，问叔叔这着急忙慌的，是要回家吗？那可什么也没买啊。赵本一直没吭声，真到买了最后一班开往渡口的车票才告诉侄儿原因。店主说海南原来也盛产水晶，这几年开放过大已经枯竭，现在所用的原料全是从云南楚雄购买的。赵世初惊讶叔叔的鲁莽：“他说没了你就信啊？”赵本笑而不语。他也算出道多年，哪儿还会如此轻信于人。他这几天早和当地土人打听清楚了。土人说那种透明的石头早前他们都用来盖猪圈、垒鸡舍，后来发觉用它垒的猪圈鸡舍更容易引雷劈，就弃而不用了。前几年不知什么原因，突然从城里下来好多人收购这种石头，一时间倒也难找了。

叔侄俩跋山涉水四五天才到了云南楚雄。在一个满是吊脚楼的古村落旁，赵世初实在走不动了，蹲在一块石头上把鞋脱了，轻抚着满脚的血泡。赵本见侄儿确实走不动了，就让他坐在那，自己走进村落里去找点儿水喝。九、十月份的云南，气候相当宜人。赵本看着满眼的美丽花草，心想要少些蚊子该多好。赵本进入村落，许多穿着花花绿绿衣服的大人小孩围观。云南少数民族多，名字也稀奇古怪，赵本也懒得记。他操着蹩脚的普通话问一位中年男子借水喝。中年男子看他叽里咕哝地说着话，不明所以一脸茫然。

而站在边上十一、二岁的小女孩儿倒听懂了，转身进屋端出一碗水。赵本想了一下才明白，现在学校里的教育都以汉语为主，少数民族的孩子可能本族语言不会说，但是汉话都说得相当流利。赵本喝完水后，又要了一碗。小女孩儿端来后，赵本接过并不喝，他要端着送给侄儿去。赵本掏出一元钱递给小姑娘，小姑娘笑着拒绝了。赵本一看肤色黑黑的小姑娘，笑起来还挺好看，牙齿白白的像无瑕的水晶。

通过小姑娘家人的指引，赵本和赵世初在山洞里找到了透明的石头。赵本心想云南真落后，连水晶都不知道，他只能描述着说是透明的石头。当火把照进山洞，里面像星星一样晶光闪闪，蓝的怡人，白的晕眩。赵本和赵世初幸福得都快要晕过去。发财了，发财了，还是无本万利的买卖。当地人根本不要他们的钱，还让他们想拿多少就拿多少。

赵本拿着榔头专捡蓝色的水晶敲，赵世初则专挑白水晶往口袋里装。赵本看侄儿的举动，对他说“你不知道有颜色的水晶值钱?”赵世初头也不抬，只管敲捡，“知道，但我觉得人不能太贪心。”赵世初敲下一只茶缸般粗细的晶簇装进口袋里，站着歇了会儿说：“叔，我觉得人要知足，有天看着呢。”

“你还信天？天真要管人的话，王喜还能亡命多年，阿桂还能含冤而死?”赵本没想到侄儿年纪不大，思想还挺守旧。

“话也不能这么说啊，你说十来年前那大鱼是怎么回事呢？出现那一次怎么就再也找不到了?”赵世初捡了块水晶，停下站直身子，“人家都说那是老天惩罚我爷爷。”赵世初的声音低低的。

赵本感觉一股凉气从后背冒起。那次大鱼事件他也在场的，那么多人怎么就单单死了赵红军呢？赵本不敢深想，呵斥侄子快捡。赵世初拎拎口袋说：“叔，我差不多了，再多就背不动了。”赵本也试了试斤两，觉得也捡得差不多了，就说：“那就捡这么多，先运回老家。第一次熟悉熟悉路程，下次我们雇几个人挖，打包邮回去。”

赵世初背着口袋，心里到底不甘，弯腰又从地上捡起几块小蓝水晶放在衣服口袋里。他伸手拿过夹在石缝中的火把，问赵本：“叔，为什么这次不多挖点儿邮回去?”

赵本一看侄儿到底嫩了点儿，就对他说：“这以后就是我们叔侄俩的独家买卖。我们走南闯北，在这乌烟瘴气的地方，差点儿被毒蛇咬死，还能让别人分了去。”

赵世初没听明白，看着叔叔眨了下眼睛。

“你还不清楚？我们一次运回去多了，人家就能猜到我们找到矿藏了，徒增麻烦。第一次先少运点儿，下回我们两个，一个出来找货，一个在家等着邮寄，中间绝不让外人插手，就能保证我们爷俩独赚这份钱了。”赵本唾沫横飞地给侄儿讲解。

“哦。”赵世初明白了，想了想又问，“那为什么不打个电话给开文叔，让我老婆或你家婶接着，我们在这儿，好多挖些?”

“这事告诉女人?”火光照耀下赵本两眼睁得老大，“女人的嘴在外人面前，就像裤腰在老公面前一样，松得很。我可警告你，回家不许告诉你老婆我们在哪儿找到的水晶。咦，你小子刚才不还说人不要贪心的吗?”

赵世初不好意思地挠了挠头，“我怕累着叔，来一次不容易的。”

“就你一张好嘴。”赵本笑骂着，往洞外走去。

当赵世初和赵本蓬头垢面地出现在至晶村时，人们还以为哪儿又来的两个疯子。吴青青和邱梅认出了各自的老公，大骂着扑打上去：“狗日的，这一走个把月，怎么连个音信也不回，呜呜。”骂完，两人抱着各自男人眼泪鼻涕一大把。赵本和赵世初两手抓着口袋腾不出手，一个劲地说“先回家，先回家。”邱梅和吴青青这才止住泪，伸过手要帮男人一把。他们忙摇头，背着口袋直往家跑。郑青在后面喊：“你两个狗东西背的什么宝贝？跑得这么欢。”赵本回转着头说：“没啥，捡些东西。”

郑小七在边上自言自语道："不就是水晶嘛，半袋子才值几个钱。"

赵本和赵世初在家休养了半个月，直到晶都水晶城开张，叔侄俩才背着水晶去了集市。这半个月，他们把水晶藏得严严实实，谁也不给看，只有吴青青和邱梅趁他们不在家时，偷偷解开口袋瞅了瞅。

赵本将水晶城分的摊位让了一半给赵世初，把蓝水晶轻轻倒出。邱梅忙伸手护着台沿，小心水晶掉下去。那边吴青青也帮着手忙脚乱的赵世初摆好摊位。邱梅和吴青青见老公把水晶藏了半个月，估计这水晶有点儿不一样，是好东西，就硬跟了来。

水晶城开业第一天，人山人海。赵本的蓝水晶一亮相，就吸引了成堆的人左三圈右三圈，一个个啧啧称奇。赵世初看叔叔那面人气这么旺，暗怪自己当时哪个筋搭错了，捡什么白水晶，这么普通的。

人们都知道有颜色的水晶稀少珍贵，不一会赵本就卖出三块拳头大小的蓝水晶，两千元。叔侄俩的花费一下全回来了。邱梅数着钞票，笑得嘴都合不拢。吴青青看了婶子的高兴劲，心生一股醋意。她拧了一把赵世初，"你和叔一起出去的，怎么弄了这么堆破烂回来?"两家人本就在一起，吴青青声音再小，赵本夫妻都听得到。赵本怕赵世初不高兴把水晶产地给抖出来，忙笑着对吴青青说："青青啊，别难过，这次赚的钱是我们两个的，我卖蓝他卖白，一家人不说两家话。"吴青青当即就乐得眼眯成了缝儿，她嘴上还说着"那怎么成，亲兄弟明算账。"邱梅见自己的钱因老公一句话就要少了一半，心里有气嘴上也就不那么悦耳了："叔侄变成兄弟了。"赵世初听出婶子话中的火药味，他感激赵本带他出去见了世面，心想赚钱也不在这一次两次，可不能把婶子得罪了，枕边风可比台风厉害多了。他忙说："叔，不能这样，先按先前说的来，这次我是跟你出去学徒的，哪儿能要钱。"邱梅一听不好意思起来："一家人不说两家话，该是谁的就是谁的，你也是出了力的。"吴青青见婶子那小气劲，哼了一声站在边上不言语。

没多久，赵本又以一千元的价格卖出了五块小的，邱梅笑得都觉得自己有些像地主婆。赵世初也终于开了张，卖了两百六十元钱三块大点儿的白晶钻。毕竟是第一次卖水晶，赵世初和吴青青的脸色缓和了。

叔侄两人正高兴着，看到李开文、张芹和廖志开沿着摊位从南面走来。头发有些灰白的供销社主任廖志开，看着满大厅的人群，高兴地对张芹和李开文说："我总算是没有遗憾了，多谢你们俩的大力相助。"开文和张芹忙说："老前辈言重了。"

赵本向李开文挥起了手。李开文看见了，对张芹说："看，我们村的赵本和世初。""世初？"张芹认识赵本，对世初不熟悉。李开文介绍说是赵红军的孙子。张芹哦了一声想起来了，他就是赵红军拼命救下来的孙子，都成一个大人了。

大家见三人气度不凡，都很自觉地往两边让开。廖志开一见赵本面前摆放的蓝水晶，两眼立马放光，"这是宝贝啊，百年难遇的。你们是从哪搞来的？"赵本听了廖志开的表扬，忙低调地说："朋友转手的，朋友转手的。"张芹走上前拿起一块，对着亮光端详，脸上满是赞许。赵本要和开文打个招呼，却见他站在边上铁青着脸。赵本心里一紧，莫非开文哥怪我没告诉他在外找到水晶的事？他刚想和开文解释，开文已拉着张芹和廖志开往里走，说那面霍如春摆放了一百多件雕刻件，那个壮观啊。

待他们三人走后，邱梅责怪起老公："你这个财迷，天天藏着掖着，要不是人家，你连老婆都娶不到。"赵本呐呐不能言。吴青青见邱梅嘲笑赵本说老婆都找不到，强忍着不笑出声。赵本正暗自懊悔时，李开文又快步走回。赵本张着嘴刚想说话，开文已先发言，"把东西收一下跟我走。""怎么了，哥？"赵本惊奇道。

开文没搭理他，对围观的人说："这货我全要了，大家去看看别的，我们晶都水晶城可是准备了许多好东西欢迎八方来客啊。”赵本虽然不解，但在邱梅的催促下还是很快收拾好了水晶背上，跟着开文走出水晶城的大门。开文出门时，往赵世初的摊位上看了两眼。

走得离水晶城远了一点儿，别人不太注意的地方，开文暴喝一声：“你是不是又想死了？”赵本吓得一哆嗦，没想到得罪开文这么厉害：“哥，我怎么了？”“你还怎么了？又拿了一堆假水晶骗人，你忘了上次刘明启追得你四处流窜？现在他是常务副县长了，以后水晶产业又归他管。”李开文替赵本担心着，赵本却还没明白是怎么回事：“哥，我没卖假水晶啊，这蓝水晶是我从云南运回来的。”赵本在李开文面前很坦白，他明白李开文要想知道的事总是能知道的。

李开文见赵本还不明白，接过他的口袋，从中取出一块，“你还云南，你知道这是什么吗？这是蓝晶石。”

“是啊，蓝晶石。”

“听好了，是蓝晶石，不是蓝水晶。”

“有什么区别嘛？”

“你这个蠢货！”李开文见赵本不像装傻充愣，只得详细解释：“蓝晶石是蓝晶石，蓝水晶是蓝水晶，名字相近，结构相差很远。一个对人体有益，一个对人体有害。天然水晶是没有蓝色的，能显示蓝色的铜离子在自然状态下熔不进水晶，懂吗？”

“铜离子？”赵本听得云遮雾罩，但已然明白这次又出了大错。现在他清楚了，为什么云南当地人不知道水晶，原来这根本就不叫水晶，叫蓝晶石。南边沭阳县就产蓝晶石，好多艺人雕刻这个，霍如春不是还从那找的雕刻技师。真是灯下黑啊，蓝晶石就在家门口，稀松平常，水晶市场没人鼓捣这便宜货，而赵本从来没想去沭阳看看。赵本不甘心费尽千辛万苦采回来的石头变成一堆废料，不待开文回答就追问：“南面不是也用蓝晶石雕刻物品吗？”

开文知道赵本说的南面是哪儿。训了赵本一回，他心里倒平静了些，“云南的蓝晶石和沭阳的蓝晶石不一样，云南的学名叫方解石，在当地很多的，可以说山洞里到处都是。以前全国征集水晶做棺材时，就有外行人拿来献过。蓝晶石不如水晶，方解石更是连蓝晶石都不如。”

赵本见李开文说得有鼻子有眼，不得不信。他惋惜着一袋的宝贝眨眼间变成了害人石，心里酸痛无比。

开文看赵本的样子，知道他又舍不得了，就轻声问他：“你还想跑到国外打黑工?”赵本一个激灵，忙说：“谢谢开文哥，要不然我这回又悬了。”李开文见赵本醒悟了，心中也高兴，他又问：“没卖给台湾人或外国人吧?”“没，没。”赵本连忙保证。“哥，我进去和世初说一声，就回家去。”赵本暗暗庆幸刚才说和侄子对半分，要不然就亏大了，世初的白水晶至少能卖五千元。想到此，他情不自禁地说了句“世初这小子有福气啊，人不贪心必有厚报。”李开文在后面听见了问：“你说什么?”

“我说我当初该和赵世初一样，也捡白水晶，不要这蓝晶石。”赵本走上台阶回头说。

“什么？你们俩是一个地方捡的?”

“是啊。他不贪财捡白的，我心黑就捡蓝的。”

“你们两个一对活宝，我说怎么世初的白水晶也有些油乎乎的感觉。”

“哥？你是说，世初捡的也不是水晶？是方解石?”

“你说呢?”开文的嗓门又提高了，赵本一脸的凄惨状。

1997 年 7 月 1 日全校放假，补了一个月课的高中学生回家倒头便睡。

14 天后的期末考试，可观的成绩让李小剑不知天有多高地有多厚。当着全班同学的面，他抓起当日收到的几份情书，用力撕成了碎片。“朋友啊，在你身后落了一地的，那不是纸片，而是我凋零的心。”李小剑边撕边吟诵着不知谁的诗。在他看来，高考状元已指日可待，清华、北大不过是囊中之物。不仅他如此想，全校师生都如此想。

假期终于到了，小剑很自觉地帮家里看起了西瓜。西瓜是小剑的四叔李开贵种的，田地则是李开文承包的。开贵说赚了钱和大哥平分，开文说赚钱你自个留着，平时让我随便吃就行。开贵本没打算让小剑看西瓜，一则因为小剑上高中功课紧，二则因为他深知这个侄儿懒得出奇，小时候说外面热能在家里睡上一个月不出门。开贵的女儿小娜还小，刚上小学。他就让二哥开武上小学六年级的儿子小晨和三哥开富上小学四年级的儿子小晖结伴看守，如果他们哥俩累了，再让二哥的女儿小梅来换班。不料开贵还没对小晨和小晖讲，小剑就自告奋勇地要看西瓜。开贵满怀欣慰，侄子到底大了，有他这个半劳力看守，总比那两个小学生强。开文不以为然，心想儿子都十六、七了，还这么馋。小剑则苦不堪言。成绩好的学生，德智也被迫要跟上。他只不过跟四叔客气了一下，四叔就当真了。既来之，则安之吧。小剑从庆树那借了一堆小说天天守在西瓜地。开贵怕热着侄子，还精心搭了个帆布凉棚。他选了块二十几个平方米的田头空地，埋了两排六根柱子，上面先覆盖上木板，再在木板上铺上一整块帆布，既遮阳又避雨。开贵又用拖拉机拉来桌椅板凳，一个像样的家就成了。

蝉躁风热。小剑躺在凉棚，侧身扶着腮，看着成群的西瓜和大片的叶子，竟然渐渐有了惬意。

天空一片水洗的干净蔚蓝，大地满眼的新碧浅绿，偶尔蜩鸣摇曳，暑气就在微醺中远去。只只圆滚西瓜像懒惰的翡翠精灵，叶摆波动中悄然探头，那抹矜持犹抱；蔓拂浪推下点点轻吻，莹洁跃跃着含羞。

小剑起身走到田间，在瓜蔓中高低落脚。

夏天在碧绿西瓜的海洋面前畏惧退缩，炙热更像遗忘了的伤心，不知在记忆的哪个角落沉眠。但他的额际仍然沁着一颗汗珠，像阳光一样温柔祥谧。

绿叶掩映的西瓜间，一颗野草的芽尖指向苍穹，轻轻晃动。芽尖初青，嫩嫩的，让人不敢呼吸，生怕一不留神，就让尘世庸俗了它的天逸。

可人类的贪婪，让小剑的童心终归有了肆虐。他想起儿时的春天，广袤的田野，柔软的草地，孩子们在欢快地奔跑，兴奋地打滚。而今，草色依然，童年却不复存在。

小剑奇怪，已好久没有多愁善感了。他站起，往至晶村水库看去。

岸边错落点缀着几颗白扬，翠绿盈边的草地饱浸了水的精华。它们好像也在附庸风雅，静静地，动也不动，品位水天一色的清润。

田野的气息是那么的迷人，轻松地俘虏了鼻子。旷野的美丽是如此强烈，瞬间病态了眼睛。

小剑弯腰摘下一片瓜叶，轻捻几下藤茎，扇形的青绿就在风中转起了圈。

夏天如此让人留恋！围在身旁的墨碧，能感受到春的娇涩婀娜；擎在手里的绒青，能感受到秋的妩媚恬静；而天地间所有绿意盎然的那一刹那，感受到的是，冬日晨曦照在屋檐上的缱绻温馨。

小剑低头看着脚下磕绊的西瓜，并不像老农那样弹拍着选择，而是愉悦简单地随意。他抱着只大大的西瓜，往凉棚走去。肆虐随着脚步，慢慢离开；些许惆怅因为随意，渐渐消失。

正当他抱着半只西瓜，勺子舀得开心时，他看见东面慢慢走来一个女孩儿。那女孩儿上身一件白色衬衫，掖在黑色的超短裙里，脚上鲜艳的红色凉鞋映衬着腿部雪一样的白洁。毕竟是夏天的中午，谁这么不怕热呢？那人渐渐近了，长发挽在脑后盘成一个发髻，一根长长的簪子穿插其间。

“西杏。”小剑认出了女孩儿。

西杏冲他笑了一笑，白净的脸上因为夏日的粗鲁有了淡淡的红晕：“小剑……叔。”儿时伙伴多年不见，难免会有些生疏。几句寒暄过后，少年的情谊重新回归。西杏和小剑并排坐在板床上，四角的帆布搭起，终于有了丝凉风。

“西杏，你这些年在外面做什么？”小剑对自力更生有些恐惧，对外面的精彩却一直向往。

“还在大酒店做服务员。”西杏无奈地说道，“我初中的学历，也只能做这个了。”她的眼神有些黯淡。小剑的心里咯噔一下，当初若不是他的话，没准她现在还在读书呢。想起往事，小剑的心揪在一起。“在酒店里多好啊，还四星级的吧？来往都是上层人士，听他们的谈吐，看他们的穿着，能学到不少东西呢。”小剑真心艳羡，“哪像大强、阿利他们，一天到晚就看着轰轰响的机器，时间久了耳朵都不好使。”

“他们是男的啊！”西杏听了小剑的话高兴起来，但嘴上仍谦虚着。

“男女不是早平等了吗？”小剑故作惊奇道：“而且女的更娇贵了，都有妇联呢，要是气管严的话，男的都没地方说理。”

“哈哈！”西杏开心地笑了起来，在伙伴面前她不用掩饰，“你越来越会说话了。”

“哪里，哪里，吃西瓜。”小剑说着递给她一只勺子。西杏也不客气，端着另半个西瓜舀了一勺，轻轻咬了一下，“好甜！”

“那是，我每天晚上都给它施肥。”

“什么？”西杏愣了一下反应过来，“你这家伙，还让不让我吃了啊。”

“呀，城里人了啊！”小剑夸张着表情。

“我敲你啊！”西杏噘着嘴，扬起了小勺。

“吃西瓜。”小剑看着勺子上汁水滴了下来，忙叫道。

自然熟的西瓜甘甜的让人欲罢不能，小剑很快将半只吃完，西杏也吃了大半，摸摸肚皮说："都是水，吃不下了。"

两人将西瓜皮放在桌子上，小剑拿过毛巾让西杏擦手。

"你怎么大中午的过来了，有事吧？"小剑问。

西杏看着东面被热浪冲刷得有些隐约的村庄，答非所问地说："下午，我还要去城里，给花花寄东西呢。"

"哦。"提到花花，小剑又不自然了。那笨拙狼狈的第一次，女孩子刻骨铭心，男孩子却总想遗忘。

"花花，她现在和我在一起。"西杏知道他们曾经的关系，也后悔拒绝小剑，和他一起离家出走。不过事后，小剑并没有责怪西杏，对她仍是一如既往的亲近，只是她自己觉得愧对小剑。西杏初三一毕业就出去打工了，一方面给家里补贴些家用，另一方面也是对某些事情的逃避。时过境也会变，几年过去了，她终于能够坦然面对。她看了眼沉默的小剑，知道他想了解曾经的好友，就接着说："小三也在那儿，做侍应生。花花拜托我来看看你，她让你好好学习。"

小剑又"哦"了一声，沉默了一会儿问："他们，还好吗？"

"好，都好。"

小剑听出西杏敷衍的意味很重，抬头看向她，她脸色绯红，"西杏，你怎么了啊？"小剑问道。

"我，我……我也要施肥去了。"西杏红着脸说。

"切，我还当什么呢。"小剑不以为然，"那面，棉花地里。你想施多少就施多少。"

西杏不说话，站起往前走，背景婀娜。小剑一下子感觉夏天更热了。西杏走了几步，回过头来嗔怪道："都怪你的西瓜。"小剑一下又感到三九寒日的到来，浑身硬邦邦的。西杏说完紧走几步，步入大半人高的棉花地。片片宽阔的圆叶中夹杂着青涩圆滚的棉桃，碰到人的身体，像鼓槌一下下轻轻地敲打。西杏走了十几步，转脸看见小剑瞅着她，脸上更是火烫。可这一块田，除了低矮的瓜蔓就只有这块棉花地尚可藏身。她硬着头皮像小时候那样，对小剑开着玩笑：“不许偷看啊。”说完就蹲下了。

西杏回来，小剑躺在板床上，西杏坐在旁边。西杏坐在边上不说话，看他睁开了眼，脸上微微又是一红。小剑也不说话，只是拿眼看着她。他一方面满足于刚才的做法，一方面又有说不出的失落。两人沉默一会，西杏开口说道：“以后可不能这样了，我有男朋友的。”小剑不说话，只是点了点头。和清华、北大比起来，一时的男女欢娱又不重要了。

西杏转身看了看日头，对小剑说：“那我回去了，还要去城里给花花寄东西。”说话瞟了一眼小剑，转身离开了。

傍晚时分，夕阳拉长了凉棚的六根柱子，小剑仰躺在床上自忖道，我什么时候这么婆婆妈妈了呢？因为我们是朋友？还是因为我想考清华、北大？朋友？青梅竹马不也是朋友吗？

小剑翻了个身，眯眼看橘红色的落日：人啊，一旦野心勃勃，就冷血得可怕。为了事业，不仅仅只有禁欲一途，鱼水之欢也是一法啊。我可以放开吗？恐怕我还不能做到完全的冷血无情。

“哥，哥，回家吃饭了。”小剑正胡思乱想，小晖一蹦一跳地跑来，手里还握着只墨晶。那墨晶打磨得光滑圆润，左右纵横各七、八厘米的样子，是大强送给小剑的。

“你怎么来了？你怎么拿我的水晶？”小剑一眼就认出那块墨晶，忙坐起追问堂弟。

“我，我，挺凉快的，我就玩会儿。”小晖见小剑有些生气，回答地怯怯。

那块墨晶质地甚好，内里如烟弥漫、似水流年，却是通透明澈、毫无裂纹胶绵。那烟般颜色，如梦如幻，雾样流影，百转千结，凉意顺其脉走，纯净由空细来。墨晶原本是大强族叔的，大强拿来把玩。有次他和小剑吵架，为了缓和关系，就送给小剑了。

大强族叔想着侄子玩够了就该还他了，没想到被送人了，骂了几句大强也只好作罢。

小晖把墨晶还给小剑，小剑转动几下看了看就把它收好，没准大强这不要脸的啥时还会要。

“四叔呢?”小剑问。

“四叔和我爸还有二爷，在你们家喝酒呢，他们让我叫你，顺便再摘只西瓜。”小晖站在大哥面前老实地回着话。

“那你去摘吧。”小剑说完起身穿鞋。

小晖迟疑了一下，确信大哥是叫他自己摘，就深一脚浅一脚地走进西瓜地。走了几步，他回头问：“哥，我不知道哪个熟。”

“我也不知道哪个熟，你看哪个大就摘哪个。”小剑正在系鞋带，头也没有抬。

第二天，小剑赖在床上不起来，对妈妈说这几天太累，要休息一下。云丽以为儿子生病了，他这几年学习用功，也许太费心神。她就去让开贵喊小晨和小晖去看西瓜。小剑没有生病，也没有累，他牢记身体是革命的本钱，每晚坚持做俯卧撑、压腿、倒立。

他是在美好的前途和暂时的欢娱中犹豫了。越往后，笑得越甜，小剑深知其理。初一、初二对他嘲笑不已的同学，现在都对他钦佩甚至嫉妒。小剑没有以彼之道，还施彼身，抓住机会好好地嘲笑他们一番，虽然他有这个资本，但是他不敢。他深知道那些同学都不笨，否则也不能在当时遥遥领先于他。后来他的成绩超越了他们，只能说是勤能补拙。他付出的代价太高昂了，十四五岁的年纪就白了一小半的头发。若是嘲笑了他们，谁知道哪天他们也玩命地学起了习，再大大地落自己一截，再反过来嘲讽自己呢?再卓越的千里马也有失前蹄的时候，再后进的学生也有扬眉吐气的那一天，自己就是个活生生的例子。以己及人，世界的可变因素太多。现时自己暂时领先，稍不留神就有可能重新殿后。

爱情、青春是真正的话题，.也是掩藏在人性中最真实、最美好的东西。人生短短几十年，识时务者方为俊杰。我们渴望有个特立独行的人，振臂一呼，响者云集，可是我们同时也不希望那个振臂的人是自己，甚至连响应的人都不是自己。我们每个人都想自己能够理直气壮天经地义地享受前辈奋斗的成果。稍有点儿良心的人，也只是在口头或者书本里缅怀先贤的奋斗，转脸过后就接着去享受自己真正的人生。

暂时的欢娱让小剑的身体为之迷恋，精神却为之痛苦。在世俗的辉煌诱惑下，他虽然艰难却还是选择了看似光辉灿烂的未来。他不敢再去瓜棚，他怕西杏再去找他，他怕他忍不住。预防第二次感冒的方法，就是不要有第一次感冒。他有了昨天荒唐的、半推半就的第一次，就不想再有错误的，功罪交织的第三次、第四次，而预防它们就是不要有第二次。美丽的短暂只有在庸俗的长久面前才能显出弥足珍贵，而美丽更是只有在被扼杀时才显示其美丽。

小剑待在家里，电视看不进，书也读不下，在屋里来回走动，像失眠时的思维，蹦蹦跳跳的没有头绪。他的下腹部总有一团火，他努力地想熄灭它，就想赶快入眠，结果是睡不着还让眼皮一阵阵火辣。最后他走进院子，接上自来水管，冰冷的地下水从头到脚冲洗几次后，腹内的一团火才化作满身的鸡皮疙瘩。

开文、云丽看见儿子没精打采又心神不宁，一致认为他累了。每周上一次班的开文自告奋勇地说带儿子出去旅游。小剑的耳朵好像从哪个不能信任的人处借来一般，他看了看爸爸殷切的眼神，又看了看他二百多斤的身材，问了一句："爸，这大热的天，你不怕中暑？"顿了下又接上句，"你不怕，我还怕呢。"说完小剑转身出屋，继续冷冻自己。想显示一下父子情深的开文，没想到儿子这么不领情，气呼呼地坐在椅子上赌咒发誓，以后再也不和他一起出去。云丽听了非但不劝，还帮着儿子说话："他说错了？这大热的天，你想去哪儿发疯？"

开文见一向言听计从的老婆也帮着儿子说话，更是气得不行，大叫道：“好，你们都怕中暑，我自己去。”他说着站起，一边大踏步地往外走，一边回头偷窥老婆儿子的表情。小剑穿着裤衩，专心地冲凉，没在意开文要干什么。云丽则假装没看见，往红木沙发上一躺，闭目养起了神。开文的脚步慢了下来，走到前排平房停下，顺手从门后抱起个西瓜，又返回了客厅。“起来，切西瓜去。”他瞪着眼冲云丽大喊。云丽见他又转回，笑了下就去厨房拿菜刀。这个五大三粗的男人，倒和女人差不多，有了更年期了。

袅袅炊烟升起，李小剑爬到前排房顶，脸上满是焦急。好大一会儿，西面田头小路，小晨、小晖兄弟俩挺着滚圆的肚皮走来。小剑喊道：“你们两个，上来。”小晨小晖见是大哥喊，跑着上了平房。

小剑往院子里瞅了瞅，妈妈在厨房做饭，爸爸在屋里看电视。他轻声问：“有人找我没有？”

小晖不知大哥什么意思，看着二哥小晨。小晨想了想：“有的。”

“谁啊？”小剑急切地盯着小晨，心里却无比轻松。他害怕西杏找她，又希望西杏来找她。我可以不理她，但她必须迷恋我。青年男人的心事啊。小晨本来就不白，整个夏天又只穿条短裤东奔西跑，显得那双大眼更是骨碌碌。

“是个女的，不认识。”小晨老老实实地回答。

“不认识？”小剑嘴上这么问，心里却乐开了花。他根本不再需要答案，他已认定心中那个答案，现在的提问很大程度上是礼节性的。人最害怕的就是孤独，尤其是被人忽视的孤独。小剑知道有女的来探望他，感受到了被人重视、思念的快乐了。被人重视就不想重视别人，小剑很容易就下定决心，不再和西杏有这种说不清道不明的关系。朋友就是朋友。

“好像是，是——”小晖歪着脑袋也想了起来。李氏一家，只有小晖是个白人，就算他穿得再少，日头再毒，也不过晒黄了而已。

“是谁？”小剑见小晖支支吾吾，“是不是那家的那个女的？”

他手指向东面隔着两户的赵专注家。

小晨顺着大哥所指的方向看了一眼，问："你是说赵西杏？"

看来小晨认识西杏，小剑的心里没刚才那么痛快了。

"好像是二年级王也的妈妈。"小晖好不容易想起，兴奋地赶快说了出来。

小剑沮丧了，他对两个堂弟挥手："好了，回家去吧。"

这么快，本来还以为大哥会有什么好吃的给他们呢。他们互相看了眼，转身下了楼梯。

几日后，村里说起一个让人震惊的消息，李大强犯了强奸罪，被判了四年。小剑听到这个消息吓出一身冷汗，"西杏会不会告自己强奸？如果贪上这样的官司，大学梦就彻底毁了，不成人才成罪犯，对不起爸爸妈妈、爷爷奶奶。"这样一想，他就痛悔不已。

高考全真模拟第一次考试，李小剑又拔了头魁。兴奋难当之下，他拉上几个同窗好友去饭店买醉。席间觥筹交错、祝贺恭喜，俨然就是一名清华或北大的高才生，李海同学和小剑碰了一杯后问他："小剑，你决定好上清华还是北大了？"小剑喝下一大口啤酒说："没呢，也不知道这两所学校到底哪个更好，到时候问下老师吧。"

高考结束时，小剑左手绑一块毛巾，右手提着书包懒洋洋地走出了考场。他很累，心力交瘁地累，一句话也不想说，尽管他很想像别的同学一样，或高兴一下成绩，或悲哀一下未来，但是他太累了，有熟悉的同学和他打招呼，他也只能很傲慢似的点头示意。经过学校花坛时，他看见来自别校的两个男女同学旁若无人地手拉着手说："大学里见。"还大学里见，真要能见，必定是心怀鬼胎的一对。走到水池边时，他看见两个本校的男生互相鼓励，并肩再来一年。我会再来一年吗？看试卷这么简单应该不会。

高考结束的最初日子，每个学生都在家里无限拔高自己的成绩，哪怕成绩再烂，他也在祈祷阅卷老师一时不察，露过一条大鱼。

成绩的好坏，不全看分数吗？谁管你平时如何。小剑就简单多了，他既不拜天地，也不祭鬼神，稍估算一下心里就有了答案，若是语文能够尽善尽美的话，那他就可能是有史以来总分的第一个满分啊。不行，低调些，总有些错误检查不出，万一监考老师打个盹判错了，我还能找他不成？估低点儿，七百分吧。越是成功就越要谦虚低调。小剑想起物理考试结束时碰到物理老师，他问小剑考得如何。小剑本想谦虚地说145分以上吧，话一出口却变成了高深莫测的“还不错”。物理老师笑笑离开了。

等啊盼啊，盼啊怕啊，分数终于出来了，小剑悲哀地想，我要躲一个暑假了。他考了603分，比估计的分数少考了100分。小剑说到做到，第二天日上三竿时，他还在酣睡不止。清静了多日的院子却不合时宜地热闹起来，一拨人来一拨人走。被惊醒的小剑情绪低落，只想在梦里逃避，也不管他们做什么。一会儿，他的房门被推开了。小晨小晖推门进来。小晖穿个大裤衩，上身光着，鞋也没穿。开学就要上初三的小晨则整齐得多，不仅衣袜都有，还学大哥留起了三七分头。小晨说：“大哥，你带我去城里，帮我挑点儿学习资料吧，我明年也要中考了。”小剑想一口拒绝拉倒，见小晨、小晖还对自己有着崇拜之情，又于心不忍，就敷衍道：“我这两天病了，等我身体好了再带你们去。”小晖走上前歪着头看了看小剑，问道：“大哥，你怎么了？考试考累了。”“嗯！”小剑闭着眼睛应了一声。

院里的人走光了，开文也推门进来。知子莫如父，开文大着嗓门喊：“好了，好了，快起来吧，你不用躲了。”小剑一骨碌坐起，疑惑地看着爸爸。“你考得蛮好，村上别的人基本上没有超过350分的。”小剑一听是村上的，又要往下躺。“后面那个谁的亲戚，叫霍姝的也只考了四百多点。”小剑猛地坐起：“啊？”开文不知小剑的心思，继续说道：“听说她们班最高分还不到六百。”“啊？”小剑又叫了一声。第一声，他是没有想到霍姝考得那么差，第二声是没想到自己考得还不错。听到这个结果，小剑感觉体重忽而少了许多，若不抓着床角，就要飘起来了。这么简单的题目，大家竟然都考砸了？

过了几天，小剑电话查知他被中国电力大学录取。小剑早断了清华、北大的念头，能被重点大学录取，已然非常高兴。毕竟一个村三十年才出三个大学生。知道结果其实有点儿不是时候，那天偌大的院子只有小剑，和来向大哥借小说的小晖。小剑一腔激动话语没人说，只得抱起小晖边大叫着边猛甩了几圈。吓得小晖大叫："大哥，你怎么了？大哥，你怎么了？"小剑没有回答小晖，高声呼叫着，双手掐着堂弟，将他高高举过头顶，拼命地转起了圈。蓝天、白云、红砖、绿树，一切都那么清新美丽。而小晖吓坏了，他晕头转向地发了会儿呆，突然大哭："大哥疯了，大哥疯了。"

小剑忙放下小晖，看了看他，又笑了。他伸手刮了刮小晖的鼻子，转身进屋拿出本《绝代双娇》递给堂弟，并警告他不要让他爸开富看见。小晖看见书不哭了，笑着接过。翻过几页后，小晖把书递给大哥："这个我看不懂，你上次给我的，上面有图画的，还有没？"小晖说的是漫画《七龙珠传奇》。

得知儿子真的考中大学，开文和云丽高兴不已，当晚一家三口美美吃了一顿。次日一大早，开文就喊起儿子，对他说："你现在要低调些，去，放几天鹅。"开文从山东买来些繁殖很快的四季鹅，平时都是圈养，吃些粗粮。小剑一想以后上大学长久不在家，就很爽快地答应了。当他放了半天鹅，疲惫不堪地回来时，两个村人与他擦肩而过。小剑听他们小声地说："这是李开文的儿子，今年考上大学了，还是重点名牌。"小剑突然明白爸爸让他放鹅的用意了，既宣传了自己还宣传了他。他抿嘴而笑。

当他把鹅赶回圈后，开文看着肚皮稀瘪的鹅，不禁勃然大怒："你怎么放的鹅？想饿死吃肉？"说着，开文洒了一瓢粗粮，鹅像捣开的马蜂窝，"嗡"的一声抢开了。小剑摸了摸晒得火辣辣痛的脸，也没好气地说："你以为我愿意放？明天不放了。"说完丢下竹竿，头一扭进了院子。自此后，父子的关系越来越僵，直至极致，半天三小吵，一天两大吵。开学前最后的日子，小剑天天跑到同学家玩，除了吃饭，别的时间全不在家。开文像吵上了瘾，一时找不到对手，就冲云丽发火。云丽知道他的脾气，也不和他一般见识。

争争吵吵的日子总归要结束的。在火车站，小剑看着走在前面的父亲和姑父的背影如此想。启程去大学时，他没有像书中所写或是电视上所见，一个人背着行囊远离了家乡。当爸爸和姑父说要送他时，他想都没想就答应了，那两只大大的箱子仅靠几只滑轮在两千多里的行程中，是达不到轻松自如地到学校的。当火车起动，与家乡渐离渐远时，小剑初始的解脱与兴奋慢慢消失，代之而起的却是丝丝的悲伤与期盼。铁路两边忽啸而过的庄稼、河流、白杨树，因为它们广阔的延展度、极大的相似性而显得火车慢如孩童眼中的时光。可是这静谧的，慢慢飘过眼前的原野中，为何没有一个女孩儿对自己挥舞手臂？小剑趴在车窗上，跳动的头发散放出数不清的忧伤。

转车时，开文提着那个最大的箱子快速地走在前面，偶尔还不忘回头训斥小剑几句。小剑没有回嘴，内心的忧伤已快凝结成眼里的泪水。爸爸，好奇怪，我怎么会舍不得离开家乡呢？他快步走上前，抓住箱把，想抢过箱子。开文看了他一眼，然后不领情地一把推开他。小剑停下一会儿，不是愤怒于父亲的不近人情，而是想让盈眶的泪水干涸。

将小剑在学校安顿好，姑父和爸爸要走了。小剑放下行囊跟着出门送别，一路上姑父无微不至的照顾和父亲旧习不改的冷嘲热讽让离家的他心里轻松了许多。人长大了总要离开家的，更何况家里还有个巴不得早早赶他出门的爸爸。长长的道路两旁，铺搭着成串的花朵，姹紫嫣红的像两堵彩色的矮墙。小剑和姑父有一搭没一搭地比较着中学和大学的区别。他不想和父亲说话，希望在最后的分别时刻能够留下一个还算过得去的回忆，以期在不久的将来和新同学谈天说地时，聊到刚进校门时，能够不太尴尬和难过。可是越不想难过，难过就越会想你。似乎毫无来由，小剑的心情又灰暗起来，两旁彩色的矮墙将他们的愉悦圈囿在了外面。他们谁也不说话，只是一个劲地往前走。小剑有意无意地落在最后，看着姑父瘦弱的背影和父亲肥胖的身躯，他的心里空落起来，从此后，我就是一个人在这儿了。一滴眼泪毫无征兆地落下，小剑忙抬手擦了，往旁边看去。一大片的篮球场，几十个人或半场或全场地对攻。他们是大二或三大的吧，否则怎么会那么从容？

路再长也有尽头。校门口前，小剑和姑父告别完，看向爸爸。开文走上一步，伸手在他的肩头拍了几拍，郑重其事地说："洗衣服时，要在袖口和领子上多放点儿洗衣粉，那样洗得干净……"。小剑想嘲笑父亲一番小题大做，又觉那样太不近人情，就想学电视里那样，说点儿"从今后我就解放了"的独立宣言，没想到开口却是："爸，你真走了啊？你真要走了？"开文的眼圈猛地红了，一大颗泪珠在眼眶边摇摇欲坠。而小剑的泪水已在眼眶中肆意汪洋。

有家长陪着学生来了，姑父不容小剑犹豫，猛推了他一把："快回宿舍认识下新同学吧"。小剑转身就走，泪水一瞬间弥漫了脸庞。他没有回头，直直地走着，直到走得腿软心酸：爸爸，你走了吗？你怎么舍得我一个人在这儿呢？爸爸！小剑猛地转过身，却发现他们仍然站在那里。姑父默默地站在原地，而爸爸却站得很靠前，很靠前。他，爸爸一边远远地往前看着，一边伸手不断地抹着脸。他们见小剑转过身，不约而同地对他挥起了手。小剑也条件反射地挥起了手，爸爸！小剑的脚不由自主地向他们迈去。可是他只跨了一步，就见姑父强行拉着爸爸离开了。

回到宿舍，屋里仍只有早来的江西的同学林凯，一个人躺在上铺看小说。小剑坐在自己的床上，呆呆的。林凯见小剑回来了，歪着头看了一下，对他说："你长这么帅，以后一定会有许多女孩子追你。”小剑听了想回给他一个笑容，嘴角却牵扯着往下拉去。他忙转身，面朝里躺下。林凯见小剑没搭理他，也不生气，重新躺好接着看小说。

小剑一直躺到晚上，期间被林凯拉起来吃了晚饭，回来后接着躺着。到了九点多钟，他终于忍不住了，坐起来，拿出新买的电话卡给家里打电话。云丽接了，小剑问爸爸回来了没。云丽说那有那么快，至少要到明晚才能到家。小剑和妈妈闲聊了一会儿，突然说：“爸爸走时，我看见他好像哭了。”云丽沉默了一会儿，缓缓地说：“儿子，你爸爸这段时间，每到半夜都爬起来，一边抽烟一边流泪。他说你体质弱，会被人欺负。你不会洗衣服，以后要天天穿着脏衣服了。他说你没有一个人出过远门……”。小剑已抱着电话筒，像个刚学自行车被摔痛了的孩子，呜呜地哭。林凯见了，拿起水壶出门去打水，借机走开了。

大学第一节高等数学课结束时，小剑就低声抱怨起来：“这大学读的没劲。”高中三年每当大家累得人仰马翻时，老师就会曹操一样信口开河地说，同学们，坚持下去，前面就是高考，还有多少多少天，跳过高考这道龙门，你们就可以庄严地对全世界宣布，我们解放了，站起来了，可以随便玩了！

小剑开始真正的大学生活，心里的感慨更难以言表，高高的教学楼，汗牛充栋的图书馆，还有青春性感的大学美眉，都不如想象的那么好看。教学楼藤蔓缠绕，里面没准躲着什么蝎子蜘蛛。图书馆也去过了，书籍林立，但为什么一本《金瓶梅》都找不到？实在不行《查泰莱夫人的情人》也行啊。剩下的唯一幻想就是青春性感的美眉了。身在机械系，本班硕果仅存的三位女同学还没来得及细看，就被军训“摧残”得灰头土脸。

国庆节七天长假，算是与高中时代做了个决裂，之后的第一节大学课是高等数学。讲台上的教授长得像县长一样和蔼可亲，也像县长一样肥头大耳。自我介绍完了，就宣布言简意赅的执政方针：考试不及格要重修。

重修就重修，经历了能让你脱胎换骨的高考和死去活来的军训，还怕重修？谁怕谁？不就是学习嘛，从小到大像吃饭穿衣一样形影不离的，不就是学习吗？重修就重修吧，复习十天半个月再一决雌雄。

大家坐在底下，像翻身得解放的农奴，笑得那叫灿烂。教授也是笑脸相对，解释了一下所谓的重修。重修就是来年和低年级新生再重新学一遍。大家听了更是打心底欢喜，就差山呼万岁。

别说青春性感的美眉了，想找个女同学都难，哪怕是虎背熊腰的也好啊。有的时候，顾名思义还是必要的，号称综合大学的电力大学，带上“电力”两个字，再怎么综合也综合的是男生。偌大一个校园里放眼一看，清一色的老少爷们，高矮胖瘦、夷蛮羌狄，应有尽有。难得有个花红柳绿的，一群天之骄子就像山沟里出来似的，呼朋唤友招弟喊兄，先屁颠屁颠地赶超过去，再转身假装叫人，在惊鸿一瞥中蓦然就完成了心惊肉跳。那是女人吗？分明就是一堆稀泥，还硬把自己归类于水做的绛珠仙草。这要是候在街边，就是流尽了八辈的泪水，恐怕也换不来哪个奶油侍者投来一枚同情的钢镚吧？更绝的是，一次大家狂追了半个校园才得睹芳容的娉婷扭者竟然有个鸽蛋大的喉结。你说你一个大男人穿什么粉色的外套啊？如此半年下来，中电学生备感纳闷，你说那种母猪赛貂蝉的事怎么不会发生在大学校园？难道我们真坚贞到宁缺毋滥？如此，让你对别称象牙塔的美好印象，能再顺延一段时间，至于多久，那就是另一码事了。不求骗你永久，只求能骗多久是多久。

学校没了美眉，生活还得继续啊。卧谈会时，大家百无聊赖就会吹嘘各自高中时代的艰苦。李小剑想起初中毕业那年树立的远大志向“上中专泡的是本地的妞，上大学泡的是全国的妞”，唏嘘不已，然后安静地躺着一声不吭。大家聊完自己的，就追问起他的峥嵘岁月。李小剑搪塞不过去，只好也人云亦云地跟着大家说为父母、为人生如何奋斗不息、坚强不已。这一吹，就一发而不可收，吹到高潮处，他还会信手拈来些头悬梁、锥自骨的典故，往里添些油加些醋，稍改头换面下再毫不客气地往自家身上一套，就引来喝彩声一片。偶尔不留神，说起晚自习躲在操场上和女生接吻时，本来叽喳乱叫的宿舍马上就静的像高考的考场，接下来则是哄堂大笑。天为什么这么黑？小剑莫名其妙，一了解，全宿舍的人纯洁的都还在挖空心思摸女孩儿手的阶段，而且摸手这一目标，他们树立于心底比高考还要久得多。

小剑心里一阵悲哀，这就是当代的大学生，当代的名牌大学的大学生们！

因此当课堂上教授说考试不及格要重修时，一群破罐破摔的男生们心头一亮：今年女生数量太少、质量更差，那明年呢？当同学们欢欣鼓舞时，李小剑再次抚摸起桌上留名刀神的杰作：爱国爱家爱师妹，防火防盗防师兄。教授看底下一片喜气洋洋，就知道拿重修恐吓大一新生和拿尼姑吓唬和尚是一个道理，都是拍脑袋的灵感。他暗暗庆幸多准备了几手。

教授不动声色地看了一会儿，咳嗽一声接着说，重修按学分收钱，一个学分五十元。重修还要收钱？底下骚动了，大家先面面相觑，尔后手忙脚乱地翻起了书包。新生指南第一章“学分”，高数4.5分。重修价值几何？这算术题简单得很，连口算都用不着，大家眼一瞅，“二百二十五”几个鲜红的大字就从脑海里蹦出来，砸得人眼冒金星。一百五十元就够一个月天天吃小炒了，还能一天吃两顿。

教授满意了，正要开始授业解惑。一群农奴还没明白当家作主是怎么回事，就重又回到了战战兢兢的原始社会。他们急急忙忙打开书本时才发觉，一不留神间二十多页已讲完，翻书速度赶不上讲课速度。广大农奴来不及感叹，紧追慢赶好不容易找到了老师的节奏，下课的铃声却又响了。一天的课程结束，老师可以休息，学生却不能休息，他们要找地方上自习。三下五除二地吃完晚饭，他们背起比面色还要沉重的书包，挨个教室寻找空位。背影依旧单薄，前方仍无尽头。

周末李小剑给高中同学写信。他给考入别的大学的同学的是：黑夜之后会有光明，但黑夜不会消失，养精蓄锐后它会更黑暗地重来。给复读同学的则简单得多：大学里美女如云，帅哥成群，坚持，速来！

小剑知道撒谎不对，但善意的谎言不叫谎言，叫关爱。自己身在苦海，可以畅想回头是岸，有什么权利剥夺别人的畅想呢？

日子难过，年年过。寒假很快到了，小剑和几个老乡挤上开往连云港的火车。火车票有些昂贵，古董型的，那种烧煤的绿色外皮，号称"车尾还没出站，车头已进站"的逢站必停火车。一天一夜后，次日天快亮时，火车停靠在晶都火车站。

小剑提着大包小包刚出门就有三轮车夫揽生意。看到家乡人，小剑备感亲切，欢快地叫道："师，师傅，去，去至晶村。""好啊。"三轮车夫提起小剑的两只大箱就走。天寒地冻，再加上半年没说家乡话，小剑激动得有点儿结巴。他管不了这么多了，背着小包跟上了车夫。走过广场来到一辆三轮车面前，车夫拉开帆布做的车门，把两只箱子扔进了后车厢。小剑挤进去背对着车夫坐好，拼命地搓手跺脚。至晶村！我回来了！

第22章 水晶亮彩大学校园

寒假后开学，小剑做了一个阶段的家教，一段时间又觉得无趣了。宿舍里，爱学习的，每天背着书包满校园地找地方上自习；爱社团的，每天背着吉他或运动器械辗转各个活动场所；爱“孔方兄”的，更是神龙见首不见尾，每天活不见人死不见尸地忙着赚钱。小剑也曾硬着头皮去听了几次课，但那可气的老师好不容易见到他一次，不问他是不是生病了或者家里出了什么事，竟然问他是不是特招进来的。小剑一听就火红了脸：这破学校，你以为我想来啊？还要特招。从那以后，课堂，他是能不去就不去，实在不行就让别人点个名报个到，他宁愿窝在宿舍看小说。老看小说也不是个事啊，百无聊赖之下，小剑就各个楼层闲转。没转几次，小剑就找到了志同道合的人了。一位来自山西的校友听闻李小剑有投身商业的想法，难得地丢下小说，建议他：不卖最赚钱的，而卖最熟悉的，卖你们家乡的水晶吧。

卖水晶，小剑不是没想过这点，家教之初他就各个地方转了一圈，可是偌大个城市别说水晶了，就连卖玻璃制品的都没几个。就算在见广识广的校园，你若单说水晶的话，听得人基本上是一脸茫然。若再加句为A城做的水晶棺材，大家好像才有所耳闻，对方才茅塞顿开。小剑想不到，在家乡看似闻名遐迩的水晶，在外面居然是如此地名不见经传。

山西校友听完小剑的话，用一个经典的商业故事来开导他。两个鞋厂销售员去岛上推销鞋子，到了后每人给总部发回一封电报。一个悲哀地说“全岛赤脚，我准备打道回府。”另一个高兴地说“全岛无鞋，我准备长驻开发。”山西校友还没说完，小剑就帮他补充完了。山西校友故作惊讶地说了一句你也知道啊，就拼命游说起小剑从事水晶行业，并说与他合伙，两人各出一半钱，小剑进货，他负责销售。有人分担了风险，小剑的立场又不坚定了。不过他没有当场答应，而是保险地说考虑考虑。山西校友一脸山西人的笑容，“那是当然，当然。”

小剑回到宿舍就给小三打了个电话。上次给家里打电话时，父母无意中向他透露花花现在做水晶生意，到处跑展销会，生意似乎还不错。利益当前，小剑顾不得羞涩，刚好也可以借这个机会解开彼此的心结。

花花明白，在酒店给人端茶倒水终究不是长久之计，再加上曾经有过一次背叛，小三嘴上对此没说什么，但她知道他的心里终究有些不痛快，因此，花花就决定另谋一条出路，既能发财致富，也可让彼此心安。花花把意思向小三一说，小三果然百般赞同。本来，依小三的意思是两人回家男耕女织，你烧锅来我喂猪，多么幸福美满。而花花见识了纸醉金迷、灯红酒绿，就再也不想日出而作、日没而息了。在她的眼里，幸福，吃喝不愁才叫幸福；美满，随心所欲才叫美满。而这些，全要有金钱为基础。自然，两人谁也说服不了谁，最后他们折中：小三先回家喂猪，花花再出去闯荡一年。一年之后没有起色，她就回来和小三夫妻同心，过自给自足的幸福，找实实在在的美满。

小三不愿花花再出去，他知道外面的诱惑太多，但他又怕花花觉得他对她不信任，从而伤心难过，因此最终他的点头是违心的，也是伤心的。对花花而言，向往城市生活是一个原因，另一个原因就是她内心深处的报恩情节。对小三，她觉得愧疚的太多。再次错过之后，那愧疚更深。因此，她总想补偿小三。报恩，岂是一日三餐那么简单。这心思一旦强烈了，她难免就会浮躁。花花觉得村人养猪都养了几十年了，养得最好的郑海洋和穆云丽，也不见得有多少钱，吃的还是家常便饭，住的还是红砖瓦房，和别人家也没多大区别。她要的是——用李小剑的话说——绮阁金门、锦衣玉食。

花花去了杭州，还是从熟悉的酒店服务员做起。先解决生存，再谋求发展。工作之余，她就在杭州的大街小巷东游西荡。堂皇的门面、富丽的装潢，自然能引来如云的顾客、斗入的真金。而这，短期内她是无缘的。美丽的西湖、执着的小贩，勤劳中别有狡黠、辛苦中另有收获。而这，让她动了心。他们可以一手提着包裹，一手拿着玉梳、铜狮，向游人推销真假难辨的古董。我的水晶，不可以如此吗？生于晶都，奔于杭州，花花比小剑更加知道，家乡的水晶仍然藏于深闺隐阁，外人非但尽多不识，还多有未闻。她担心货砸在手里。花花刚结婚，不说一穷二白，差不多也是家徒四壁，做什么都得盘算。可不做这个，又能做什么呢？几经犹豫，她一咬牙，让小三寄了两条水晶手链和两条水晶项链。

周末，花花拿着它们去了西湖边。熬过十分钟摆摊必经的羞涩期，花花就依样学样地纠缠起了游客。最入花花眼的是一对体面的老年游客。花花想，上了年纪的人，脾气棱角早被岁月磨平，就算心烦意乱也不会大呼小叫，还有他们那身非同常人的穿着，更不会有拳打脚踢的危险。当她大着胆子结巴着上前，姿容优雅的老太太果然面有不悦，却是什么也没有说。判断准确，花花的快乐就像蜜糖果浆滴在心田，慢慢地弥漫。身份高贵的人面对软磨硬泡，说不定会花钱买个心静。花花如此想，就又卖弄一遍：“先生、阿姨买一条水晶手链吧？看，多漂亮啊，只要五十元钱。”老太太的脸色更为阴沉。老先生见爱人面色阴沉，英雄救起了美：“你再这样子，我报警了。”如此温文尔雅。花花刚和公安亲密接触没多久，还惊弓之鸟似的，闻言眼里汪上了两泓清泉。

“你看你，都吓着孩子了。”老太太到底于心不忍，她责怪先生的粗鲁。而刚还绅士十足的老先生，则孩子般地挠挠齐棱的灰白头发：“我只不过说了句报警，没有干别的啊？”

花花手里拿着一百元钱，贵族夫妇已走了好远，她还没有回过神儿。

这钱就这么赚来了？价都不还就给了？泪水可以换来一个人的真心，也可以换来一个人的真金？花花擦着眼泪笑了。

第一单生意的轻易成功，让花花信心倍增，逮着人就宣传水晶的好处，或美丽，或高贵，知无不言，言无不尽，还瞎编胡诌了些爱情故事。水晶般的爱情故事，让水晶更有诱惑力，更有神秘感。

与她火热激情相映成趣的是，手上始终只有一百元钱在迎风招展。第二天，花花又吆喝了一下午，仍是那张百元大钞与她同赏西湖美景。接下来的两天花花要上班。现在朝不保夕，她可不敢破釜沉舟。两天后，毫不气馁的花花再次来到西湖边。上次她嫌贫爱富，这次她崇洋媚外，专找外国游客推销。当她用丰富的肢体语言、蹩脚的口头语言，又卖出一条水晶项链时，失望、开心、后悔三种情感结伴而来。失望的是，她本来认为外国人不是用美钞就是用英镑，随便甩个几十就能让她小发一笔。谁知道人家早就入乡随俗了，手里不但拿的是人民币，还尽是些是十元、五元的零钞。开心的是，毕竟又卖出了一条，尽管前后折腾了快一小时，但是比上班两天赚得还多。后悔的是，在学校里没觉得英语有什么用，以为出了校门能吃苦耐劳就行，没想到还能用来赚钱。书中自有颜如玉，书中自有黄金屋，古人诚不欺我。

再接下来的几个休息日，花花就没那么好运了。西湖说起来是天堂般的第一美景，在花花看来，也是吹牛不上税而已。骗骗国人还行，骗骗老外就太拙劣了。否则以它“天下第一”的头衔，来访的外国游客怎么就那屈指可数的几位？一来二去，都和花花认识了。原来他们还只是在此工作的，闲极无聊才来湖边散步。散步和观光，那差别就大了。

卖了两条到底赚上了本，其实花花还是蛮平心静气的。她有工作，东边不亮西边亮，实在卖不下去还有班上。有后路，心里就踏实，但前进的勇气就缺乏。花花又把心思放到了工作上。

一天，她在前台帮忙登记，翻看记录本时，突然发现酒店里住着许多外国人。来观光的外国游客都是住酒店的。而且今天来，明天走，掐不准时间，在湖边还真不好相遇。“踏破铁鞋无觅处，得来全不费工夫”，花花感慨万分，原来你们都在这里。当然，花花并没有做监守自盗的蠢事。她把剩下的两条项链分装在精美的盒子中，带上它们来到另一家星级酒店。

花花很守规矩，她站在酒店门旁乖乖地等候上帝。而门童却不守规矩，咋呼着赶她走。正当她和门童冷眼相对时，一位西装革履的同胞叫住了她。门童看了那人一眼，老老实实地回去坚守岗位。同胞拿起水晶对着阳光看了看，问多少钱。花花看他风度翩翩，仪表不凡，就大胆地报价，四百元。同胞一愣。花花察言观色，心虚了。正当她要自动降价时，同胞又迎着阳光看了眼，一副怀疑的语气：“好像是真的，怎么会这么便宜呢?”花花没法忍住不咯咯地笑出来。同胞以为花花笑他不识货，面色微红。酒店做过多年服务员的花花一见，忙解释道：“我不是笑你，我是觉得我还卖贵了呢，本想收个本就算了。”花花半真半假的话，给同胞以无比淳朴的错觉。“买了，两条全要。”花花终于按捺住了心中的狂喜。她把八张崭新的大钞装好，不解地问：“先生，你要这么多项链做什么?”那人见花花真诚淳朴，他也以诚待人地说：“这里在开一个全省服装会议，我买两条送给刚认识的朋友，希望与她们能够长期合作。”花花似懂非懂地点了点头。

同胞临走时，对花花说：“明天，你再拿些过来吧，我们这要的人肯定很多。”

“很多？送玉、黄金什么的，不是更好吗？”花花问。

“这你就不懂了，玉、黄金，包括钻石什么的，送的人太多，俗气了。好了，我要进去了，想赚钱，就相信我的话。”那人说完就进了酒店。

花花在后面大着嗓子说：“可寄过来要两三天了。”

“会议开七天。”门里传来答复声。

花花听了心中大喜。门童见证了王花花眨眼的工夫就赚了自己一个半月的工资，那公事公办的眼神再看向她时就满是羡慕恭敬。花花则当做什么也没看见，找电话亭给小三打电话去了。

从那时起，花花坚决辞掉工作，好长一段时间内，全职寻找酒店会议，找着找着又找到各种展销会。

小剑从小三那详细了解了花花的生财之道，就让妈妈给他寄了十条手链、十条项链。星期天，小剑先拿着几条去练摊。谁知小三嘴里简单易行的办法，到他这儿却死活行不通。虽然离首都北京只有一百多公里，但经济欠发达到能找到天高皇帝远的感觉。小剑本来就是闲着没事，看别人打工赚钱跟风而已，遇到点儿挫折，马上就回校接着做天之骄子。

山西校友老久不见李小剑来找他，自己就找上了门。小剑没好意思说他已去踩过点，只说这儿的人不认识水晶。山西校友刚要把那个经典故事再讲一遍，小剑忙一手平伸，一手竖直顶上，做了个停的手势。校友笑了笑说，还按原先说好的办，两人各出一半本，赚钱平分。无奈小剑已经心灰意冷，觉得自个不是那块料，校友怎么说都提不起他的精神头。校友没有放弃，又喋喋不休半个小时。小剑只好不仁义地说：我批发给你吧？你再卖多少我不管。山西校友本就是这个意思，只是怕小剑见他赚钱红眼，才建议小剑和他合伙。两下说到点上，你情我愿爽快得很。山西校友多出一倍价钱从小剑手里收购了水晶。小剑白觉什么没干就赚到了钱，很是不好意思，要请校友喝酒。校友说不用，改天我请你。过了半个月，校友真的请小剑喝酒了。小剑几次想问校友到底赚了多少钱，话都到嘴边了，最终还是没有问出口。他赚多少钱，校友是知道的。校友能请他喝酒，说明肯定赚得比他多。如果问了的话，校友说赚得比他少，他面子上过不去。若是说赚得比他多，他心里又不舒服。小剑还是老老实实地端起酒杯，畅快地喝了起来。

大一快结束时，山西校友又让小剑进了二十条项链。这次小剑没有不仁义地做批发商，他死皮赖脸地非要和校友一起去卖水晶。校友倒是大方，稍推托几句就答应了。两人骑着自行车来到一家大商场。小剑来过这里，他疑惑道："商场内虽说也卖水晶，但他们都直接从晶都进货，难不成还能从校友手中买吗？"小剑摇了摇头自个否定了这一点。莫非校友学花花，逮着肚大腰圆的有钱人软磨硬泡，要不就对金发碧眼的外国人围追堵截？小剑不敢确定，要这样的话和他所做的没什么两样，只要脸皮厚点儿都能行。

他们提着包走到三楼珠宝柜。小剑发现原本摆放高级手表的地方腾出一节柜台，里面摆满了晶莹剔透的水晶饰品，那价格都是一千大几的。小剑感叹，这世界真够日新月异的，几天没来就大变样了。山西校友走向柜台，年轻的女售货员显然和他认识，两人点个头算是打过招呼。售货员就直盯着小剑看。校友一把搂过小剑的肩膀，"这是我兄弟，信得过。"售货员脸上这才有了笑容。校友和售货员闲聊几句后，就把装满水晶项链的黑色袋子递上。售货员左右看了看，瞅没人注意就收了下来。两人又闲聊一会儿就告辞离开。小剑狐疑不已，他们自始至终一字也没提到水晶，这怎么卖的？他跟在校友身后，刚出商场大门就拉住校友问询。

校友诡异地一笑："回去再告诉你。"

小剑心急似火，催着校友把自行车骑得像风火轮。

回到宿舍，校友喝了一口水，尽量将声音调到娓娓，慢慢地道来。原来，校友和售货员达成了协议。校友提供给售货员货物，商场里每卖掉一条项链，售货员就用校友的货顶上。而每卖掉一条，售货员可得提成两百。小剑虽算得出这利润的丰厚，但仍佩服校友的大气。售货员的工资一个月还不到三百，她卖一条项链，校友就舍得给她提成两百。就这一点上，小剑自忖他是没有那个魄力的。校友笑笑说："这算什么，哪怕她赚得比我多，我都愿意，钱再多，进不了我的口袋那就和我完全没关系。"小剑深感折服，不过还是觉得这有点儿不太好。

他想了想，又问校友："那商场本来是不卖水晶的，我都不知道它什么时候开始卖的。难不成你和我一样，没事就在各商场闲逛？"

校友又喝了一口水说："市场调研肯定是要的，只不过我就逛了一次，发现商场没有卖水晶，我就心里有数了。"

小剑插嘴道："那不是有卖的吗？"

校友看了小剑一眼，说听他讲。小剑就把诸多疑问压在了肚里。

"我转了一圈没发现卖水晶的，就找着那家最显眼的柜台，和售货员拉上了关系。她工资比较低，也朝思暮想着怎么赚点外快。人啊，不管学问多少，地位高低，在金钱面前都是平等的。我让她先戴上你之前批给我的一条项链，在没有客人的时候，到各个柜台前转一转。女人们，都有同样的嫉妒天性。"

校友刚说到，小剑就想到了这点。

"售货员转了几圈后，女同事们就议论开了，有几个还没等到下班就迫不及待地来问她水晶项链。"

小剑心说高明，就问是不是就这样卖给她的那些女同事了。

校友笑了笑，继续说。

"售货员按照山西校友的叮嘱说不是买的，是朋友送的。有钱还没地方买？那些妙龄女孩抓耳挠腮了，有事没事的时候，就会说起水晶。有个别女孩，不知从哪道听途说些水晶的神奇功效，再跑到同事面前卖弄一下，很顺利地就找到了众星拱月的感觉。下属的思想动态，领导了如指掌，部门经理也过来欣赏售货员的项链。欣赏完后，经理当即决定要进几条试卖。那些女孩们一听，欢呼雀跃。等到商场进了水晶摆进柜台后，她们又纷纷傻了眼。那价格绝对是可望而不可即。”

“然后你就把水晶卖给那些女售货员?”小剑忍不住又插了句嘴。

“是啊，让你猜到了，不过只是一部分。”校友看着他，笑了笑接着说，“我让那个女售货员偷偷便宜卖了两条给她最要好的同事，并让她们说这两条是从北京买回来的，价格比她们商场里的要贵一倍。小剑，千万不要小看女孩子的虚荣心，她们会为此将谎言说得像真理。”小剑忙不迭地点头。“别的女孩子一见，要么开始节衣缩食准备靠自己的力量买一条，要么擦粉涂脂鼓动男友买一条。”校友顿了一下。

“等她们都心痒难耐时，我再跑到一个稍差点的商场，如法炮制，并通过先前的售货员告诉哪里哪里也有卖水晶的，价格要便宜一小半。这样，就把另一个稍差点儿地方的水晶卖出去了。”校友说着又停了一下，喝了一口水。

小剑暗呼厉害，好不容易想起个问题，赶快问了出来：“那你怎么还把水晶拿到那个好的商场去?”

校友够义气，是知无不言，言无不尽:“高档商场就是高档商场，现在的有钱人很多都是土包子，他们不求最好，只求最贵。”

“那个女售货员你熟悉吗?就这样把水晶给了她?”

“第一次当然还是要冒些风险的，以后熟了，我也了解她了，知道她的身份证、家庭住址，就没什么好再担心的了。”

小剑沉思良久，末了由衷地拍了拍校友的肩，“你会成为亿万富翁的。”他心里还有半句“你这个奸商”。

校友又笑了，而且笑得更大声:“我将来要做领导，不做财主。”校友说得意味深长。

小剑有些奇怪，问校友家里做什么的。校友回答说省委大院的。小剑明白校友为什么对世事如此洞明了。以后的事实证明，校友也确实是朝当领导的方向努力了。毕业后，他留校工作。

小剑附和他道："一定，你一定会成功。"

校友很客气地说了声谢谢，然后吞吐起来："阿剑，能不能，帮个忙？"

"什么事？说吧。不过我估计只能帮你做些粗活。"小剑现在对校友佩服得五体投地。

"帮我写一封情书。"

"啊？"

赚钱的日子艰苦漫长，赚到钱的日子快乐短暂。轮回了几亿年的季节渐渐也偷工减料，昨日还是暖风熏柳的阳春，今日就是火阳吸水的仲夏，人走在大街上轻飘飘的，暗涌的热浪似乎能将人掀上天。小剑和几个老乡坐上了回家的列车。

在羽山俯视下，他信誓旦旦地对霍姝说毕业了我们就结婚，那语气不容置疑的坚决，那眼神莫可名状的真诚。而今一晃半年，直到再次登上返乡的列车，小剑才想起霍姝，他不免有些内疚。但这内疚也不过像大人物考察民情，走马观花一番就不知去哪儿山珍海味了。

霍姝的高考成绩出来了，比去年考得还差。小剑到现在才知道霍姝一直在等他的来信，而他竟然只记得分别时霍姝让他在大学里重找一个。他没有听从霍姝的建议，在满眼歪瓜裂枣的校园里委屈自己，也没有履行自己的承诺，好好爱她，时常嘘寒问暖。他自以为禁闭自己，就是放飞霍姝。殊不知女孩子是想一套，说一套，做更是一套。小剑去找霍姝，不到半个下午就传遍了山左口中学。山左口中学几十年连个中专生都没有出过，猛然来个重点大学的学生，虽不是自己学校出的，但仍具有非同一般的轰动性。对那里的学生来说，大学只在传说中。他们也努力，甚至更努力，但大学依然可望而不可即。女孩子哪有不虚荣的？霍姝享受于男孩的惊叹，女孩的嫉妒，一心一意盼着小剑给她来信。信里不需要写什么，只要有信来，证明她在小剑心目中的地位，巩固她在山左口中学的地位就行。可惜，暗里被人称为情圣的小剑，全然不理解女孩子的心思，他只是一味地想让她安心。也或许，在小剑的心里，那个偏僻中学的女孩已然被淡忘，没人提起就永远不会想起。总之，小剑在大学挖空心思地赚钱时，霍姝却在中学里翘首以待。从开始的平常，到后来的渴望、失望，直至绝望。而同学看霍姝的眼神，也从开始的羡慕，到后来的观望、怀疑，直至嘲弄。高考的失败就在所难免。

现在，小剑奇怪的是他既不记挂霍姝的成绩，也不想该为之负什么责。听了霍姝的事，他竟然无动于衷。你好你坏，和我有何干系？

“世间的事不能深究，否则都是糊里糊涂。”小剑好不容易控制住情绪，开文又悲天悯人：“有的人，死了如灯灭，一了百了。有的人，死了却也不得安生。”小剑知道爸爸的话没完，他又把身体侧过，头枕着胳膊想听下文。开文平卧着，大大的肚子像小山挺立：“阿凤死了那么多年，最近又被翻了出来。”小剑注意到爸爸说阿凤时的表情很是温柔。这些年，小剑也听到过不少父亲和郑世凤的传闻。小剑见父亲说起，也想知道个中曲折。人都是有好奇心，所以才有为亲者讳、为尊者讳的道德约束。他支棱着耳朵听父亲讲下去，这一听才知道事情远不是他知道的那么简单。原来阿凤并没有真疯，在医院住了一段时间被刘明启接走了，他为她安排了做收发文件的工作。王喜知道这个消息后，又回到晶都把她接走了，两人一起在俄罗斯做生意。

当至晶村的水库变得碧蓝碧蓝时，李小剑返校的日子又到了。行前，他对妈妈说，今年无论如何得找个女朋友了，要不然一放假就不想回学校。

穿过尘烟滚滚的县城，小剑坐上了北去的列车。他仍有着不舍，但走得轻松。高考失利的霍姝意料之外，情理之中地考上了大学。那一年是 1999 年，大学开始扩招。对国家而言，拉动储蓄投资，改变国人理财意识，发展民族经济。对李小剑而言，则是心有余悸，如果晚上一年，那学费就要大涨一倍。他开始理解父亲的辛苦了。坐在火车靠窗户的位置，他陪着夕阳一起慢慢变老。

第23章 平生，只为创个水晶品牌

李小剑大学毕业了。

由于签约的是山东电力建设公司，他第一个离校坐上开往济南的火车。四年朝夕相处的同学眼看着就要各奔东西了，心中纵有千般不舍，他仍勉强着装出笑颜。离别是痛苦的，若是以泪洗面不是更加痛苦？

当他把手伸出窗外挥动，要对四年的同学潇洒地说声再见时，发现同学们脸上挂着和他一样生硬的笑容，眼角却悄悄地湿润了，仅有的三个女生已躲在人群后哭成一团。他的心里一颤，两行清泪瞬间暴露了不舍。

像四年前和送行的亲人告别一样，李小剑感受到了男子汉尊严的瘦削。河北的仁兄和江西的歌手，也忍耐不下尊严瘦削的尴尬，他们双双挥起手，大声嚷道：“兄弟，保重！我们回去了。”说完他们带头转身，别的同学冲他点点头，也跟随而去。三位女生抬眼看了他一会儿，也一扭头走了。小剑长舒一口气，擦掉眼泪，坐回座位。对面是一位慈祥的老先生。小剑见他看着自己，不好意思地笑了。老先生也笑了，问：“毕业了？”小剑点点头。

火车“呜”的一声后起动了，小剑情不自禁地转头望向窗外，窗外空空如也。小剑心有惆怅，念叨道：“四年，就这样结束了。”那位老者轻笑了一下，刚想说什么，突然吃惊地望向窗外，同学们站成一排在向他挥手告别。列车渐渐驶远了，好不容易平静下来的李小剑想再对老先生笑一笑，不料嘴角还没扬起，眼泪又奔涌而出。老先生看着他，从兜里抽出纸巾。小剑轻轻接过，不敢抬头。他闭眼想了一会儿，从背包里找出昨晚刚整理好的日记，昨天他这样写道：

我很帅，却没人爱

进大学第一天，我最先认识的是来自江西的上铺。当时，他鬼鬼祟祟地趴在我的耳边说："你很帅，以后肯定有好多女孩子会追你。"我一听，心里立刻就把他引为知己。此后四年我们的关系非常亲密。

有了他这一句话垫底，我好长时间内都不把本校里先天不足、后天畸形的女生放在眼里。那时偶有些女生因为客观原因和我搭讪时，我都摆出一副置人于千里之外的冷酷表情。可是，我等啊等，一直等到大三开始了，依然没有女孩子给我抛个"秋天的菠菜"。

想成为一名合格的大学毕业生的话，必须通过三项硬性指标：计算机二级、英语四级、恋爱若干次。前两项还好说，这最后一项，大学都念一半了，我还是小哥独处，可怎么得了啊？

我气急败坏下，就问已成歌手的上铺："刚进大学时，你不是说会有好多女孩子追我吗？"

上铺昨晚约会到凌晨，正睡眼惺忪。他眯着眼好半天才明白我的意思，然后极不耐烦地来一句："当时我看你和你家里人刚分开，心情不好就随口安慰你一句，你以为你真帅啊？"说完他把脑袋往墙里一转，继续千秋大梦。

不是说在正确的道路上坚持，是执着；在错误的道路上坚持，是固执吗？我固执得一直没交到女朋友，这是读大学的最大的遗憾。

李小剑参加工作后意气风发，等着转正后跨步迈入中产阶级。不料，一年后他的工资原地踏步走。小剑急人所急，以为领导忘了当初待遇的承诺。他找到了当时负责招聘他的徐姓领导。徐领导确实忘了，小剑提醒再三，他才尴尬地想起，出口却是振振有词：你是企业招聘来的不属于事业编。直到这时，小剑才明白电力部门公司是事业单位，而他却只是企业员工。他闷闷不乐地回来。舍友问他怎么了，他大概说了个情况。舍友没有如想象中那样安慰开导他，反而大睁着双眼问：你现在才知道？小剑一看舍友的神态，忙虚心请教。

电力部门闲散资金较多，就投资开办了诸多企业，而小剑和舍友们就是作为企业人员被招聘来的。小剑深感上当，却没有大发雷霆。小剑知道天将降大任于人的说法并不是一句空话，就强烈要求去一线做最艰苦的工作。顶头上司很不解小剑好好的办公室不坐，却要到工地上栉风沐雨的活受罪。不过，他准许了。在一线，小剑没想着能升职加薪。他知道编制就如同出身一样，想改变基本上是不可能的。他所想的就是工作了怎么也得理论和实践都有，以后另谋他就时，更有一番说服力。有了这样远大的目标，小剑在一线基层是生龙活虎。小学学历的基层同事自然把高学历的小剑当作另类来对待。

一线工作数月后，小剑设计发明新工具以期提高劳动生产率，遭人耻笑，遂偷偷申请了专利。工作第三年专利证书发了下来。学英语时认识的外国友人知道后，邀小剑去美国发展，他却以等着靠专利成暴发户，拒绝了这次机会。

2005年下半年至2006年上半年，小剑携专利参加质量创新管理大赛，县、地、省、国四级比赛均获得一等奖第一名。比赛期间，小剑想通过自身能力重进编制，却备受歧视嘲讽，但他咬牙坚挺。因成绩优异，各报纸网络等相关媒体纷纷报道，一时间和人才沾上了边，专利产品也有望大规模生产，他希望分一杯羹。比赛结束后，希望却越来越渺茫。

人在失意的时候，迷茫无法避免。迷茫来的时候，你是沉沦认命，还是四处出击？小剑不想沉沦认命，他选择了家乡特产水晶，他要创一个自己的品牌。尽管这一决定又遭到了很多人的嘲笑，包括最亲的人。小剑的内心也在犹豫，但行动毫不迟缓。也许人在一无所有的时候，才敢想拥有一切。

没有经验，没有资金，更没有相帮的人，小剑没有束手等待，他将故乡的原名注册成了商标“剑之晶”。对这个也许没有任何希望的品牌，小剑唯一能做的就是将它当作笔名，撰写文章投于各大报社网站。文章有人看了，作者就有人关注了。不是他的文笔有多好，而是他蓦然发觉除了认识几个字，竟然没有任何的文艺特长。天赋没有，拼搏不缺。他暗下决心，就这样，利用他仅会的一点儿东西开始品牌之路。

绿意盎然的杨柳，金黄泻地的田野，这一切都让小剑备感亲切。自去年春节离家，小剑已快两年没有回来。不是因为太忙，不是因为不够思乡，而是压抑的小剑太想改变，曾英明神武的李开文却千叮万嘱儿子要耐得住寂寞，继续做电力部门的下等人。

小剑不想再浪费青春，他觉得他已足够的努力。在一棵树上奋力拼搏，改变不了随风飘荡的命运，那就换一棵树试试，吊死也要尝试吊死的滋味是否有所不同。

电力部门的岁月，痛苦也让人奋进。

改良一向不如革命来得彻底、来得有效。小剑下定决心辞职，并不再寻找工作，要靠他的聪明才智，吃苦耐劳，闯出另一片天地。他要和三叔一起卖水晶。决心好下，困难多多，尤其是来自家人的反对。开文很干脆，若创业，你就别回来了。小剑也不含糊，不回来就不回来。毕业后第四个春节，当万家团圆时，小剑在宿舍里对着电视默默流泪，开文也在欢快的爆竹声中黯然神伤，无法入眠。

开文和小剑都明白，没有家人的支持，小剑无法在家乡立足。在那个相对传统的地方，你和家人都搞不好关系，又怎么能和做生意的陌生人搞好关系？

现在终于解决了，开武的儿子小晨要结婚，他邀请侄子回来喝喜酒。小剑有心想回，又怕面对父亲。开文也给了他台阶，让云丽打电话给他。云丽先告诉小剑表姑奶奶去世了。小剑问妈妈表姑奶奶是不是她的堂姑，那个脑袋有点儿不太好的表姑奶奶。云丽的语气突然潮湿了，哽咽着说是，不过临死前头脑清醒了。

云丽的三爷爷夫妇是烈士。当年三爷爷夫妇遭出卖，被鬼子铡成数块，头颅挂于炮楼。他们9岁的独女找出父母所藏的手榴弹，扮作卖烟女孩，引爆炮楼，与鬼子同归于尽。6岁堂妹，也就是云丽的堂姑，同去做掩护，当时就疯了。67年后，傻了一辈子的堂妹临终前突然清醒，说出此事。族人这才知道三爷爷夫妇的女儿哪儿去了，当时堂下就哭成一片。最后时刻，老堂妹从床上坐起，攥着拳头挥舞，嘴里高喊着“打鬼子，打鬼子”而仙去。

云丽接着告诉小剑，说爸爸让他回来。小剑正被表姑奶奶感动，听了妈妈的话，眼泪还没干就又笑了，主动要求和父亲通话。

终归是父子，血脉相连，一席泪语，千结万消。

小剑告诉父亲，他要和三叔一起学做水晶生意。开富辞职回来后，专门经营天然水晶原石。

开文忍不住建议，还是搞工艺水晶有前途，王喜和阿凤也要回来做，你跟着他们吧。工艺水晶不似天然水晶那样可遇不可求，它需求量大。做生意，就要做社会生活中有所需求的，最好是必需品，那样才容易做大做强。而天然水晶则是曲高和寡，人民富裕时，高兴就挑两件，人民拮据时，再高兴也不会去欣赏。不如必需品，无关喜怒哀乐。

小剑不赞同父亲的意见，却也没有直言反对，刚刚握手言和，没必要再起矛盾。

开文知道儿子的想法。他继续解释，天然水晶重的是材料、轻的是人工，工艺水晶，重的是人工、轻的是材料，一个以自然为本，一个以人为本，哪一个会成为世界的中心？如果按教科书的说法，当然是以人为本，如果按生活经验的说法，又恰恰是以自然为本。小剑则以为，天然、工艺水晶两手都抓好才是生意兴隆之道。

李小剑经过两年打拼，事业渐有起色，去年初换了辆新车，年底又在县城贷款买了房。也从去年下半年开始，陆续有人加盟他的水晶珠宝品牌。谁知几天前，小剑不声不响地把房、车全抵押了，还到处借钱，说要进一批开文听都没听过的“舒俱来”水晶。小剑在网上浏览到一篇专家的文章，说舒俱来对中老年的健康非常有好处。至于作用多大，估计也就和某些有保健功能的珠宝差不多。

天气微凉，村民刚给祖宗送过寒衣不久，扮了好几年父慈子孝的开文爷俩早起就在院子里吵开了。开文听小剑说，车房抵押是为了经营“舒俱来”，立刻火了。

“三十岁了，你应该考虑结婚成家，还折腾什么?”开文脸红脖子粗。

“要么楼上楼，要么楼下搬砖头。”小剑额上青筋爆粗。

“我要先给你一砖头。”开文弯下身子去拿砖头，小剑拔腿就跑，却时不时回头勾手，挑战开文的父威。

两人你追我赶，平时感觉蛮长的村路，刹那就丈量到了尽头。

冷不丁，李上前不知从哪拎着锄头威风凛凛地冲出来：“兔崽子！有什么话不能好好说。”李上前一副有了孙子，儿子可有可无的样子。

开文转身往回跑两步，那锄头就带着风斜斜飞来，扑通一声砸到身旁的沟底，锄柄心有不甘似的，猛地顿住，又慢慢向前躺倒。

开文心中大定，回头一看，李上前正弯腰扶膝地呼呼喘着大气，而三十岁的儿子则双手抱胸，热闹正看得高兴。开文恼羞成怒，对着李上前大叫：“行，你就护着吧，早晚把你棺材板都护进去。”说完他转身就走，小剑也不在家中停留，回到了晶都的水晶经销店去了。

尽管开文极力反对，小剑经营“舒俱来”的决心毫不动摇。他打听到广东有一批“舒俱来”水晶，当天就订了机票赶了过去。少白头的老板倒真有一堆“舒俱来”水晶，但咬死牙不零卖。

“舒俱来”产于非洲，被政府管控，少白头老板以为奇货可居，所以几年前砸锅卖铁凑了一百五十万，托亲靠友地买了来。少白头本想大发一笔，没想到国人根本没听过，砸手里了，也是那会儿他变成了少白头。

刚开始，少白头老板还想亏本大甩卖，多少回点儿本钱，无奈几十元一克的价格就是再降又能降到哪儿去？而且越便宜还越没人问。好在少白头吉人天相，靠着原有的钛晶碧玺存货又慢慢缓过劲来。缓过劲的少白头老板虽不指望“舒俱来”有个意外惊喜，但也不再想白白便宜了别人，当然更不想天天盯着这堆一百五十万的“宝贝”，所以决定要么不卖，要卖就原价打包一起。

小剑自以为舌绽莲花，无奈少白头老板更是铁石心肠，他磨了半天嘴皮只得铩羽而归。次日上午小剑又去，不过这次他曲线救国，在周边店铺闲逛，暗暗观察少白头老板会露出什么破绽。破绽没见着，小剑倒紧张焦急了，他发现几个面熟的山西珠宝同行也来打听舒俱来。山西人和他一样无功而返，而且骂骂咧咧地出了门，又和他一样在周边转悠，似乎也想欲扬先抑，拖老板几天。

小剑观察了两天同行觉得他们不是托，又打了几个电话再次咨询专业人士，就痛下决心要么“上楼”，要么“搬砖”。他将十万货款作为定金交给少白头老板，就心急火燎地赶回来筹钱。

小剑使出浑身解数也只凑了一百零几万，就想着回家忽悠老爸。他知道老爸存了点儿养老钱，具体数目不清楚，但应该蛮可观。哪知开文一毛不拔，还连骂带打地让他把抵押款退回去，早点儿结婚。开文想孙子都快想魔怔了。小剑好生后悔之前创业之初就该趁开文大方时，先把钱收下来再说。

爷孙三人打了个三角仗后，李小剑又故技重施，躲店里不回家了。眼看约定时间将到，李小剑一筹莫展，索性店门也不开，天天睡地板上自怨自怜。

今晚再筹不到钱，明天那十万元钱就要白白送给少白头老板了。小剑心情烦躁，出店买了瓶“芝麻香”准备借酒浇愁。他买好酒，看了眼手机，发现有一条短信。前几天他还幻想着突然有几十万打进账户，这几天要现实？但是，手机里不是广告就是警告。他扫了眼后也懒得细看，把手机揣裤兜里接着走，没走几步到底忍不住，又拿出手机，竟然真的是打款提示，不过才一万零几百。尽管杯水车薪，小剑还是心里稍慰，毕竟还有人支持他，但一看落款是堂弟小晨，他又不淡定了，忙打电话回去问他哪儿来的钱。小晨正读研，有点儿补助也就够养活自己。

小晨说，听父亲开武说大哥缺钱正着急上火，就找导师借了五千，又给几个堂表兄弟姐妹打了一圈电话，最后连刚上初一的小旭也凑了一百多元。

小剑鼻子有点儿发酸，不过仍板着脸训斥了小晨一顿，让他和弟弟妹妹们好好上学，别的事别瞎操心。小剑要把钱退回去，小晨坚辞不允，说退回来会再打过去。最后小晨再三保证弟弟妹妹们会好好学习，小剑才长叹一声同意了，聊胜于无吧。

挂了电话，小剑提着酒瓶慢悠悠往店里走，快到时发现爷爷李上前蹲在门口吧嗒着烟袋，昏暗的灯光下，火星明灭自然。

小剑叫了声爷爷，李上前站起，他看了眼小剑的酒瓶又看了眼孙子，最后有些不好意思地摸出个手帕卷：“小剑啊，爷爷没能耐，这有5000块钱，你先拿去花。”

小剑的眼泪再也忍不住，“啪啪”地落了好几大滴。小剑长吁口气，擦了擦眼泪，想了想就摆出副贱贱的笑容：“我就知道还是爷爷疼我。”

送走爷爷，小剑也没有喝酒，躺在地板上继续翻来覆去，心情却是好了许多：十万元丢了就丢了吧，就当交学费了，慢慢来，不能一口吃个胖子。

小剑已决定不想这糟心事了，只是心里一时难过，仍然挨到下半夜才迷迷糊糊睡着。小剑刚睡着又听到有人在敲卷帘门。他睡意正浓，不想开门，可那人又狂敲不止。小剑大声喝问是谁，那人也不回答，只一味敲门。小剑怒气冲冲，提着凳子要看看哪个不长眼的是想敲诈还是想抢劫。

哗啦一声，提着蛇皮口袋的开文面无表情地站着。

开文拿出全部积蓄，又跑了几天借遍了战友，最终筹集了五十万元。小剑激动万分，斟酌着想说几句好话却被开文堵住了话头。开文拍拍小剑的肩头：“儿子，要干你就放手去干吧，你长大了，爸爸也老了，这应该是我最后一次能帮你了，以后你的路就要靠你自己走了。”

开文走后，小剑抱着蛇皮口袋，哭几声喝几口酒，最后搂着蛇皮袋睡到了天亮。

“舒俱来”买回来半个月，果不如大家所料，竟然只卖了几百元。小剑印了传单，雇了几个人在水晶市场门口连续发放好几天，都没有什么用。小剑也快成少白头了。

小剑看着面前一大堆非洲水晶总也不死心，他觉得还是知道的人太少，就将“舒俱来”的好处收集总结好，每天在网上发帖宣传。发了几天后，小剑觉得太慢，就走到附近的店铺，对那些年轻小店主说帮发一帖给 5 毛。水晶几天才有一个集市，所以绝大部分店主闲得很，而且生意也只是勉强过得去，这要是一天发个几百贴，赚个一二百元也相当不错。毕竟晶都的教师工资也不过刚刚过千，公务员报酬也堪堪不到两千。于是，原本等着看笑话的店主们，突然间就对小剑和蔼了。

小剑破釜沉舟，找了三十多位年轻店主，一天就花出去 6 千元。第三天时，那些小店主发现了问题，总共就那么多网站，发重了太多，小剑不认。其中一个聪明的女店主就给她的客户发了信息，于是大家也都给各自客户发了信息。当天就有客户向女店主咨询，女店主一见有戏，忙从小剑那拿了货，一个小小的吊坠，一笔就赚了两千。

店主们虽然偶尔保留了客户信息，但一向都是守株待兔，从没想过还能主动出击，所以大家一窝蜂地给各自客户发信息就理所当然了。就算小剑没找他们发，他们也拼命主动发，只恨当时储存的客户信息少了。小剑的眉眼舒开了。

几天后，又有店主到一些交易网站上，给那些陌生的商家或顾客发消息。一单起码赚个几百元，只要百分之一或千分之一的成功率就行。闲着也是闲着，你和钱有仇吗？于是水涨船高，根本就轮不到客户上门，各大小商家店铺等中间商就将小剑的货物抢光。小剑都乐哭了，总共两个月不到，他光凭批发就净赚了近五百万元。

小剑将钱还给弟弟妹妹们，还买了额外礼物。大家都很开心，就小旭、小娜看着成箱的名著、习题册有点儿不太高兴。李上前左手拿着大红包，右手握着小剑，不住地说："大孙子行，真行。"开文只留下借战友的钱，别的死活不要，说是给儿子结婚用。小剑说他有钱，开文仍是坚持。小剑无法，最后又在他房子附近买了一套房，打算等父母老了，住一起方便照顾。

悠悠又是几年，东单湖旁新水晶市场北大街，一处九间五层的楼顶，"剑之晶水晶珠宝直播中心"十一个大字在阳光下灿烂耀眼。楼里的年轻人或三两成群，或独坐一隅，他们都安静如素，无一例外地紧盯着电脑。突然，大家集体跳起，同时欢呼："10 亿了，销售额破 10 亿了！"整个楼层的人都被网销的业绩震到了，一起挥臂狂欢。